“¡Novedosa... una historia convincente... que se disfruta y provoca.
Quisiera que se me hubiera ocurrido a mí!” —Frank E. Peretti

SANGRE DEL CIELO

BILL MYERS

Publicado por
Editorial Unilit
Miami, Fl. 33172

Primera edición 2001

Originalmente publicado en inglés con el título:
Blood of Heaven por Zondervan Publishing House,
Grand Rapids, Michigan 49530.

Traducido al español por: Nellyda Rivers

Producto 495164
ISBN 0-7899-0897-2
Impreso en Colombia
Printed in Colombia

A Jim Riordan,
por su cariño y su amistad

RECONOCIMIENTOS

Muchas personas me dieron su tiempo y habilidades para ayudarme a escribir este libro. Estoy seguro de que he hecho algunos errores, pero estas personas merecen créditos por lo que he tratado de hacer bien. Mi apreciación sincera al Dr. Dennis Revie y al departamento de biología de California Lutheran University, Dr. Rick Stead, Dr. Murray Robinson, Dr. Jeff Hutchins, Kristy Woods, Fred Baker, Nebraska State Penitentiary y el asistente administrador Charles Hohenstein, Hugh y Beth Geisbrecht, mi hermano, Dale Brown, Marta Fields, Larry y Julie LaFata, Ed Penney, Sue Brower, Lori Walburg, Scott Wanamaker, Frank Peretti, y Angela Hunt. Gracias también a Lissa Halls Johnson, Robin Jones Gunn, Carla Williams, Scott Kennedy, Lynn y Peggy Marzulli, Doug McInstosh, Dorothy Moore, Bill Myers, Bob y Helen West, John Tolle, Bill Burnett, Gary Smith, Tom Kositchek, Cathy Glass, Criz Hibdon, y el resto de mi "familia extendida" por su intercesión. También a mi agente y amigo, Greg Johnson, y a mi editor, Dave Lambert, otro amigo que fue el primero en escucharme sobre este tema hace ya una década. Las últimas gracias, siempre las más importantes, a Brenda, Nicole, y Mackenzie.

Porque según el hombre interior, me deleito en la ley de Dios; pero veo otra ley en mis miembros, que se rebela contra la ley de mi mente, y que me lleva cautivo a la ley del pecado que está en mis miembros. ¡Miserable de mí! ¿quién me librará de este cuerpo de muerte?

El apóstol Pablo

PRIMERA PARTE

CAPÍTULO 1

Me estás ofendiendo.

No hubo respuesta.

—¿Oíste lo que dije? Me estás faltando el respeto.

Michael Coleman no tenía que levantar los ojos de su comida del día de Acción de Gracias, compuesta de pavo asado y batatas para saber quién estaba hablando. Era Sweeney. Un tipo grande, inquietante, con tatuajes que le cruzaban la nuca de su calva cabeza. Como miembro de la Hermandad Aria, Sweeney estaba condenado por matar a puñaladas a un judío en la manifestación nazi del año pasado en la ciudad de Omaha. Hacía una semana que había llegado a la galería de los condenados a muerte y esa era su intentona.

—Cole, ¿me oyes?

Coleman apretó más la cuchara imperceptiblemente. Se maldijo por no haberse metido en la cintura un cuchillo casero antes de ir a comer. Él sabía que habría una lucha por el poder, pero no la esperaba tan pronto. De todos modos, si una cuchara era todo lo que tenía, entonces eso le tendría que servir. Sus sentidos ya estaban tensos y aguzados. El contraste de las batatas anaranjadas con la bandeja de verde fibra de vidrio adquirió intensidad. Los otros ocho hombres dejaron de comer y miraron en dirección a Coleman. El zumbido de la cañería de la calefacción que estaba encima de ellos se convirtió en un rugido abrumador en el silencio repentino que se hizo.

—Siéntate.

La orden de Coleman era tajante. Él agradeció no haber tenido que carraspear para aclararse la garganta. Esto hubiera demostrado debilidad y la debilidad podía significar muerte.

Sweeney se movió un poco.

Vamos bien.

Coleman alzó la vista por fin, pero no a Sweeney. Miró al reo que tenía sentado frente a él. Un joven negro, casi un niño, que había cometido el error de pegarle más de la cuenta a un hombre blanco en una riña de un bar. El muchacho ni siquiera habría estado ahí si hubiera podido pagar a un buen abogado. Se levantó rápidamente quitándose del medio para que Sweeney pudiera sentarse en su silla.

Este era el guante que Coleman había arrojado. Si Sweeney obedecía, si se sentaba, eso significaba que honraba la posición de Coleman y que, en realidad, quería hablar. Si no lo hacía, eso indicaría un claro reto a su autoridad.

Sweeney no se movió.

Coleman no se sorprendió. Su corazón latía fuertemente, pero no de miedo. Era excitación, una excitación que él controlaría cuidadosamente hasta el momento adecuado.

Sweeney se volvió a mover levemente, pero esta vez para prepararse para lo que venía.

—Tú nos faltas el respeto a mí y a García.

Héctor García era el más débil de la Galería de la Muerte, lo que le convertía en el más vulnerable. Chiflado por las bombas, había matado sin proponérselo a una pareja de ancianos que estaban donde no debían en el momento indebido. Gracias a la ciudad de Oklahoma, eso le colocó al final de la línea de consideración carcelaria, apenas por encima de un abusador de niños.

Cuando Sweeney llegó a la Galería, tomó inmediatamente a García como su criado. A nadie le pareció importar eso ni siquiera cuando obligó a García a que se afeitara las piernas y empezara a usar calzoncillos muy cortos, teñidos de color rosado con jugo de guindas. Pero finalmente Coleman había frenado el juego luego de la tercera o cuarta paliza propinada al muchacho. Él sabía que Sweeney tenía poder: importantes conexiones externas con el tráfico de heroína. Hasta llegó a saber que abastecía a uno o más de los guardias de prisión, lo cual explicaba por qué hacían la vista gorda cuando le pegaban a García.

De todos modos, el colmo era el colmo. Quizá fueron los recuerdos de su niñez, de su padre. Coleman no estaba seguro, pero había echado a correr la voz por la cadena de mando de que no habría más golpizas. Ahora, Sweeney estaba ahí, de pie, no solo desafiando su orden sino también su posición.

Coleman tenía varias opciones. Conversar sobre el asunto, lo que sería entendido como debilidad o, bien, en realidad había una sola opción más. Y por la electricidad que corría por su cuerpo y la concentración de sus sentidos, afilados como navaja de afeitar, supo que no había otro momento como el presente.

Sweeney no supo que fue lo que lo golpeó. El metro ochenta del cuerpo de Coleman saltó del banco y llegó a él antes que el hombre pudiera moverse. Coleman era un loco, delirante y descontrolado, con la adrenalina corriendo por su cuerpo, que pegaba y acuchillaba y rasgaba y pateaba en un impulso eufórico abrumador.

Apenas se dio cuenta de los brutales guardias que le cayeron encima, tirando de él, propinándole su propia clase de patadas y golpes. Tampoco le importaba realmente: aunque no pudo dejar de notar que, al menos uno de ellos, era cliente de Sweeney. Vio que Sweeney se volvía a parar tambaleándose, relumbrando una recién adquirida sonrisa sin dientes y blandiendo un par de manoplas de aluminio. Coleman trató de moverse, pero los guardias embrutecidos lo sujetaban en el lugar mientras Sweeney llegaba a él. Evidentemente el hombre tenía más conexiones de lo que había pensado.

Hubo cierto consuelo en que se precisara de dos guardias para sujetarlo mientras Sweeney cumplía su tarea, pero la mente de Coleman formaba un plan aun mientras los golpes caían y se le escapaba la conciencia. Se necesitaría más que eso para quitarle el poder. Esto era juego de niños. Una excusa para la venganza. Y la venganza llegaría rápidamente. Para Michael Coleman, la venganza no era plato que fuera mejor sirviéndolo frío, sino humeante de calor, lleno de rabia y de una manera que nunca olvidarían. Ese era el estilo de Coleman. Eso era lo que lo hacía grande. Esa era la razón de que le tuvieran miedo.

❄ ❄ ❄

El doctor Philip O'Brien tenía un problema. Su portafolio estaban tan lleno de papeles y documentos que no le quedaba lugar para la foto enmarcada de Beth y los niños. Entonces, ¿qué? Helo ahí, gerente general de la firma de biotecnología de más rápido crecimiento de la zona noroeste del Pacífico, y su cerebro estaba bloqueado sobre qué llevar o dejar para un viaje de negocios de cuarenta y ocho horas. Con enojo y desprecio por su indecisión sacó de su portafolio el importante documento "Toxicidad del Factor Epidérmico de Crecimiento", lo tiró sobre el escritorio y metió la foto.

Se dio vuelta y salió de su oficina dirigiéndose a los ascensores. Alto, en la cuesta abajo de los cuarenta años, (aunque el pelo canoso lo hacía parecer más cerca de la mitad de los cincuenta) todavía tenía un encanto infantil al estilo del actor James Stewart. El pasillo estaba absolutamente silencioso, salvo por el quedo golpeteo acolchado de sus zapatillas Nike sobre la alfombra, y el ocasional roce del pantalón vaquero contra su portafolio. Justamente como debía ser. Nadie trabajaba los feriados en Genodyne. El edificio de seis pisos hubiera permanecido cerrado hasta el lunes a no ser por la gente de Seguridad y los intransigentes de Investigación. Así estaría la planta de fabricación, a unos cuatrocientos metros de distancia. Ese era el estilo de O'Brien, su visión desde el comienzo. Los empleados contentos hacen empleados relajados que los convierte en empleados imaginativos que efectúan avances significativos de la ingeniería genética: teoría nacida a comienzos de la década del ochenta en el cerebro de un estudiante de bioquímica de la Universidad de Berkeley. Pero luego de docenas de patentes y un solo producto, pronto serían dos productos lanzados al mercado, era una teoría que había conducido a un negocio por valor de ciento setenta y cinco millones de dólares solamente en el año pasado.

Las compañías de biotecnología nacían y morían. De las mil quinientas que habían empezado, en realidad solo catorce habían lanzado un producto al mercado. Y eso se debía a buenas razones. Dada la paranoia pública tocante a la ingeniería genética, como asimismo los imposibles reglamentos e incontables exámenes del Departamento Federal de Alimentos y Medicinas, el desarrollo de una sola medicina tenía un costo entre cien y trescientos millones de dólares. Sin embargo, como lo había demostrado Genodyne, cuando una medicina acertaba en el mercado, podía convertirse en un gran éxito de la noche a la mañana.

O'Brien pasó de largo de los ascensores y bajó por la escalera. Entonces, ¿por qué estaba aquí? ¿Por qué él, cabeza de esta floreciente compañía, se había apresurado en la comida del día de Acción de Gracias, dejando a su esposa y sus dos hijos solos por el resto del fin de semana? O'Brien había llegado al siguiente piso, abierto la puerta y contemplado su respuesta.

—Me alegra que haya podido venir.

Era un "niño" de veinticuatro años, bien constituido, de pelo negro que siempre le colgaba en la cara y, según Sarah, la hija de doce años de O'Brien, un bebé de tamaño grande.

—El congelador y el equipo de laboratorio ya fueron cargados. El avión lleva media hora en la pista. ¿Dónde estabas? —le dijo Kenneth Murkoski. Murkoski el Terrible. Murkoski el Ambicioso. Murkoski el Niño Genio.

—Tenía que terminar un pastel de calabazas.

El hombre-niño no sonrió.

—Recibí una llamada de Lincoln. Hubo un incidente en la Galería.

—¿Un *incidente*?

—Eso dicen.

—¿Estuvo metido en ello nuestro hombre?

—Por completo. Dicen que deberíamos esperar unos días.

—¿Y?

—Les dije que de ninguna manera.

—Kenny... (Vio que Murkoski se encogía. Sabía que el muchacho odiaba ese nombre así que lo usaba solamente cuando era necesario. Hacía casi dieciocho meses que él había escogido a Murkoski recién salido del Instituto Tecnológico de Massachussetts, una de las instituciones de mayor prestigio mundial en el mundo académico en general. El chico era el más inteligente, el más ambicioso y el mejor del país. También era un presumido y dado a la publicidad: mezcla explosiva; pero O'Brien había decidido correr el riesgo. En realidad, no le habían quedado muchas alternativas. Tener que estar supervisando continuamente los Departamentos de Investigación y Desarrollo, Fabricación, Administración, Ventas, Comercialización y Logística, le había sorbido toda su creatividad. Si quería que la empresa sobreviviera, O'Brien necesitaba sangre fresca (para no mencionar a las células cerebrales frescas) caída del cielo para que manejara la División de Terapia Genética. En resumen, necesitaba a uno que pensara como O'Brien solía hacerlo cuando tenía tiempo para pensar. Naturalmente que eso significaba más que la cantidad acostumbrada de fuegos para apagar y plumas erizadas que suavizar. (Las habilidades sociales de Murkoski estaban tan subdesarrolladas como su humildad.) También significaba perder el control de más y más detalles, esos detalles que Murkoski le escondía deliberadamente como le parecía a O'Brien ocasionalmente. Sin embargo, a pesar de los riesgos y las frustraciones, el muchacho valía la pena. Aun ahora.

—¿Estás seguro de que no estamos presionando demasiado? —preguntó O'Brien—. ¿Qué dijeron?

—¿Qué *podían* decir? Ya no tratan más con una compañía de biotecnología de segunda categoría. Nosotros tenemos de nuestro lado todo lo mejor del gobierno estadounidense.

—Pero si sugieren que esperemos, ¿cuál es el apuro?

Murkoski hizo una mueca, pero lo interrumpió el sonido de un teléfono. Buscó en su fina chaqueta deportiva y sacó el celular mientras contestaba la pregunta de O'Brien.

—Las cosas se habrán calmado cuando lleguemos allá. La verdad es que probablemente lo dispondremos más a que haga nuestro juego.

Se volvió y contestó el teléfono con un exigente "¿Sí?". La expresión de su rostro cambió y se volvió para alejarse.

—Entonces, ¿qué dice? —preguntó, bajando la voz.

Era evidente que el muchacho quería un poco de privacidad y O'Brien cumplió gustoso. Además, quería ir a ver a Freddy antes de irse. Así que mientras Murkoski seguía su conversación, O'Brien se encaminó por el pasillo.

Era algo insólito que una compañía de biotecnología ganara un contrato del gobierno para investigar en terapia genética. Así era también la cantidad de dinero que estaban gastando. Pero esto era grande. Muy grande. Y, en menos de un año, los resultados demostraron ser asombrosos. No era sorprendente entonces que Murkoski siguiera presionando. No era por la competencia, ¿con quién había que competir? Era simple impaciencia. Lo que habían descubierto iba a cambiar literalmente al mundo cuando, por fin, estuviera desarrollado y listo para el público.

O'Brien llegó al nivel B-11. Apoyó su billetera con la credencial magnética de identidad contra la cajita negra. Entonces, marcó su número privado de identificación. Un cerrojo electrónico se soltó y él abrió la puerta.

La habitación era de seis por doce metros. El extremo derecho parecía un patio de juegos al aire libre, con hamaca, barras paralelas, tobogán y media docena de peñascos de diferentes tamaños desparramados alrededor. Los muros estaban pintados con árboles y colinas al estilo de las historietas y el piso estaba cubierto con pasto de verdad, el cual se cambiaba cada seis semanas. En el rincón más distante había un árbol seco, con tres ramas nudosas, sujetado con un grueso cable. El otro lado de la habitación se parecía a una cocina: estantes para vasos, mostradores, pisos, varios juguetes y una mesita para niños con cuatro sillas. Todo estaba pintado de colores brillantes, rosados, azules, púrpuras y verdes.

O'Brien dejó que la puerta se cerrara detrás de él, luego fue hasta un banco de parque colocado cerca del centro de la habitación.

—Freddy —llamó—, Freddy, ¿dónde estás?

Un babuino de poco más de un metro de altura se deslizó sobre los peñascos y vino brincando hacia él. El mono pesaba casi treinta kilos y tenía un hocico largo, pelaje color café oscuro grisado en las puntas, y los ojos tan juntos que casi parecían bizcos. El animal mantenía su cola levantada en un arco sobre su lomo contoneándose con una afectación que era casi cómica. Esto era deliberado, era la manera del babuino de decir: "Hola, mira lo mentecato que soy; no puedo ser una amenaza". Y con buenas razones. Aunque Freddy pesaba menos de treinta kilos, los babuinos podían luchar ferozmente con la fuerza de media docena de otras criaturas de su tamaño.

O'Brien puso su portafolio sobre el banco y se sentó.

—¿Cómo te va, muchacho?

Freddy saltó a su lado empezando de inmediato a explorar el portafolio. Sus largas manos negras, casi humanas, corrían sobre la superficie con textura, tocando las cerraduras de bronce, moviendo de atrás para adelante la manija, buscando una manera de abrirlo.

O'Brien se rió:

—Lo siento. Ahí no hay nada interesante. Créeme.

Pero Freddy no se daba por vencido. Ahora levantaba el maletín, mirando debajo, tocando los lados, buscando alguna manera de entrar.

O'Brien observaba silenciosamente divertido. El animal había entrado al experimento hacía quince semanas. No era el primero. Había habido dos primates antes que este. Ninguno había sobrevivido. Demasiadas complicaciones. Pero Freddy las había superado. Y, como los ratones de los primeros experimentos, su conducta había cambiado espectacularmente.

O'Brien se estiró y tocó el pecho del animal. El pelaje era áspero y punzante. Freddy se acercó estirándose evidentemente a la espera de lo que sería un buena rascada y sobada.

—Veamos como anda ese esternón, ¿de acuerdo? —dijo O'Brien ajustándose los anteojos y examinando cuidadosamente la zona afeitada que rodeaba lo que había sido la entrada de una aguja fina por la cual habían extraído médula espinal del mono. Varias semanas atrás se había presentado una infección menor, pero ahora estaba completamente curada—. Se ve muy bien, amigo.

La reacción de Freddy a la bondad de O'Brien fue instantánea: soltó el portafolio y rodeó con ambos brazos el brazo de O'Brien. Eso era un abrazo, corriente entre las hembras en estado salvaje, y hasta entre los machos y los bebés, pero nunca entre macho y macho. Y jamás con otra especie; había demasiado miedo. Sin embargo, ahí estaba él, un macho completamente crecido que abrazaba y hociqueaba a O'Brien como si fueran padre e hijo.

Esta no era la primera vez. Freddy llevaba a la fecha casi un mes dando abrazos; pero cada vez que pasaba, O'Brien sentía que su corazón se hinchaba un poquito. Por esto era que ellos estaban haciendo lo que hacían. Por esto era que él soportaba a Murkoski, por esto era que dejaba a su esposa e hijos durante un fin de semana largo. Ellos estaban ahora decepcionados por sus ausencias frecuentes porque no entendían, pero en unos pocos años más *entenderían*, antes que sus hijos crecieran, y se regocijarían con él tal como él lo hacía ahora.

O'Brien empezó a abrir el pelaje de Freddy frotando suavemente la piel. Esto era aseo. En el estado salvaje hubiera buscado pulgas o piojos o escamas de sal, otra señal de afecto de los babuinos. Mientras más frotaba O'Brien la piel del animal, más se le acurrucaba Freddy y estrechaba su brazo.

Qué cosa tan rara, reflexionó O'Brien. Como científico le habían enseñado que los babuinos ocupaban un escalón necesario en el proceso de la evolución humana, al hacer la transición desde balancearse en los árboles a caminar por las praderas abiertas. Y ahora, de nuevo, estos mismos animales eran necesario para hacer lo que, según esperaba O'Brien, sería un salto igualmente asombroso de la evolución. Un brinco tan importante y, quizá hasta más necesario, para la supervivencia de la humanidad.

O'Brien pensó de nuevo en Isabel y los niños. Los llamaría por teléfono. Desde el automóvil, camino al avión, los llamaría y les diría cuánto los amaba, pero primero tenía que sentarse un momento más. Sentarse, soñar y saborear el afecto de Freddy.

❊ ❊ ❊

Katherine Lyon detestaba el día de Acción de Gracias. Respecto a eso, en realidad, tampoco le gustaba mucho la Navidad, la Pascua ni el día de la Independencia. No eran los feriados tanto como los recuerdos que le traían, junto con el oropel de los avisos comerciales de la televisión y las revistas: todas esas familias "perfectas" reunidas en torno a sus pavos o árboles de Navidad "perfectos" o lo que fuera.

Katherine suspiró cansada pasándose la mano por su corto pelo rojizo. No era el corte más apropiado para ella, pero no le importaba. Hacía mucho, pero mucho tiempo, que no le importaba. Fue hasta el frente de la tienda, puso la alarma y atisbó hacia el oscurecido interior. Sobre la pared lateral, más allá de los últimos modelos de radios, equipos estéreos y televisores de color, podía divisar el brillo delator de uno de la docena de monitores de computadora en exhibición.

—Eric, vamos, ya no te lo vuelvo a decir.

La luz azul verdosa fue apagada instantáneamente y la cabeza de un rubio de ocho años, con anteojos, flotó por encima del exhibidor central de las contestadoras telefónicas. Cuán intensamente amaba ella a este niño. Naturalmente, su parecido con el padre le evocó otros recuerdos y emociones.

Pero cada vez que lo miraba, esos sentimientos de amargura y pérdida se fundían en una añoranza dolorosa.

El resto del cuerpo del niño salió desde atrás del exhibidor. De peso ligero, flaco, mayormente codos y rodillas. Ya era objeto de burlas de parte de algunos de los alumnos más recios del tercer grado. Ella no podía dejar de pensar cuánto tenía que parecerse a Gary, su esposo, cuando él tenía esa edad. Hasta que Gary creció y rellenó su impresionante esqueleto de un metro ochenta y nueve.

—Vamos, salgamos.

Su brusquedad conllevaba una cansada impaciencia, pero que otra cosa podía ella esperar al final de otro día de diez horas de clientes quejumbrosos, vendedores intentando prosperar a como diera lugar, cartas del Servicio de Impuestos y dueños del local amenazantes.

—¿Hiciste tus tareas? —preguntó tratando de sonar amable, pero sin lograrlo.

El niño asintió en silencio y salió hacia la puerta. Ella lo siguió, cerró la puerta y metió la llave en el cerrojo de seguridad. Como siempre fue una lucha lograr que cerrara a la primera. Y, como siempre, maldijo entre dientes y prometió quejarse a los dueños del local. La manera en que ellos la acosaban por el mínimo retraso en pagar el alquiler le daba derecho a esperar que funcionaran bien algunas pocas cosas del local.

"Computadoras y Electrónica Lyon" estaba ubicado en un pequeño centro comercial que daba a la antigua autopista 99. Las tiendas que la rodeaban incluían como era de rigor el local de alquiler de videos, la peluquería, el boliche de música y el restaurante de comida china. Todo estaba cerrado por el feriado salvo el supermercado Albertson, que estaba en la otra punta, con su cartel azul y blanco de mortecino resplandor que se esparcía sobre el estacionamiento a oscuras.

Katherine echó un vistazo al cielo. Estaba de color gris oscuro y colgaba justo sobre su cabeza como si fuera cemento mojado. Otro anochecer típico del pueblo Everett, del estado de Washington. Cuanto odiaba este lugar, pero la ciudad, ubicada en Puget Sound, era lo más que pudo alejarse de Iowa. Y "alejarse" era algo que ella y Eric habían necesitado con desesperación.

Cuando el cerrojo quedó al fin echado, Katherine se dio cuenta de la presencia de alguien a tres puertas más abajo. Él estaba sentado en la vereda apoyando su espalda contra el edificio. Ella no miró. No tenía que mirar. Sabía que él era uno de los vagabundos que acechaban la zona de noche. No era que ella tuviera resentimientos contra esos tipos. Efectivamente, más de una vez, cuando ella y Gary habían tenido la rara oportunidad de almorzar juntos, ella le había pedido que comprara otro bocadillo más para compartirlo. Pero eso había sido cuando la vida era más bondadosa, cuando ella era una esposa dedicada y la madre amante de un recién nacido, cuando ella era ingenua y débil y no sabía cuan duro y frío podía ser el mundo.

Ella se dirigió hacia el estacionamiento. Su auto, un cacharro color gris con una abolladura que recorría todo el parachoques trasero, estaba estacionado a nueve metros de ella.

—Vamos —dijo dándole un suave empujón a su hijo.

Eric se inclinó hacia delante y obedeció. Al bajar la banqueta, Katherine buscó discretamente dentro de su bolso. En alguna parte, entre el abigarramiento de cosas, estaba su rociador de pimienta enfundado en cuero. Un regalo que se hizo el último Día de las Madres. No era más grande que una barra para labios y se esperaba que estuviera enganchado al llavero, pero ella nunca había tenido tiempo para colgarlo ahí.

Entonces lo escuchó. El ruido de los zapatos y el crujido de la ropa. Él se estaba parando. Ella mantuvo su paso mientras seguía buscando en su cartera.

—¡Señora!

Ella luchó contra el pánico. Estaba a medio camino del automóvil. Aun si se largaba a correr, no había forma de abrir la puerta y subir ella y el niño.

Eric se dio vuelta para mirar.

—No te des vuelta —susurró ella.

—Mamá, pero...

—Sigue andando.

Eric obedeció.

—Señora, discúlpeme...

El sonido aumentó. Gastadas zapatillas desplazando la grava. Se dirigían a ella. Katherine apretó el paso. También él.

Ella siguió buscando. *¿Dónde está ese estúpido rociador? ¿Qué es esto? ¿Lápiz de labios? ¡No! ¿Máscara para las pestañas? ¡No! ¿Dónde está?*

—¡Discúlpeme!

El automóvil estaba a tres metros, pero los pasos estaban casi encima de ella. Él estaba tan cerca que ella podía oír su respiración.

¡Aquí está! Lo había encontrado.

Con la mano aún dentro del bolso, palpó en busca del pequeño seguro rojo del rociador y lo tiró totalmente a la derecha. Ahora estaba listo. Si él se atrevía a tocarla, ella estaba lista.

Los dedos se cerraron en torno al brazo de ella por detrás. Eso bastó. Si había algo que Gary había enfatizado era no permitir tener que defenderse. Siempre atacar. Con un rápido movimiento ella giró, sacó el rociador y dirigió la fina línea anaranjada directamente a la cara del asaltante.

El hombre dejó escapar un grito y se tapó los ojos.

—¿Qué hace? —gritó cayendo de rodillas.

Katherine se acercó mientras seguía descargando el rociador en la cara del chico. *Pasará mucho tiempo antes que vuelva a intentarlo,* pensó ella.

—¿Está loca? ¿Qué hace? —dijo extendiendo las manos para tratar de parar el líquido. Entonces fue cuando ella se fijó en el talonario de cheques que él tenía. El talonario de ella.

—¿Está loca? —seguía gritando él—. ¿Está loca?

—¡Qué...!

Él tosió y se atragantó.

—¡Se le cayó esto, allá atrás! ¡A usted se le cayó esto!

Katherine soltó el rociador. El hombre le tiró la chequera quedándose en el asfalto, tosiendo y ahogándose.

Ella dio un paso atrás y respiró honda e irregularmente. Al desaparecer su miedo, asimismo desapareció su fuerza. Ella quería llorar pero no podía. Katherine Lyon llevaba años sin llorar.

❊ ❊ ❊

La cama de hospital de Coleman estaba ubicada en el extremo norte del edificio de la administración de la Penitenciaría Estatal de Nebraska. El alargado edificio de tres pisos estaba al frente de la prisión, dando al estacionamiento. Además del hospital y oficinas médicas, albergaba todas las oficinas administrativas, las salas de conferencia de abogados y clientes y una zona grande de visitas en general, donde cabían trescientas personas. También tenía la sala de ejecución con la silla eléctrica y la sala adyacente para los testigos.

Mientras Coleman yacía en el silencio del crepúsculo no podía dejar de pensar que esta sería la misma sala donde lo prepararían para la ejecución si fallaba su apelación. Si el Tribunal Supremo rehusaba examinar su caso, si las tres personas de la junta de perdones rehusaban suspender la ejecución, en menos de siete semanas esta sala, donde ahora yacía, sería la misma donde lo prepararían para que diera los cincuenta y dos pasos necesarios para llegar a la cámara de ejecución donde se sentaría en la Vieja Asadora.

Coleman se dio vuelta en la cama, tratando de sacar el pensamiento de su cabeza y el dolor se disparó por todo su cuerpo. Tenía dos costillas rotas, la nariz quebrada y una conmoción cerebral leve. No obstante, esta noche había rechazado todos los analgésicos cuando lo habían internado en el hospital. Efectivamente, aun antes de las radiografías y de las suturas, había insistido en hacer una llamada telefónica. Eso había sido casi cuatro horas antes. Ahora Coleman se obligaba a permanecer despierto y a esperar.

Cuarenta y cinco minutos después su vigilancia se vio recompensada. La pared que estaba frente a la ventana empezó a reflejar rojo-amarillo-anaranjado, rojo-amarillo-anaranjado. Coleman no tenía que levantarse a mirar por la ventana para saber que era una ambulancia. Alguien de la prisión había sido herido, pero peor que él. Tan mal que, efectivamente, se necesitaba la asistencia de un hospital de afuera con instalaciones de urgencia más grandes y mejor equipadas.

Coleman sonrió. Su llamada telefónica había dado fruto.

Oyó el tintineo de un carrito en el pasillo. Le traían comida. Aquí, en el hospital, a medianoche. Un momento después las luces fluorescentes parpadearon. Él pestañeó por la luz.

—¿Qué pasa? —preguntó.

—El cocinero dijo que usted quería esto.

Un administrativo de camisa dorada y pantalones beige empujó el carrito hacia Coleman. Este levantó la tapa para dejar al descubierto una porción enorme de las salchichas con huevos de la mañana siguiente.

Coleman se sentó, luchó contra el dolor de cabeza y se estiró hacia el carrito. Estaba famélico.

—¿Qué está pasando con la ambulancia?

—Su amiguito Sweeney. Supongo que le vendió droga mala a uno de los guardias. El tipo se desmayó en casa hace un par de horas.

—¿Muerto?

—En coma.

El apetito de Coleman aumentó rápidamente. Se tiró a los huevos.

—¿Y Sweeney?

—Los otros no se entusiasmaron mucho con eso.

—¡Qué pena! —dijo Coleman atiborrando su boca con comida—. Supongo que estas cosas pasan.

—Supongo que es así. ¿Algo más?

—Dele las gracias al cocinero.

El administrativo asintió.

—Oh, ocúpese de que los muchachos de la Galería hagan una colecta para García.

—¿Una colecta?

—Sí. Dígale que queme esos calzoncitos cortos y se compre ropa interior de verdad.

El administrativo sonrió y salió del cuarto. Coleman devoró con ganas la comida. En cuanto se le pasaba la rabia por la agresión, daba lugar a un hambre increíble. Siempre había sido así con Coleman, desde que era un niño.

"Hola querida. McKenney me dejó haciendo papeleo otra vez. Lo siento. Me iré a casa en cuanto pueda. Quizás alquile un vídeo para nosotros. Dale un beso de buenas noches a Eric. Os quiero mucho".

Bip.

Katherine estaba sentada en el suelo de la cocina escuchando el contestador telefónico. Esos no eran mensajes nuevos. Eran de una cinta grabada vieja que ella había guardado hacía siete años. Unos cuantos eran de ella o de sus amigos y familiares, pero la mayoría eran de Gary:

"Llámame si oyes esto antes de mediodía, y vamos a comprar algo de comida china".

Bip

El piso de linóleo era duro y frío. Ella estaba apoyada contra el refrigerador y sentía su vibración contra la espalda. Contemplando vacuamente su vaso, hacía girar el vino Cabernet con lentitud, observando como la espuma evanescente volvía a deslizarse dentro del líquido. Habían pasado treinta meses desde que había dejado de beber. Los tres años y medio anteriores a eso, los que siguieron inmediatamente a la muerte de Gary, en gran medida eran un borrón. Injusto para Eric y decididamente injusto para ella misma, pero con la ayuda de unas pocas amistades, se había puesto en pie otra vez, se había cambiado de lugar, había abierto una tienda e ingresado a las masas de progenitores solos que luchan por mantener la cabeza por encima del agua emocional y financiera.

Habitualmente triunfaba, pero esta noche, con los problemas del trabajo, la soledad del feriado, el ataque en el estacionamiento, bueno, el resplandor del Albertson y su famosa sección de vinos, habían sido más de lo que ella podía soportar.

"Mi amor no te enojes, pero acabo de comprar un perrito. Lo sé, lo sé, pero un chico necesita un perro, ¿no es así? Es un Labrador negro. Eric se va a chiflar. Créeme esto. Te veo luego".

Bip.

Katherine nunca vio el perro. En la confusión de esa noche, luego una semana de guardia en el hospital y los arreglos para el funeral, no se vio ni se supo más del perro.

Sostuvo más de cerca el vaso y miró fijamente el líquido rojo. Por último, lo alzó a sus labios y empezó a beber.

CAPÍTULO 2

Harold Steiner amaba la ley. Había algo puro, casi sagrado, en ella. Era el único cemento que mantenía a la civilización unida en un mundo desordenado y de caos inminente. Una fortaleza que separaba al hombre de los animales.

Así que a la tierna edad de nueve años, hacía ya casi cuarenta, Harold Steiner se había calado bien sus anteojos de marco metálico, carraspeado para aclarar su pequeña garganta y anunciado al mundo que él sería abogado. A los veinticinco años se había convertido en el asistente del fiscal más joven de la historia del estado de Nebraska.

Pero eso había sido hacía mucho tiempo. Antes de que su vida se deshiciera. Antes del asesinato de Melissa. Él seguía amando la ley, pero ahora sabía que era una espada de doble filo tan fácilmente blandida por los bárbaros, esos que podía torcer y distorsionar la ley para destruirla. Salvajes como Michael Coleman.

Steiner buscó en la guantera sacando un deslucido frasco de analgésicos, abrió la tapa y echó su cabeza para atrás para tragar otro puñado. Los dolores de cabeza le sobrevenían habitualmente tres o cuatro días antes del cumpleaños de

Melissa y le duraban hasta uno o dos días después. Su hija hubiera cumplido hoy veintiséis años.

Nadie estaba seguro de la cantidad de personas que Coleman había matado ni en cuántos estados. Estaba el empleado del almacén y el policía, la prostituta de Omaha, y la media docena de asesinatos sin resolver que él, en realidad, nunca había confesado. Sin embargo, había sido el asesinato de Melissa lo que finalmente lo condenó.

Por supuesto, no habían permitido que Steiner ni siquiera se acercara al caso no solo debido a su compromiso emocional sino también porque estaba fuera de su jurisdicción. Él había vivido y trabajado en Platte Norte, cerca de la punta sudoeste del estado. Meli había sido asesinada en la Universidad Creighton, de Omaha. Pero eso no le había impedido a Steiner investigar en su horas libres, observando en forma no oficial el conjunto de pruebas y su evaluación, hablando diariamente con el asistente del fiscal, ayudando desde detrás del escenario en el juicio, las apelaciones, testificando en las audiencias de clemencia. En resumen, cada vez que Coleman trataba de explotar la ley para sacarle provecho, Steiner estaba ahí para ayudar a bloquearlo.

Era un trabajo agotador. Los amigos le advirtieron que había traspasado los límites. Los colegas decían que se había vuelto obsesivo, pero la ley era la ley. Coleman la había quebrantado. Había desafiado a la civilización haciéndola peligrar y, en ese proceso, había destruido todo lo precioso de la vida de Steiner. Coleman pagaría por eso. Pagaría sin importar cual fuera el precio.

Lamentablemente el costo para Steiner también había sido elevado. Theresa lo había dejado dos años después del asesinato. Catorce meses después de eso había perdido su trabajo. En realidad, no lo había perdido: "permiso indefinido de ausencia" era la expresión que habían usado. Y todavía los abogados de Coleman seguían hallando resquicios legales y seguían presentando apelaciones, peticiones para suspender, rogando misericordia.

Steiner se salió de la calle Blondo, doblando para tomar por la calle 60 hacia el norte. No era uno de los barrios más elegantes de Omaha, sino algo que Theresa podía pagar. Ella no había devuelto su última docena de llamadas telefónicas y la de esta mañana no había corrido mejor suerte. Pero debía ser diferente. Hoy era el cumpleaños de Melissa.

Dobló por la entrada de automóviles de un edificio de alquiler de dos pisos y detuvo su Volvo. Repasando lo que le quedaba de su pelo en franca caída (después de todo, él y Theresa aún no estaban divorciados oficialmente), se bajó del automóvil, activó la alarma y se dirigió a la casa de ella. Los enebros se desparramaban por el concreto partido y una enredadera desconocida trepaba los escalones. La muerte de Melissa había afectado a Theresa tanto como a él, pero en forma diferente. Ella había dejado sencillamente de interesarse.

Pulsó el timbre, pero no funcionó. Abrió el pandeado mosquitero y llamó.

—Vete —llegó de adentro una voz ahogada.

—¿Theresa?

—Te dije que te vayas.

—Theresa, vamos. Soy yo. Abre. Querida, vamos.

No hubo respuesta.

—¡Theresa!

Por fin se oyó el ruido de la cerradura que se abría y apareció una mujer metida en una bata de baño de tela de toalla color azul. Ella entrecerró los ojos para mirarlo a la brutal luz de la mañana. Había sido una mujer atractiva. Más bonita que bella. Todavía podía serlo a pesar de los nueve kilos que había aumentado y de la cara agotada y sumida, por pasar demasiadas noches en muchos bares.

—¡Theresa! —él frunció el ceño—: Son las diez y media.

—¿Y qué?

Un olor salió del apartamento.

—¿Volviste a fumar?

—Harry, ¿qué quieres?

—Es la fecha de cumpleaños.

Ella levantó la mano para tapar el sol.

—¿Qué?

—Es el cumpleaños de Meli. No me digas que te olvidaste.

—Naturalmente que no me olvidé.

Él se dio cuenta de que ella mentía.

—Entonces, ¿vienes?

—Harry...

Steiner siguió en silencio.

Theresa dijo una palabrota.

—Harry, han pasado ocho años.

—¿Qué quieres decir con eso?

—Harry...

—Escucha. (Pudo oír su propia voz que se afinaba y trató con toda sus fuerzas de seguir calmado.) Pudieran ser ochocientos años. Lo importante es que hoy es su cumpleaños. Nosotros nunca olvidaremos su cumpleaños, ¿verdad? Vamos, Theresa, por el amor de Dios. Después de todo es (la voz se le empezaba a quebrar... antes de que pudiera terminar la frase) su cumpleaños.

Theresa se quedó en un largo silencio.

—Está bien —suspiró por fin—. Iré para allá. Pero no ahora.

—¿Cuándo?

—Más tarde, ¿Está bien? Más tarde.

—Theresa...

—Lo prometo.

—Pero...

—Adiós, Harry. Ella cerró la puerta.

—Esperaré —gritó él—. Si quieres puedo esperar.

No hubo respuesta.

—¡Theresa!

Steiner se quedó un minuto más antes de darse vuelta encaminándose hacia su automóvil. Iría solo a la tumba de su hija. Ahí esperaría a Theresa. Por lo menos Melissa merecía eso: a ambos padres, lado a lado, juntos en su tumba. Lo merecía por lo menos en el día de su cumpleaños.

❄ ❄ ❄

—Eso es un chiste, ¿verdad?

—Señor Coleman, le aseguro que no es un chiste —dijo Murkoski tratando de recuperar el control de la conversación.

—Viene aquí con un cuento sobre la sangre de Cristo y usted...

—Nadie dijo que tuviéramos la sangre de...

—¿Espera que yo sea su cobaya?

—Señor Coleman, por favor...

Murkoski tragó saliva. Parecía estar recuperándose, tratando de empezar de nuevo. Echó una mirada nerviosa a O'Brien, que estaba sentado detrás de él en una de las tres sillas de fibra de vidrio moldeado. Hacía solamente treinta minutos que estaban con Coleman en la sala para abogados y clientes y el asesino ya tenía a Murkoski en las cuerdas, haciéndolo parecer un tonto.

Y no solamente Murkoski. O'Brien también había subestimado al hombre. Lo habían investigado con cuidado, estudiado su perfil psicológico, su ficha médica, radiografías, química sanguínea; el verano pasado hasta le habían hecho, en forma encubierta, electrocardiogramas, electroencefalogramas, tomografías y una tomografía axial computada. Clínicamente, sabían todo lo que se podía saber del hombre.

Sin embargo, se habían equivocado, como la mayoría, al suponer que los asesinos en serie eran animales ignorantes con habilidades mentales subdesarrolladas. Después de todo, ahí estaba él, con las costillas vendadas, la nariz quebrada, un ojo aún cerrado por la hinchazón. ¿Cómo podía alguien así estar a su altura intelectualmente? Ninguno de ellos había tomado en cuenta al peor enemigo de los presos: el tiempo. Después de dormir, los mejores pasatiempos eran leer, escribir y aprender las habilidades de los colegas presos. Ya fuera el minucioso procedimiento para fabricar bombas, por cortesía de Héctor García, o los matices intrincados del sistema legal del estado de Nebraska, extraído de los libros de la biblioteca de la cárcel, los años de lectura y de oír, habían afilado como navaja de afeitar el intelecto de Michael Coleman. Luego venía, por supuesto, la pericia psicológica en el arte de la manipulación del prójimo que había adquirido dirigiendo la Galería de la Muerte. Todo esto para decir que, en menos de media hora, había reducido a Murkoski, el niño genio, a un agitado nudo de frustración.

El muchacho aleteaba de desesperación; O'Brien decidió intervenir.

—Señor Coleman, tocante a la identidad de la sangre, solo podemos decir que es sumamente antigua y que...

—Usted dijo, un par de miles de años.

—Sí, pero...

—Entonces, ¿cómo pudieron impedir que se desintegrara? Y no me diga que la encontró dentro de un mosquito embalsado en savia de árbol. También vi esa película.

O'Brien respiró largamente, pero antes de que pudiera responder, Murkoski volvió a saltar a la palestra. El chico no se rendía nunca.

—La sangre estaba sellada en cera de vela. Una pequeña sección de vena con fragmentos de espinas ensangrentadas estaba metida en la sustancia. Sospechamos que durante siglos fue venerada como una especie de artefacto religioso. Mantenida en un altar donde inadvertidamente las velas que chorreaban cera taparon y sellaron una parte.

—¿Y qué altar era ese?

—¿Perdón?

—¿Dónde?

—Los desiertos del sur de Egipto. Un monasterio. El mismo que dice albergar los huesos de San Marcos.

—Muy oportuno.

—No, no fue oportuno. En absoluto, señor Coleman. (La voz de Murkoski se alzaba temblorosa.) Mucha gente arriesgó su vida para traérnosla y si a usted no le interesa ayudar, entonces buscaremos a alguien que se interese. Por si no lo sabe, hay tres mil condenados en las galerías de la muerte.

Coleman abrió las manos y las cerró calladamente.

—Tres mil veintiséis. Quizá ustedes debieran comunicarse con alguno.

Murkoski pestañeó. Coleman acababa de descubrir su jugada. Con todo atrevimiento. A Murkoski se le veía lívido, pero O'Brien estaba más impresionado que enojado. Coleman no tenía idea de cuantos meses llevaban investigándolo ni de los límites de tiempo con que ahora trabajaban. Y, sin embargo, había puesto al descubierto el lado oculto vulnerable de Murkoski, había apretado todos sus botones y controlado la conversación: todo en tiempo récord. El hombre era mucho más astuto de lo que habían imaginado.

O'Brien carraspeó y probó de nuevo.

—Señor Coleman, sea de quien sea la sangre, cosa que no podemos determinar con certeza, sí sabemos que este individuo tenía una constitución genética ligeramente diferente del resto de nosotros. (Podía sentir los ojos de Coleman que lo exploraban buscando un resquicio, una debilidad de la cual agarrarse. Pero sostuvo la mirada fija de Coleman y mantuvo pareja su voz cuando entró en detalles.) Las moléculas del ADN humano consisten de más de seis mil millones de pares base. Si los ponemos en línea alcanzarían para ir y volver a la luna dieciséis mil veces. La mayoría de ellas no ha sobrevivido en la antigua muestra de sangre que tenemos; pero en las porciones que tenemos, las que permanecen intactas han resultado ser muy interesantes.

—¿Cómo?

Esa era la parte difícil. La parte que rara vez O'Brien compartía; pero ellos pedían el cuerpo de Coleman para experimentar y, por cierto, él tenía derecho a saber.

—Por lo que podemos decir, la sangre contiene todos los genes maternos de costumbre, pero hay unos genes sumamente insólitos que descubrimos en la parte masculina.

Coleman arqueó una ceja esperando más.

Murkoski intervino.

—Ciertamente un hombre de su inteligencia sabe de los cromosomas X e Y —era una expresión condescendiente y fue respondida solamente por el silencio de Coleman. Murkoski continuó—: Dos cromosomas X juntos nos dan una hembra, mientras que un cromosoma X con uno Y determinan un macho.

Más silencio.

—El cromosoma X porta hasta cinco mil genes mientras que el cromosoma Y, más humilde, ese que nos hace a los varones, contiene solamente poco más de una docena. Hasta ahora la ciencia ha determinado solamente la función de uno de esos doce genes, el que le dice al embrión que desarrolle testículos en lugar de ovarios. Los restantes genes masculinos parecen ser totalmente inútiles.

—Hasta ahora —corrigió O'Brien—. No sabemos cómo o por qué, pero, por alguna razón, la parte de esos genes Y que pudimos recuperar de la sangre, tiene una constitución totalmente diferente de la de cualquier otro gen masculino.

—¿Qué significa eso?

Murkoski saltó a la línea de fuego:

—De quien haya sido esa sangre, no pudo tener un padre humano.

El silencio cayó sobre la sala. O'Brien observó a Coleman. Ni un músculo se movía. Por otro lado, Murkoski se echó para atrás en su asiento, a todas luces seguro de que el campo de juego había vuelto a inclinarse para su ventaja.

El silencio continuó. O'Brien tosió levemente, luego siguió:

—La mayoría de estos genes nuevos parecen totalmente inútiles, pero hay uno en particular que se ha destacado. Cuando se inyecta a otros organismos, cuando lo reproducimos en la sangre de, digamos, ratones, los patrones del comportamiento de las criaturas cambian espectacularmente.

La voz de Coleman se puso raramente tranquila:

—¿Ustedes han hecho esto con otros animales?

—Sí. Primero, ratones, luego, más recientemente, con primates.

—¿Y?

—La tasa de mortalidad ha sido superior a lo que desearíamos, pero los resultados han sido sobrecogedores con los que han sobrevivido.

Murkoski continuó:

—Ya no se interesan más por lo que es mejor para ellos. En lugar de enfocarse en sus propias necesidades, actúan de la manera que es mejor para su comunidad.

Coleman estaba sentado inmóvil. Aunque no quitaba sus ojos de los hombres era evidente que silenciosamente su mente trabajaba.

Incapaz de tolerar el silencio por mucho tiempo, Murkoski continuó:

—Y ahora estamos listos para dar el próximo paso. Inyectar esta sangre a un ser humano.

La sombra de una mueca cruzó por la cara de Coleman.

Murkoski no pareció notarlo.

—No hay promesas —dijo—. El proceso puede matarlo o puede convertirlo en un lunático o en una clase de vegetal mental, pero si el experimento triunfa, piense en las ramificaciones. (Su voz subió levemente al aumentar su emoción.) Podríamos librar a nuestra sociedad, a toda la especie humana, de su violencia y agresión. Nuestra tendencia al mal sería totalmente eliminada. Crearíamos la paz mundial. El nirvana. El cielo en la tierra.

La voz de Coleman siguió queda:

—Ustedes juegan a ser Dios. Están cambiando oomo estamos hechos.

Murkoski movió la cabeza:

—No. Simplemente aceleramos el proceso evolutivo de nuestra especie. Algunos insectos ya lo hacen, por ejemplo, las abejas. Hay unas cuantas variedades que se suicidan aguijoneando a un intruso para salvar a la comunidad de su colmena. Algunas aves arriesgan sus vidas cuando advierten que hay un halcón u otro depredador en la zona. Cabe poca duda de que nuestra especie ya empezó ese paso evolutivo: elevar a la comunidad por encima del individuo. Simplemente estamos apurando un poco el ritmo, eso es todo. Hacer en pocos meses lo que a la evolución le llevará miles de años en cumplir.

Otra pausa.

—¿Por qué yo?

—Su ejecución está programada para dentro de seis semanas. El Tribunal Regional de Apelación ya ha negado su apelación. Eso deja solamente el Tribunal Supremo y la Junta de Apelaciones.

Coleman no respondió.

Murkoski volvió a controlar de nuevo:

—Si usted accede a participar y *si* sobrevive, tiene nuestra garantía de que el gobernador del estado de Nebraska le conmutará la sentencia a prisión perpetua.

Coleman mostró una expresión por primera vez.

—Señor Coleman —siguió Murkoski—, tenemos contactos en lugares muy altos.

Coleman sostuvo la mirada de Murkoski. Llevaba el suficiente tiempo en el sistema penal para saber que todo era posible con influencias. Se quedó sentado casi un minuto. Finalmente se puso de pie. La reunión estaba terminada. La decisión, tomada.

—No —fue todo lo que dijo.

Murkoski se quedó anonadado.

—¿Qué quiere decir con *no*? Le estamos ofreciendo su única esperanza.

—Estar en la cárcel como santo varón que hace el bien no es ninguna esperanza. No duraría una semana. No, si quieren mi cooperación, el trato es que me consigan el perdón.

La voz de Murkoski no ocultaba en absoluto su incredulidad.

—¿Cómo espera que hagamos eso?

—Usted es aquí el que mete los goles. Si tiene el poder de mover al gobernador para que tenga clemencia, tiene el poder de mover un poco más y sacarme de aquí.

Murkoski se puso de pie.

—Escuche amigo, le ofrecemos su vida. ¿Quién se cree que es para negociar con nosotros?

—Hijo, yo soy un don nadie, pero evidentemente un don nadie que usted necesita. (Se volvió, golpeó en el cuadrado de veinte centímetros por lado de vidrio a prueba de balas que tenía la puerta, y apareció un guardia instantáneamente.) Gracias por venir.

Un momento después, Murkoski y O'Brien se hallaban a solas en la sala. Murkoski estaba pasmado, O'Brien asombrado. Coleman no era solamente inteligente sino también un jugador de alto nivel. Había asumido el control del juego, visto la apuesta y aumentado los riesgos a doble o nada. El hombre era muy necio o muy temerario. O'Brien sospechaba lo último. Y si ellos pretendían usarlo, en ese momento supo que tenían que ser muy cuidadosos. Muy cuidadosos.

❄ ❄ ❄

Katherine había estado postergando por más de un mes la reunión con el profesor de Eric. No era por desinterés por su hijo. Él era lo más importante de su vida. Ni siquiera tenía que ver con tener que cerrar la tienda por hora y media mientras iba a la escuela y se entrevistaba con el profesor. No, a Katherine no le gustaba reunirse con el profesor de Eric porque a ella no le caía bien ese profesor.

La última reunión con el señor Paris no había salido bien. Los primeros minutos fueron buenos mientras hablaban sobre las habilidades de Eric para las matemáticas y la computación. Eric era impresionante en ambos rubros. Hasta estuvo bien cuando el profesor de Eric había hablado de la necesidad que tenía el niño de trabajar en su comprensión de lectura, estado físico y habilidades sociales (parecía que últimamente Eric se había convertido en el objeto de bromas de toda la escuela). Lo que no estuvo bien fue que el hombre insinuara la necesidad de Eric de tener un buen modelo masculino, la necesidad de Katherine de tener un hombre bueno y la necesidad del señor Paris de darse un buen revolcón en el heno.

Katherine detectó rápidamente sus intenciones y puso límites manifestando claramente que no se interesaba, cosa que llevó a que Paris comentara que a él le gustaban las mujeres con espíritu fuerte. Luego se atrevió a tomar suavemente el brazo de ella, lo cual condujo a que ella le diera discretamente una patada en el tobillo con la suficiente fuerza para que a él no se le escapara el detalle. Eso era otro recuerdo del entrenamiento de Gary.

Pero ese incidente había tenido lugar hacía más de dos meses. Y, desde ese viaje corto al supermercado Albertson, la actitud de Katherine sobre muchas cosas había estado cambiando. Quizá había reaccionado con exageración. Quizá era hora de aflojar un poco. Por lo menos, eso era lo que pensaba al sentarse en el escritorio de un estudiante, al frente de la vacía sala de clases del tercer grado del señor Paris, eructando el sabor del vino Cabernet que había tomado con el almuerzo.

Por otro lado, Paris estaba sentado detrás de su escritorio de roble, esforzándose por parecer profesional mientras repasaba las notas de Eric.

Mientras el hombre hablaba, Katherine no pudo dejar de fijarse en que no era tan repulsivo como ella recordaba. Todavía usaba ese corte de pelo estilo veinteañero. Sus pantalones y corbatas tenían unos centímetros menos del largo debido. Y alguien debiera decirle que la barba recortada no le quedaba muy bien. Peor había algo poco atractivo en él. Algo que ella no podía precisar. El pensamiento la tomó por sorpresa e inmediatamente trató de olvidarlo.

—... aunque en matemáticas está muy bien y sus habilidades en computación son excepcionales...

—Eso lo heredó de mí.

—¿Perdón?

Katherine se sintió tonta por haber dejado salir eso, pero se había comprometido así que explicó:

—Las habilidades para computación. Yo solía trabajar en computadoras para el gobierno. Él sacó eso de mí.

—Entiendo. En realidad, esa es casi la única manera en que Eric y yo hemos podido conectarnos. Yo mismo soy un poco chiflado por las computadoras. (Él volvió a dirigir su atención a los resultados impresos que tenía en la mano.) En todo caso, su hijo sigue estando muy atrasado en comprensión de lectura, lenguaje, artes, estudios sociales, efectivamente, en casi *todas* las demás materias.

Katherine asintió.

El señor Paris siguió mirando con fijeza el papel impreso.

—No creo que sea intelectual. Él ha demostrado que puede pensar. Me temo que mucho de esto tiene que ver con la falta de incentivos y de autoestima, junto con, naturalmente, su falta de interacción social.

—¿Interacción social?

—¿Eric tiene hermanos o hermanas?

Katherine negó moviendo la cabeza.

—Somos nosotros dos no más.

—¿Y los niños del barrio con que juega? Él se mantiene totalmente aislado en la escuela.

Katherine volvió a mover la cabeza.

—Él se queda conmigo en la tienda hasta que cierro. Cuando llegamos a la casa y cenamos ya es hora de acostarse.

El señor Paris frunció el ceño. ¿Era su imaginación o este hombre parecía legítimamente interesado por su hijo? Cualquiera que fuera el caso, este era un individuo totalmente diferente del que ella había visto actuando en septiembre pasado. De nuevo se encontró empezando a no sentir disgusto total por él.

—¿Qué tal alguna clase de deportes?

Katherine casi se rió.

—Me temo que no. La coordinación no es una de las especialidades de mi hijo. Además, como dije, no tenemos tiempo. (Ella percibió lo que creyó ser una expresión de desaprobación.) Mire, yo sé que no es justo para Eric pero...

—No, entiendo. Créame. Mi madre fue madre soltera. Ella era nuestro único sustento. Sé lo difícil que puede ser.

Sus ojos parecieron conectarse justo una fracción de segundo más larga de lo necesario. No había error, el hombre era sincero. Eso o era el vino. Quizá ambas cosas.

Él desvió la mirada y volvió a fruncir el ceño, esta vez tamborileando sobre el papel que tenía en la mano.

—Escuche, yo entreno un equipo de fútbol en los fines de semana. ¿Cree que a él le interesaría probar?

—Él no tiene ni idea del juego.

—Yo podría darle unos cuantas indicaciones. Además, como entrenador —casi sonrió— creo que podría lograr que jugara en el equipo.

Katherine luchó contra una sospecha creciente.

—¿Usted haría eso por él?

—Solamente si usted piensa que es apropiado.

Sus ojos se volvieron a encontrar, quizá otra vez por un tiempo un poco demasiado largo.

—Apropiado —repitió ella—. Bueno, supongo que sí. Quiero decir, déjeme hablar primero con él. Pero si él está de acuerdo, yo también estaré.

El señor Paris se sonrió al fin. No era una sonrisa mala. Nada de mala en absoluto.

—Bien, bien —dijo. Recogió las notas de los exámenes, terminando la reunión evidentemente—. Pienso que terminamos, por ahora. A menos que usted tenga más preguntas.

Katherine movió la cabeza.

—Bueno, si las tiene —dijo poniéndose de pie—, no dude en llamarme. Él es un niño brillante y sensible y yo haré lo que pueda para ayudarle.

Katherine entendió la señal y se paró.

Fueron hacia la puerta.

—Oh, mire —dijo, pasándole las notas de los exámenes—, puede que desee mirar nuevamente estas calificaciones cuando tenga oportunidad.

—No sabría por donde empezar —dijo mientras él le abría la puerta y pasaban al vestíbulo. Ella estaba segura de que a esta distancia él podía oler el vino en su aliento y, por alguna razón, eso la hizo sentirse un poco avergonzada.

—En realidad no es tan difícil —dijo él—, si gusta, me complacerá explicárselos en algún momento.

Ella le dirigió una mirada.

Él sonrió.

—Lo siento.

Ella ya podía ver el rubor que le subía al rostro.

—Se supone que eso no es una insinuación.

Ella sostuvo la mirada de él, sabiendo que debía portarse con más responsabilidad.

—Bueno —él se encogió de hombros—. Quizás pero solo un poquito. La idea es que en el otoño pasado tuvimos un comienzo muy brusco, pero, en realidad, la encuentro atractiva y bueno —se aclaró la garganta— lo que trato de decir es que usted tiene toda la razón para no tenerme confianza, pero, si no le importa, quizá pudiéramos, usted sabe, comer juntos alguna vez.

Katherine trató de no sonreír. No por su pedido sino por la manera de hacerlo. Como un adolescente con la lengua atada en su primera cita él se ruborizaba y buscaba palabras. Naturalmente, a ella le gustaba la vulnerabilidad, pero también era grato saber que ella aún tenía ese tipo de efecto en alguien. En realidad, era tan grato que, antes de darse cuenta, se halló diciendo:

—Seguro, ¿por qué no? —y por un segundo se sorprendió tanto como él.

—Bueno, gracias —dijo él pareciendo un poco asombrado—. Yo, yo, la llamaré entonces.

Ella asintió. Entonces, sin decir palabra, se dio vuelta y se encaminó por el pasillo. Todavía sentía los ojos de él en ella, pero estaba demasiada ocupada en criticarse como para que eso le importara. ¿Qué creía que estaba haciendo? El hombre era un cerdo. Lo había demostrado la última vez.

Aún así, la gente podía cambiar ¿no? ¿No merecen todos una segunda oportunidad? Él tiene un trabajo firme, es bien considerado en la comunidad y ha dicho claramente que sabe que se comportó como un idiota. Dice que está interesado. Quién sabe, quizá sea la hora de volver a la lucha otra vez. Quizá no todos los hombres sean malos. Quizás Gary no fue la única excepción de esa regla. Ella tenía sus dudas, pero ¿qué había de malo en dar de nuevo un paso adelante, solo para ver?

❄ ❄ ❄

Habían pasado setenta y dos horas desde que Harold Steiner había visto que el sol se ponía sobre la tumba de su hija. Su esposa no había aparecido. Él había vuelto a casa esa noche, confuso, enfurecido y más decidido que nunca.

Setenta y dos horas habían pasado y aún no podía quedarse dormido. Oh, hubo una hora ocasional en que se adormiló, hora repleta del zumbido incesante de la televisión, los libros en que no podía concentrarse, llamadas a su oficina diciendo que estaba resfriado y las visitas a los Arcos Dorados a horas raras. Pero no tenía descanso. ¿Cómo podía descansar cuando se ignoraba a la ley, cuando la justicia era lentamente olvidada, primero por el Estado y ahora por su esposa?

Era las 1:30 de la mañana del lunes cuando él se metió en la ducha. Subió la temperatura y dejó que el agua le masajeara la nuca. El dolor de cabeza no se había ido en esta ocasión.

¿Pensaban ellos, seriamente pensaban en sus imaginaciones más locas que siete años de maniobras, apelaciones, y de retorcimientos por una salida, harían que *se olvidaran* los crímenes de Michael Coleman? Algunos quizás. Esos que miraban las noticias para entretenerse. Esos que, después de la tercera o cuarta apelación, sintieron que estaban mirando una repetición y se cambiaron a diversiones más actuales. Sin embargo, esto no era diversión para Harold Steiner. Él no se olvidaría. Todos los demás podían olvidar, hasta su esposa o lo que quedaba de ella. Pero no él. No podía. La ley era le ley. Michael Coleman la había quebrantado, había sido sentenciado y ahora debía pagar. Ninguna cantidad de demoras o de explotación del sistema legal iba a cancelar esa deuda. La justicia sería honrada. Steiner se lo debía a la sociedad; se lo debía a Meli.

Cuando se acabó el agua caliente de la ducha, se secó con la toalla y se puso ropa interior limpia. Se le había ocurrido una idea y se fue caminando por el pasillo en pos del dormitorio central. La sala estaba tan limpia como debía ser. Siempre lo estaba.

Cruzó a su escritorio, abrió la computadora y entró a la Internet. Con unos cuantos clics del ratón, trajo a pantalla la foto de Coleman que había escaneado previamente de un archivo de la policía. Era perfecta. Impenitente, insensible, un animal en el apogeo del salvajismo. Para cerciorarse de que el que mirara no sintiera simpatía, Steiner había borrado el número de serie del convicto que estaba en el fondo. Hoy, en su lugar, escribió dos palabras con negritas, centradas y todo mayúscula:

NUNCA OLVIDAR

Unos cuantos clics más al ratón, trajeron a pantalla su libro de direcciones del correo electrónico: gente con la que se comunicaba pese al paso del tiempo. Cuidadosamente, de uno a uno, fue repasando la lista, destacando a los que habían estado envueltos en el caso de Coleman, a saber familiares, amistades, policías, abogados, jueces, parientes de víctimas, miembros de la prensa, políticos y la lista continuaba. Ciento quince en total.

Una vez seleccionados, trajo a pantalla la foto de Coleman, llevó el ratón a la caja del ENVIAR e hizo clic. Se sentó de nuevo y cerró los ojos. En cosa de horas las ciento quince personas recibirían un marcador especial en su computadora indicando que habían recibido un mensaje del correo electrónico. Ellos lo iban a tomar y ver como se llenaba su pantalla con la foto de Michael Coleman y el consejo de Steiner de "Nunca olvidar".

Steiner cerró su computadora. Enviar ese mensaje le había servido para aliviar un poco el dolor, pero no lo suficiente.

CAPITULO 3

La Galería de la Muerte de la Penitenciaría Estatal de Nebraska, con sede en Lincoln, es una de las mejores del país. No hay celdas plagadas de ratas ni extremadamente calurosas. No hay guardias que porten armas de fuego y anden rompiendo cabezas; tampoco reos insanos con la baba corriendo que se aferren a las rejas gritando histéricamente toda la noche. En efecto, en lo que a comodidades concierne, esta Galería de la Muerte es de cuatro estrellas. Edificada en 1981, las celdas tienen aire acondicionados y son para una sola persona; tienen puertas de acero para asegurar cierta privacidad y valor estético, aunque nadie ha podido averiguar por qué el exterior de estas puertas está pintado de un verde lima espectral. Cada cubículo de dos y medio por tres y medio metros, hecho con bloques huecos de concreto mezclado con ceniza, de color arena, tiene piso de baldosas, una cama, un inodoro sin tapa porque esta puede usarse como arma, un lavamanos y una ventana grande a prueba de balas con dos rejas horizontales de treinta y ocho milímetros de grosor que la cubren debidamente, para impedir cualquier ausencia no programada ni autorizada.

Un salón de estar común, una cafetería, acceso a las duchas tres veces por semana, dos llamadas telefónicas semanales de quince minutos cada una, para ni hablar de las oportunidades de ir a la biblioteca legal, para comprar efectos personales en la cantina y pasar hasta cuarenta y cinco minutos diarios en el patio de ejercicios, todo eso sumado al ambiente hogareño familiar para el condenado a muerte. La única manera en que Coleman hubiera estado mejor hubiera sido si lo hubieran capturado y condenado en el estado cercano de Iowa. Allí no hay pena de muerte.

En la penitenciaría hay siete unidades de vivienda de dos pisos. Cada una tiene la forma de una X, con cuatro alas. La Galería de la Muerte ocupa el ala superior de la unidad más al nordeste. Los diez hombres (en realidad nueve, pues, gracias a Coleman, Sweeney seguía de visita en el Hospital General de Lincoln) tienen todo el piso para ellos. Están separados de la población general del penal, formando su propia comunidad: comen, socializan, se alegran por los logros de unos y otros y caminan por el patio de ejercicios, todo como una orden fraterna de élite sentenciada al mismo destino.

Los guardias son pocos. La mayor parte de la interacción con los reos está manejada por encargados y trabajadores de casos con preparación especial: diplomados en psicología, sociología o justicia criminal. Los lemas de todo el personal dedicado a los reos de la Galería de la Muerte son *discreción* y *compasión.*

En resumen, no se tortura en la Galería de la Muerte de Lincoln salvo, quizá la tortura del tiempo… y la de la mente.

Coleman estuvo en su celda durante los cinco días siguientes pensando en lo que rechazaba. Nunca se había considerado hombre de suerte. Efectivamente, pensaba que su suerte se acabó cuando salió de la maternidad con su madre, cuando su padre la golpeó por insinuar que su hijo recién nacido, sangre y carne del hombre, en realidad pudiera *no ser* su propia sangre y carne.

Al pasar el tiempo las palizas se trasladaron de la madre a Coleman en persona. En realidad a él no le importaba, pensaba que le servían para fortalecerse. Se imaginaba que si podía sobrevivir a los arranques explosivos e incansables palizas de su padre, mientras aprendía a leer las fluctuaciones erráticas del ánimo del individuo y a compensarlas, podría sobrevivir cualquier cosa. Y durante treinta y cinco años había tenido razón.

Pero esto...

Estuvo cinco días metido en la celda, sosteniendo su bravuconada. No recibió llamadas telefónicas de Murkoski ni de O'Brien, ni más pedidos de reunión. Si ellos podían cumplir sus requisitos, estupendo. Si no, con menos de seis semanas de vida, las horas que le quedaban eran demasiado valiosas para desperdiciarlas en científicos chiflados, sin importar cuanto proclamaran tener. Naturalmente habían insistido en que mantuviera en secreto la propuesta de ellos; hasta habían amenazado suspender todo si él daba a conocerlo al público. No había problema en eso, ¿quién lo hubiera creído? Ciertamente él no. Por lo menos la mayor parte del tiempo.

Pero estaban los otros momentos, esos que se le imponían cuando estaba en su punto más vulnerable, cuando pensaba que quizá, tan sólo quizá, fuera cierto, que quizá la ciencia pudiera hacer algo así, que quizá él tuviera una segunda oportunidad.

Rara vez Coleman pensaba en la silla, como la mayoría de los hombres de la Galería. Ah, siempre estaba ahí pero para el otro tipo. El tarado. Coleman había logrado salir demasiadas veces de demasiados problemas graves como para preocuparse. Y la Vieja Asadora no era sino un problema un poco mayor que exigía precisamente un poco más de ingenio. Cierto, cada reo hablaba de cómo se irían: algunos se ufanaban de que se irían peleando hasta el final, otros juraban sentarse en la silla como hombres y aun había otros que planeaban dar a la prensa un largo discurso sobre la injusticia del sistema de justicia para demorar la ejecución. Pero, muy por dentro, nadie pensaba que moriría. Lo mismo era cierto con Coleman. Él era el héroe de su película y los héroes nunca mueren.

Pero esto…

¿Qué clase de juego psicológico estaban jugando? Era una esperanza imposible, era demente, tan demente que él no podía sacárselo de encima por completo. Apelar era una cosa; ese era el juego que todos jugaban, pero esto de embromar la imaginación, esta ostentación absurda de esperanzas imposibles que eran lo bastante insanas, precisamente para ser posibles: esto era inhumano.

La noticia llegó con el alba del sexto día. O'Brien y Murkoski satisfarían sus exigencias. Esto comprendería maniobras sin precedentes con el Programa de Protección de Testigos, para ni hablar de la cooperación clandestina con los funcionarios de mayor rango del Estado y un puñadito de personal penal. Pero, *si* sobrevivía a los tratamientos y *si* se presentaba el vuelco esperado de su personalidad, entonces Coleman tenía la palabra de ellos de que lo sacarían de la Galería de alguna manera y lo reubicarían en la sociedad, como hombre libre.

Su cabeza latía fuertemente. Sus sospechas crecían. Les había presentado condiciones imposibles y las habían aceptado. ¿Qué los hizo ceder? ¿Cuál era su ángulo de enfoque? Ellos tenían todas las cartas, ¿por qué accedían? Quizá ya sabían que el experimento fracasaría, que lo mataría, que lo volvería loco. Aun así, morir de esta manera pudiera ser mejor que la electrocución. Y si se enloquecía, ¿no era mejor estar un poco loco durante cuarenta años más, que estar muerto dentro de pocas semanas más?

Coleman luchó toda la mañana con esos pensamientos. Luego hizo lo que siempre hacía cuando se enfrentaba al miedo y a la indecisión. Actuaba por instinto. Iba a enfrentar esos temores como encaraba todos los demás. De frente y por corazonada. Si ellos querían este trato tanto como para cumplir las condiciones de él, entonces él haría el trato. Jugaría a lo imposible corriendo sus riesgos.

Por segunda vez en una semana lo sacaron de la Galería de la Muerte, llevando las manos y los pies engrillados con brazaletes de nylon que se llamaban esposas flexibles. Salvo por su largo y fuerza, las esposas eran casi idénticas a las ataduras usadas para sellar las bolsas de basura de las casas. El simbolismo no le pasó desapercibido a Coleman.

El aire de la tarde, ya avanzada, era fresco y claro. El cielo color zafiro ya revelaba huellas del rosado en el horizonte, prometiendo una puesta de sol espectacular. Pero Coleman apenas se dio cuenta de eso. Rara vez se daba cuenta. La belleza era un lujo para el cual no tenía tiempo, ni siquiera cuando fue niño. La belleza era para los poetas y las mujeres, no para un hombre que luchaba para sobrevivir. Esa debilidad podía significar la muerte en su mundo. Mientras el bruto guardián lo escoltaba cruzando el patio hasta el edificio de la administración, lo único que Coleman percibió eran los pensamientos opuestos que peleaban dentro de su cabeza.

Cuando Coleman volvió a ingresar a la sala del piso alto del hospital, se sorprendió al ver a Murkoski solo.

—El doctor O'Brien tuvo que regresar —explicó el muchacho—. Este es un procedimiento claro; su presencia no era necesaria.

A Coleman no le importaba. No le gustaba Murkoski, pero sabía como manejarlo. En alguna forma captaba que estaban cortados del mismo paño. La única diferencia era que a Murkoski le encantaba hablar, pontificar. Coleman prefería oír y aprender. Saber era poder y el poder era algo que Coleman siempre podía usar.

—Por favor, ¿se sienta en esta mesa? (Coleman cruzó hasta la mesa metálica de exámenes que habían entrado rodando. Murkoski le hizo gestos al guardia que le quitó las esposas flexibles y salió.) Quítese el suéter.

Coleman obedeció sacándose el suéter con capucha que le habían prestado para salir.

— Escuche —dijo Murkoski— vamos a pasar mucho tiempo juntos y quiero que sepa desde el principio que no me considero superior a usted a pesar de mi educación y posición en la vida.

Coleman pensó en abandonar al muñeco ahí mismo, pero en cambio sofocó el impulso y permaneció callado.

Murkoski abrió la caja de hielo que estaba en el suelo, cerca del mostrador de las drogas, que tenía pegada una calcomanía redonda que indicaba que era peligroso para la vida.

—Tampoco lo menosprecio por su pasado.

—Ni yo tampoco.

Murkoski alzó la vista.

—¿En serio? —preguntó—. ¿Usted nunca se siente culpable?

—¿Por qué debiera?

Murkoski lo miró por un momento, luego asintió y se arrodilló al lado de la caja de hielo.

—En todo caso, la única diferencia entre usted y yo que veo son las cartas que nos tocaron.

Coleman suspiró y dijo rápidamente el resto de la cantinela hipnótica:

—Y puesto que yo soy el producto involuntario de mi ambiente…

—No, precisamente lo contrario, en realidad.

Murkoski levantó un pequeño recipiente plástico de la caja. Era gris, del tamaño de una cigarrera pequeña. No tenía rótulos.

—Somos productos de la química, señor Coleman. Ni más ni menos. La química determina quienes somos. Todo lo que decimos, pensamos o hacemos es una reacción química: corriente eléctrica que surca por las neuronas que, a su vez, liberan sustancias químicas que activan más neuronas, corriendo por nuestros nervios a ciento veintidós metros por segundo hasta que llegan al cerebro, que activa sus propios agentes químicos. Dicho simplemente, usted y yo no somos nada, sino laboratorios químicos.

Coleman frunció el ceño. No le gustaba ser controlado por nada; mucho menos por algo que no entendía.

—¿Usted dice que yo soy quien soy por la manera en que un puñado de sustancias químicas fueron mezcladas?

Murkoski había abierto la caja de plástico sacando una ampolla pequeña envuelta en espuma de goma.

—No, digo que usted es el producto de las fábricas químicas de su madre y padre.

La idea le gustó menos aún a Coleman:

—Entonces, ¿por qué mi hermano no es como yo?

— Por favor, señor Coleman., eso es como preguntar por qué todos los hijos de padres de ojos azules no tienen los ojos azules.

Coleman detestó el tono condescendiente. Mientras el muchacho sacaba una jeringa de la caja de plástico, pensó que poco trabajo costaría cambiar para siempre ese tono, pero, por supuesto, afuera estaba el guardia y el experimento...

Murkoski siguió con su discurso:

—Aunque usted tiene la razón. Los estudios de gemelos idénticos, criados aparte, en ambientes totalmente diferentes, suelen indicar que tienen características similares. No solo el cociente intelectual, sino los rasgos de personalidad como la osadía, la agresividad, la inhibición. En efecto, el Centro de Investigación de Mellizos y Adopción de la Universidad de Minnesota, tiene datos de hermanos mellizos separados desde el nacimiento que, en realidad, preferían la misma colonia, la misma crema para el pelo y hasta el mismo dentífrico importado. Luego, están las hermanas gemelas separadas que contaban exactamente de la misma manera para quedarse dormidas.

Murkoski sacó un par de guantes de látex color blanco lechoso y se los puso.

»También, los resultados del Instituto Nacional del Alcoholismo y los del Instituto Nacional de Salud Infantil y Desarrollo Humano. Por medio de cruzamiento selectivo han podido crear familias diferentes de monos Rhesus con personalidades por entero diferentes; algunos tímidos, otros atrevidos y otros agresivos.

Coleman observaba con un poco de inquietud que Murkoski metía la aguja en la ampolla extrayendo un poco del líquido claro. Se suponía que recibiera sangre. ¿Por qué la inyección?

—Hay docenas de otros estudios, pero el que hallará más interesante es el de la familia danesa con una historia anormal de violencia. Uno de los hermanos violó a su hermana, luego apuñaló al guardia de la cárcel psiquiátrica. Otro trató de atropellar a su empleador. Otro obligó a sus hermanas a desvestirse a punta de cuchillo, y dos más eran incendiarios.

—No exactamente el grupo Brady.

—¿Y la causa? —Murkoski no esperó la respuesta—. Un nivel de serotonina anormalmente bajo.

—¿Serotonina?

—Sí. (Tocó la jeringa sacando las burbujas de aire y la inspeccionó con todo cuidado.) Señor Coleman, es una sustancia química. Un neurotransmisor que reduce la agresión. Uno, pudiera señalar, que está presente en los varones en una cantidad treinta por ciento menor que en las mujeres, lo cual explicaría por qué nueve de cada diez crímenes violentos son cometidos por varones. También disminuye mucho durante la adolescencia, lo cual responde, sin duda, por la conducta inestable. Por favor, súbase la manga de la camisa.

Coleman obedeció, subiéndose la manga de la camisa a rayas doradas que le daba el gobierno mientras observaba cada movimiento de Murkoski.

—¿Y todo esto ha sido probado?

—Absolutamente. Se han ligado cantidades insólitamente bajas de serotonina con criminales violentos, suicidas y hasta incendiarios. En efecto, un investigador, esta vez en la Universidad de Columbia, pudo crear una cepa de ratones a la que le faltaban catorce receptores de serotonina.

—¿Y?

Murkoski fue hasta el estante de las drogas, encerrado en vidrio, dejó la jeringa sobre un estante metálico y tomó una bola de algodón y una botella de alcohol para frotaciones.

—Se pusieron salvajemente impulsivos. Muy violentos. Efectivamente, y usted apreciará bien esto, a menudo se los llama "ratones asesinos". Se sonrió con su propio chiste.

Coleman ni se inmutó.

—Esa familia danesa, ¿tenía todos niveles bajos de serotonina?

—Genéticamente a todos los varones les faltaba la monoaminoxidasa, que es una enzima ligada directamente a la producción de serotonina. Y tenga presente que la serotonina es uno más de docenas de neurotransmisores clásicos que heredamos. Y quien sabe cuántos *neurorreceptores* más sin descubrir podemos tener. (Murkoski regresó a él y empezó a frotar su brazo con el alcohol.) Hemos descubierto un "gen obeso" que nos dice cuando dejar de comer. Hasta hemos alterado los genes de los machos de la mosca de la fruta para hacerlos comportarse como hembras.

—¿Por qué no se publica todo eso?

—Oh, se publica, pero, justo ahora, el comportamiento genético, el estudio de la manera que actuamos debido a nuestra herencia es una papa hirviendo de la política. Todos temen tocarla por las connotaciones raciales y de fanatismo. Efectivamente el Instituto Nacional de Salud Mental le ha retirado el financiamiento a un estudio, por lo menos, porque temían las repercusiones.

—Esta gente juzgará a los demás por sus genes en lugar de quienes son.

Murkoski volvió al mostrador, tiró la bola de algodón con alcohol a la basura y tomó la jeringa.

—Todavía no lo capta. Señor Coleman, las personas *son* sus genes. Usted no tiene opción. Usted es el resultado de sustancias químicas recibidas de sus padres que, a su vez, recibieron sustancias químicas similares de sus padres y así por el estilo, hasta llegar a nuestros ancestros primordiales.

—¿Y usted va a cambiar todo eso?

Murkoski se encogió de hombros y se acercó con la jeringa.

Pronto lo sabremos. Ciertamente ha sido lo que ha pasado con nuestros ratones y con Freddy.

—¿Freddy?

—Nuestro babuino. Su conducta ha cambiado espectacularmente a una mucho menos agresiva, pero no tenemos idea de lo que sienten él o los ratones o cualquier otro animal de laboratorio. Podemos medir el latido cardíaco y la presión sanguínea, pero no sabemos que piensan.

—Aquí entra Miguel Coleman.

—Precisamente. Tomó el brazo de Coleman con la mano ízquierda y se preparó para meter la aguja con la derecha.

—¿Qué hay ahí?

— Un retrovirus.

—¿Un qué?

—Un retrovirus. Como el VIH (virus de la inmunodeficiencia humana o virus del SIDA).

—Un momento —Coleman se alejó.

—Tranquilo. Todos los elementos dañinos fueron eliminados genéticamente.

—Usted me inyecta el virus del SIDA.

Murkoski se echó a reír.

—No. Le inyecto un virus que funcionará en forma semejante al virus del SIDA, pero fue modificado genéticamente. No hay manera en que pueda reproducirse en usted.

—Pensé que me iba a inyectar sangre. ¿Qué pasó con la sangre de Cristo? Coleman parecía y hablaba como un niñito que daba razones para que no le pusieran una inyección, pero en ese momento no le importaba mucho.

—Para empezar no hay garantías de quien era la sangre que descubrimos pero, en aras del debate, digamos que es de Cristo. Este virus tiene el código de uno de los genes de su sangre. Insertamos ese código en este virus de modo que cuando ataque su sangre, a sus células T, las infectará con su ADN y esa es la parte más importante de esto. Por razones que no entendemos completamente, esta nueva sangre modifica la función de ciertos neurotransmisores y receptores.

Como resultado, terminamos con un Miguel Coleman totalmente nuevo. Por favor, ahora no se mueva.

Coleman vaciló un momento más antes de someterse finalmente. Apenas advirtió el leve pinchazo de la aguja, y la quemadura de los cinco centímetros cúbicos bombeados a su vena. Terminó antes de que se diera cuenta.

—Así que no me inyectó su sangre, sino que cambia mi sangre en la de él.

Murkoski asintió:

—Usted recibe parte de su código genético.

—Pero no todo.

Nuevamente Murkoski asintió:

—Correcto. Usted recibirá un gen en particular junto con la chatarra del ADN de costumbre.

—¿Chatarra del ADN?

—Porciones del ADN que no entendemos. Probablemente sean errores de la naturaleza que quedaron de la época en que nos balanceábamos de árbol en árbol como los simios.

—¿Cuándo empezará?

—¿Empezará qué?

—¿Cuándo empezará a infectarme su ADN?

—Señor Coleman, ya ha empezado.

CAPÍTULO 4

Un niño de cinco años de edad mira por los hoyos rectangulares de un alambrado. Tiembla con violencia; las lágrimas ruedan por sus mejillas sucias formando surcos en la suciedad. Parece un Michael Coleman joven, pero no es. Solamente viste ropa interior.

—¡Por favor! —grita—, ¡por favor, no me dejes aquí!

Está afuera y es invierno. No hay colores. Todo es negro, gris y blanco. Las colinas ondulantes están tapadas con cientos de hectáreas de tallos de maíz cortados por la base. Está cerca de la casa de Coleman.

—¡Por favor, Mikey no me dejes aquí! ¡Por favor!

Coleman está ahí. Sentado en una gruesa rama de árbol a cinco metros por encima del niño. Es su hermanito Eddie, atrapado en una criba de maíz vacía. El suelo es de concreto, tiene unos cuatro metros de diámetro, con un alambrado que se eleva por encima del niño y que termina en un techo cónico de aluminio. Alguien atrancó la puerta con un tronco grande. Ellos son los únicos ahí. La casa más cercana está a más de kilómetro y medio de distancia. El viento invernal aúlla y muerde.

—¡Por favor, Mikey...!

Pero Coleman no nota el viento tanto como nota el olor. Pollo crudo. El asqueroso olor de la grasa y la carne crudas del pollo, olor que mamá nunca logra quitarse completamente de sus manos. Algunos adultos tienen recuerdos vívidos de olores de su infancia: la loción para después de afeitar de su padre, la mezcla de hierba cortada y gasolina de la cortadora de césped del jardín, el mustio sótano de la abuela. El único recuerdo de Coleman es el olor de las manos de su madre después que haber pasado ocho horas demoledoras en la fábrica de Sopa Campbell. Como muchas de las mujeres más pobres de Tecumseh, del estado de Nebraska, el trabajo de ella es deshuesar y cortar las aves, sacándoles los huesos y las tripas.

—¡Por favor...!

Coleman vuelve a mirar para abajo. Su hermano es pequeño y frágil, tiembla en la criba. Se le ve tan indefenso que Coleman tiene que reírse. No puede evitarlo. Eddie se lo merece. Si papá siempre le pega a Coleman y deja irse a Eddie, entonces esto no es más que justicia. El mundito perfecto de Eddie debe romperse de vez en cuando. Por supuesto, esta no es la primera que le pasa ni será la última. Es la tarea que Coleman se asignó para emparejar el puntaje y preparar a su hermano para las durezas del mundo real, tarea en que Coleman se deleita.

Pero mientras se ríe, sentado en el árbol, un escalofrío gélido lo recorre entero, un escalofrío que no tiene nada que ver con el viento. No está seguro si lo oye o lo siente, pero hay alguien ahí.

—¡Mikey, no siento mis pies!

Él entrecierra los ojos al viento, explorando el campo. Él y Eddie son los únicos ahí y, sin embargo, ahí está otra vez. Un sonido de algo que se quiebra, abajo de él y por detrás. Se da vuelta hasta que puede mirar detrás del árbol. Nada. Solamente una camioneta Ford del 58, oxidándose, con una puerta colgando y la otra faltante.

—Por favor, Mikey. No hablaré, lo prometo.

Ahí está otra vez. Ramitas que se rompen. Justo debajo de él. Mira para abajo.

Nada.

Ahora escucha gruñidos. Gruñidos y el ruido de botas pesadas que raspan contra la corteza.

—Por favor, Mikey...

Viene hacia él. Quienquiera que sea está subiendo al árbol y viene a buscarlo. El gruñido se oye más fuerte, pero Coleman no ve a nadie. Solamente puede oír el raspado de la corteza del árbol y el gruñido. Cae presa del pánico, luchando por ponerse de pie.

—Mikey...

Casi pierde el equilibrio y se tira contra el tronco del árbol para apoyarse. El ruido se acerca. Busca frenéticamente una salida. No hay ninguna.

Ahora, todo de repente, siente un frío diferente. Más crudo. Ya no es el frío de su miedo, sino el frío del viento. El frío de Eddie. Tiembla con violencia. El ruido está más cerca. Piensa que lo oye respirar. La respiración de su padre. Está seguro de eso.

—Mikey...

Sus dientes castañetean. Tiembla tan fuerte que debe aferrarse al árbol para equilibrarse. Oye ropas que aletean en el viento. Pero no son las de Coleman. Le pertenecen al padre que no puede ver ni oír. El frío es intenso. Antes de darse cuenta, también está llorando.

Mira para abajo a Eddie. Sorprendente. Sus sollozos están sincronizados perfectamente. Cuando su hermanito boquea, él boquea. Cuando Eddie solloza, Coleman solloza. Comparte el miedo de su hermano, su soledad y siente el viento gélido, el horroroso viento helado que no parará hasta...

Coleman se despertó. Le llevó un instante recobrar el aliento y darse cuenta que había estado soñando. Trató de moverse, pero la frazada se había enrollado alrededor de él anudándose. Con rabia, la desata y la tira a un lado. Levantando los pies sobre el borde de la cama, respira profundo otra vez, forzando el retorno a la realidad.

El incidente fue real aunque no había pensado en eso por años. Tampoco había tenido nunca un sueño tan completamente vívido. Sin embargo, lo que realmente lo enervó fue la empatía, el remordimiento. Michael Coleman no había sentido jamás nada por ninguna de sus víctimas, pero ahora había experimentado las emociones de su hermano: el frío, el terror, el dolor intolerable de estar solo y abandonado.

Se pasó las manos por la cara y se dio cuenta de algo aún más inquietante. Sus mejillas estaban húmedas, pero no por el sudor. La humedad había llenado sus ojos y se había derramado sobre su cara. Y cuando tragó, su garganta estaba apretada y contraída.

Se levantó y fue a la ventana. La luna colgaba sobre el horizonte. Era luna llena e inundaba el patio con una serena quietud. Su luz pura brillaba desde los rollos de alambre cortante que había encima de la reja y bañaba en silencio a la carretera distante. Casi a cuatro kilómetros al otro lado del camino, había elevadores de grano que nunca había notado antes brillando a la luz de la luna. Era la cosa más bella que nunca había visto Coleman. El dolor de su garganta se volvió más fuerte.

❄ ❄ ❄

—No me digas que vas a ir así.

—¿Por qué no?

Katherine se dio vuelta, incómoda, bajo el escrutinio de Lisa. La vecina del piso de abajo, era una joven de veinticinco años de edad, muy delgada y de rica piel de ébano. Estaba en la puerta del baño revisando cuidadosamente la salida de Katherine. Lisa había aceptado cuidar a Eric mientras Katherine pasaba la velada en la ciudad con el señor Paris.

—Chica, allá fuera hay un mundo nuevo. Si quieres interesarlo, tienes que publicitarte.

Katherine se dio vuelta para repasar su perfil en el espejo del baño. El vestido de crepé color borgoña, moderadamente escotado, tenía buena caída, acentuando su figura y tapando la leve insinuación de panza que ella había estado atacando.

—Es lo mejor que tengo. Además, me parece que me queda bien.

—¿Te queda bien?

—Sí.

—¿Cuándo fue la última vez que estuviste en la escena de las citas?

—Yo, pues... —Katherine volvió a esponjarse su pelo corto, tratando de darle algo de cuerpo lo mejor que podía—. Yo crecí muy protegida, siendo hija de un predicador y todo eso.

—¿Tu papá era un ministro?

Katherine ignoró el tono sorprendido de Lisa.

—Eso fue hace mucho tiempo y en otro lugar.

—Chica, yo diría lo mismo. ¿Qué pasó con tu esposo?

—Gary y yo nos conocimos nada más empezar en el Instituto Bíblico, así...

—Así que no sabes nada de nada, ¿no?

Katherine seguía trabajando su pelo, pretendiendo no escuchar.

Lisa miró su reloj.

—¿A qué hora has quedado con él?

—Él vendrá a buscarme aquí a las ocho.

—*¿Aquí?*

—Bueno, sí.

—¿Tú lo invitaste *aquí*?

—Eso no significa que le voy a decir que entre.

—Chica, pero no has sabido que hay esos que siguen para atacar, violadores...

—Sí, claro que sí, pero...

—Asaltantes, pervertidos. ¿Crees que va a esperar que lo invites si quiere asaltarte?

Katherine tomó de la mesa el vaso medio vacío de vino. Lisa se puso inmediatamente a su lado, quitándoselo de las manos y poniéndolo más allá del lavaplatos.

—Guarda esto para más tarde. Hasta que te decidas. De lo contrario, necesitarás toda tu habilidad para funcionar.

—Lisa...

—Allá fuera está la jungla, la supervivencia del más apto. Y tú nunca dejes que un hombre sepa donde vives. No hasta que lo investigues bien. Aun entonces no lo invitas para acá. Siempre tú vas donde él.

—Él vive en un bote en la marina.

—No me importa si vive en la casita de un perro. Nunca, nunca invites a un tipo a tu casa. Por lo menos no hasta la segunda o tercera cita.

—Ahora es un poco tarde —dijo Katherine tomando su vaso—. Él va a llegar aquí en un cuarto de hora.

Lisa meneó la cabeza.

—Está bien. —Levantó las manos como haciendo una oferta magnánima—. Me quedaré hasta que se vayan los dos. De esa manera él pensará que yo cuido al niño aquí.

—Gracias.

—Pero ese vestido...

—El vestido es perfecto.

—Como gustes. ¿Qué pasa con el maquillaje?

Katherine le dio una mirada.

Lisa cruzó los brazos y esperó la respuesta.

—Siempre uso esta máscara para las pestañas, y compré el lápiz de labios especial para iluminar el vestido.

—¿Eso es todo? ¿Máscara y lápiz labial?

—Y colorete.

—No te vayas. Vuelvo de inmediato.

Diez minutos después, Lisa terminaba de aplicar una rápida combinación de crema para tapar imperfecciones, crema de base, polvo, colorete, delineador de ojos, delineador de labios, lápiz labial, y sombras de ojo color durazno, esmeralda y almendra tostada.

—Ahora, métete el dedo en la boca, enrosca tus labios alrededor del dedo y sácalo.

Katherine siguió la orden, haciendo un leve sonido de reventón.

—¿Así como esto?

—Perfecto.

—¿Para qué sirve esto?

—Impide que el lápiz labial manche tus dientes.

Por último, Lisa retrocedió para inspeccionar cuidadosamente su trabajo.

—¿Y entonces, qué te parece? —preguntó Katherine con escepticismo.

—Mira tú misma.

Katherine se levantó del borde de la bañera, fue hasta el espejo y soltó un grito ahogado:

—¡Parezco una prostituta!

Lisa sonrió:

—Exactamente.

Sonó el timbre de calle. Pánico instantáneo.

—Oh, que cosa, él ya llegó.

Las dos mujeres volvieron a tener catorce años durante el más breve segundo.

—Yo abro —dijo Eric desde el dormitorio donde trabajaba en la computadora.

—No, mi amor, deja que yo abra.

Precipitándose a su dormitorio, tomó su chal blanco, se lo tiró encima, y giró hacia Lisa, que la había seguido al cuarto.

—¿Qué te parece?

Lisa trató de sonreír mientras le arreglaba al borde inferior del chal.

—Bueno, por lo menos él no intentará nada.

—Lisa...

El timbre volvió a sonar.

Lisa la empujó hacia la puerta.

—Vete, vete, vete.

El último arreglo del pelo, y Katherine se encaminó por el pasillo del apartamento hacia la sala y la puerta de calle.

—¿Quién es?

—Thaddeus Paris.

Katherine le lanzó una mirada desesperada a Lisa, modulando:

—¿Thaddeus?

Lisa se encogió de hombros y Katherine le hizo gestos para que se quitara de la vista. Reacia, Lisa lo hizo.

—¡Hola! —se oyó la voz.

Katherine tomó el cerrojo de seguridad y lo corrió. Podía oír que su corazón latía fuerte en sus oídos. Entonces, respirando para calmarse, abrió la puerta.

El señor Paris estaba en el corredor, vestido con unos vaqueros blancos de marca famosa, un par de tallas menos que la suya y una camiseta color borgoña con *Hazlo de una buena vez* impreso adelante. Para completar el conjunto, una computadora portátil le colgaba del hombro.

—Hola —sonrió.

Katherine se tragó su sorpresa.

—Hola.

—Estás muy elegante.

—Ah, sí.

Súbitamente se dio cuenta.

—Ah, lo siento. Pensé que Eric te lo había dicho.

—¿Me dijo qué?

—Mi programa nuevo.

—¿Programa?

Ella parecía un loro repitiendo cada frase, pero todavía trataba de orientarse.

—Sí. —Hizo señas a su computadora—. Tengo problemas con un programa nuevo. Pensé que quizá pudiéramos trabajar en eso un rato. —Le lanzó lo que se suponía una sonrisa seductora mientras levantaba un envase de seis botellas de cerveza en una mano y una botella de vino en la otra—. Entonces, quizá pudiéramos trabajar en algunas de nuestras propias movidas.

—¿Movidas?

—Bueno, sí.

Katherine se quedó quieta un momento, luego abrió la puerta.

—Oiga, espere un minuto...

...y la cerró, volviendo a echar el cerrojo de seguridad.

❄ ❄ ❄

—Papito, Freddy no quiere compartir su manzana conmigo.

O'Brien levantó los ojos de su almuerzo campestre: un chorreante emparedado de mantequilla de maní con mermelada, unas galletitas a medio hornear, leche chocolatada y barritas de dulce. El almuerzo había sido preparado por Julie, su hijita de siete años. La niña tenía debilidad por los dulces.

Julie y Sarah, su hermana de doce años, habían estado jugando con Freddy en la parte del gimnasio mientras que O'Brien y su esposa estaban sentados en una frazada puesta encima del suelo recién cambiado. Sí, nadie se iba a broncear en ese ambiente artificial, pero era cierto que eliminaba las moscas y las hormigas.

—Papito —Julie estaba parada con sus manitas en las caderas diminutas. Era una pose que había aprendido de su madre—. Haz que me dé de la manzana.

—Mi amor —Beth le echó una mirada preocupada a O'Brien mientras hablaba a su hija—. No creo que tú y Freddy debieran compartir la comida. No hay manera de saber qué clase de gérmenes pudiera él tener.

—Mamá...

—Lo siento —ella buscó en una cajita de plástico y sacó un trozo de zanahoria cortado como bastoncito—. Toma, entretente con esto un rato.

Julie tomó la zanahoria con un suspiro exageradamente dramático y luego se fue donde su hermana y el babuino. Los tres jugaban a pillarse. Por supuesto, Freddy no entendía todas las reglas, pero era claro que le gustaba mucho perseguir y ser perseguido. También le gustaban los abrazos y los mimos que seguían a cada captura.

O'Brien se dio vuelta hacia su esposa.

—En realidad, es al revés —explicó—. Freddy es, en este ambiente, el que tiene menos gérmenes.

Beth no dijo nada mientras miraba jugar a sus bellezas de pelo negro como ala de cuervo. O'Brien sabía que aún ella guardaba sus dudas sobre Freddy, pero eso no era nada comparado con el resentimiento que albergaba. A través de los años su matrimonio había tocado fondo a menudo. Uno no forma de la nada una compañía de muchos millones de dólares sin dedicarle esfuerzo y muchas horas extras. Entonces, justo cuando las cosas estaban comenzando a estabilizarse y la tensión conyugal estaba empezando a arreglarse, llegó este proyecto nuevo y, por supuesto, Freddy.

Repentinamente todo se aceleró mucho necesitándose soluciones rápidas, y la familia de O'Brien tuvo que quedarse en el último asiento del fondo. La rutina reciente del día de Acción de Gracias en que comió a toda velocidad y salió corriendo, era el ejemplo perfecto: un ejemplo que O'Brien todavía seguía pagando.

—Ellas estarán bien —dijo, frotando el brazo de ella con el dorso de su mano.

Ella asintió y tiró a un lado su pelo negro que le llegaba al hombro. Era evidente de donde las niñas habían heredado su hermosura. Ella tenía rasgos latinos clásicos, un marcado perfil, ojos oscuros, labios gruesos y una figura que le hacía juego al rostro. También era una esposa y mamá estupenda. A pesar de sus peleas por el tiempo que él desperdiciaba, O'Brien sabía que la necesitaba tanto como a las niñas. Efectivamente, si no la hubiera tenido a ella ahí, recordándole el hogar y la familia, su trabajo lo hubiera consumido por completo. Ella era el ancla de su vida, el recordatorio de lo que importaba en realidad. Ese era el propósito de la comida campestre. Si Mahoma no iba a la montaña en esa tarde sabatina, entonces Beth le llevaría la montaña a él.

La ciencia había sido su pasión desde que O'Brien podía recordar. De niño quería saber como funcionaba todo. Ahora, como ingeniero genético quería hacer que todo funcionara mejor. Él y sus colegas estaban haciendo precisamente eso hasta ahora. Iban avanzando paso a paso, descubrimiento tras descubrimiento aunque, naturalmente, con lentitud. Ya se había usado la terapia genética para tratar más de trescientas personas, terminando con la fibrosis cística, la deficiencia de adrenosterona, la hipercolesterolemia y asimismo ciertas formas de anemia. Mientras tanto, todos estaban muy entusiasmados buscando maneras de curar el cáncer de mama, una forma de anemia en que los glóbulos rojos parecen hoces, el melanoma, el trastorno deficitario de la atención, la esquizofrenia, el alcoholismo y la lista seguía. Las oportunidades llegaban a marear. Según los cálculos actuales, hay cuatro mil enfermedades humanas causadas por genes que funcionan mal. Esas representan cuatro mil oportunidades de hacer que el mundo sea un lugar mejor. Cuatro mil maneras de no tan solo mejorar la calidad de la vida, sino de realmente salvar vidas en muchos casos.

Cierto, los problemas sociales producidos por la mejorada ciencia genética surgían casi tan rápido como las curas: como los empleadores que se negaban a contratar personas si no les gustaba lo que mostraban sus exámenes genéticos o las compañías de seguros que eliminaban clientes porque las pruebas genéticas indicaban un riesgo elevado. O'Brien todavía se estremecía con ese grupo de seguro médico que le dijo a una madre embarazada de un niño con fibrosis cística que le pagaría el aborto, pero no los gastos médicos si ella optaba por dar a luz.

De todos modos esos eran problemas para tratar en tribunales, no en el laboratorio. O'Brien no tenía tiempo ni interés para vérselas con la ambición o el prejuicio de la gente, a menos, naturalmente, que también pudiera hallar un gene para eso.

—Entonces, ¿qué te parece?

O'Brien se volvió a Beth que, con paciencia, esperaba una respuesta. Era evidente que ella había estado teniendo otra de sus conversaciones sin él. Su mente se abalanzó veloz. ¿De qué habían estado hablando? Él no tenía idea y ella lo sabía.

—Sobre salir este invierno —repitió ella—. Quizá Mazatlán.

—Sí —dijo él—, me parece que sería bueno.

—Si puedo arreglarlo con las escuelas, quizá podamos quedarnos unas semanas.

—Bueno —dijo él demorándose, sospechando de alguna manera que esto era una prueba—. Quiero decir, no tenemos que decidir eso todavía, ¿verdad?

Beth suspiró y miró para otro lado. *Había* sido una prueba y él había salido mal.

Tratando de recuperar el terreno perdido él siguió diciendo:

—En realidad, tienes razón. Unas pocas semanas nos harían muy bien.

—Estupendo —dijo ella inexpresivamente, sin mirarlo—. Conseguiré la información.

—Excelente —dijo él sonando con demasiado entusiasmo—. Y podemos revisarla y decidir como familia.

Buena intentona, pero aún sin reacción.

Él probó de nuevo.

—Pero tienes razón, unas pocas semanas serían muy buenas para nosotros. —Él miró fijamente la nuca de ella, incapaz de saber si había progresado algo—. Realmente buenas.

Antes que ella pudiera contestar sonó el buscapersonas de él. Había tenido el cuidado de cambiarlo a vibración en vez del silbato, sabiendo cuánto odiaba Beth ese sonido. Dio una mirada a su cinturón: 3798. Era Wolff, uno de los ayudantes de Murkoski. El hombre nunca llamaba si no era importante y como Murkoski todavía estaba en Lincoln...

—Escucha, yo, este...

—Tienes que contestar —dijo Beth sin darse vuelta.

Él la miró sorprendido. ¿Cómo hacía ella eso?

—No me demoraré —dijo poniéndose de pie.

—Está bien. Entiendo.

—No, en realidad, yo no...

—Dije que entiendo y aprecio que nos hayas permitido pasar este tiempo.

Él no tenía la seguridad de si ella hablaba en serio o con sarcasmo. Después de catorce años de matrimonio ella aún tenía sus misterios. En todo caso, él se agachó y le besó la coronilla.

—Gracias —entonces, volviéndose hacia las niñas, gritó—: ¿Qué tiene que hacer uno aquí para que le den un beso de despedida?

Las niñas corrieron a él gritando:

—¡Papito¡ ¡Papito! —y empezaron a protestar porque él se iba. Hasta Freddy demostró cierto desencanto mientras trotaba con largas zancadas hacia él, le enroscaba sus brazos en una pierna e indicaba que estaría feliz de sacarle unos cuantas pulgas si O'Brien se quedaba.

—Lo siento amigazo —dijo O'Brien riéndose—, el deber me llama.

Luego de otra ronda de abrazos y besos, salió del lugar. Su corazón estuvo apesadumbrado, pero solo por un momento. Al estar de vuelta en el vestíbulo regresaron rápidamente los mil y un fabricantes de jaquecas por manejar Genodyne.

Cuanto envidiaba a la gente como Wolff. Gente totalmente sumergida en la investigación. Nada de preocupaciones por el financiamiento, nada de declaraciones, nada de mantener contento a un directorio antagonista, ni felices a los empleados disconformes, ni cumplir los imposibles requisitos del Departamento Federal de Drogas y Medicinas, todo eso mientras trataba de recordar por qué, para empezar, había comenzado la empresa. Era más de lo que podía manejar un hombre y demasiadas cosas se le estaban escurriendo entre los dedos. Por eso había contratado a Murkoski para el nuevo proyecto y, también por eso, tenía que estar siempre poniéndose al día con el chico. Eso no le gustaba mucho, en particular cuando parecía que Murkoski no lo mantenía al día en cuanto a la información.

Parecía que, últimamente, eso estaba pasando cada vez más. A pesar de los esfuerzos de O'Brien para mantenerse informado, parecía que Murkoski iba edificando un muro alrededor del proyecto, convirtiéndolo lentamente en una empresa dentro de la empresa. O'Brien había deseado demorar las cosas más de una vez, pero la presión que recibían de parte del gobierno, junto con el potencial de una increíble recompensa financiera, y el propio ego desvergonzado de Murkoski, le dificultaba mucho hallar los frenos.

Pensó que habían llegado al tope cuando Coleman había formulado su exigencia imposible de que lo sacaran de la Galería de la Muerte y, no obstante, a los pocos días, Murkoski había conseguido el permiso. "Si eso es lo que se necesita para hacerlo", había dicho Murkoski sobre sus contactos con el gobierno, "entonces eso es lo que harán. Este proyecto es demasiado importante para andarse con minucias".

O'Brien meneó la cabeza mientras caminaba por el vestíbulo. ¿No había nada que el chico no pudiera hacer? Era asombroso, pero tan asombroso era como se había complicado tanto el proyecto. Cuando uno iba a lo fundamental, la terapia genética es cualquier cosa menos complicada. Efectivamente en su forma básica es tan simple que hasta un niño puede entenderla. Sarah y Julie entendían completamente el concepto.

Toda célula viva tiene ADN, esa escalera espiralada que tanto gustan dibujar las revistas. Dentro de este ADN hay genes que heredamos de nuestros padres. Estos genes nos dicen si seremos tortugas o personas, bajos o altos, si moriremos de cáncer de mama o viviremos hasta los cien años. Uno pensaría que esos importantes mensajeros son imposiblemente complejos, pero no, no lo son.

En efecto, todo se reduce a cuatro ladrillos, cuatro sustancias químicas básicas: guanina, adenina, timina y citosina, mejor conocidas como G, A, T y C, Estos son los escalones que mantienen unidas las hebras de la famosa escalera espiralada del ADN. Eso es, justamente cuatro sustancias químicas, pero la manera en que se combinan estas cuatro sustancias químicas es lo que crea los cincuenta a cien mil genes diferentes hallados en el ADN de cada célula humana.

El trabajo de Genodyne es relativamente sencillo. Descubre el gen o combinación de genes que crea una característica específica, (un solo gen puede tener un grupo de cientos o hasta miles de estos escalones químicos), busca en que escalón empieza y en cual termina, corta esa característica en los escalones adecuados con una tijeras químicas que se llaman *enzimas restrictivas* y reemplaza la sección vieja con la nueva. ¿No le gusta el pelo oscuro? Encuentre esos genes, córtelos y reemplácelos con los genes del pelo rubio.

Pero es una batalla perdida tener en el cuerpo una sola célula que dice "yo soy de pelo rubio" cuando hay millones de otras células productoras de pelo que dicen: "De ninguna manera, somos de pelo oscuro". Todo estriba en hallar alguna manera de decirle a todas las células que influyen en el color del pelo que cambien de fabricar pelo oscuro, al rubio. Ahí entra a trabajar un virus como el inyectado a Freddy y a Coleman. Puesto que a los virus les gusta mucho multiplicarse infectando otras células, por qué no inyectar los genes nuevos a un virus, y soltar ese virus en el torrente sanguíneo para que infecten las células apropiadas, cambiando sus genes fabricantes de pelo oscuro por los del pelo rubio.

Eso es la terapia genética en síntesis. Por supuesto que hay miles de problemas menores que explican la planta de cuatrocientos cincuenta empleados que tiene Genodyne, y que sigue aumentando. Solo buscar el gen correcto es una tarea casi imposible. Por eso hay programas como el Proyecto del Genoma Humano, que descubren genes nuevos cada semana con la esperanza de tener todos los cien mil identificados y etiquetados para el año 2005.

Una vez descubiertos, cortados y reemplazados los genes, queda el problema de cerciorarse de que realmente hagan lo que prometen. Ahí entran a trabajar los ratones de Wolff. Como los escalones del ADN de todos los animales están formados por las mismas cuatro sustancias químicas, G. A, T y C, el ratón no sabe de donde recibe estos trocitos de ADN: pueden ser de seres humanos y hasta de insectos. (Una de las anécdotas preferidas de O'Brien era la del graduado que aisló los genes que hacen brillar a las luciérnagas y los metió en un ratón para ver si el ratón brillaba. Brilló. Bueno, algo parecido.)

Una vez identificados y reproducidos los genes de la preciosa muestra de sangre antigua, fueron insertados en los huevos de los ratones de Wolff. Se hubiera podido meterlos en la sangre de ratones adultos, pero como el período de gestación de ratones tarda solamente veinte días, es más simple y limpio cambiar a las criaturas antes de que ni siquiera sean concebidas. Estos huevos genéticamente modificados fueron, entonces, vueltos a plantar en los ratones, donde fueron fertilizados y dados a luz cuando llegó el momento.

Aun así, la nueva generación de ratones infectados con los genes de la sangre antigua no mostraron necesariamente un cambio de aspecto o conducta. Gran parte de la investigación genética es adivinanza, ensayo y error, buscando la combinación correcta de genes. Así que tuvieron que repetir el proceso una y otra vez, generación tras generación hasta que, por fin, pudieron aislar e identificar el "gene DIOS". Murkoski había provisto el nombre, una resaca, dijo, de sus días de escuela católica. Ese gene no era terriblemente largo conforme a los estándares genéticos; solamente mil cincuenta y ocho escalones en la escalera, pero sus resultados eran sorprendentes cuando se ponía a los ratones. Estos no solo dejaban de pelear por la comida, sino que la compartían. Efectivamente, la cepa más pura (el ADN que compartían Freddy y Coleman) parecía hacer realmente que los ratones se interesaran más por el bienestar de su prójimo ratonil que por ellos mismos.

Increíble pero no más sorprendente para O'Brien, que la clave de la diferencia de todo animal —de las moscas a los ratones a los babuinos al ser humano— esté controlado por la combinación de esas mismas cuatro sustancias químicas, G, A, T y C. El concepto nunca dejaba de asombrarlo. Y cuando hacía anotaciones en su libreta personal del laboratorio se hallaba refiriéndose, cada vez con mayor frecuencia, al "Genio" detrás de todo eso, deletreando no con una *g* minúscula, sino con una mayúscula.

O'Brien entró a la zona de investigaciones poniendo su billetera contra la caja negra de doce por doce centímetros. La tarjeta magnetizada de identidad de la billetera hizo que la puerta zumbara. Entonces, ingresó su número privado de identificación de seis cifras. La puerta se abrió y él entró a la planta baja de un impresionante jardín botánico de seis pisos. Terrazas de cada piso le miraban desde todos lados. Palmeras de nueve metros de alto y flora surtida se alargaban hacia las luces del cielo esmerilado. Naturalmente que el directorio le había dicho que esto era un desperdicio de metros cuadrados, pero O'Brien había insistido, habiéndose pasado más del tiempo suficiente encerrado en un laboratorio.

Todo científico que trabajara en la docena de laboratorios diseminados por los pasillos que daban a las terrazas, disfrutaría el aire fresco y el vistazo de la naturaleza que brindaba el jardín botánico.

Pasó una pequeña vertiente y puso su billetera contra otra caja, volviendo a ingresar su número privado de identidad. Se abrió la puerta a la Zona de Ratones Transgenéticos. Caminó por el pasillo y entró a una pequeña sala donde había túnicas y botas de papel ordenadamente doblados en estantes de acero inoxidable. Desplegó la túnica, se la puso encima de la camisa y los vaqueros, y se la abotonó. Luego, las botas de papel que eran un poco más complicadas. Había una línea pintada en el piso que lo atravesaba, partiendo en dos a la sala. La primera parte era para los zapatos de calle, la segunda para las botas de papel. Uno tenía que equilibrarse en un pie calzado con el zapato de calle mientras se deslizaba la bota de papel en el otro pie. Cuando la bota de papel estaba bien puesta, ese pie tenía que apoyarse en el lado para las botas de papel del piso, y empezar de nuevo todo el proceso con el otro pie.

Una vez que O'Brien se vistió, pisó un limpiapies pegajoso que recogía toda suciedad u organismo que pudiera haber contaminado las botas de papel mientras se las colocaba. Luego abrió la otra puerta entrando a un pasillo.

Cruzó hasta una de las cuatro puertas metálicas con ventanillas cuadradas en el centro y tamborileó en el vidrio.

Wolff, un pelirrojo atlético del tipo de los adeptos al deporte del surf, cerca de los treinta años, levantó los ojos de docenas de estantes que tenían las cajas de Lucite transparente que albergaban a los ratones individuales. Claro que estos ratones no eran comunes ni corrientes. Eran malcriados en forma increíble. No solo era para su beneficio todo el ceremonial de la túnica y las botas, sino también los controles especiales de temperatura y humedad, el aire filtrado, la dieta hipograsa y el vasto despliegue de otras amenidades que uno daría únicamente a los ratones que, después de meses y meses de modificaciones genéticas y apareamientos, cuya producción costaba miles de dólares, a veces cientos de miles de dólares.

Wolff fue hasta la puerta y la abrió. O'Brien sintió la suave brisa en su cara mientras la presión positiva de la sala soplaba todos los contaminantes que él hubiera podido acarrear al pasillo desde afuera.

—¿Qué pasa? —preguntó O'Brien.

A Wolff se le veía serio mientras escoltaba en silencio a O'Brien hacia los estantes cercanos a la pared más distante de ellos. Al contrario de los otros estantes, estos tenían cajas de Lucite más grandes que tenían grupos de cuatro a ocho ratones, albergados juntos para ver como se comportaban en el entorno comunitario.

—Esta es nuestra última generación —dijo Wolff—, la misma cepa que tenemos en el individuo de ustedes, allá en Lincoln.

—Y...

Wolff se agachó al tercer estante.

—Esta mañana estaban bien, pero cuando los examiné después de almuerzo, bueno, vea usted mismo. —Sacó la caja de Lucite y O'Brien se inclinó para mirar mejor.

Había cinco ratones amontonados en una punta, unos comiendo, otros limpiando y durmiendo. Se veían y se portaban en forma perfectamente normal. Fue el sexto ratón que estaba en la otra punta de la caja el que hizo contener el aliento a O'Brien. El ratón que yacía solo perfectamente inmóvil. El ratón cuyo cuerpo había sido desmenuzado y devorado en parte.

❄ ❄ ❄

A veces Coleman pensaba que estaba perdiendo la cabeza. En un momento estaba seguro de sí mismo, conservando el aplomo mental y emocional necesario para manejar la Galería. Al minuto siguiente, se distraía súbitamente por la belleza del bajo sol invernal que daba en una pared de ladrillos o el aire limpio y fresco del patio de ejercicios o el suave rumor de las agujas del pino que estaba justo fuera de la reja. Esas experiencias lo enervaban no solo porque eran nuevas, sino porque no estaba seguro cuando le sobrevendrían. La falta de control lo enojaba y cuando no se estaba maravillando por la belleza, estaba maldiciendo la intrusión. Trataba a menudo de sacar de su mente los pensamientos y los sentimientos; a veces, lo lograba, pero con mayor frecuencia no.

Pero había un sentimiento que nunca podía alejar: la terrible soledad del sueño. Nunca se iba. Al pasar los días el dolor se profundizaba. Era más que el dolor de su hermano. Era el propio. Un sentimiento de abandono, de vacío. Más de una vez apenas podía contener las lágrimas. Y cuando la sensación de maravilla y belleza que le rodeaba le impactaba al mismo tiempo que la soledad, le era imposible retener las lágrimas.

Pero no era solamente *su* soledad. Empezaba a verla también en los demás. En la manera en que se aflojaban sus hombros cuando se sentaban. En la manera de caminar lentamente por el patio cuando pensaban que nadie los estaba mirando.

Pero más que nada la veía en sus ojos.

—¿Anda algo mal, Cole?

Coleman pestañeó y volvió. Estaba en las duchas. De pie bajo una ducha adyacente estaba Skinner, un negro grandote que llevaba en la Galería un par de años más que él. Tal como había aprendido de García los detalles de la fabricación de bombas, Coleman había aprendido de Skinner los complicados matices del descerrajamiento de cerraduras. No eran amigos pero, luego de siete años de vivir juntos, eran camaradas, decididamente.

—Hombre, estás mirando fijamente de nuevo.

Coleman volvió a pestañear, luego siguió enjabonándose con su barra de jabón.

Skinner se acercó más:

—¿Qué te pasa?

Coleman dejó caer la cabeza permitiendo que el agua le golpeara la frente y el cuero cabelludo. Era una sensación agradable: la manera en que el agua aporreaba su piel, la manera en que masajeaba suavemente las raíces de su pelo. Es una maravilla que no había notado antes. Trató de no sonreír por el placer, pero no lo logró completamente.

Cuando salió del agua, abrió sus ojos para ver que Skinner estaba ahí, parado, con una mirada intrigada en su cara.

—No sé lo que te está pasando, hombre pero mejor es que tengas cuidado.

—¿Qué quieres decir? —preguntó Coleman.

Skinner bajó la voz, asegurándose que no los escucharan.

—Se dice que te estás poniendo blando.

Coleman meneó la cabeza y soltó unas palabrotas.

—Hablo en serio, hombre. Dicen que estás perdiendo tu garra. Y con Sweeney que vuelve del hospital la semana que viene... todo lo que yo te digo, es que será mejor que te pongas astuto. Solo ponte astuto.

Coleman sostuvo la mirada de Skinner. Estaba resultándole cada vez más fácil saber cuando la gente mentía y por lo que podía saber, Skinner estaba diciendo las cosas como son. Le hizo una leve seña de asentimiento. Skinner cerró la ducha y se alejó. Un momento después Coleman lo siguió enfurecido. ¿Cómo podía haber sido tan estúpido? Una cosa era sentir lo que sentía pero, ¿dejar que los demás lo vieran? Eso era locura. Cualquier debilidad significaba problemas en la Galería y evidentemente, él había mostrado esa debilidad más de una vez. ¿Qué estaba pasando?

Cruzó por las baldosas blancas hasta un banco metálico donde tomó su toalla y empezó a secarse, junto con los demás hombres. Nadie le dijo palabra. Ellos sabían. Algo estaba por suceder. Coleman estaba perdiendo su toque y con el regreso de Sweeney, toda lealtad a Coleman podía ser peligrosa ahora. El pensamiento lo enfureció.

—Muy bien, hombres, volvamos.

Era Macoy, uno de los guardianes del turno de las nueve de la mañana a la seis de la tarde. Llevaba con ellos casi cuatro años. Buen hombre aunque imposible de sobornar. Ellos obedecieron y se fueron arrastrando los pies al pasillo, con sus sandalias aleteando mientras caminaban de vuelta a sus celdas.

Fue entonces que Héctor García se le acercó.

—Escucha Cole, nunca llegué, tú sabes, a darte las gracias.

Coleman miraba derecho al frente.

—Y si alguna vez puedo, ya sabes, demostrarte mi aprecio... —dejó que su brazo rozara suavemente a Coleman.

¡El tipo estaba haciéndole una movida a él! Gratitud o no gratitud, uno nunca rompe el protocolo hablando a alguien de la posición de Coleman sin que primero se le dirija la palabra. Y nunca, pero *nunca* uno le falta el respeto haciendo una oferta como esa.

La furia por los comentarios de Skinner, la silenciosa traición de los hombres, su propia estupidez: todo eso fue más de lo que Coleman podía soportar. Su visión se aguzó y concentró. El sonido de las sandalias de los hombres reventó en sus oídos. Los colores de las paredes crema y las puertas de vívido verde lima, reventaron en un contraste vivo. Era hora de volver a establecer su autoridad.

Le llevó un solo golpe para que García se doblara y un doble de puñetes a la mandíbula para tirar hacia atrás la cabeza del chico lanzándolo contra la pared. García estaba inconsciente antes de tocar el suelo.

El bastón de Macoy se abatió con fuerza, pero Coleman no sintió nada. Nunca sentía en este estado. Giró rápido, le quitó el bastón al asombrado Macoy y estaba por aplastarle el cráneo cuando se recobró.

Fue el miedo de los ojos de Macoy lo que lo detuvo. El miedo que decía que tenía esposa, hijos, una hipoteca que pagar. El miedo que decía que él solo trataba de cumplir con su trabajo y por favor no me pegues, por favor. Estoy solo y asustado y fingiendo igual que todos los demás. Por favor...

La rabia empezó a disolverse. Ahí estaba él, frente a todos los hombres, de pie con el bastón en la mano, contemplando fijamente a Macoy y sin hacer nada. Pero, ¿cómo podría golpearlo cuando había tanto miedo y soledad en los ojos de Macoy? Arrojó con disgusto el bastón y se volvió a García. El chico estaba tirado en el suelo con un hilo de sangre que le salía de la nariz.

Abrumado con empatía, se agachó para examinar al joven. Podía sentir los ojos de los demás varones, pero no le importaba más. Sabía que ya había perdido el respeto de ellos cuando rehusó golpear a Macoy. Y arrodillarse a examinar a García le hacía dudar que pudiera recuperarlo alguna vez. Pero eso no importaba. En ese momento todo lo que importaba eran las lesiones de García y la presión emocional le constreñía la garganta a Coleman.

Apenas se dio cuenta de los sonidos del repiqueteo detrás de él al recuperar Macoy su bastón del suelo. Súbitamente, un golpe fuerte le dio en la nuca. El dolor explotó en su cerebro por una fracción de segundo antes que perdiera el conocimiento.

CAPÍTULO 5

¿Qué dice, que él retiró la apelación? —Steiner se sentó rígido como una vara en su pequeña oficina de abogado—. ¡Él no puede hacer eso!

—Él puede hacer lo que quiera —dijo la voz en la otra punta de la línea telefónica—. Es su vida.

—Pero... —Steiner buscó las palabras—, ¿qué pretende?

—Nadie sabe. Pudiera ser que se cansó de luchar; hemos visto eso antes.

—No. Coleman no se cansa. Él es una máquina, una máquina insensible.

El silencio de la otra punta de la línea telefónica no disintió.

—Por supuesto que está la otra teoría...

La voz vaciló. Era de Robert Butterfield, fiscal asistente del Condado Douglas. Ambos habían trabajado en el caso desde sus comienzos. Claro que oficiosamente. Steiner sabía que Butterfield había sido muy criticado por la prensa debido a esta alianza y que, en más de una ocasión, sus superiores le habían hecho muchas preguntas. Sin embargo, Steiner también conocía el respeto profesional que tenía Butterfield. Lo que era más importante, sabía que el hombre tenía una hija. Y cada vez que las quejas insistentes de Steiner afilaban la voz de Butterfield, Steiner solo preguntaba: "¿Robert, y si hubiera sido su hija? ¿Y si hubiera sido ella la que fue apuñalada hasta morir y la hallaron con la garganta cortada?"

—¿Qué teoría? —exigió Steiner.

—Se rumora que algo pasó en la Galería. Se supone que Coleman ha pasado por una clase de cambio. Anda limpiando la celda, sintiendo remordimientos, esa clase de cosas.

Steiner hizo una mueca de sonrisa. Él conocía a Coleman por dentro y por fuera. Hombres como ese no tenían remordimientos. Un asesino fortuito pudiera tenerlos, o seguro que uno que mata por pasión, pero no los asesinos en serie. Ellos nunca sienten nada por sus víctimas; simplemente sentir no está en la naturaleza de ellos. Entonces, ¿en qué andaba él?

Steiner se aclaró la garganta.

—¿Qué dicen sus abogados?

—Están tan confundidos como el resto de nosotros.

—¿Están jugando limpio?

—Cualquiera que sea la treta que él trata de usar, lo está haciendo solo.

—Quizá recurra a la locura, ¿probando que no es mentalmente apto para la ejecución porque está de acuerdo con que debe ser ejecutado? Hubo otros que lo intentaron.

—Harold, no lo sé. Solamente le digo lo que dicen sus abogados y lo que sé de la Galería.

La mente de Steiner rodaba vertiginosa. Coleman era astuto, mañoso y absolutamente amoral, ¿qué *estaba* haciendo?

—¿Harold?

Una idea cobraba forma.

—Harold, ¿sigue aún ahí?

—Sí. Robert, escuche. Si esto es legal, y sabemos que no lo es, pero si lo fuera, ¿no sería la mejor forma con que él pudiera probarlo a todos, no sería la mejor forma para que, por fin, él me dejara visitarlo?

—Ya consideramos eso cien...

—Lo sé, lo sé, pero piénselo. El hombre proclama que está arrepentido. El padre de su víctima quiere reunirse con él. ¿Qué va a hacer, decir qué no? Entonces, ¿quién le creería? ¿No lo ve, él se ha puesto precisamente en nuestras manos. Si dice que sí, yo consigo mi visita. Si dice que no, demuestro que es un simulador.

Hubo una pausa en el otro extremo.

—Eso pudiera volverse contra usted. Él pudiera recurrir a la prensa y dar vuelta a la opinión pública: "Asesino arrepentido implora perdón".

—¿Como en 1994 con Walking Wily (Guillermito el Caminante)?

—Exacto.

—Pero de todos modos lo freímos, ¿no?

—Cierto.

—Y con el público tan proclive a la pena de muerte en estos días, y siendo este un año de elecciones...

Butterfield redondeó la idea.

—Perdonarlo sería el suicidio político de la junta.

—Exactamente. Robert, déjeme probar suerte. Pídale a los abogados de Coleman que le vuelvan a comunicar esto. Vea si logra hacerme entrar. Dígales que es una buena prueba para averiguar si él es sincero.

—¿Y si se niegan?

—Entonces yo seré el que acuda a la prensa. Me parece bien si Coleman quiere jugar un nuevo juego. De todos modos no se va a librar. Yo no lo permitiré. La ley no se lo permitirá.

Hubo una larga pausa en la otra punta del hilo telefónico. Finalmente:

—Lo llamaré de nuevo más tarde hoy mismo.

❄ ❄ ❄

El hedor del pollo crudo fue reemplazado por el del desinfectante. Un olor abrumador a pino y amoníaco que hacía picar la nariz de Coleman. Es un nuevo olor para el muchacho de catorce años, pero es un olor al que se irá acostumbrando en el curso de los años.

Una pelota de ping-pong repiquetea de ida y vuelta. Hay chicos que hablan, dicen palabrotas, se ríen. Niños y niñas. Una bola de billar se estrella. Coleman busca en su bolsillo y saca un calcetín blanco, el mismo tipo que dan diariamente en este Centro de Rehabilitación Juvenil, ubicado detrás del Hospital del Condado de Douglas. Calcetines blancos, camiseta blanca y pantalón vaquero.

Él está esperando al padre Kennedy. Retrocede, crujen botas altas negras en el piso de baldosas amarillentas. Siente la mesa de billar detrás suyo y se da vuelta. Discretamente mete la mano en la bolsa de cuero que cuelga del costado de la mesa.

—Saca tus garras de ahí.

Él le lanza una mirada lasciva al muchacho que tiene el taco de billar y saca una sola bola de billar.

El muchacho del taco considera por un momento armar un lío con esto, pero parece recordar la fama de Coleman y decide lo contrario.

—Oh, ahí estás. —Es una voz de adulto con una huella de acento irlandés. Coleman se pone tieso pero no se vuelve para encarar al padre Kennedy.

—Hijo, gracias por venir a reunirte aquí conmigo. ¿Te apetece una Coca Cola?

Coleman mueve la cabeza.

—Escucha —sigue diciendo el sacerdote—. Lamento haberte avergonzado en la capilla —Coleman abre lentamente el calcetín. Sigue dando la espalda al cura—. Realmente estoy muy dispuesto a oír opiniones y a responder preguntas.

El muchacho del taco pretende alinear otro tiro, pero es evidente que está observándolo todo.

—Con todo, hay tiempo para hablar y tiempo para oír —agrega el padre Kennedy.

Coleman deja caer la bola de billar dentro del calcetín. Estira el material unos siete a diez centímetros. Lo levanta de modo que no suene contra la mesa.

—Creo —continúa Kennedy— que tus comentarios fueron bastante perjudiciales al desafiar mi autoridad frente al grupo. Por eso tuve que pedirte que te fueras.

Con discreción Coleman se enrolla una vez el largo cuello del calcetín en su mano derecha.

—Espero que comprendas. ¿Sin rencores?

Él vacila.

—Ahora bien, si tienes preguntas, tendré mucho gusto en conversar contigo.

Coleman gira velozmente. Su brazo vuela por el aire, blandiendo la bola, haciéndola girar hacia la cara del hombre. Solo entonces reconoce los ojos. No son los ojos de Kennedy. Son sus propios ojos. Puede decirlo por el vacío, por su dolorosa soledad.

Pero es demasiado tarde. La bola se aplasta en la mejilla izquierda de Kennedy. Pero el que grita de dolor es Coleman. El impacto es sorprendente y quemante. Él siente que su cara se hunde, ve sus propios ojos que le miran fijo con dolor, confusión y traición.

Pero no puede detenerse. Hace girar la bola una y otra vez sintiendo él mismo cada golpe. Grita como víctima y victimario. Y, aún así, sigue.

Alguien corre hacia él. Botas de obrero contra las baldosas. Las botas de su padre.

Él sigue haciendo girar la bola. Los ojos de la cara golpeada ya no tienen ninguna expresión. Coleman vuelve a golpear su cara, aullando de dolor, llorando por la crueldad.

Su padre está ahí. Los ojos de Coleman están demasiado golpeados para distinguir la borrosa figura del hombre, pero puede oler el whisky de su aliento. Él matará a Coleman. El niño empieza a aletear con sus brazos pero solamente golpea el aire. Sus ojos ya no funcionan. El dolor es insoportable, resonando desde el cráneo por todo el cuerpo y en su vientre. Se dobla, tiene convulsiones. Una vez, dos veces hasta que finalmente...

Coleman se despertó vomitando. Se puso de costado y se las compuso para escupir la mayor parte del vómito en el suelo. Cuando cesaron las convulsiones se sentó y pasó sus pies por encima del borde de la cama. Se pasó la mano por la cara. Estaba cubierta de sudor y lágrimas.

Ahora ocurrían todas las noches. Los sueños. Actos de violencia que él había olvidado completamente. Brutalidad en que él se convierte en sus víctimas, sintiendo el dolor de ellos y aullando su angustia. Cada sueño termina de la misma manera, con incontrolables lágrimas de remordimiento.

Al sentarse en el borde de la cama, recuperando el aliento, oyó el fúnebre silbato lejano de un tren. Hizo una pausa para saborear el sonido. En el paso del tiempo apenas había tenido vaga conciencia del sonido, pero nunca lo había escuchado en realidad. Era doloroso y hermoso. Un gemido doloroso y distante que cortaba el silencio nocturno.

Coleman se había ido acostumbrando en las semanas recién pasadas a la belleza que lo rodeaba. Todavía seguía cortándole la respiración, pero ya no era tan enervante. Pero lo otro —el dolor en su pecho, la tensión en su garganta, la soledad corrosiva—, nunca se iba cuando llegaba el dolor. Siempre estaba ahí, sin que importara lo que hiciera, ni cuanto se esforzara por ignorarlo.

Lo único peor que la soledad era la mirada de los ojos de las personas. Los reos, los guardianes, los trabajadores de casos. Ellos parecían tan acosados, tan llenos de su propio vacío. Era los ojos del hermano de Coleman, desamparados y abandonados. Eran los ojos de Kennedy, repletos de angustia interrogadora. Esa era la razón por la cual Coleman se pasaba cada vez más tiempo en su celda, lejos del resto de la población penal. Eran los ojos de ellos. Sencillamente él no podía soportar ver la soledad.

Las sombras cruzaron la ventanilla de su puerta y él se puso tieso. Alguien estaba fuera, en el pasillo. Una llave fue puesta en la cerradura y la puerta se abrió. La luz deslumbrante entró desde el pasillo y Coleman entrecerró los ojos al entrar dos, tres, quizá cuatro formas.

—¿Quién está ahí? —preguntó.

No hubo respuesta. La puerta se cerró. Otra vez quedó oscuro.

—¿Qué quieren?

—Hola, Cole.

Un escalofrío le recorrió el cuerpo. Reconoció la voz. Tenía una dicción diferente gracias al diente que le faltaba, pero no había manera de confundir a su propietario. Sweeney estaba de vuelta. Otras siluetas se volvieron distinguibles. Tres hombres de la Galería. Nada de guardianes. Solamente reos. Evidentemente Sweeney había estado atareado en la tarde reclutándolos y convenciéndolos de que cambiaran su lealtad. Coleman no estaba seguro, pero, por un segundo, hasta pensó que vio a García.

—Tú no asistirías a mi fiesta de bienvenida al hogar —se mofó la voz—, así que pensé traerla para acá.

❄ ❄ ❄

—Eso es ridículo —protestó Murkoski—. ¿Cómo puede decir que presionó demasiado?

O'Brien sostuvo el teléfono contra su hombro izquierdo, doblando y desdoblando un ganchito para papeles con sus manos haciendo lo mejor que podía para permanecer tranquilo.

—Kenny, un ratón de la colonia del gen DIOS fue muerto por uno de su propia clase. Tenemos que frenarnos. Tenemos que retroceder sobre nuestros pasos para ver que se hizo mal.

—Yo le diré que está mal —se burló la voz de Murkoski por el teléfono—. Wolff es un payaso incompetente, eso es lo malo. Lo he dicho desde el primer día en que lo contratamos. ¿Hizo usted una biopsia de otros animales de la colonia? ¿Hizo pruebas con algunos gel? ¿Vio si alguno de ellos había mutado?

—No, él sugirió que esperáramos hasta que tú...

—¿Ve lo que quiero decir? ¡Incompetente! El hombre ni siquiera hará prueba con los gel si yo no estoy aquí. ¡Totalmente incompetente!

O'Brien se detuvo un momento para permitir que la conversación se enfriara.

—No nos perjudicará postergar el trasplante por unas cuantas semanas más.

—Él está para ejecución en treinta días.

—Entonces, haz que tus amistades del gobierno hablen con el gobernador para que lo aplace.

—Eso no es tan sencillo.

—Kenny, simplemente no entiendo el apuro. ¿Qué mal haría...

—Mire, si usted quiere manejar este asunto, entonces vuelva para acá y ¡diríjalo!

—Ken...

—El tipo no está en la cárce,l sino en un hospital del lugar. Su conducta es exactamente como la de nuestra hipótesis. Y esta última paliza es la excusa perfecta para tenerlo fuera de circulación por las próximas semanas. Le digo que la oportunidad no pudiera ser mejor.

—¿Has hablado con él?

—¿Qué quiere decir?

—Recuerdo que te olvidaste, convenientemente, de mencionarle el trasplante de médula ósea cuando yo estuve allá.

—Él hará lo que le digamos. ¿Qué otra opción tiene? Además, yo ya le extraje células del tronco y las infecté.

—¿Ya le sacaste médula?

—Él estaba inconsciente cuando lo trajeron al hospital, ¿qué momento mejor? Los departamentos de aquí son de la mejor categoría. Los rayos X tienen la sofisticación de matar las células y el ala de aislamiento de aquí es lo bastante buena como para mantener a raya las infecciones hasta que él pueda regenerar nuevas células. Le dijo que todo puede hacerse aquí y ahora.

La cabeza de O'Brien giraba vertiginosamente. Él sabía que un trasplante de médula ósea era necesario, igual como pasó con Freddy. Una cosa era ponerle a Coleman la inyección con el virus cada tantos días, para infectar sus células sanguíneas nuevas a medida que la viejas iban muriendo, pues esos efectos eran transitorios solamente. Para convertirlos en permanentes, en realidad había que cambiar la manera con que se fabricaban las células sanguíneas. Y como las células sanguíneas se fabrican en la médula ósea, es necesario cambiar la médula.

"Es como una fábrica de automóviles", le había explicado a la pequeña Julie. "Ellos hacen automóviles rojos, azules y verdes, pero si tú quieres unos cuantos a lunares, puedes pararte al lado fuera de la fábrica e ir pintado cada automóvil por separado a medida que sale de producción, o puedes instalar maquinaria nueva en la fábrica que los pinten a lunares automáticamente". Ese era el caso de Coleman. Podían cambiar las células sanguíneas de a una por vez o cambiar la médula ósea: la fábrica de sangre.

El trasplante de médula ósea era bastante simple. Clave profundamente una aguja en los huesos grandes, como el de la pelvis. Hágalo de quince a veinte veces para sacar una porción adecuada de la médula ósea roja, espesa y pegajosa, donde están ubicadas las células del tronco, esas mañosas células difíciles de hallar que realmente fabrican a los glóbulos rojos y blancos de la sangre. Una vez fuera del cuerpo, se infecta la médula con un virus que instruye a las células del tronco sobre la manera de crear la nueva clase de sangre. Cuando se ha vuelto a programar a estas células, se las vuelve a inyectar en el cuerpo. Teóricamente esto permitiría que Coleman creara por su propia cuenta la nueva sangre en forma permanente.

Teóricamente.

—Le digo —decía Murkoski— que aquí estamos listos. Sólo dé la orden y allá vamos.

O'Brien estaba perdiendo el control de la situación. Era hora de sondear las aguas.

—¿Y si no doy la orden de continuar?

No le sorprendió la pausa en la otra punta del hilo telefónico. Tampoco se impresionó particularmente por la respuesta cuando, por fin, le llegó:

—Philip, aquí estamos hablando de mucho dinero para ni mencionar el poder. Habrá un montón de gente rica e influyente que se desilusionará mucho de nosotros. De usted

—reventó al fin—. ¡Estamos por cambiar el curso entero de la historia humana!

O'Brien no dijo nada. Sospechaba que habría más. Tenía la razón.

—A decir verdad no creo que Macgovern o Riordan o *ninguno* de su directorio vaya a estar muy feliz permitiendo que esta cantidad de dinero y prestigio se nos escape de las manos... (O'brien cerró los ojos y esperó. Ahí llegó.) ...se nos escape de las manos y vaya a parar a otra parte. No, ellos no estarían en absoluto felices con eso.

O'brien respiró larga y profundamente. Tal como lo había temido. Si ahora él sacaba el tapón, Murkoski acudiría al directorio. Eso era incuestionable. Tenía la audacia y el ego para hacer esa clase de cosas. Pero ese era el escenario de la mejor situación. La peor sería que sencillamente Murkoski renunciara y se fuera a otra compañía. El chico se llevaría todos sus juguetes (junto con todo el financiamiento del gobierno) y se iría a buscar una empresa dispuesta a dejarlo continuar a su propio ritmo acelerado. Eso era chantaje puro y simple. Por supuesto que habría juicios y batallas en los tribunales, pero para entonces sería demasiado tarde.

O'Brien se demoró tratando de cambiar el ataque.

—¿Y qué hay en cuanto a la ejecución?

—Vamos a hacer la prueba de Reacción Galvánica de la Piel en cuanto se estabilice su riesgo de infección y volveremos a la penitenciaría.

—¿Se lo dirás? ¿Lo de la prueba RGP?

—No creo que podamos. Si él sabe lo que está pasando, se arruinarán los resultados.

—Eso parece más bien cruel.

—Por supuesto, pero ¿se le ocurre otra manera de obtener una lectura exacta?

No se le ocurría nada a O'Brien.

—También estoy concretando todos los demás detalles —continuó Murkoski—. La gente de Protección de Testigos están conversando con alguien de nuestra área. Parece que pudiéramos tener un apoyo en ese Departamento. Además, voy a mandar por avión para allá a uno de nuestros electricistas, a Hendricks, para que renueve la instalación eléctrica de la silla.

—¿Están todos los de allá con la boca bien cerrada sobre esto? —preguntó O'Brien—. ¿Sabrán solamente unos pocos que la ejecución es una farsa?

—Ni siquiera la forense. Ella se va a enfermar ese día y será sustituida por un ayudante al que ni siquiera conoce.

O'brien se debilitaba.

—Pero, ¿qué pasa con los ratones?

—Haga que Wolff practique los gel y me informe a mí. Estoy seguro que fue un mal manejo, quizá rotuló mal. La típica incompetencia de los tecnológos.

—¿Y Coleman? ¿Y si algo sale mal con la ejecución? ¿Si accidentalmente él... —O'Brien buscó la palabra correcta— ...expira?

—Entonces buscaremos a otro.

—Kenny...

—Philip, escuche, ya es hora que se dé cuenta de que este programa es más importante que la vida de un hombre o, por lo que importa, de varios.

Un frío sordo se apretó en torno del estómago de O'Brien al volver a surgir sus peores temores. ¿Conocería algunos límites este muchacho?

—Aquí estamos hablando de cambiar a la raza humana. Con cosas así en juego, revisten escasa importancia unos cuantos sacrificios, especialmente de gente como Michael Coleman. No importan cuando uno mira el cuadro general. Además, de todos modos él está para morir, así que ¿cuál es la diferencia?

La cabeza de O'Brien empezó a dolerle. De nuevo cambió el tema.

—Si todo va bien, si lo sacamos de esto vivo y libre, ¿cómo lo convenceremos de que siga trabajando con nosotros?

—Estoy agregando una correa viral de contención a la médula. Si él no nos visita cada cinco o seis días, su cuerpo creará cantidades tan grandes de citoquinas que se va a sentir como si tuviera cinco gripes al mismo tiempo.

El intercomunicador de O'Brien zumbó. Él trató de ignorarlo, pero siguió sonando. Apretó el botón y espetó:

—Pensé que dije que no quería interrupciones.

—Doctor O'Brien lo lamento, pero en la línea dos está el señor Riordan. Insiste en hablar con usted sobre la droga epidérmica.

—¿No puede esperar?

—Él es muy insistente.

—Lo atenderé en un minuto.

—Él quiere hablar con usted *ahora.*

O'Brien se frotó la nuca y habló por el teléfono:

—¿Kenny?

—Sí, escucho.

—Bueno, mira, es tu decisión, pero dale otro día, ¿de acuerdo? Telefonéame mañana y comunícame tu decisión final.

—Philip...

—Veinticuatro horas no molestarán nada. Y te darán un día extra para reflexionar y sopesar a fondo todas las opciones ¿Correcto?

Otra pausa, luego:

—De acuerdo.

—Y, por favor, ten cuidado.

—Philip, está bien. Mañana hablamos.

Murkoski colgó antes que O'Brien pudiera reaccionar. El gerente general de Genodyne Inc, respiró larga y profundamente. Estaba seguro de haber hecho lo correcto. Aunque se sentía agotado y usado, por lo menos ahora había hecho lo correcto.

Ese pensamiento le brindó poco consuelo mientras tomaba la línea dos preparándose para otra confrontación con su director más exigente. Al doctor Philip O'Brien hoy no le importaba mucho su trabajo ese día, y a medida que pasaban las horas le importaba cada vez menos.

❄ ❄ ❄

Kenneth Murkoski sonrió al colgar el teléfono en la sala preoperatoria. Lo había hecho sin una mácula.

Una enfermera ya lista metió su cabeza en la sala diciendo

—¿Doctor Murkoski?

—¿Sí?

—El paciente está preparado. Nosotros estamos listos para empezar cuando usted diga.

—Excelente. —Se metió el celular en la cintura de los pantalones—. Enseguida voy para allá.

❄ ❄ ❄

—¡No te burles de mí!

—No me estoy burlando

—¡Sigo siendo tu madre!

La mente de Katherine volvía a repasar la escena una y otra vez. Era una cinta sinfín. No importaba lo que hiciera pues no podía dejar de recordar la voz de Eric o la suya.

—Disculpe, discúlpeme —le decía al mozo del bar que iba pasando. El mozo era un simpático veinteañero—. Dame otro más de esos... ¿cómo los llaman?

El mozo del bar sonrió:

—Navegando en ácido.

—Correcto —asintió Katherine—, tomaré otro (ya se le había olvidado el nombre). Otro más.

—¡No te burles de mí!

—No me...

—¡Sigo siendo tu madre!

—Yo no...

—¡Exijo que me respetes, ¿me escuchas?

Aunque su cerebro estaba nublándose, la escena no. Seguía tan clara como cuando se desplegó casi dos horas antes.

Había sido otra semana larga y fatigosa. El Servicio de Impuestos estaba cercándola rápidamente exigiéndole que pagara por unos cálculos malhechos de más de tres años atrás.

—¿Cómo puedo pagar lo que no tengo? —había alegado por enésima vez en el teléfono.

—Señora Lyon, podemos hacer un plan de pagos, pero este es el gobierno de los Estados Unidos, y usted *pagará.*

Esa misma tarde ella había sostenido una conversación parecida con el dueño del local de su tienda. Básicamente, la misma amenaza, la misma línea de fondo. Las cuentas se apilaban más rápido de lo que ella podía registrar. Ahora estaba tirando la correspondencia al suelo, en la punta del sofá, negándose a abrirla. No se trataba de que tuviera el tiempo. Entre el trabajo, las compras, los acreedores y servir de chofer a Eric, no tenía tiempo para nada.

Salvo para el trago. Y la culpa.

Hija única de un ministro bautista, ella había crecido en un estricto hogar religioso. Nadie tomaba bebidas alcohólicas en su familia. Efectivamente, ni siquiera había probado la cerveza, sino cuando estaba por graduarse de la enseñanza secundaria. Aun como adulta, beber alcohol nunca fue parte de su vida. Ah, ella y Gary se tomaban una copa de vino ocasionalmente en una de aquellas raras e infrecuentes cenas que no podían darse el lujo de pagar, pero eso había sido un mero intento de sofisticación de parte de los jóvenes recién casados.

Entonces fue asesinado Gary y todo salió mal. Su confianza en un Dios de amor. Su creencia de que la gente buena estaba protegida contra el mal. Sus luchas con su padre. Y en una noche particularmente terrible, la visita de un amigo bien intencionado con un envase de cuatro botellas de ponche para ayudarla a pasar los malos momentos.

Que alivio le habían dado. Que alivio bendito y entorpecedor. Durante siete semanas había tratado de cerrar su mente, de parar el dolor. Nada había servido. Pero, ahí, en esas cuatro botellitas de ponche había encontrado la palanca. Esas pocas horas fueron la única paz que había tenido en casi dos meses de idas al hospital, de soportar la muerte y el funeral, de pretender que era la fuerte viuda del oficial de policía, la fiel hija del predicador. Esas cuatro botellas le habían dado más consuelo que las cientos de palabras bien intencionadas y bromuros espirituales que le tiraban sus amistades y parientes.

Era un consuelo que ella había buscado cada vez con mayor frecuencia hasta que se había perdido lentamente en eso. Entonces es cuando había asumido una postura en contra, lo había jurado permitiendo que su padre la inscribiera en Alcohólicos Anónimos. Él ya no era bien acogido para hablar de su Dios, pero sí para ayudarla a dejar el trago.

Y lo había hecho. Había estado a su lado cada minuto en que ella lo necesitó. Hasta que once meses más tarde se murió de un ataque masivo al corazón y se acabaron los vestigios de fe que Katherine tenía. Entonces fue cuando se trasladó a medio país de distancia para alejarse de las asfixiantes buenas obras de sus amistades y parientes, para hacer algo en un mundo con poca compasión y nada de misericordia.

Ella estaba segura de que podía *salir adelante*. Solamente tenía que disminuir el dolor.

—Te exijo respeto, ¿me oyes?

El niño masculló algo que ella no pudo oír.

—¿Qué?

—Nada.

—¿Qué dijiste?

—Dije qué se supone que yo respete.

Ahí fue cuando ella le pegó. Las lágrimas brotaron inmediatamente de sus ojos. No eran lágrimas de dolor, sino de traición. Él trató de contenerlas, pero no pudo.

Entonces fue que había llamado a Lisa para pedirle que cuidara al niño, al ver la expresión de los ojos de su hijo y darse cuenta de lo que había hecho. Ella tenía que irse, tenía que parar el dolor.

—Aquí tiene señora.

Ella alzó los ojos sorprendida cuando el mozo del bar le puso otro trago frente a ella. Le agradeció y preguntó:

—¿Cuánto le debo?

—Nada. El caballero de allá se lo manda.

Katherine siguió el gesto del mozo y miró de soslayo al tipo de aspecto grasiento que estaba en una mesa cercana. Él levantó su copa y sonrió.

Katherine le devolvió el trago. Su última crisis alcohólica, hacía tres años, le había demostrado que los hombres eran cerdos, animales a la espera de aprovecharse de la debilidad ajena. Ella no iba a caer de nuevo en esa trampa.

—Dele las gracias, pero no —dijo ella buscando su billetera. Ella sería una borracha, pero no estaba a la venta.

CAPÍTULO 6

¡Qué pasa! ¿Qué hacen?

Los dos hombres no dijeron nada mientras terminaban de atar a la camilla el brazo y la pierna izquierda de Coleman. Habían entrado a la habitación mientras él dormía y lo habían sujetado bien antes que pudiera despertarse. Ahora Coleman luchaba, pero con poco éxito, mientras le forzaban a ponerse del otro lado y lo ataban firme.

—¿Qué significa esto? ¿Qué están...

Sus gritos fueron silenciados por un rollo de gasa que le metieron en la boca sujetándolo y sellándolo con venda adhesiva. Coleman respiraba fuerte, con los orificios de la nariz ardientes y los ojos enloquecidos. Levantó la cabeza tratando de verles la cara, pero lo volvieron a tumbar rápidamente en la camilla.

Habían pasado tres semanas desde el trasplante de médula ósea. Su recuperación se desenvolvía según lo esperado y justamente esa tarde lo habían trasladado de vuelta al hospital de la prisión. Se había quejado por haber tenido que dormir en una camilla de hospital toda la noche y le habían explicado que era por falta de camas. Ahora Coleman se daba cuenta, demasiado tarde, de que la razón era otra.

Volvió a levantar la cabeza buscando esta vez a Murkoski. Las luces titilaron y tuvo que entrecerrar los ojos por el resplandor. De nuevo le bajaron la cabeza a la fuerza y esta vez, trabado con una llave rígida por dos brazos musculosos. Intentó morder los brazos, desmenuzarlos con los dientes, pero el hombre era todo un profesional. Coleman no pudo moverse ni un centímetro.

Súbitamente hubo un zumbido eléctrico y un raspado brusco en su coronilla. ¡Le estaban afeitando la cabeza! ¿Por qué? La única ocasión en que le afeitaban la cabeza a un reo de la Galería de la Muerte era...

La adrenalina brotó recorriendo con fuerza el cuerpo de Coleman. Se retorció y tironeó, pero no logró nada. Las correas y la llave de los brazos lo sujetaban con firmeza. De repente escuchó el claro sonido del chorro de un rociador que lanzaba espuma y sintió la fría espuma puesta en su cabeza. Entonces, más raspado, más lento ahora, quemante y picante, una navaja que cortaba y sacaba pedacitos de su piel.

Afeitar la cabeza era el primer paso de la ejecución de un condenado a muerte. Aseguraba el mejor contacto de la piel y los electrodos implantados en la banda para la cabeza que tiene la silla. Pero no ahora. No esta noche. ¡Estaban adelantados en once días!

¿No se lo había explicado claramente Murkoski? Para tener contento a todo el mundo iban a montar una ejecución simulada con todos los detalles. Era la única manera de convencer al público de que él había muerto de verdad. Y eso tenía que abarcar todo, hasta el último detalle: ejecutado en presencia de testigos, verificado por el médico de la cárcel, confirmado por el forense del condado, amplia cobertura de la noticia por parte de la prensa, todo para satisfacer a la gente que quería verlo frito. Pero no ahora. La fecha había sido fijada por los tribunales. Él estaba programado para ser ejecutado el 14 de enero. ¡Hoy era el 3 de enero!

Ahora le afeitaban la pantorrilla izquierda donde adosarían el segundo electrodo. El circuito de la silla eran simple. Había un espacio de ciento seis centímetros entre el electrodo de la cabeza y el de la pantorrilla, un espacio que necesitaba completar el prisionero condenado para completar el circuito. Ese circuito tenía 2.450 voltios que iban a pasar por su cuerpo, dejándolo inconsciente de inmediato y alterando el patrón eléctrico de su corazón.

Pero no para Coleman. Lo suyo era diferente. Y estaba programado para dentro de once días, no ahora.

A menos que le engañaran por partida doble.

Como ellos estaban preocupados por la pantorrilla, Coleman pudo levantar nuevamente su cabeza y mirar alrededor. Murkoski no estaba allí. Solo los dos hombres corpulentos. Si Coleman hubiera podido moverse los hubiera vencido, pero no podía.

Un momento después untaron la coronilla y luego la pantorrilla con un gel aceitoso claro. Este era el procedimiento rutinario para asegurar el contacto máximo de los electrodos metálicos con la carne humana.

Abrieron la puerta del hospital y lo sacaron de la sala. La mente de Coleman corría vertiginosamente mientras lo empujaban rodando por el pasillo. Veintitrés metros después llegaron al ascensor. Al lado había una puerta azul y una escalera angosta, la escalera que hubiera tenido que bajar si le hubieran permitido ir andando a su ejecución. Ellos tocaron el botón y el ascensor se abrió. Metieron la camilla y las puertas se cerraron. Mientras bajaban al primer piso, él trató de leer las caras de los dos hombres, de hacer un contacto humano con ellos, pero ninguno lo miraba.

El ascensor se detuvo y las puertas traquetearon al abrirse. Él levantó la cabeza. Ahora sudaba y los arroyuelos derramaban hacia su frente el gel metiéndoselo en los ojos que le ardían bastante, pero se obligó a mantenerlos abiertos. Directamente al frente del ascensor estaba la puerta cerrada de la cámara de ejecución. Inmediatamente a su derecha estaba la sala de controles que ocultaría al transformador humeante y al hombre que iba a girar el único dial. El hombre recibiría unos trescientos dólares por estar detrás de esa puerta y girar el dial prendiéndolo y apagándolo cuatro veces.

Pero esta noche la puerta estaba abierta. Había dos hombres adentro. Uno era un extraño y el otro, Murkoski. Al oír que se abría el ascensor, Murkoski se dio vuelta hacia él. Coleman trató de interpretar su expresión, pero el sudor y el gel le nublaban la vista.

—Señor Coleman, lamentó tener que hacerle esto, pero no hay otra manera.

Coleman trató de hablar, alegar, amenazar. Meneó su cabeza con la esperanza que sus ojos le indicaran a Murkoski que le sacara la gasa para que pudiera hablar. Pero Murkoski se había dado vuelta y le hacía gestos de asentimientos a otro hombre grande, que abrió la puerta de la cámara de ejecución y entró antes que ellos.

Era una sala cuadrada de dos metros y setenta y cuatro centímetros por lado, hecha de ladrillos cenicientos de un apagado color blancuzco. En su centro estaba instalada majestuosamente lo que parecía un trono de roble viejo. La silla había sido construida entre 1913 y 1920; parecía una tosca antigüedad. El asiento y el respaldo estaban cubiertos con tapetes de goma negra para aislamiento. Cerca de la parte de arriba había un pequeño bloque de madera que servía para apoyar la cabeza, también tapado con la goma acanalada. Las cuatro patas hechas de madera de diez por diez centímetros, se apoyaban sobre dos travesaños también de diez por diez. Estaban afirmados en el suelo con alambres gruesos que pasaban por aisladores de cerámica que estaban adosados. No quedó mucho lugar para moverse cuando los tres hombres desataron a Coleman de la camilla, lo llevaron por los tapetes de goma que cubrían el suelo y lo dejaron caer en la silla.

Coleman luchó naturalmente, pero no sirvió de nada. Esos hombres sabían exactamente lo que estaban haciendo.

Empezaron por amarrarlo con correas de cuero totalmente nuevas, compradas expresamente para la ejecución. Primero la correa de las caderas, luego la del pecho, entonces una por cada bíceps, una para sujetar cada antebrazo al respectivo apoyabrazos, dos más para amarrar sus muslos y dos más alrededor de sus pantorrillas. El propósito de todas esas correas no era impedir que él huyera corriendo, sino evitar que su cuerpo se convulsionara y volara de la silla cuando dieran la corriente eléctrica.

Mientras adosaban el electrodo a su pantorrilla izquierda Coleman miró para adelante a la gran ventanilla rectangular, ni siquiera a un metro frente a él, tapada con una gruesa cortina dorada. Al otro lado estaba la sala de testigos, de cuatro por cinco metros, desde donde observarían los diez testigos escogidos, pero Coleman sabía que no estarían ahí. No esta noche. Esta noche estaba once días adelantada.

Volvió la cabeza a la izquierda y vio a Murkoski de pie en el vano de la puerta, observando con científica indiferencia, pero evitando el contacto visual con Coleman.

Los dos primeros hombres salieron en fila mientras el último aseguraba los electrodos de metal a la cabeza de Coleman asegurándose de que la correa quedara bien ajustada. Entonces se dio vuelta y se fue. Solamente se quedó Murkoski, de pie en el vano de la puerta abierta entre la sala de controles y la cámara de ejecución.

El sudor chorreaba a torrentes a los ojos de Coleman y seguía haciéndolos arder con el gel, pero él los mantenía abiertos. Si hubiera sabido orar, este hubiera sido el momento. No lo hizo. En cambio, se afirmó preparándose para lo peor y tratando de olvidar los cuentos que había oído. La mayoría de los reos especulaban que él no sentiría nada: "Te aturde antes que sepas que te golpeó". Pero Coleman había leído un relato totalmente diferente de Michael Brenan, ex miembro del Tribunal Supremo de los Estados Unidos:

> A veces los globos oculares del preso saltan para afuera y quedan sobre las mejillas. A menudo el reo defeca, orina y vomita sangre y baba. El cuerpo toma un color rojo brillante al ir subiendo su temperatura, la carne del prisionero se hincha y su piel se

dilata hasta que se rompe. A veces el prisionero arde, particularmente si transpira en exceso. Los testigos oyen un chirrido largo y continuo como tocino que se fríe, y el olor dulzón enfermizo de la carne quemada llena la cámara.

Coleman miró hacia abajo. Debajo de su muñeca izquierda había algo que parecía como la redondela de una mancha de tazón de café. Había muchos rumores sobre esa mancha. Los historiadores creían que no era en absoluto una mancha de café, sino de un tintero. En la cárcel vieja la cámara de ejecución también había funcionado como tienda de ropa. Los penados que manejaban la tienda acostumbraban a sentarse en la silla a escribir cartas.

Coleman respiraba fuerte ahora tratando de recobrar el aliento. Volvió a mirar a Murkoski que se dio vuelta hacia la sala de controles y asintió.

Y entonces lo golpeó.

Pero no era nada como lo que Coleman había esperado. Ninguna sacudida. Ninguna convulsión espasmódica. Ninguna quemadura. Efectivamente apenas había sentido algo, solo el más leve hormigueo por su piel durante varios segundos y entonces se acabó.

¿Había hecho cortocircuito la silla? ¿Habían cometido un error?

Él se volvió a Murkoski que aún miraba a la sala de controles.

—¿Obtuvo una lectura? —preguntó Murkoski.

—Sí —fue la respuesta.

—Hagámoslo de nuevo, solo para asegurarnos.

Coleman volvió a prepararse. El primer intento había fallado. Esta vez cerró los ojos preparándose para lo peor y sintió...

Nada. Otra vez.

—¿La obtuvo? —preguntó Murkoski.

—Sí. Dos respuestas buenas.

Coleman abrió los ojos justo a tiempo para ver que Murkoski se daba vuelta hacia él y sonreía.

—Excelente —decía—, muy bueno. —Miró por encima de su hombro y añadió—: Muy bien, señores, adelante y suéltenlo.

Dos de los tres hombres volvieron a entrar al cubículo, viéndose mucho más distendidos. Lo primero que le quitaron fue la mordaza de gasa y venda adhesiva, pero Coleman no dijo nada, aunque antes quería gritar, vociferar palabrotas y aullar. Solo podía respirar, tratando de recuperar el aliento mientras contemplaba fijamente al sonriente Murkoski.

—Teníamos que medir la respuesta galvánica de su piel —dijo Murkoski.

Coleman seguía sin hablar. No estaba seguro de poder.

Murkoski continuó.

—Si vamos a poner en escena el simulacro de una ejecución, tenemos que saber qué clase de sacudida puede resistir su cuerpo. Haciendo esta prueba, Hendricks aquí presente —hizo gestos a la sala de controles—, podrá instalar la resistencia apropiada de lastre, como asimismo determinar el voltaje apropiado, capacitándonos para producirle un paro cardíaco sin freírle el cerebro.

Los hombres terminaron de soltarlo y Coleman siguió mirando fijo tratando aún de entender.

—La respuesta galvánica de la piel o RGP, es una medida de la electricidad que conduce su piel. Cambia según el monto de estrés al que usted esté sometido. Por eso funciona tan bien en los detectores de mentiras.

Las manos de Coleman estaban libres y se enjugó el sudor sacándose el gel de los ojos.

Murkoski siguió:

—Si le hubiéramos dicho que esto era solamente una prueba, usted hubiera estado mucho más relajado y nunca hubiéramos tenido una lectura exacta. Para obtener las medidas apropiadas usted tenía que pensar que esto era real. Confío que no nos guarde rencor.

❄ ❄ ❄

—Hola, Kate.

Katherine Lyon levantó los ojos del disco duro que había estado instalando en la trastienda, se sacó los anteojos y vio una cara del pasado.

—¡Jimmy!

Jimmy Preston tenía treinta y siete años de edad y una constitución de tanque. Apenas tuvo tiempo de entrar al cuarto antes que Katherine corriera alrededor de la mesa de trabajo y lo rodeara con sus brazos.

—Jimmy, ¡qué alegría verte! ¿Cómo estás?

—Muy bien, Kate, muy bien.

Parecía un poco tieso, un poco incómodo. Podía ser los años pasados desde que se habían visto o la presencia de su compañero, un sombrío hombre alto vestido con un traje oscuro. De cualquier forma, era un recordatorio de que los tiempos cambian y también la gente. Ella no podía regresar a ser de súbito la persona que había sido. Tampoco él. Ella se alejó, un poco más reservada.

—Entren —dijo y luego gritó hacia la tienda—: ¡Eric! ¡Eric, ven un momento! —Dándose vuelta a Preston dijo—: Brincará cuando te vea.

Preston sonrió.

—¿Y qué te trae por estos lados? No me digas que te trasladaste para acá.

—No, Kate, vine a verte.

Eric apareció en el umbral.

—Eric, este es tu tío Jimmy.

—¿Quién?

—El compañero de tu papá. Te acuerdas del tío Jimmy.

Preston fue hasta el niño. Cojeaba notoriamente. Eso era por la pierna artificial.

—Hola, Eric.

—Hola.

Preston habló con amabilidad:

—Tú no te acuerda de mí, ¿verdad?

—Sí, un poco —Eric se acomodó los anteojos.

—Yo estaba con tu papá en la policía. Éramos compañeros.

—¿Estabas con él cuando le dispararon?

—Sí, Eric, estaba con él. Fue mi vida la que tu padre salvó.

Eric no dijo nada.

—Eric, él era un hombre valiente.

El niño asintió.

—Gracias. Entonces —volviéndose a Katherine preguntó—: ¿puedo irme ahora? Tengo a alguien en la Internet.

Una sombra de desencanto cruzó la cara de Katherine.

—Sí, claro —asintió—. Adelante.

El niño se dio vuelta rápidamente dirigiéndose a la trastienda.

—Lo siento —dijo Katherine. Se pasó las manos por su pelo corto—. Ustedes dos eran muy amigos.

—Kate, eso fue hace mucho tiempo.

—Así es —ella volvió a instalarse detrás de su mesa, luego hizo señas al derruido sofá que estaba al frente suyo—. Por favor, siéntense.

Los hombres se abrieron camino en la abigarrada sala dirigiéndose al sofá, donde ordenaron unos catálogos y cosas electrónicas para hacer lugar donde sentarse.

—¿Les apetece tomar algo? —preguntó ella sentándose.

Captó la mirada de reprobación que Preston lanzó al vaso y a la botella que tenía encima de la mesa.

—Creía que lo habías dejado.

Ella se resintió por la reprimenda y tomó deliberadamente la botella para servirse otro trago.

—Jimmy, es uno de los pocos placeres que me quedaron. Eso y Eric —volvió a tapar la botella y la puso sobre la mesa otra vez—. Bueno, ¿y quién es tu amigo?

El hombre se puso de pie inmediatamente, extendiendo la mano por encima de la mesa.

—Señora Lyon, soy el agente Kevles de la Agencia de Protección de Testigos.

Katherine le estrechó la mano con menos entusiasmo. Tomó un sorbo y volvió a Preston:

—¿Cómo está Denise? ¿Los niños?

Preston miró al suelo.

—Llevamos ya tres años divorciados. Ella regresó a Vermont hace año y medio —siguió más quedamente—: El tiroteo también nos afectó mucho.

Katherine no dijo nada. La reunión le estaba empezando a disgustar. —Jimmy, ¿y a qué has venido?

—El agente Kevles me pidió que viniera con él. El Programa de Protección de Testigos ha investigado mucho para un proyecto especial y piensan que tú eres la candidata de primera para la tarea.

Ella se dirigió a Kevles.

—¿Tarea?

—Tenemos un cliente que tenemos que colocar. No puedo decirle su nombre ahora, pero sí le puedo decir que él es muy especial. Quizá sea la colocación más importante que hayamos hecho en años.

—Por colocación usted quiere decir alguien que está informado sobre otra persona, ¿correcto? ¿Él es un reo condenado?

Kevles empezó a contestar afirmativamente, pero Katherine lo paró en seco.

—No sé si Jimmy le ha informado de los detalles, pero mi marido fue asesinado por un ex convicto.

—Señora Lyon, conocemos muy bien su historia.

—Entonces también saben que no me entusiasma demasiado ayudar a ninguno de esos gusanos.

—Este hombre es diferente. Se lo garantizo.

Katherine no dijo nada, pero terminó lentamente su trago. Kevles se inclinó hacia delante con más intensidad.

—Debo aclarar algo. Este hombre *no* es un informante. Él participa en un experimento.

—¿Experimento?

—En Arlington. Con una compañía que se llama Genodyne.

Ella esperó más.

—Es una compañía de biogenética. El proyecto es confidencial así que no puedo darle detalles, pero puedo decirle que estamos preparados para pagar generosamente si usted considera contratar a este hombre como empleado.

Katherine sostuvo su mirada.

—¿Por qué yo?

—Bueno, como dije, usted encaja en el perfil...

—¿Por qué yo? —repitió ella.

Kevles ajustó sus anteojos, evidentemente incomodado con revelar más información de la necesaria, pero también era evidente que Katherine aceptaría solamente la verdad.

—Gran parte de este experimento es de naturaleza sociológica. Y debido a su pasado: su viudez, su perfil psicológico, hasta el hecho de que tenga un hijo de siete años...

—Ocho. Mi niño tiene ocho.

—Hasta el hecho de que tenga un hijo de ocho años, todo esto ha influido fuertemente en nuestra consideración.

—Y ¿qué significa eso? Él no es una especie de pervertido, ¿no? Yo no voy a dejar que mi hijo sea expuesto a...

—Le garantizo que él es una de las personas más sensibles, más amorosas que usted podrá conocer.

—Sí, claro. Sigue siendo un hombre, ¿no?

Kevles se vio inseguro de como reaccionar.

—¿Cuánto? —preguntó ella.

—¿Perdón?

—Usted dijo que había dinero en esto, ¿cuánto?

Ella pudo advertir el alivio que reflejaba en su cara. Él estaba de vuelta en terreno conocido.

—Estamos preparados para pagar ochocientos cincuenta dólares por mes.

Katherine no creía lo que oía. Ochocientos cincuenta dólares por mes, *más* ayuda gratis en la tienda. Pero había aprendido mucho viviendo sola y sabía que la cifra le había salido muy fácilmente al agente. Tenía espacio para negociar.

Ella le devolvió la mirada con firmeza y dijo:

—Mil doscientos cincuenta.

—Señora Lyon, mil doscientos cincuenta dólares por mes parece un poco...

—Tómelo o déjelo. No tengo idea de quien es ese gusano o de lo que tratará de hacer. Usted me pide que pase diez horas diarias trabajando al lado de alguien que ni siquiera conozco, que arriesgue mi seguridad, que arriesgue la seguridad de mi hijo, todo porque *usted dice* que yo puedo tenerle confianza a ese fulano. Tiene usted razón, mil doscientos cincuenta no es suficiente. Yo diría que mil quinientos es más realista, ¿no te parece Jimmy?

Preston la miró fijamente.

Kevles se sacó los anteojos y los dobló.

—Señora Lyon, no creo que mil quinientos dólares sea razonable...

—Tiene razón, tiene razón. No sé que estaba pensando. Tendría que entrenarlo, él siempre estaría metido en el medio, él...

—Bueno...

—No hay forma de saber qué pudiera romper o...

—Bueno, bueno, entiendo —Kevles se volvió a poner los lentes—. Supongo que mil quinientos dólares no está tan fuera de razón.

Katherine casi sonrió.

—Bueno. Por supuesto que tendré que hablar con Eric, pero veremos que podemos hacer.

❄ ❄ ❄

—Por favor, llévese lo que quiera. Por favor, pero no...

"¡Ay!" gritó Coleman como si le hubieran baleado los intestinos, pero nadie lo había tocado. Ni Harold Steiner que estaba parado a poco más de cuatro metros en la sala de abogados y clientes, ni el guardia que permanecía pegado a su lado. Ninguno se había movido.

Lo que le había hecho doblarse era la foto de Melissa Steiner, que alguien había puesto sobre la mesa. Una niña bonita. Pelo caoba hasta los hombros, una sonrisa que bordeaba lo travieso. Coleman se inclinó sobre la mesa agarrado con las dos manos, tratando de equilibrarse.

—*Tengo un estéreo arriba, lléveselo. Por favor...*

El sudor frío brotó en su rostro. Él seguía respirando profundo, negándose a rendirse a la náusea y al mareo que trataban de dominarlo. No reconoció la cara de Melissa. Nunca se acordaba de la cara de sus víctimas, salvo en sus sueños, pero eran esos ojos. Diferentes de color y forma, aunque de alguna manera semejantes a los de su hermano y a los del cura Kennedy.

Y la voz de ella: *Usted me está asustando, por favor. No...* Tan clara y tan real como si ella estuviera ahí en la sala con él. Él tenía la esperanza de que este fuera otro sueño, pero sabía que era algo nuevo, algo más raro.

—¿Qué está mal? —era la voz de Steiner, muy alejada en otro mundo—. ¿Qué está pasando?

Coleman observaba las perlas de sudor que caían de su cara y rociaban la mesa al lado de la fotografía. Había aceptado reunirse con Steiner no porque quisiera, sino porque debía. Tenía que decirle al hombre cuánto lo lamentaba, que ahora entendía la pena infinita que le había infligido.

—Señor Coleman.

Naturalmente que la prensa se banquetearía con eso, pero esto no era para la prensa. Era para Steiner y de alguna manera para él mismo.

—Señor Coleman, ¿se siente mal?

Coleman negó con la cabeza, pero no se sentía bien, absolutamente no. Nuevamente sus sentidos estaban aguzándose, enfocándose, pero no se aguzaban ni se enfocaban en el presente.

—*Por favor, haré lo que usted quiera, pero, por favor...*

Coleman observó que el sudor goteaba y rociaba, goteaba y rociaba, pero no podía seguir mirando la foto. Ya no tenía que hacerlo. Ahora podía ver los ojos sin mirarlos. Ojos solitarios que imploraban misericordia.

Sintió algo en su mano derecha. Seguía siendo el borde de la mesa, pero no era. Era un cuchillo. El cuchillo de ella. De la cocina. Y ese ruido. Esa risa irritante de la telenovela que se reía de él, que se burlaba de él.

—Señor Coleman...

—Por favor, si quiere dinero...

Sintió que su brazo izquierdo se enroscaba en el cuello de ella. Él estaba de pie detrás de ella. Su mano derecha se movía repentinamente con movimientos bruscos y cortos hacia dentro, hacia ella, una y otra vez. Ahora los gritos aterrorizados. Histéricos. Implorando como los ojos. Y la furia, la furia incontrolable mientras su mano seguía golpeando hacia adentro. Pero no era furia con la niña. Era furia consigo mismo.

Él seguía acuchillando, una y otra vez, solo que ahora la niña se había ido. Ahora se estaba acuchillando a sí mismo. Ahora sentía cada penetración quemante del cuchillo, cada tajo y rotura de su carne. Ahora él gritaba de dolor. Está en la sala de abogados y clientes, aferrando la mesa y está de vuelta en el apartamento de ella, en Omaha, metiendo el cuchillo, pero no en ella. Ahora lo mete en su propio pecho, su propio abdomen, una y otra vez y otra vez más. Acezante con la angustia de ella. Llorando.

Entonces los pasos. Los de su padre, de eso está seguro. Más fuertes y más fuertes. Atronan en su cabeza. Justo antes que él llegue se disuelven en otro sonido. Alguien que tamborilea el vidrio, el guardián que pide ayuda con señas. Oye que se abre la puerta, oye voces, pero los gritos de terror dentro de su cabeza son demasiados fuertes, su propio llanto le abruma demasiado.

Unos brazos lo toman de los hombros, alejándolo. Otras voces preguntan que está mal. Él no puede contestar. Necesita toda su fuerza solo para respirar, para caminar. Está en el pasillo con las lágrimas que le ciegan los ojos, haciéndole imposible ver. Sollozos de dolor y remordimiento insoportables se le escapan de la garganta. Alguien dice palabrotas. Es Steiner. Él no puede entender las palabras, pero el hombre no está contento.

La reunión ha sido cancelada.

❄ ❄ ❄

—Un poquito a la izquierda. No, izquierda. Eso es.

Theodore Wolff, mejor conocido como "Teddy" para el puñado de mujeres que peleaban por interesarlo, agradecía el gimnasio que había instalado Genodyne. Si había algo en la investigación genética que él detestaba eran las largas horas pasadas en el laboratorio. Por supuesto que amaba cultivar su mente, pero también amaba cultivar su cuerpo. Efectivamente, su mayor inspiración surgía a menudo en medio de una sesión demoledora de *racquetball* o de lucha en el Gimnasio Universal. Y nada terminaba una buena sesión de trabajo físico como un buen masaje.

—Eso es muchacho. Un poco más. Bueno. Ahora un poco a la derecha. La derecha.

Vestido solamente con una camiseta y pantalones cortos de gimnasia, Wolff yacía boca abajo en el suelo de B-11 mientras Freddy iba y venía caminando sobre su espalda, masajeando alegremente los músculos con sus pies como manos, aunque ocasionalmente saltaba un poco, solo para dar más vida a las cosas.

—¡Uf!, vamos, Freddy, eso no es divertido.

Pero naturalmente que era divertido, así que Freddy agregaba la sorpresita a menudo.

—Un poco más arriba... Eso es.

Además de su constitución atlética y su espeso pelo rojo, Wolff también era conocido por sus uñas perfectamente cortadas y manicuradas. No era un chiflado obsesivo de la limpieza sino que, tan solo, prefería las cosas ordenadas. Hasta su puesto de trabajo, esa pequeña zona personal del laboratorio que cada investigador clamaba como propia, estaba desacostumbradamente limpia.

También le gustaba ducharse. Un par de veces al día. "Si usted supiera cuantos gérmenes y microbios se andan arrastrando por su piel", bromeaba, "también se ducharía".

Wolff era tan meticuloso con la investigación como con su higiene personal. Por eso trabajaba tan bien con Murkoski. Cuando Murkoski se precipitaba por un estudio, impaciente por los detalles, Wolff se quedaba atrás, limpiando, verificando y comprobando por partida triple todo. Si alguna vez hubo una pareja rara de científicos era el gato Félix de Wolff emparejado con el Oscar de Murkoski.

—Gracias, Freddy.

Toqueteó el pasto a su lado, señalándole a Freddy que se bajara. El animal obedeció, pero no si dar un brinco juguetón más.

—¡Oye, tú...

Wolff se dio vuelta y trató de agarrarlo, pero el animal era demasiado rápido. Freddy huyó corriendo gritando con pánico fingido, su boca totalmente abierta mientras mantenía tapados sus dientes con los labios. Esta era la expresión juguetona de los babuinos. No importaba cual fuera el ruido o el gesto que hicieran —en la medida que los caninos puntiagudos como agujas estuvieran tapados— todo era juego. Y a Freddy le encantaba jugar. Los balanceos, el juego de gimnasia, el árbol, el tobogán, todos eran buenos para él. Pero los babuinos son criaturas sociales y ninguna cantidad de juguetes se compara con un buen juego a pillarse o de rodadas y caídas con otro animal.

Antes que Wolff pudiera sentarse. Freddy vino corriendo por detrás y le dio un buena palmada en las costillas. Wolff gritó sorprendido y se tiró para agarrarlo pero volvió a errar. Freddy huyó corriendo, chillando de deleite y esperando evidentemente que Wolff lo siguiera.

—Ahora no puedo —dijo Wolff poniéndose de pie y sacudiéndose el pasto—. Ya he jugado bastante para un día. Quizá venga un rato a la hora de cenar.

Freddy contestó corriendo a toda velocidad hacia él, gritando todo el tiempo, pero en vez de esquivar o correr, Wolff le dio la espalda, justo a tiempo para agarrar al animal cuando saltaba directamente hacia él. El impacto hizo tambalear a Wolff hasta que el hombre y el babuino se desplomaron de espaldas en el pasto. Freddy que ululaba deleitado y Wolff que se reía a pesar de sí mismo.

—Vamos, chico, ¡hablo en serio! Tengo que irme.

Pero Freddy siguió luchando y desplomándose lo más que pudo, gritando todo el tiempo.

—¡Freddy! Vamos, Freddy!

Por último, Wolff pudo desenredarse del animal y pararse. De nuevo Freddy salió a todo correr, giró y se preparó para otro ataque hasta que Wolff estiró su dedo y le dio una orden en serio:

—No, Freddy, no.

La apariencia del animal cambió mientras disminuía su velocidad hasta pararse. Entonces, levantando la cola por encima de su cabeza, se fue trotando hacia Wolff en su estilo preferido.

—Lo siento, chico, pero realmente tengo que irme.

Freddy se apoyó con fuerza contra Wolff, mientras el hombre se inclinaba a darle la última serie de caricias.

Esta noche, antes de irme a casa. Lo prometo.

Mientras Wolff se daba vuelta encaminándose a la puerta, Freddy seguía pegado a su lado, entonces alzó su brazo para el último abrazo de rigor. Wolff se agachó y sostuvo al animal por un momento.

—Te veo en un rato —dijo. Freddy rió y pareció que casi suspiraba al alejarse Wolff caminando a la puerta.

La especialidad de Wolff eran los ratones. Los ratones transgenéticos. En cuanto se reconocía y aislaba el ADN específico, su trabajo era supervisar la colocación de ese ADN en los huevos de los ratones, creando y criando cada generación nueva de los animales.

Insertar el ADN en el huevo era bastante sencillo: sacar el huevo de la ratona y ponerlo bajo un microscopio estereoscópico. Con la mano izquierda, dar vueltas a la perilla del micromanipulador que sujeta una diminuta pipeta, una varita microscópica de vidrio que usa pequeños montos de succión, para colocar el huevo y mantenerlo en su lugar. Una vez que el huevo está en su lugar, se mueve la perilla derecha del micromanipulador y se inserta una aguja hueca directamente en el huevo. Una vez que se ha penetrado la membrana del huevo, se inyecta el ADN. Así de simple. Efectivamente, un buen técnico puede inyectar ADN en un huevo cada veinte segundos.

Una vez modificado el ADN del huevo, quirúrgicamente se lo reimplanta en la ratona y, justo veinte días después, hay una nueva cepa de ratones que el mundo nunca ha visto.

Por supuesto que la pregunta obvia es: ¿por qué no hacer esto con huevos humanos? Buena pregunta, y que representa un banquete para docenas de escritores de ciencia ficción, pero hay problemas graves. Primero, es completamente ilegal. Segundo, para obtener los resultados deseados, uno tendría que esperar que el feto se desarrollara, naciera y en algunos casos, creciera hasta llegar a ser adulto. Ese período en los seres humanos es, como un mínimo, de nueve meses y según cual sea la característica que se desarrolla, posiblemente veinte años o más. Con los ratones, veinte días. Y con la competencia y velocidad desorbitada de la investigación genética, cada día es como un año.

Wolff se vistió con la túnica y las botas de papel, se encaminó por el pasillo y entró a la sala presurizada de sus colonias de ratones. Ya habían pasado casi tres semanas desde el malvado asesinato de uno de los ratones. Todo un golpe en su momento. Y a pesar de las pruebas, nadie estaba totalmente seguro de lo que había pasado. Alguna anomalía, sí. Una mutación de uno de los ratones, por supuesto, pero la investigación todavía estaba en proceso tocante al cómo y al por qué.

Wolff fue al pizarrón de plástico y verificó dos veces los gráficos del día. No se dio cuenta sino cuando fue al fondo de la sala. Una de las jaulas de Lucite no tenía movimiento por dentro. La Colonia 233. Tomó el recipiente, lo sacó para afuera y se quedó sin respiración.

La jaula estaba ensangrentada por todas partes. Los seis ratones estaban muertos.

CAPÍTULO 7

Coleman estaba de pie en la nieve, silencioso, sobrecogido por la quietud absoluta. Había visto nevar todos los años de su vida, pero no así como esto. No con esta tranquilidad, esta paz apaciguadora y calmante. Había nevado sin cesar toda la noche y ahora, un poco antes de la salida del sol, había parado. Escrutó el patio de ejercicios. Cada borde áspero, cada rincón abrupto estaba suavizado y redondeado por la suave blancura. El edificio de la administración, las mesas para comer, las rejas con sus rollos de alambre filoso, todo estaba tapado con una serenidad bondadosa. La suciedad, el polvo y el barro habían desaparecido por completo. Borrados. Hasta los sonidos de la lejana autopista eran limpiados y absorbidos por la suave y casta frazada. Era como si la nieve hubiera eliminado todo el mal del mundo: ablandando su dureza, cubriendo su inmundicia, reemplazando su vulgaridad con pureza callada y prístina.

La intensidad de las emociones de Coleman había estado nivelándose en los últimos días. Aún se maravillaba por la belleza que le rodeaba y se lamentaba por la penosa soledad que veía en las personas, pero al pasar los días, pudo ir controlando crecientemente sus reacciones a esos sentimientos.

Inhaló profundamente el aire limpio y frío. Sintió un cosquilleo que le llegaba hasta los dedos. Estaba vivo. Por lo que podía recordar, realmente vivo por primera vez. Su pasado había sido, comparativamente hablando, como una desteñida fotografía en blanco y negro. Durante treinta y cinco años había estado sonámbulo, apenas consciente de su entorno. Ahora estaba despierto: Viendo, oyendo y sintiendo todo, como si fuera la primera vez.

Pero con la emoción entusiasmada llegó el otro sentimiento. Su propia soledad. Nunca se fue. Era un hambre voraz que no podía quitarse de encima, un dolor que la belleza y la maravilla que le rodeaban solo acrecentaban. Era como si esa belleza fuera parte de algo más grande y profundo de lo que él pudiera ser jamás. Lo hacía sentirse como cortado, como un extranjero perpetuo: una sombra perecedera que danza sobre la superficie de la creación sin llegar siquiera a ser capaz de conectarse con ella de verdad. Aunque nunca cesaba de maravillarse por la belleza del mundo, ya fuera el reflejo en una gota de agua o los diseños complicados de la palma de su mano, sabía que algo mucho más grande y profundo estaba llamándolo, pero ¿llamándolo a qué?

Respiró otra vez. El aire acarició su nariz y garganta. Hoy era el día. En realidad, mañana un minuto pasada la medianoche. Entonces es cuando uno de cuatro golpes eléctricos recorrerá su cuerpo. Entonces es cuando Michael Coleman morirá por fin.

—¿Por qué no puedo simularlo y nada más? —había preguntado.

—¿Fingir la electrocución? —se había burlado Murkoski—. No lo creo. Reduciremos mucho los otros tres golpes de corriente, pero el primero le hará perder el conocimiento y le parará el corazón, así que no tendrá que preocuparse por fingir nada.

—¿Y si no me reviven a tiempo?

—Lo reviviremos. El forense asistente será en realidad uno de los nuestros. Él lo llevará en la camilla a la ambulancia que estará esperando y le reactivará el corazón. Tenemos seis minutos y medio en general. Será justo, pero podemos hacerlo.

Coleman no se sentía con garantías.

—Cálmese —se había reído Murkoski—, llevamos practicando muchos días. Usted es demasiado valioso para nosotros, para ver que se nos vaya hecho humo.

Coleman no devolvió la sonrisa.

—¿No más sorpresas? —había preguntado mirando a los ojos a Murkoski, en busca de la verdad.

—No más sorpresas —había contestado Murkoski con solemnidad—. Lo llevaremos directamente desde la prisión al hospital San Juan, donde uno de los mejores cirujanos plásticos del país efectuará modificaciones.

—¿Cuánto de mi cara va a cambiar?

—Suficiente para que no sea reconocido. Quizá pudiera hasta arreglarle esa nariz de la cual usted se enorgullece tanto.

Coleman se tocó levemente la nariz. Había sido quebrada dos o quizá tres veces en peleas y no siempre la habían arreglado con el máximo cuidado.

—¿Cuánto tiempo llevará todo esto?

—Estará en el hospital de una semana a diez días. Entonces, lo llevaremos en avión al estado de Washington, donde usted tendrá un buen trabajo y un apartamento.

Habían conversado sobre mil y un detalles más de la continuación del experimento y lo que se le pediría a Coleman, pero con su insensibilidad acostumbrada, Murkoski lo había reducido a la línea de fondo:

—Usted es nuestra cobaya. Le estamos dando una segunda oportunidad y usted está muy endeudado con nosotros. No le pediremos mucho. Venga al laboratorio una o dos veces a la semana para hacerle exámenes. Pero nosotros somos su jefe, y lo que digamos...

—¿Qué pasa si me canso de esto? —interrumpió Coleman—. ¿Qué pasa si decido desaparecer?

Murkoski sonrió de nuevo, sonrisa que a Coleman le gustaba cada vez menos.

—Primero, dudo que un hombre de su integridad nos engañara de esa manera y, segundo... —Murkoski pareció vacilar inseguro de si debía continuar.

Coleman lo presionó:

—¿Y segundo?

—Y segundo, he puesto una pequeña correa química para asegurar que siempre estemos en contacto.

—¿Correa?

—Señor Coleman, ¿alguna vez le ha dado la gripe?

—Por supuesto.

—¿Recuerda todos esos dolores y malestares? Bueno, esos dolores y malestares no provienen realmente del virus de la gripe. Vienen de su propio sistema inmunitario, de sustancias químicas que libera su cuerpo y que se llaman citoquinas.

—¿Qué tiene eso que ver...

—Durante el trasplante de médula ósea me tomé la libertad de modificar su ADN en otra área.

Coleman sintió que su ira crecía:

—¿*Qué* hizo?

—Era la única manera de asegurar que usted no "desaparecería" como dice usted.

Coleman mantuvo controlado su enojo con mucho esfuerzo:

—¿Qué hizo?

—En realidad, es algo muy básico. Si usted no viene cada cinco o seis días para una inyección, su cuerpo producirá tantas citoquinas que hará que su peor experiencia de gripe parezca una comida campestre.

Esa conversación tuvo lugar cuatro días atrás. Y aunque la ira de Coleman se había calmado rápidamente, no así su desconfianza de Murkoski. El jovenzuelo era implacablemente ambicioso.

Allá, en el patio, el sol estaba levantándose. El banco de nubes que descansaba en el horizonte se iba difuminando como una luz detrás de una porcelana fina. La nieve empezaba a caer de nuevo. Coleman echó para atrás su cabeza y sintió los fríos copos que le tocaban suavemente la cara. Entonces Michael Coleman hizo algo que nunca había hecho en toda su vida. Cerró los ojos, abrió la boca y tomó un copo de nieve con la lengua. Era increíble. Absolutamente asombroso. El gozo se esparció por su pecho y tuvo que reírse. Si tan solo los muchachos de la Galería pudieran verlo ahora.

—¿Cole? —la voz era queda y considerada—. ¿Coleman?

Coleman agachó la cabeza y abrió los ojos. Era uno de los guardias, de pie en el vano de la puerta abierta que daba al edificio de la administración.

—Es la hora. Lo siento.

Coleman asintió. Se dio vuelta y empezó a caminar por la nieve hacia la puerta.

—¿Dónde ahora? —preguntó.

—De vuelta al hospital. Ahí lo mantendrán en observación hasta... bueno, hasta esta noche.

Coleman asintió de nuevo, apreciando la sensibilidad del hombre. Levantó su rostro por última vez y sintió los fríos copos que le rozaban suavemente las mejillas. Entonces, bajando la cabeza, entró al edificio por última vez.

❄ ❄ ❄

Dieciséis horas más tarde, Harold Steiner hundía las manos en los bolsillos de su abrigo para combatir el hielo de la noche. Eran las once de la noche y pese al frío, él y trescientas personas más estaban en el estacionamiento de la cárcel, algunas a favor de la pena de muerte, otras en contra. Los dos bandos estaban separados por una simple reja de nieve y como una docena de policías del Estado, fuertemente armados y vestidos con uniformes antimotines. Michael Coleman había hecho toda una impresión.

El bando de Steiner era el más ruidoso y ferviente. Cada pocos minutos entonaban cantos que terminaban con aplausos o desvaneciéndose lentamente. Algunos espectadores blandían carteles y pancartas con leyendas tan increíblemente ingeniosas como "OYE, COLE ES EL DÍA DEL ASADO" o "PREPÁRATE PARA LA PARRILLA" El clima reinante ultrajaba a Steiner. En lugar de una ejecución equitativa e imparcial de la justicia, esta gente la trataban como si fuera un espectáculo deportivo.

Los tipos del otro bando no eran mejores. Protegían sus velas y sostenían sus linternas mientras oraban, lloraban y cantaban. Un lote mixto. Pensadores superficiales en su mayoría. Religiosos bienhechores e imbéciles de tomo y lomo, sensacionalistas de las emociones, que se interesaban más por salvar a un asesino patológico que por conservar la sociedad. Él sabía que una docena de esos, por lo menos, habían sido importados por Amnistía Internacional y, probablemente, otros tantos más por la Union Americana por la Libertad Civil.

Su bando era tan diverso como el otro, incluyendo a grupos contra los delitos, buenos muchachos que andaban en pos de pasarlo bien, y paladines de los derechos femeninos. Sí, sin duda. La pena capital servía para juntar a gente muy rara.

Steiner estaba decepcionado de que no le permitieran mirar como moría Coleman. Se culpaba a sí mismo por eso. Después de todo, el hombre lo había dejado en ridículo total. El desempeño de Coleman en su reunión se había filtrado rápidamente y la prensa se había hecho todo un banquete con eso. "Víctima indignada confronta asesino arrepentido". "Asesino convicto ha tenido un cambio de corazón". "Cole implora perdón". Los titulares de primera plana y los artículos habían sido variantes del mismo tema. Michael Coleman había entendido por fin lo errado de su conducta y ahora sus víctimas, como Harold Steiner, eran retratadas súbitamente como los agresores culpables. ¡Qué desfachatez! ¿Harold Steiner culpable? ¿De qué? ¿De sostener la ley? ¿De honrar lo único que mantiene unida a la civilización? Si esa era la acusación, pues, estupendo. Considérenlo culpable. No se le ocurría un honor más elevado que el de ser acusado de mantener la majestad de la ley.

Por supuesto, él había oído todos los argumentos...

"¿Qué pasa con la misericordia?", exigían algunos.

La misericordia tenía su lugar; pero nadie parecía recordar los gritos de Melissa rogando misericordia mientras la apuñalaban a muerte en su apartamento.

"La gente cambia", insistían los oponentes, "el Michael Coleman que ustedes ejecutan hoy, no es el mismo que mató hace siete años".

Quizá fuera así. Entonces, de nuevo, ¿quién sabía qué tipo de persona hubiera sido Meli, si le hubieran permitido vivir.

"La ejecución pública no disuade a los asesinos".

Eso no estaba en discusión. La pena capital era para Steiner una cuestión más de principios que de práctica. Una línea trazada en la arena que dice que uno puede llegar hasta aquí, en los intentos de desmenuzar a la sociedad, y no más allá.

Luego venían los argumentos colaterales. Los cristianos liberales que insistían en que la única vez que Jesucristo comentó sobre la pena de muerte, fue cuando liberó a la mujer pillada en adulterio. O los judíos con sus cláusulas de la Torá tocante al perdón del arrepentido. Ciertamente todos eran argumentos valederos, pero una cosa era vivir en el mundo prístino de la teoría teológica y otra, muy diferente, era sobrevivir en un mundo imperfecto que contenía monstruos que querían destruirlo.

Las luces de la televisión brillaron súbitamente en el estacionamiento. Steiner estiró su cuello y captó un vistazo de alguien que trataba de levantar una esvástica. Fue rápidamente rasgada de arriba abajo.

La prensa. Era debido a la prensa que él estaba ahí, en el frío en lugar de estar dentro, donde le correspondía. Él había esperado que Coleman hiciera un poco de teatro en su reunión, pero no había esperado nada tan intenso y extenso. Desdichadamente el drama de Coleman había tirado a Steiner de vuelta a la primera plana del *World Herald*, y directamente al fondo de la lista de espera de esos que querían ver muerto a Coleman.

Esa era la mala noticia. La buena noticia era que, sin que importara cuál giro le diera la prensa al asunto o a él mismo, el pueblo de Nebraska no era diferente del restante setenta y cinco por ciento de la nación, que apoyaba la pena de muerte. Desde que había sido reinstituida por el Tribunal Supremo en 1976, se habían ejecutado casi a trescientas personas, y esa cifra aumentaba rápidamente. Según algunos cálculos, los Estados Unidos presenciarían pronto la ejecución de cien asesinos convictos por año. No era mucho cuando, solo el año pasado, veintidós mil estadounidenses fueron asesinados (casi tres veces la tasa de muerte de Inglaterra). Pero, nuevamente, era una línea trazada en la arena. Cierta justicia era mejor que ninguna justicia.

Hubo otra conmoción en la multitud.

—¡Miren, es Cole!

—¿No es ese Coleman? ¿Justo allá arriba?

Steiner miró hacia el edificio de la administración, a unos noventa metros de distancia. La ventana del segundo piso de la extrema derecha había estado iluminada toda la noche. Se rumoreaba que era de la habitación 7 del hospital. La habitación donde tendrían a Coleman durante las últimas veinticuatro horas. Y ahora justo al otro lado de la ventana con rejas horizontales estaba la silueta de un hombre, el perfil de su cabeza redonda y limpia, como si hubiera sido afeitada.

Mofas y cantos subieron inmediatamente del bando de Steiner en el estacionamiento.

Velas mecidas y oraciones, del otro.

Steiner miró su reloj. Aquel circo terminaría en cincuenta minutos. A menos que la Junta de Perdón tripartita otorgara la clemencia a último minuto, finalmente se acabaría la locura de esta noche y ni hablar de los siete años y medio de sufrimiento de Steiner.

El proceso había sido largo y arduo. La ley del estado de Nebraska ordenaba que el Tribunal Supremo del Estado, revisara automáticamente toda sentencia de muerte. De ahí, Coleman había recurrido al Tribunal Supremo de los Estados Unidos, pero los jueces habían tenido el sentido común de negarse a entender el caso, que había sido devuelto al tribunal de origen para ser revisado. Cuando esa apelación falló, los abogados de Coleman volvieron a presentarla al Tribunal Supremo del Estado, luego al Tribunal del Distrito Federal y, finalmente, al Tribunal de Apelaciones Federal con sede en St. Louis, en el estado de Missouri. De ahí, habían vuelto a apelar al Tribunal Supremo de los Estados Unidos.

Ellos estuvieron dando vueltas al caso, jugando con el sistema judicial a favor de cada aplazamiento que pudieran hallar. Entonces, un día Coleman se hartó, cualquiera que fuera la razón. Había despedido a los abogados negándose a más apelaciones o audiencias. Algunos pensaban que estaba intentando el alegato de demencia. Si uno está tan loco como para querer morirse, entonces, evidentemente, está demasiado loco como para morir. Otros, como Steiner, pensaban que Coleman estaba tramando otra cosa, pero cualquiera que hubiera sido su plan, se le había dado vuelta. Ahora, a menos que el gobernador tuviera un repentino cambio de corazón, cosa improbable dado el presente clima político, Coleman iba a morir electrocutado y prontamente.

Muchos estados aún ejecutaban con gas; unos pocos recurrían todavía a los pelotones de fusilamiento y a la horca, pero cada vez más utilizaban lo que se consideraba más humano: la inyección letal. Nada de dolor. Solamente dormirse. Demasiado malo que Meli no hubiera partido de esa manera. Felizmente para ella el estado de Nebraska era uno de los once estados que aún usaban la arcaica y a veces dolorosamente ineficiente, silla eléctrica.

Otro coro surgió del otro lado del estacionamiento: "Venceremos". El antiguo canto espiritual de los negros, que habían usado en la época de la lucha por los derechos civiles. La comparación de las libertades civiles con las libertades de un asesino convicto llenó de furia a Steiner, pero este se dio cuenta que casi se sonreía mientras el himno ascendía lentamente del estacionamiento. Que canten. Que lloren. Que oren. Michael Coleman estaría muerto muy pronto. Podía ser que la justicia no fuera rápida, pero sería inevitable, al menos en este caso.

❄ ❄ ❄

—Tenemos un problema.

Murkoski se dio vuelta en el vano de la puerta de la sala 7 del hospital y miró al pasillo. Era Hendricks, el electricista que había traído por avión desde Genodyne.

—¿Qué hace aquí arriba? —preguntó Murkoski—. Usted debiera estar allá abajo, con la silla.

—Nos metimos en un tremendo problema.

Murkoski arrugó el entrecejo. Ellos habían examinado una docena de veces todas las posibilidades, todas las alteraciones. No solo habían registrado la reacción de Coleman a comienzos de la semana, sino que habían continuado la sintonización fina usando un tambor de doscientos litros con agua (algo parecido en la resistencia de un hombre de noventa kilos). Habían recalibrado la silla probándola repetidamente, no dejando nada, absolutamente nada al azar.

—¿Qué quiere decir con eso de *problema*? —preguntó Murkoski.

—Vea usted mismo —Hendricks le señaló a Coleman que seguía de pie en la ventana que daba al estacionamiento—. El hombre está tan tranquilo como una taza de leche.

—¿Por qué no? Después de todo lo que le hicimos pasar la semana pasada, esto ya es noticia vieja.

—Puede que sea noticia vieja, pero si está tan relajado nos va a invalidar completamente nuestras medidas de la resistencia galvánica de la piel.

El ceño arrugado de Murkoski se ahondó.

Hendricks siguió:

—En este estado relajado, la resistencia de su cuerpo será mucho más alta para la que calibramos la silla.

—Pero usted la puede cambiar, ¿no es cierto?

—Si no le importa trabajar a las adivinanzas. Este es el problema: si mantenemos la corriente como está, con su resistencia mayor, puede que no lo aturdamos, para ni hablar de pararle el corazón.

—Y ¿si aumenta la corriente?

—Pudiéramos darle demasiado y tuviéramos una ejecución real.

Murkoski asintió y sintió una débil huella de frialdad en su frente. Acababa de ponerse a transpirar. Se obligó a relajarse. Las últimas semanas habían sido duras, pero emocionantes. Por primera vez en su vida sentía como que realmente había podido usar todas sus capacidades mentales. Era como jugar varios partidos de ajedrez al mismo tiempo: conseguir los permisos estatales, hacer pruebas de seguridad, hacer informes falsos, controlar el estado mental y físico de Coleman, hacer las pruebas eléctricas, todo esto con el más profundo secreto y la creciente presión de parte de los inversionistas.

Su decisión fue rápida:

—Aumente treinta por ciento.

—¿Treinta por ciento? —susurró Hendricks—. No, con eso sobrecompensa. Es demasiado, lo matará.

—Treinta por ciento —Murkoski repitió con firmeza, dándose vuelta para dirigirse donde Coleman. Aunque Hendricks estaba seguro de que el aumento del voltaje sería demasiado, Murkoski aún no estaba satisfecho. Estaba acostumbrado a ganar a toda costa, aunque eso significara tener que arreglar la baraja. Él estaba dispuesto a agregar unos cuantos ases más a la partida.

Hizo una mueca. Detestaba trabajar con personas. Prefería los fríos datos, los hallazgos del laboratorio, los resultados clínicos, las hipótesis computacionales. Pero meter un ser humano en la mezcla hacía que de súbito todas las variables se disparaban. Aun así estaba seguro de que podía improvisar y superar cualquier sorpresa, como en todas las cosas de su vida.

La improvisación más reciente había sido anoche precisamente. Todos los implicados estaban de acuerdo con que la forense del condado, Irene Lacy, tenía que ser reemplazada por alguien de Genodyne, como se hizo con el electricista. Ese reemplazante sería quien tendría que darse prisa para llevar el cuerpo de Coleman a la ambulancia, revivirlo, firmar el informe falso de autopsia y proporcionar el cadáver de un desconocido que estuviera en la funeraria para cremarlo y sepultarlo. Todos estaban de acuerdo, salvo la dama Irene Lacy. Ella no estaba de ánimo para un fin de semana de tres días que no había planeado. Y cuando se la presionó se había vuelto hostil.

Para suavizar las cosas Murkoski la había invitado a cenar; solamente los dos. ¿Cómo podía negarse? Después de todo ella era soltera y él era, el joven y siempre buenmozo, doctor Kenneth Murkoski. Que ella hubiera aceptado principalmente por curiosidad era algo apenas advertido por él.

Comiendo la sopa de cebollas a la francesa, él le había expresado cuánto lamentaba no poder divulgar los detalles de este "asunto de seguridad nacional". Lacy no se había impresionado y, comiendo el salmón al horno, había cuestionado la legalidad de su plan.

Él había planeado esperar hasta el postre para plantear el aspecto monetario, diez mil dólares, pero decidió antes que no tenía sentido plantearlo. Ya sabía cuál sería la respuesta de ella. Tozuda, pragmática, con un sentido falso de la moral, la gente como ella solía decir que no y hasta se fingían ofendidos cuando alguien trataba de comprarlos. Ella podía intentar hasta acusaciones de soborno contra él.

Murkoski no tuvo opciones. Cuando ella se paró y se disculpó para ir al baño, él buscó en su saco, de fina confección, y sacó un frasco de colirio. Él lo había enjuagado más temprano ese mismo día, reemplazando el contenido. Discretamente se inclinó y midió cuatro gotas del nuevo contenido que puso en el café de ella. Sería indetectable, pero el botulismo genéticamente modificado, se multiplicaría en el tubo digestivo de ella que iba a enfermarse tanto que sería incapaz de ir a trabajar al día siguiente.

Ese había sido su plan de contingencia, pero ahora que llevaba una hora conversando con ella, Murkoski sostuvo el frasco del colirio y volvió a pensar. Ella era una mujer fuerte, decidida. Cuatro gotas bastarían para enfermarla, pero Lacy, mujer muy resistente, pudiera insistir en ir al trabajo de todos modos.

Murkoski se estiró y le echó tres gotas más, vaciló y, entonces, le añadió dos gotas más al café de ella. Los calambres y las náuseas serían graves. Quizá mortales. Por supuesto, la última posibilidad no era la preferida de Murkoski, pero tenía que estar seguro. Había demasiado en juego en esto. Independientemente del resultado, los exámenes mostrarían que era un caso extremo de envenenamiento alimenticio.

Murkoski sintió poco remordimiento mientras la miraba beberse el café. No era culpa suya si ella había sido tan poco cooperadora.

Y ahora, al problema presente del exceso de tranquilidad de Coleman.

El asesino convicto estaba cerca de la ventana despidiéndose finalmente de tres amigos que también servirían de testigos. Él no tenía familiares vivos, al menos ninguno que se preocupara. Y se había acordado que a ninguno de estos amigos se le diría la verdad. En realidad, ellos *estaban* despidiéndose. Pronto estaría muerto el Michael Coleman que ellos conocían. Aparte de que la silla eléctrica funcionara o no como se esperaba, en cosa de minutos este Michael Coleman no existiría más.

Al otro lado de la sala estaba uno de los médicos de la prisión, hombre bajo y macizo. A su lado se hallaban los demás testigos: cuatro de la prensa y tres de las oficinas legales y de los tribunales.

Antes que Murkoski pudiera llegar donde Coleman, fue interrumpido por John Hulls, uno de los directores adjuntos. El director titular había sido "llamado" para un asunto fuera del estado. Hulls llevaba semanas sabiendo que algo estaba tramándose, pero se le había dado instrucciones que llevara a cabo la ejecución al pie de la letra, sin hacer preguntas. A pesar de los cambios recientes del personal, y de la presencia de Murkoski absolutamente libre en todos los procedimientos, Hulls, el médico de la cárcel y los guardianes habían recibido instrucciones de hacer la ejecución como se les indicaba.

—Disculpen, damas y caballeros —dijo—, ¿pueden prestarme su atención? Disculpen, por favor.

Se hizo silencio en la sala al desdoblar Hulls un papel.

—Aquí tengo la sentencia de muerte. Se supone que la lea ahora.

La sala quedó en el mayor silencio y él empezó.

Al Director de la Penitenciaría del Estado de Nebraska, sita en Lincoln, Nebraska, del Tribunal Supremo de Nebraska.

Con fecha del 2 de enero del presente año, el Tribunal Supremo de Nebraska ha expresado su opinión en este asunto, dirigiendo al Secretario del Tribunal Supremo para que emita su sentencia, bajo el sello del mismo, al Alcaide de la Penitenciaría del Estado de Nebraska.

Ahora, por tanto, se le ordena por el presente documento que proceda el viernes 14 de enero entre las 12:01 A.M. y las 11.59 P.M., con la sentencia de muerte por electrocución, ejecutándola al hacer que una corriente eléctrica atraviese el cuerpo de Michael Huton Coleman hasta que este muera, conforme a la ley.

Usted devolverá la presente orden judicial informando del procedimiento de ejecución y sus procedimientos respectivos al Secretario del Juzgado del Distrito del Condado de Douglas del Estado de Nebraska.

Firma:
Brenda J. Elliott
Secretario del Tribunal Supremo.

El director adjunto Hulls dobló el papel y agregó con un tono mucho menos oficial: —Es hora de empezar el procedimiento. Ustedes, los testigos tienen que seguir a su escolta a la sala de observación, mientras nosotros efectuamos aquí los preparativos finales.

Murkoski esperó a que Coleman dijera sus últimos adioses a sus amigos. Le impresionaron las lágrimas que cuajaban los ojos del hombre. Sorprendente. Justo en seis semanas, él, Kenneth Murkoski, había convertido a esta máquina de matar en un ser humano compasivo y afectuoso. Y ese era solamente el comienzo. Aparte de que la silla funcionara o no según el plan, la caja de Pandora había sido abierta y el mundo nunca volvería a ser el mismo.

Al terminan Coleman su serie final de abrazos Murkoski se acercó:

—Señor Coleman, ¿me disculpa?

Coleman se enjugó las lágrimas de los ojos y lo miró. Murkoski tuvo cuidado de no mirarlo a los ojos. Últimamente la manera en que el hombre sondeaba y exploraba los ojos de las personas era casi como si supiera lo que estaban pensando. Decididamente en este momento eso sería una desventaja. Se aclaró la garganta y continuó:

—Me temo que tenemos un problema.

—¿Un problema?

—Con la fuente de energía eléctrica. Hay un problema técnico. Vio que el ritmo de la respiración de Coleman cambiaba. Buena señal.

—¿Qué tipo de problema?

—No lo entiendo por completo. Es algo relacionado con haberse cambiado a otra compañía. Como usted sabe, a la empresa local le parece mala publicidad matarlo a usted con su corriente, la misma que pasa por la línea y alumbra la casa de otra persona. Tuvimos que trasladarnos a otra compañía de fuerza eléctrica, pero cuando lo hicimos, este, en alguna forma cambió la resistencia. No conozco los detalles, pero nuestras lecturas están fuera de servicio ahora.

Pudo sentir los ojos de Coleman que lo exploraban, y tuvo la certeza de que el hombre sabía que le mentía, pero eso estaba bien. Los detalles no importaban mientras pensara que lo estaban traicionado por partida doble, mientras pensara que realmente podría morir.

—Usted me dio su palabra.

Había un leve temblor en la voz de Coleman. Mayormente, de rabia. Era de esperar que un poco de miedo. Las cosas mejoraban al minuto.

—¡Cole! —se acercaba el director adjunto Hulls—. Es la hora.

Los ojos de Coleman saltaron al director adjunto, luego a Murkoski y luego de vuelta al director. Estaba empezando a caer en pánico.

—Usted me dio su palabra —repitió.

Murkoski se encogió de hombros.

—Estas cosas pasan —dijo y volviéndose se dirigió a la puerta.

—¡Usted me dio su *palabra*!

Murkoski no dijo nada. Las últimas semanas de observación de la dinámica carcelaria, le habían enseñado algo sobre cómo jugar con la gente.

—¡Murkoski!

—Por favor, señor Coleman —dijo el director adjunto tratando de calmarlo.

—¡Murkoski!

—Cole...

—*¡Usted me dio su palabra*!

Murkoski salió de ahí dejando que se golpeara la puerta metálica de color azul detrás de él. Se dirigió por el pasillo bajando la escalera al subterráneo. En la sala de controles se juntó con Hendricks y William Pederson, el otro empleado de Genodyne, un noruego de buena naturaleza de su plantel médico, que serviría de reemplazo del ayudante del forense del condado.

El viejo transformador que llenaba gran parte de la sala de controles parecía algo sacado de una antigua película de Frankestein. Había sido encendido a las 11:15 y ahora zumbaba con ominosa anticipación. Hendricks estaba inclinado sobre la máquina mientras Pederson estaba al lado de la ventana con el vidrio de observación, mirando más allá de la silla, a la sala de testigos, donde los diez testigos procedían nerviosamente a ocupar sus asientos. Un guardia en la puerta les ofrecía, con discreción, unas bolsitas de papel como precaución para el caso que alguno tuviera que vomitar.

—¿Todo a punto? —preguntó Murkoski.

Pederson asintió.

Hendricks no alzó la vista de su manipulación del transformador.

—Pienso que comete un error —fue todo lo que dijo.

—Si es necesario, ¿puede rebajar el aumento del treinta por ciento a quince? —preguntó Murkoski.

—¿Qué sentido tiene hacer todas estas pruebas y ensayos si vamos a seguir jugando a las adivinanzas y disparando a...

—¿Puede rebajarlo al quince por ciento?

Hendricks devolvió la sequedad:

—Puedo disminuirlo como usted quiera.

—Entonces, hágalo. —Sin esperar respuesta, Murkoski se dio vuelta hacia Pederson—. ¿Dónde está su cronómetro?

Pederson señaló el reloj deportivo de su muñeca.

—Tiene seis minutos y medio.

Pederson asintió.

—La ambulancia tiene el motor en marcha. El defibrilador está dentro y cargado. Hay un equipo de respaldo a la espera.

—Bien.

Las puertas del ascensor traquetearon al abrirse. Salieron Coleman, dos guardias y el robusto médico de la cárcel. La cabeza de Coleman estaba untada con gel otra vez, y él transpiraba. No como la semana pasada, sino mucho más que antes de la mentirita de Murkoski. Este se negó a mirar a los ojos al convicto mientras lo escoltaban silenciosamente pasando por su lado y entrando a la cámara de ejecución.

Murkoski y Hendricks se juntaron con Pederson en la ventana de observación. Los guardias habían cerrado las cortinas doradas entre la cámara de la muerte y la sala de testigos por si Coleman luchaba, pero este no ofreció resistencia cuando ellos lo ataron silenciosa y eficientemente cerrando cada una de las nueve correas.

Murkoski trató de tragar saliva, pero su boca estaba totalmente seca.

—¿Qué le parece?

—¿Qué le dijo? —se maravilló Hendricks—. Se le ve peor.

—Entonces, ¿le parece que está suficientemente nervioso?

—Pienso que aun el quince por ciento pudiera matarlo ahora. Déjeme rebajarlo a...

—No —ordenó Murkoski—, déjelo como está.

—Pero...

—Déjelo como está —repitió Murkoski mientras miraba para atrás por la ventana.

Cuando quedó asegurada la última correa, ellos volvieron a abrir las cortinas. La primera fila de testigos estaba a tres metros del vidrio, la segunda justo por detrás. Cada cual podía ver claramente si era Michael Huton Coleman el que estaba por ser ejecutado.

Murkoski observó mientras Coleman miraba a los ojos de cada testigo. Parecía que el hombre trataba de consolarlos y darles ánimo. Murkoski estaba atónito. Coleman parecía realmente más preocupado por lo que *ellos* estaban por experimentar, que por lo que *él* estaba por enfrentar. Murkoski juró calladamente y dio un enojado manotazo al sudor que le rodaba por las sienes.

—Recomiendo mucho que volvamos a lo que teníamos —dijo Hendricks.

Murkoski no contestó, sino que respiró hondo para calmarse. A través del vidrio podía oír al director adjunto que preguntaba si Coleman tenía alguna última palabra que decir.

—Podemos freírlo —advirtió Hendricks.

Murkoski aspiró otra bocanada de aire.

—Hablo en serio. Sé lo que digo.

Murkoski no respondió.

Pederson tomó su reloj preparándose para echarlo a andar.

Coleman estaba diciendo algo al director adjunto, pero Murkoski no podía oírlo.

—Vamos —insistió Hendricks.

Los guardias cerraron las cortinas y adosaron rápida y eficientemente los electrodos a la cabeza de Coleman y a su pantorrilla izquierda. Cuando estos quedaron bien firmes, pusieron por último la mascarilla de cuero sobre su cara, una cosa burda con un corte en V para la nariz, pero no le ajustaba bien y le acható el cartílago contra la cara. La mayoría pensaba que la máscara era como una cortesía para el condenado pues les permitía enfrentar en privado su último momento. Los oficiales de la cárcel entendían que era para evitarle a los testigos ver la expresión del condenado cuando 2.400 voltios se lanzaban a través de su cuerpo.

Hendricks fue hasta la palanca rotatoria que estaba en el extremo distante del transformador. Murkoski sintió que los ojos del hombre aún estaban encima suyo.

—Se merece un respiro —insistió Hendricks—, después de todo lo que ha hecho por nosotros, se merece un respiro.

Murkoski seguía luchando con los pro y los contra. Si la corriente era demasiado débil, el doctor, los guardias, el director adjunto, la prensa, los testigos, alguien sospecharía que algo estaba mal. Harían preguntas que tendrían que ser contestadas las cuales pudieran exponer el experimento o a los superiores de Murkoski.

Demasiada corriente y Coleman sería electrocutado. Tendrían que volver a empezar desde cero.

Las cortinas fueron abiertas otra vez y el director adjunto salió de la cámara de ejecución, cerrando la puerta detrás suyo.

—Vamos —susurró bruscamente Hendricks.

Murkoski miraba fijamente a la forma enmascarada sentada al otro lado del vidrio, a un metro de distancia.

El director adjunto apareció en el umbral y le hizo un gesto de asentimiento a Hendricks. Este lo vio, pero no hizo nada mirando fijo la espalda de Murkoski, esperando.

Finalmente Murkoski se decidió. Aunque muy lentamente, meneó la cabeza. La respuesta fue no.

Hendricks lo contempló con incredulidad.

—¡Señores! —repitió el director adjunto.

Murkoski se volvió a Hendricks y le susurró, clara y firmemente:

—Déjelo como está.

Hendricks frunció el ceño, tomó la perilla del negro reóstato y, entonces, dudó.

—¿Tenemos algún problema? —preguntó el director adjunto.

—Déjelo como está —repitió Murkoski.

La prensión de Hendricks sobre el reóstato aumentó al sostener él la mirada fija de Murkoski. Ambos hombres sudaban.

—Vamos, muchachos —advirtió Pederson—, hagamos algo aquí.

Por fin Hendricks obedeció. Rehusando quitar sus ojos de Murkoski, giró la perilla.

La máquina hizo un ruido sordo al surgir la electricidad.

El cuerpo de Coleman se convulsionó violentamente, pero las correas lo sostuvieron en su lugar. Sus manos se empuñaron fuertemente y sus pies se salieron de las zapatillas.

Murkoski escuchó el tenue silbido cuando Pederson paró su reloj. Miró el suyo, eran las 12:18.

El primer golpe de electricidad terminó y el cuerpo de Coleman se desplomó. No hubo movimiento excepto unas pocas gotas de sudor que le caían de la cara.

Había dejado de respirar.

Treinta segundos después, Hendricks le lanzó una fracción mínima del primer voltaje por el cuerpo. Otra pausa de treinta segundos, seguidos por otra descarga débil. Y la pausa final seguida por la última descarga.

Murkoski miró su reloj: las 12.20. El proceso había llevado justamente menos de dos minutos. Les quedaban cuatro y medio.

Conforme al plan, se suponía que el médico de la prisión entrara a la cámara, tomara el pulso de Coleman y lo declarara muerto. Murkoski miró hacia el pasillo. El doctor estaba al lado de la puerta, pero no la abría.

—¿Qué lo detiene? —dijo Murkoski.

—No voy a entrar todavía —dijo el médico, abanicando su mano frente a la nariz, indicando que esperaba encontrar adentro, el ácrido olor de la carne quemada.

Murkoski le lanzó una mirada a Pederson y el falso ayudante se movió:

—Si usted no entra, yo sí —dijo saliendo de la sala de controles en dirección a la cámara.

—¿Qué va a hacer? —se quejó el médico—, ese es *mi* trabajo.

—Entonces hágalo.

—¿Qué apuro hay? Él no se va a ir a ninguna parte.

—Yo sí —dijo Pederson. Había llegado a la puerta de la cámara y estaba por tomar la manilla de la puerta—. Tengo cosas que hacer y no pienso estar en pie toda la noche.

—Está bien, está bien —gruñó el médico. Buscó el estetoscopio en su bolsillo—. Usted es nuevo, ¿verdad? Con esa actitud no va a ganar puntos aquí. Eso se lo puedo asegurar.

Pederson no contestó cuando el médico pasó delante de él y abrió la puerta.

Murkoski miró su reloj: 12:21 horas

Quedaban tres minutos y medio. El tiempo se acababa y ni siquiera habían desatado a Coleman. Miró de nuevo para atrás por el vidrio. El médico había entrado a la cámara y estaba moviéndose encima del cuerpo, tomándose su tiempo. Dando espectáculo indudablemente para los periodistas que había en la sala de testigos. Luego de auscultar el pecho, se sacó el estetoscopio de las orejas e hizo gestos de asentimiento a los testigos. Michael Huton Coleman estaba muerto.

Murkoski miró el reloj. Otro minuto y medio se había ido. Eso dejaba dos.

El médico salió de la sala y los dos guardias entraron, cerrando la cortina y desatando el cuerpo muerto de Coleman.

Pederson estaba justo detrás de ellos, instándoles a que se apresuraran mientras levantaban el cuerpo, lo sacaban de la sala y lo echaban en la camilla que estaba en el pasillo.

Cincuenta y cinco segundos.

—¡Esto no tiene precedentes!

Murkoski alzó los ojos. Otra vez era el médico.

—No hay necesidad de esta prisa descontrolada. Así es como se cometen errores. —Había detenido la camilla, bloqueando el paso con su cuerpo—. No entiendo que pasa, ¿qué tanto apuro? El hombre está *muerto*.

Murkoski agradeció ver que Pederson entraba en acción. El hombre sabía como sacar ventaja de su considerable tamaño noruego. Tiró al médico contra la pared.

—Usted hizo su trabajo —gruñó—, ahora déjeme hacer el mío.

Entonces, tomando la camilla la tiró dentro del ascensor, apretó el botón y se quedó fulminando con los ojos, mientras las puertas se cerraban.

Murkoski miró el reloj. Veinte segundos.

—¿Vio eso? —el médico se volvió a los demás—. ¿Vieron lo que yo vi? Eso fue completamente fuera de la profesión. No hay excusas para esa clase de conducta. ¿Cómo se llama el hombre? Lo pondré en mi informe, se lo garantizo. Esta clase de cosas no se pueden quedar sin informar. ¿Cómo se llama?

Murkoski observaba y oía, dándose cuenta de que también tendría que invitar al buen doctor a una comida especial.

❄ ❄ ❄

Harold Steiner caminó por el sendero de tierra a lo largo de la prisión mientras se dirigía al estacionamiento del Aserradero Sutherland donde él y la mayoría de los manifestantes habían dejado sus automóviles.

Se había terminado. Por fin. Todo. Pero, al contrario de los demás, él no ovacionó, ni encendió fuegos artificiales ni oró. En cambio, le impactó un vacío peculiar que no comprendía. Todo por lo cual había trabajado y sudado durante tantos años había pasado finalmente. Él había ganado. La justicia se había cumplido. Y, no obstante, él se sentía tan hueco, tan vacío. Probablemente fuera solo agotamiento, pero, de alguna forma, sospechaba que había algo más.

Una ambulancia salió desde una puerta lateral, tirando grava al virar y lanzarse a toda velocidad más allá de él. Miró perplejo. Sin duda que era la ambulancia que se llevaba el cadáver de Coleman a la funeraria, pero, ¿cuál era el apuro? Steiner se detuvo y observó que el vehículo patinaba al dar la vuelta a otra esquina y se perdía de vista a toda velocidad.

Algo no estaba bien. Iba a tener que averiguar dentro de pocos días más, después que descansara. Mientras tanto, volvió a meter las manos en el abrigo y siguió por el camino.

SEGUNDA PARTE

CAPÍTULO 8

¿Necesita ayuda con eso?

La reacción de Katherine fue rápida y exacta. Antes de terminar su sorprendido grito, hizo girar el recipiente de basura y golpeó con fuerza al asaltante en la cara. Las gafas de sol salieron volando y él retrocedió tambaleándose hasta chocar contra el muro del edificio. Su cabeza se golpeó en los ladrillos con un ruido sordo como de un melón que se cae y él se desplomó inconsciente en el callejón.

Eric salió corriendo por la puerta de la trastienda de la tienda de computadoras.

—¡Mamá! ¡Mamá! ¿estás bien?

Katherine asintió para tranquilizarlo mientras trataba de recobrar el aliento. El hombre inconsciente vestía una almidonada camisa blanca y una corbata de buena marca. En ese momento no lucía mucho como el asaltante por quien ella lo había tomado.

Eric se mantuvo distante de la forma inmóvil.

—¿Crees... (tragó saliva con dificultad) que lo has matado?

Katherine se acercó cautelosamente al cuerpo.

—Anda al baño y tráeme unas toallas de papel humedecidas.

Eric no se movió.

—Muévete.

Él pasó por la puerta retrocediendo sin querer quitarle los ojos de encima al hombre.

Cautamente se arrodilló para investigar. Era un hombre bien parecido. Pelo oscuro áspero muy corto; cerca de los cuarenta. Y la manera en que llenaba la camisa indicaba que, definidamente, sabía como cuidarse. En efecto, salvo por el reguerito de sangre que escapaba del rincón de su boca, él era un excelente espécimen de masculinidad. Otra razón para que Katherine desconfiara de él.

Se movió un poco. Ella esperó y observó. Su cara estaba curtida, con una huella de cicatrices de acné en las mejillas. Pero fueron los moretones alrededor de sus ojos lo que confirmaron sus sospechas. Este hombre era un campeón de lucha o acababa de hacerse una cirugía plástica. Sospechaba lo último y, con esa sospecha, se empezó a dar cuenta torpemente que acababa de dejar sin sentido a su empleado nuevo. La Agencia de Protección de Testigos, había dicho que él llegaría esa tarde alrededor de las cuatro. Miró su reloj. Eran las 3:59.

Se insultó a sí misma y gritó hacia la tienda:

—¿Qué te demora? ¿Dónde están las toallas?

—Se acabaron.

—Mira debajo del lavamanos.

Le habían dicho que él se llamaba William Michaels, por supuesto, un alias, y que ella no tendría más obligaciones con él que ofrecerle trabajo. Fuera de eso, él estaba por cuenta propia. Ella así lo esperaba. Mientras menos complicación con alguien como este, mejor.

Eric salió corriendo por la puerta y le pasó varias toallas de papel.

—Toma.

—¿No las humedeciste?

—Me olvidé.

Katherine suspiró y las tomó. Empezó a enjugar la sangre de la cara del hombre.

Eric se acercó más y observaba sobrecogido.

—Realmente lo *noqueaste,* ¿verdad?

—La gente no observa a otras personas —respondió ella—, no es de buena educación.

Por fin los ojos del hombre comenzaron a moverse bajo los párpados. Se abrieron finalmente. Eran ojos buenos, tan café que casi parecían negros. Y Katherine, aun en su estado de confusión, pudo captar una bondadosa sensibilidad en ellos.

—¿Se siente bien? —preguntó.

Él se estremeció tratando de moverse.

—Sí —levantando una mano para tocar su mejilla preguntó—: ¿Era aluminio o plástico?

—¿Qué?

—El recipiente de basura. Parecía de aluminio.

Katherine casi sonrió, pero fue rápida para tapar eso con una amonestación:

—Usted no debe asomarse furtivamente a la gente como lo hizo.

Él asintió y se apoyó en un codo levantándose, pero volviendo a estremecerse de dolor.

—Creo que lo dejó muy claro.

Luchó para sentarse. Katherine empezó a ayudarle, pero se contuvo. Él miró en torno del callejón aún tratando de orientarse.

—¿Usted es William Michaels —preguntó.

Él arrugó el ceño, luego sonrió recordando:

—Correcto, correcto. William Michaels. No me fascina el nombre y detesto Memo, pero Will es aceptable —con esfuerzo le dio la mano—. Llámeme Will.

Ella le estrechó su mano. Era cálida y fuerte.

—Yo soy Katherine Lyon, señor Michaels.

—Y yo soy Eric.

El hombre miró a su derecha y se las compuso para sonreír.

—Hola, Eric.

El niño lo miró fijamente.

—¿Le estás ayudando hoy a tu mamá en el negocio?

—Yo vengo aquí todos los días. ¿Usted sabe algo de computadoras?

—No. Yo he... yo he estado fuera de circulación por un tiempo, pero estoy dispuesto a aprender.

El niño se vio decepcionado.

—Oh.

—Quizá tú pudieras enseñarme.

—Claro que sí.

Eric se encogió de hombros luego se levantó y se dirigió calladamente hacia la puerta.

Katherine observó al hombre que miraba a su hijo. De nuevo volvió a fijarse en los ojos. No solo eran sensibles, sino también vulnerables. Solo que un poquito demasiado abiertos, un poquito demasiado grandes. Pobre tipo. Evidentemente aún no había vivido los lados feos de la vida, la lucha, la aceptación, el abuso, pero ya le llegaría su hora. Nadie podía escaparse de eso por siempre. El conocimiento pareció entristecerla un poquito.

—Escuche, ¿quiere un vaso de agua o algo así? —preguntó.

—No, me pondré bien.

—Bien —dijo ella, incorporándose—, si está seguro de que se siente bien.

Él entendió su señal y empezó a levantarse.

—Fue bueno que pasara por aquí, pero no tiene que empezar a trabajar hasta el lunes así que instálese y entonces, lo veremos.

Él asintió, fijando firmemente sus ojos en los de ella. Fue una sensación enervante, casi como si él estuviera tratando de leer sus pensamientos. Ella aceptó la mirada como un reto y se puso a la altura de la circunstancia.

—Yo soy su empleadora, usted es mi empleado. Eso es todo. Si usted tiene problemas personales no quiero enterarme.

Como probablemente le hayan dicho, yo no me deleito con este arreglo, pero el pago es bueno, así que ya lo sabe.

—Entiendo.

Ella se movió incómoda. ¿Qué estaba mirando él? ¿Qué veía?

—Entonces, muy bien. Puede entrar y limpiarse, pero si me disculpa yo tengo cosas que hacer. —Se dio vuelta y se dirigió a la puerta.

—¿Necesita ayuda?

Ella se volvió para mirarlo.

—Quiero decir, por el resto del día, ¿necesita ayuda para algo?

—No, señor Michaels, gracias. No necesito ayuda en este momento. Tenemos todo controlado.

Con eso se dirigió de nuevo a la tienda. Ella no estaba segura de qué la desconcertaba y fastidiaba de él. No importaba. Ella había fijado los límites. Y si a él le quedaba alguna duda tocante a las consecuencias de cruzarlos, el tajo de su boca recién adquirido debía servirle como recordatorio.

❄ ❄ ❄

—Julie, ¿qué pasa que tu mochila se está moviendo?

O'Brien estaba de pie en el vano de la puerta abierta de su casa colonial de dos pisos, parpadeando ante la mochila que estaba en el piso embaldosado del vestíbulo. Había algo dentro y por lo que se veía ese algo quería salir más que nada.

—¡Julie!

Pero Julie no escuchaba. Ella estaba arriba, con su madre y su hermana, haciendo preparativos frenéticos de último minuto para el viaje. El vuelo de la familia a Mazatlán, estaba programado para despegar a la siete de esa tarde desde el aeropuerto de Tacoma de la ciudad de Seattle, del estado de Washington y, por el momento, parecía muy dudoso que pudieran hacer a tiempo el recorrido de setenta minutos hasta el aeropuerto.

—¿Quién tomó el auto de mi muñeca Barbie? —gritó desde arriba Julie—. ¿Dónde está el auto de mi Barbie?

Beth contestó:

—Tú no vas a llevar el automóvil de tu Barbie. No hay lugar. Sarah, ¿te cepillaste los dientes? ¿Sarah?

—¿Para qué? Se van ensuciar otra vez.

—Pero Sarah lleva su colonia de hormigas —gimió Julie.

—¿Ella qué?

—¡Tú, delatora!

—¿Tú estás llevando *qué*?

O'Brien volvió a mirar la mochila. Estaba poniéndose más saltona.

—¡Niñas! —gritó—. ¡Niñas! ¿Qué hay en esta mochila?

Julie se había puesto a llorar a estas alturas y Sarah estaba en su mejor forma de que-nadie-me-toma-en-serio previa a su adolescencia.

—¿Por qué *yo no puedo* llevar mi colonia de hormigas? Es ciencia. Tengo que ver si las hormigas se comportan de forma diferente en países distintos.

O'Brien pensó en volver a gritar pero supo que sería inútil. Como pasaba con la mayoría de estas salidas familiares, en gran medida él estaba listo para el viaje pero Beth era la que estaba al mando. Y eso le parecía bien. Ambos sabían que él nunca le daría a la familia el ciento por ciento de su atención. ¡Ay!, él trataba, pero su distracción expresaba claramente que una parte suya estaba siempre en alguna parte del laboratorio. Era otro sacrificio que Beth tuvo que hacer en su matrimonio; otra fisura de la incomprensión creciente en la relación entre ellos.

La mochila dio un salto desesperado. Eso bastó. O'Brien se agachó y desató cuidadosamente el amarre. El gatito del vecino, el que Julie había estado adorando la semana pasada, saltó fuera del saco y pasó como un rayo por su lado, saliendo por la puerta. O'Brien observó eso dándose cuenta de que, probablemente, sería bueno volver a conversar sobre honestidad con su hija menor.

El teléfono sonó. Él dudó. El automóvil estaba casi cargado y ya en marcha, calentándose, en la salida. En unos pocos minutos más ellos se irían. Tres semanas de descanso y relajamiento y un tiempo muy necesario con su familia. Mejor era dejar que el servicio telefónico lo contestara.

Volvió a sonar por segunda vez. Julie seguía llorando. Sarah seguía preguntando exigente, y Beth hacía lo mejor que podía para vérselas con ambas.

—Philip, ¿quieres contestar?

—Deja que suene —respondió él.

—Mamá, ¿me estás oyendo?

Un tercer campanillazo.

—Pudiera ser el niño Wilson —gritó Beth—. Él va a atender a los animales durante nuestra ausencia. Se supone que llamaría.

El teléfono volvió a sonar por cuarta vez. O'Brien fue hasta la mesa, contrariando su criterio, y tomó el receptor.

El contestador telefónico ya había empezado el mensaje conciso y alegre de Beth: *"Lo siento. No estamos en casa, deje un mensaje y le responderemos tan pronto como sea posible"*. La máquina emitió el silbido y O'Brien escuchó una voz que tosía levemente al otro lado del hilo telefónico.

—Doctor O'Brien —era Wolff. O'Brien escuchó en silencio—: Lamento llamarlo a su casa de esta manera, pero quiero que sepa algo antes que se vaya.

—Hola, Wolff.

—Doctor O'Brien, gracias a Dios que todavía está ahí.

—Estamos en la puerta. ¿Qué pasa?

—Creo que tenemos un problema.

O'Brien cerró los ojos.

—¿Más ratones muertos?

—No. Peor.

—Wolff, yo estoy de vacaciones. Murkoski ya volvió. Ahora su hombre, Coleman, está en la zona. Si tiene un problema, hable con Murkoski.

Hubo una pausa.

—¿Wolff?

—Sí... ya lo hice, hace cuarenta y ocho horas.

—¿Y?

—Creo que eso es parte de nuestro problema. Escúcheme, ¿puede pasar por el laboratorio?

—Wolff...

Beth y las niñas habían bajado la escalera y estaban arrastrando la última maleta por su lado, en pos de la puerta cuando ella preguntó:

—¿Quién es?

O'Brien hizo rodar sus ojos indicando que estaba tratando de librarse de la persona que llamaba.

—Hice unos gel nuevos —decía Wolff—, los he hecho varias veces.

—¿Quién? —susurró ella.

—Trabajo —moduló él.

Ella suspiró pesadamente y se volvió a las niñas.

—Bueno, ustedes dos, al automóvil. Yo ya voy.

Wolff continuó:

—Y estoy obteniendo unos resultados absurdos.

O'Brien se tapó la oreja libre para oír por encima del ruido.

—¿Qué quiere decir con eso de *absurdos*?

—No estoy seguro, pero las cosas no son como parecen ser.

—¿Y usted no se lo puede decir a Murkoski porque...

—Porque pienso que él es el causante.

O'Brien no dijo nada. Vio que Beth observaba, anticipando lo peor. El silencio de Wolff era expresivo, insistiendo que había una crisis que solamente O'Brien podía resolver. La nuca le empezó a doler. Se dio vuelta ligeramente, sacando a Beth de su vista.

—Doctor O'Brien, ¿está ahí?

Podía sentir la presencia de Beth, silenciosa, crítica.

Cerró los ojos.

—¿Doctor O'Brien?

—Bueno —suspiró—, escúcheme, yo voy a llevar a mi familia al aeropuerto y dejarlas en el avión. Luego, voy a regresar, pero, Wolff, ayúdeme, si esto es algo que Murkoski u otra persona pudiera manejar...

—Doctor O'Brien, no lo creo así. No en esta ocasión.

O'Brien se acarició el cuello.

—Bueno, lo veré más tarde. Ah, llame a mi oficina, haga que Debra me ponga en el próximo vuelo disponible a Mazatlán.

—Muy bien.

—Ocúpese que ella lo haga inmediatamente.

La insistencia era para beneficio de Beth, pero él sabía que no serviría.

—Lo haré. Gracias, doctor O'Brien.

—Está bien.

O'Brien colgó lentamente el teléfono. Entonces, con más lentitud aún, se volvió para mirar a su esposa.

❄ ❄ ❄

Steiner metió lenta y cuidadosamente su Volvo en el estacionamiento del Hospital San Juan. El cielo invernal era de un azul vívido y el sol colgaba a baja altura, justo la suficiente para herir los ojos, intensificando su dolor de cabeza y haciéndolo estremecer. Tenía serias dudas de esta reunión. Gabriel Pérez, era no más que un ordenanza y apenas podía hablar inglés; no obstante, la experiencia le había enseñado que ocasionalmente esta gente de poca importancia, esa que todos ignoran, es la que se convierte en los ojos invisibles y los oídos olvidados. Eso era en lo que Steiner confiaba ahora. Quizá aquí caería el rayo como dos días antes en el cementerio.

Steiner no estaba aún totalmente seguro del por qué había ido a la tumba de Coleman. En parte fue para asegurarse de que eso estaba terminado, de que la ordalía podía, por fin, ponerse a reposar. Aunque había algo más. Él no podía precisar en eso, pero estaba buscando una clase de paz pues, por más que se esforzara, la paz no llegaba. Cierto era que parte de su dolor había sido quitado temprano en aquella mañana de enero, en esa cámara de ejecución de ladrillos cenicientos de tres por tres metros. Pero la muerte del dolor, la ausencia de herida, dista mucho de la presencia de la paz. Con Theresa, su esposa, era distinto. De alguna manera ella había podido soltar el dolor dejando que empezara la curación. No así Steiner.

Por supuesto que había tratado, pero había un problema: cuanto más trataba de extirpar de su mente la rabia y el rencor, más se deslizaban alejándose las imágenes de Meli. Y eso era inaceptable. Si ambos se habían entretejido tanto, si él no podía olvidar lo uno sin olvidar el otro, entonces que así fuera. Si la rabia y el rencor se habían convertido en la única manera en que él podía recordar a su hija, entonces él se aferraría a esa rabia y rencor independientemente del costo.

Aquellos habían sido sus pensamientos mientras estuvo en la sección de entierros del Cementerio Holben del condado, mientras contemplaba el cuadrado de veinticinco por veinticinco centímetros que tenía las cenizas de Coleman. En efecto, él había estado tan preocupado que apenas había advertido la aproximación del enterrador.

—¿Amigo suyo? —había preguntado el hombre.

Steiner había alzado la vista, sobresaltado. El viejo era canoso y grandote e inmediatamente empezó a toser para librarse de una gran cantidad de flema. Cuando la escupió, era casi del tamaño de un dólar de plata.

—Seguro que causó revueltas, ¿verdad? —dijo el hombre, mientras se limpiaba el mentón.

Steiner observaba con un poco de disgusto, pero no dijo nada. Él se dio vuelta hacia el pequeño terreno, esperando que el viejo se fuera. No se fue. Evidentemente era un hablador y no tenía muchas oportunidades para hablar en esta sección antigua, especialmente a mediados del invierno.

—Hasta cuando lo bajamos. Nunca hubo tanta conmoción por un montón de cenizas. Como si pensaran que se iba a levantar desde los muertos.

Steiner lo miró.

—¿Qué quiere decir?

—Un tipo importante de la oficina del forense, estaba metiéndose y enojándose por todo.

—A algunas personas les gusta ser minuciosos.

—Supongo que sí, salvo que cuando un fulano está muerto, se supone que esté muerto. Los tipos del forense suelen entregar el cadáver a la funeraria y ellos se encargan de lo que sigue, pero esta vez no fue así. No, señor, este hombre estuvo por aquí de principio a fin, como si no pudiera tener la suficiente certeza de que lo enterraríamos.

Ahí fue cuando las ruedas empezaron a girar, eso y la ambulancia a toda velocidad que Steiner había visto en la noche de la ejecución.

Al día siguiente había ido a la prisión, pero no encontró nada, aunque supo del ataque fatal que tuvo la médico de la cárcel por envenenamiento alimenticio y de la presencia de un par de tipos científicos que, se decía, tenían una fascinación morbosa con el proceso de la ejecución. Fuera de eso, nada desacostumbrado.

Fue solo después que Steiner hizo una llamada a la oficina del forense que sus sospechas empezaron realmente a tomar cuerpo.

—Lo siento —había dicho el empleado—, aún estamos un poco desorganizados después de la muerte de la señora Lacy.

Steiner había leído sobre la muerte en el *World Herald,* pero le había prestado poca atención.

—Debe haber alguna anotación —había insistido—. ¿La firma de quién está en el informe de autopsia?

—Eso es justamente. Quiero decir el informe está completo y todo pero...

—Pero ¿qué?

—Bueno, ninguno de nosotros reconoce la firma.

Imágenes de esa ambulancia a toda velocidad se le vinieron a la mente.

Después de un par de llamadas a los hospitales de Lincoln, Steiner tenía datos de todos los ingresos de urgencia durante las primeras horas de la mañana del 14 de enero. Había sido una noche liviana. Habían habido solamente tres urgencias. Un baleado y uno que pasó un cálculo de riñón. Y una víctima de quemaduras aquí, en el San Juan.

Steiner estacionó su automóvil en un espacio libre, se bajó y cruzó el estacionamiento del hospital. El sol seguía brillando y su cabeza seguía latiendo fuerte.

Quince minutos después estaba sentado en la cafetería del hospital, mirando fijamente el vapor que subía de su taza de espuma plástica. Nunca tomaba café pues lo detestaba, pero era importante que el ordenanza que tenía sentado al otro lado de la mesa se sintiera relajado y "tomémonos un café" había sonado tan informal como Steiner podía pensarlo.

—¿Qué pasa con tratamientos especiales? —preguntó Steiner—. ¿Se acuerda de alguno que haya sido tratado, digamos, en forma diferente de los demás pacientes?

Gabriel Pérez, un joven nicaragüense, frunció sus gruesas cejas en un surco de pensamiento.

—Sin apuro —animó Steiner—. Tenemos tiempo.

Por último, Pérez se aclaró la garganta:

—Yo, eh... hubo uno, en el ala de los quemados. Lo trataban como si fuera muy especial.

Steiner siguió mirando tratando de esconder su interés.

—No dejaban entrar ni salir a nadie. Ni siquiera para limpiar o llevar comida.

Steiner se inclinó hacia delante:

—¿Cuánto tiempo estuvo aquí?

—Una semana, quizá dos. No me acuerdo.

—¿Y un nombre? ¿Se acuerda de un nombre?

Él movió la cabeza:

—No.

—¿Llegó a verlo? ¿Puede describir como se veía él?

—No, era una víctima de quemaduras. Su cara estaba vendada, toda.

—¿Y visitas? ¿Se acuerda de alguien?

—No.

Steiner luchó contra su frustración. Tenía que haber algo.

—¿Cómo se fue a casa? ¿Quién lo vino a buscar?

—No me... —Pérez vacilaba... tratando de recordar—. Un hombre joven. Con ropa cara, pelo oscuro.

—¿Escuchó un nombre alguna vez?

—No.

—¿Qué clase de automóvil manejaba?

Otro funcimiento de ceño.

—Lo siento —volvió a mirar a Steiner—. Eso es todo lo que me acuerdo.

—¿Está seguro?

Él pensó otro momento y se encogió de hombros.

—Lo siento.

Otro callejón sin salida. Steiner asintió y se puso de pie.

—Bueno, muchas gracias por su tiempo señor Pérez. Y si algo le viniera a la mente —sacó una tarjeta de su chaqueta—, por favor, llámeme.

Pérez se levantó, asintió, entonces se dio vuelta para irse.

Steiner estaba decepcionado. Por supuesto que bajaría y examinaría las fichas del hospital, pero sabía que no hallaría nada ahí. O no había nada que encontrar o esas pistas evidentes ya habían sido tapadas. Tomó su portafolio. En alguna parte tenía que haber otra pista. Pudiera que aún no hubiera terminado todo, no hasta...

—Discúlpeme...

Steiner alzó la vista. Pérez estaba a tres mesas de distancia.

—La razón por la cual no pude recordar su automóvil...

—Sí.

—Fue porque no tenía auto.

—¿Cómo dice?

—Él y el hombre de la ropa cara, ellos tomaron un taxi.

Los ojos de Steiner chispearon recobrando vida.

—¿Un taxi? ¿Está seguro?

—Sí. Yo lo saqué fuera en la silla de ruedas, y ellos subieron a un taxi. Por eso no podía recordar el automóvil. Ellos tomaron un taxi.

—¿Cuál? ¿Tenía un nombre, se acuerda del nombre de la compañía?

—No, pero tenemos solamente dos compañías de taxis en esta ciudad.

—Gracias señor Pérez.

—¿Eso le sirve?

—Sí, me sirve más de lo que usted pudiera imaginarse.

❄❄❄

Coleman disfrutaba la compañía de Katherine. Y aunque ella tenía cuidado de no demostrarlo, él percibía que ella estaba sintiéndose cada vez más cómoda con la suya. Se alegraba de que Genodyne le hubiera convencido de dejar que ella lo llevara en automóvil por la carretera interestatal número 5, los treinta y dos kilómetros que había desde Everet Sur, hasta Arlington. Él se había portado reacio y a la defensiva cuando le preguntaron por su habilidad para manejar. Era cierto que no se había sentado detrás del volante de un automóvil hacía varios años, pero ellos también se mostraron escépticos tocante a su historial como chofer, el registro señalaba definidos signos de irresponsabilidad y descuido. "Usted es una inversión demasiado cara para terminar muerto en el camino", había dicho Murkoski. Ese argumento de por sí había tenido poco peso para Coleman, que detestaba confiar en otra persona y que hubiera preferido manejar solo. Pero Coleman se había rendido cuando experimentó el mareo y el vértigo asociados a los tratamientos y considerado la perspectiva de manejar a su casa en esas condiciones.

Así que, estando Eric en la escuela y después de unas negociaciones muy animadas por el precio, Katherine había accedido hacer el recorrido semanal a Genodyne para que examinaran a Coleman y le pusieran la inyección que controlaba la correa viral.

Arlington era un pueblo pintoresco de cinco mil personas, con una calle principal de siete cuadras de largo y un solo semáforo. Ubicado a los pies de las Cascadas, su lado oriente estaba rodeado por las montañas, mientras que el poniente estaba flanqueado por granjas lecheras, cosa que creaba una población interesante compuesta por granjeros, madereros e industrias de servicio para apoyo de ambos, pero, al igual que muchos pueblitos de la zona nordeste del Pacífico, las granjas estaban perdiendo terreno en aras de la construcción de viviendas, y a los leñadores se le dificultaba cada vez más encontrar árboles que no albergaran lechuzas moteadas.

En medio de los aserraderos, las vacas lecheras y las casas recién construidas, estaba el Aeropuerto Municipal de Arlington. Rodeando al aeropuerto se hallaba el habitual complejo industrial con docenas de fabricantes que habían huido de los acosos y la burocracia de la gran ciudad en pos de una vida tranquila, más bucólica. Una de estas industrias era Genodyne, instalada en un complejo de dos edificios de seis pisos.

—¿Por qué dos edificios? —preguntó Katherine después que Coleman había terminado su primer control y Murkoski les estaba dando la visita, un poco grandiosa, de las instalaciones—. ¿Por qué no pusieron todo esto en uno?

—Más regulaciones y complicaciones del Departamento Federal de Drogas y Alimentos. Insisten en que nuestra planta manufacturera, que está a unos cuatrocientos metros de distancia, esté separada completamente de este, donde está nuestra división administrativa y la de investigación. Supongo que tienen miedo de que se escapen sigilosamente nuestras creaciones multimillonarias de la investigación y se metan de un salto en uno de nuestros recipientes de fabricación. No podemos culparlos. Cuando se trata de lo que podemos hacer en el presente los más dotados en biotecnología, supongo que casi todo es posible.

Coleman tuvo la clara impresión de que el chico trataba de impresionar a Katherine. Por supuesto, eso solo la puso menos receptiva, cosa que llevó a Murkoski a esforzarse mucho más y ese ciclo siguió hasta que la línea de fondo se hizo evidente para todos: El gran Murkoski se derretía en llamas.

Coleman sonrió calladamente. Era cierto, a él le gustaba mucho Katherine, pero era mucho más que su sola belleza o su honestidad flagrante. Por debajo de la agresiva fachada endurecida, él veía un corazón tierno y sensible. No estaba seguro de todo lo que le había pasado a ella pues tenía cuidado de mantener una pared entre ambos, pero, durante las escasas oportunidades de mirar más allá de la barrera, podía verlo. Era algo raro y precioso por dentro. Algo puro. Y algo terriblemente asustado.

Esta habilidad para captar los pensamientos y los sentimientos más internos de las personas había aumentado rápidamente desde su primer tratamiento, hecho en diciembre. A veces lo hacía sentirse casi como médium, pues captaba cosas que nadie más parecía notar. Sin embargo, pudiera no haber nada místico en todo eso. Quizá era que, sencillamente, él estaba tan vivo que podía ver los detalles que antes pasaba por alto: un temblor de la voz, un movimiento nervioso de los ojos, pequeños hábitos que antes no había notado por estar demasiado absorto en sí mismo o demasiado temeroso. No entendía como sucedía esto. Todo lo que sabía era que el dolor y la soledad que veía dentro de los demás eliminaba todo el temor que él pudiera haberles tenido. Y sin ese miedo, él sentía algo que nunca había sentido antes de empezar el experimento: compasión.

Coleman, Katherine y Murkoski cruzaron por el patio del primer piso con sus palmeras y cascada. Tomaron el ascensor para el tercer piso. Cuando se abrieron las puertas salieron al pasillo y Murkoski mencionó algo en forma grandilocuente:

—Estos son mis laboratorios —dijo—, ocho equipos de los mejores investigadores de la Costa Oeste.

Se acercó a la puerta más próxima y la abrió haciendo un floreo. Un puñado de investigadores, jóvenes recién graduados de la universidad, se movían sobre sus abarrotados lugares de trabajo cubiertos de formica negra. Sobre sus cabezas, había armarios con puertas de vidrio que contenían una variedad de tubos y botellas limpias con tapas anaranjadas. Al lado, había recipientes para electroforesis de Lucite y artículos eléctricos, hileras de pipetas Eppendorf y centrifugadoras.

—Aquí es donde todo pasa —dijo Murkoski—. Aquí es donde volvemos a arreglar los ladrillos de la vida: cambiando y arreglando los errores de la creación.

Fue hacia un refrigerador doméstico corriente y abrió la puerta. Dentro había hileras y mas hileras de diminutos tubos Eppendorf. Tomó uno del estante superior y lo sostuvo a la luz para que ellos miraran.

—¿Ven esa sustancia blanca lechosa? Todo se trata de eso. Es el ADN.

—¿Eso es ADN humano? —preguntó Coleman con callada admiración.

Murkoski se mofó.

—ADN es ADN. No importa si viene de humanos o monos o babosas o bacterias. Siempre son los mismos cuatro ladrillos independientemente del animal. Simplemente es cuestión de la manera en que estén dispuesto. (Volvió a poner el tubo en el refrigerador y cerró la puerta.) Y aquí, en estos laboratorios, es donde desarmamos el ADN, dividiéndolo en diferentes secuencias y lo volvemos a armar.

—¿Para qué son esas otras salas? —preguntó Katherine, señalando a una puerta cerrada que estaba cerca.

Murkoski sonrió. Por fin ella estaba prestando atención.

—Permita que se lo muestre.

Coleman se había sorprendido al comienzo de lo franco que era Murkoski con Katherine tocante al proyecto. El único secreto que le había parecido necesario mantener era la identidad antigua de Coleman. No había tenido problemas con que ella supiera lo demás. "Después de todo", había dicho, "ahora ella es parte del equipo". Y entonces, con una sonrisa coqueta, había agregado: "Y, por lo que vale, una parte muy atractiva".

Entraron a una sala más pequeña. No había gente, sino solamente el quedo zumbido del aire acondicionado y unos cuantos aparatos electrónicos que trabajaban. Algunos eran del tamaño de una máquina lavaplatos, otros del de ataúdes.

—En cuanto diseñamos de nuevo al ADN, tenemos que hacerlo crecer —explicó Murkoski—. Para eso son estos bebitos —dijo apoyando una mano sobre lo que podía pasar por una fotocopiadora grande.

—Las bacterias se dividen, separándose en dos cada veinte minutos. Por eso las usamos como nuestro caballito de batalla primordial. Primero insertamos el ADN nuevo en las bacterias. Luego, ponemos las bacterias en estas incubadoras, donde les brindamos los nutrientes, la temperatura y el clima perfectos para que se multipliquen lo más rápidamente posible. —Se volvió a Coleman—. Cuesta creerlo, ¿verdad?

Todo lo que usted ha llegado a ser se lo debe a bacterias microscópicas dentro de estas máquinas.

Antes que Coleman pudiera responder, Murkoski dio la vuelta y los escoltó a la próxima sala.

—En cuanto hemos logrado que se forme suficiente ADN, lo inyectamos a varios organismo para ver cómo reaccionan. A veces, lo inyectamos en células que almacenamos aquí, en estos congeladores que trabajan a menos setenta grados o en ratones o —dirigió a Coleman lo que podía ser una sonrisa desdeñosa— "cobayas humanos".

Coleman sintió una rara lástima por el muchacho en lugar de enojarse. ¿Realmente era tan inseguro? ¿Estaba de verdad tan solo y tan asustado? Y... ¿qué más? Había otra cosa más que pasaba dentro de Murkoski, pero Coleman no podía identificar por completo. En todo caso, cuando sus ojos se conectaron, la sonrisa de Murkoski se desvaneció y él desvió la mirada.

Se volvió y los escoltó a la siguiente sala.

—¿Qué son estos? —preguntó Katherine apuntando a una cantidad de bandejitas con tapas de plexiglas transparente y terminales eléctricas rojas y negras en cada punta.

—Estas son las cajas de gel. Aquí es donde realizamos lo que llamamos electroforesis —Katherine pareció interesarse y Murkoski se apresuró a hablar más—. Cada gen es de diferente tamaño. Cuando se hace pasar una corriente eléctrica por ellos, se mueven por un gel especial a diferentes velocidades conforme su tamaño, el gel es más resistente a los genes más grandes, haciendo que se muevan con más lentitud, y menos resistente a los genes más pequeños, permitiéndoles moverse más rápido. Cuando se pasa una corriente eléctrica por ellos, se mueven a través del gel a diferentes velocidades, formando patrones de bandas muy específicos y definitivos.

—¿Esas bandas son las que la policía usa para identificar a la gente? —preguntó Katherine.

—Precisamente. Los genes tienen sus propios patrones distintos de bandas. Nunca se pueden confundir unos con otros. Nunca.

Había algo en la manera que Murkoski subrayó el *nunca,* que captó la atención de Coleman. De nuevo no lo entendió en realidad, pero ahí había algo, algo que fastidiaba a Murkoski, algo que le incomodaba.

—Ahora, si no les importa —dijo, llevándolos a la próxima sala—, permítanme que les muestre algo que me parece, especialmente usted señora Lyon, encontrará interesante. ¿Usted dijo que había trabajado con computadoras?

—Sí, trabajé con computadoras en el Departamento de Defensa. Allá en la época del Tratado de Defensa del Atlántico Norte.

—Bueno, dele una mirada a esto —Murkoski señaló a una pieza de equipo color arenoso que estaba sobre el mostrador. Tenía un metro de alto por setenta y seis centímetros de ancho. Al lado había una pantalla de computadora que brillaba con hilera tras hilera de bandas multicolores—. Este es nuestro Secuenciador de ADN ABI PRISM 373. Estos son nuestros cerebros en muchas formas. Tenemos lotes de estas bellezas esparcidos por todo el complejo.

Katherine se acercó para mirar más de cerca.

—¿Un secuenciador de ADN?

—Sí.

—¿Qué hace?

—¿Se acuerda de esos gel en la última sala?

—Sí.

—Estos los leen automáticamente. Registran las bandas, etiquetan al gen, lo guardan en la memoria y luego lo envían a nuestra computadora principal.

Coleman observaba mientras Katherine examinaba la computadora y el equipo. Por primera vez, que él se acordara, ella se veía totalmente absorbida, en paz, casi feliz. Ella parecía absorberse mientras apretaba, empujaba y exploraba la fascinante máquina nueva. Y mientras él observaba su cara llena de admiración, él empezó a sentir la misma admiración. Él no sabía nada del equipo que ella estaba examinando, pero no importaba. No solo era capaz de sentir el dolor, la pena de la gente, sino también era capaz de experimentar el gozo de ellos.

Desdichadamente, el momento duró muy poco.

—¿Doctor Murkoski? —un técnico joven irrumpió en la sala con una mirada de urgencia en su cara.

Murkoski se dio vuelta, enojado por la interrupción.

—¿Qué pasa?

—B-11, tenemos una emergencia.

La actitud de Murkoski cambió al instante:

—No es Freddy, ¿verdad?

—Yo traté de llamarlo por su buscapersonas, pero usted no...

Murkoski sacó su buscapersonas, lo miró y luego enfadado lo tiró al suelo. Sin una palabra, salió corriendo por la puerta, con el técnico a sus talones.

Coleman y Katherine se miraron uno al otro. Ninguno estaba seguro de qué hacer, pero como no querían verse abandonados en este laberinto de laboratorios, se fueron a toda prisa detrás de los otros dos.

Murkoski caminaba rápidamente por el pasillo. Bajó la escalera de dos en dos, y cruzó el patio. Coleman y Katherine se las compusieron para mantenerlo a la vista por otro largo pasillo hasta que, por fin, llegaron a la puerta abierta que daba acceso a B-11.

Dos paramédicos se movían sobre un cuerpo que yacía sobre el pasto. Uno le tomaba el pulso mientras el otro untaba con un líquido muy espeso las paletas de un defibrilador cardíaco. Un puñado de personal de Genodyne estaba reunido en torno a eso, observando. En el extremo distante, trepado a un árbol remeciéndose, había un babuino que gritaba histéricamente.

—¿Quién es? —gritaba Murkoski mientras corría al grupo—. ¿Qué pasó?

—Es Wolff —contestó uno del personal.

Coleman y Katherine se acercaron más mientras el paramédico ponía las paletas sobre el pecho del caído y gritaba:

—¡Listo!

Hubo un débil golpe sordo mientras el cuerpo se convulsionó. El babuino chillaba más fuerte. Murkoski le hizo una mueca al animal y exigió:

—¿Freddy tuvo algo que ver en esto?

—Ellos estaban jugando —dijo alguien—, se perseguían con energía y, súbitamente, Wolff se desplomó.

—Paro cardíaco —explicó el primer paramédico.

Murkoski se burló:

—¿Un ataque cardíaco? Él es joven, está en muy buena forma. ¡Mírenlo!

Un escalofrío recorrió a Coleman. Había algo en el tono de Murkoski. Aun por encima de los aullidos y gritos del animal, Coleman pudo oír la falsedad en la voz de Murkoski. Algo estaba mal. Terriblemente mal.

—¡Se está recobrando! —gritó el segundo paramédico.

Todas las cabezas se volvieron a Wolff que empezó a expulsar tosiendo un líquido rosado claro. Sus ojos parpadearon, luego se abrieron. Buscaba, miraba desesperadamente buscando algo. Pero eso duró solo un momento antes que los ojos dejaran de moverse. Ahora simplemente miraban fijo. Y fue esa expresión lo que hizo brotar sudor frío en la cara de Coleman, llenando su boca de salmuera.

—Oiga, ¿se siente bien? Él levantó la vista y vio a Katherine. Aunque ella trató de ocultarlo no había manera de pasarse por alto la preocupación de su semblante.

—No parece que estuviera tan mal.

Él asintió.

—Sí, basta con que me siente un... (pero fue incapaz de terminar la frase antes de doblarse y vomitar. Vomitó una, dos, tres veces, arrojando el vómito sobre el césped recién plantado.

—¡Sáquenlo de aquí! —gritó el paramédico—. ¡Que alguien lo saque de aquí!

Sintió que Katherine lo tomaba de un brazo dirigiéndolo a la puerta. Tuvieron que pararse una vez más pues su estómago se contrajo con otra serie de nauseas. Por fin pudo levantarse y salir al pasillo, mientras los chillidos del babuino continuaban haciendo eco dentro de la sala.

CAPÍTULO 9

¿Es la primera vez que ve morir a alguien? —preguntó Katherine mientras iban por la autopista de regreso a Everet.

Coleman miraba para fuera por la ventanilla del pasajero.

—He visto muchas muertes —respondió quedamente—. No fue su muerte lo que me impresionó. Fue la expresión de su rostro.

Katherine asintió, pensando que entendía.

—¿Esa mirada de: *¿cómo puede estar esto pasándome, a mí?*

—No, no fue eso —Coleman seguía mirando fijo por la ventanilla—. Esa no fue su pregunta.

Katherine se le quedó mirando.

—¿Qué quiere decir? ¿Qué fue entonces?

Coleman se dio vuelta lentamente para mirarla.

—El hombre no preguntaba por qué estaba muriendo. Él estaba preguntando por qué había vivido siquiera.

La declaración dejó atónita a Katherine. Quiso responder, pero no pudo hallar las palabras y, en cambio, se dedicó a contemplar el camino en silencio.

Había pasado una semana desde el primer encuentro y esta no era la primera vez que él la había dejado muda. En efecto, esto estaba pasando con creciente frecuencia, pero no era justamente su perspicacia sobre la gente lo que la dejaba callada. También era su despreocupación por la reprobación ajena. Ya fuera que él estuviera atendiendo a un cliente en la tienda, jugando por ahí con Eric o tratando infructuosamente de superar las barreras que ella seguía erigiendo entre ambos, ella nunca había conocido a una persona tan completamente vaciada de sí mismo.

Al principio había entendido mal esta falta de ego como un enorme problema de imagen de sí mismo, pero, en lugar de debilitarlo, parecía fortalecerlo. Y mientras más lo veía actuando, más se pillaba envidiándolo. Al salirse de la película, al no enfocarse en sí mismo él estaba completamente *libre* de sí mismo. Esa libertad le permitía ser perfectamente honesto y enfocarse deliberadamente en los demás. Él veía cosas en la gente. Cosas profundas. Como con ese hombre moribundo en el laboratorio.

De nuevo sintió que él la miraba. Buscando, explorando. Ella se movió incómoda.

—Lo está haciendo otra vez —advirtió.

—Oh, lo siento.

Ella casi pudo oír diversión en su voz al darse vuelta y mirar adelante.

El hombre disfrutaba su compañía, eso lo podía asegurar. Y, si era honesta consigo misma, tendría que admitir que ella estaba empezando a aceptar esto.

No, en realidad, era más que eso. Encontraba emocionante la libertad de él, y conmovedora su preocupación por los demás. Y estas emociones activaban un callado temblor en alguna parte muy honda de ella. Empezaba a sentir cosas otra vez, cosas que no había sentido en mucho tiempo, pero ella había acabado con esa clase de sentimientos, se había jurado eliminarlos hacía mucho ya y no iba a rendirse a ellos ahora.

—Así, pues —dijo ella tratando de cambiar de tema—, ¿piensa que este cuento de la sangre es real?

—¿Qué quiere decir?

—Quiero decir, ¿cómo se siente tener corriendo por sus venas lo que pudiera ser la sangre de Jesucristo?

—No sé —él se encogió de hombros—. Para ser honesto, verdaderamente no sé mucho de ese hombre.

—¿Nunca ha leído la Biblia?

Coleman sonrió con tristeza.

—Supongo que estaba demasiado ocupado con otras cosas.

—Vamos —insistió ella—, todos han leído la Biblia, al menos algo.

Él negó con la cabeza.

—Lo siento. —Volviéndose a ella preguntó—: ¿Y usted?

Pudo sentir que él volvía a sondearla.

—Claro que sí —dijo—. Cuando era niña acostumbraba a leerla todas las noches.

Ella no pudo resistir echarle una mirada para ver cómo era recibido ese dato.

Pero en lugar de sorpresa la cara de él se llenó de preocupación interrogadora:

—Me gustaría oír más acerca de eso.

Ella sabía que él no hablaba solamente de la Biblia. También hablaba de ella, de lo que le había pasado. Su sensibilidad le envió un estremecimiento débil por todo su cuerpo. Sin esfuerzo, sin siquiera tratar, él había llegado a ella y la había tocado. Ella sospechó que, en su momento, si ella lo permitía, iba a poder hablar de la Biblia con él cuando surgiera la oportunidad, de la traición a Dios, de la pérdida brutal del único hombre que ella había amado. Podría hablar de la injusticia de perder a su padre, el único hombre que la había tratado de ayudar, que la amó hasta cuando ella fue detestable e indigna de ser amada. Pero Katherine no quería —no podía— rendirse a esa tentación. Se tragó, en cambio, la emoción y siguió callada.

—Lo siento —dijo él—, no tenía la intención de husmear. No lo volveré a hacer.

Ella quería decir algo inteligente, algo ingenioso y sarcástico, pero no estaba segura de poder hacerlo. Felizmente estaba próximo el cruce múltiple Mukilteo, así que pudo atarearse en mirar el retrovisor, cambiar de pistas y dirigir el automóvil para situarlo cuando salían de una autopista y entraba a otra que se dirigía al poniente, hacia Puget Sound.

Cuando ella terminó de maniobrar, se las había compuesto para volver a levantar, parcialmente, la muralla que lo mantenía fuera. Y para cerciorarse de que no hubiera ataques ulteriores ella pasó a la ofensiva:

—¿Y usted? —preguntó.

—Lo siento, ¿qué?

—Lo que Murkoski dijo, ¿eso no le concierne? ¿Qué todo lo que usted es, todo es solo un montón de sustancias químicas? ¿No le molesta no ser nada, sino el experimento químico de un muchacho grande?

Vio que Coleman se estremecía e inmediatamente se detestó a sí misma. ¿Por qué había dicho eso, justo cuando estaban acercándose tanto? Pero, por supuesto, esa era su respuesta. Ellos se estaban acercando demasiado.

Él meneó la cabeza.

—No. Eso no me molesta.

—¿Qué le llega? —preguntó ella—, quiero decir, tiene que haber algo que le llegue, algo que lo haga reaccionar o ¿también le quitaron eso?

Era otro pinchazo y se detestó más aún.

Coleman siguió callado un largo momento antes de contestar:

—Supongo... supongo que lo que realmente me molesta... es el dolor.

Ella le miró. Él estaba sumido en sus pensamientos.

—¿Dolor? —preguntó.

—Nunca supe que la gente tenía tanta angustia. Nunca supe que había tanta soledad. A veces, cuando lo veo en ellos, realmente lo *siento*, junto con ellos. —Vaciló, luego siguió casi tristemente—. A veces, pienso que sería mejor no sentir nada en absoluto, que sentir esto.

—Entonces, es verdad —el filo cortante de la voz de ella se suavizaba—, usted percibe lo que otras personas sienten.

Él asintió.

—Por un lado, experimento esta belleza increíble a mi alrededor, cosas que he visto cada día de mi vida, pero que en realidad no las veía: gotas de rocío sobre una tela de araña, vapor que brota de una cerca de madera bajo el sol temprano de la mañana. Por el otro lado, veo nuestra incapacidad para conectarnos con esa belleza, para ser parte de ella. En cada par de ojos veo esa frustración, ese miedo de que no seamos nada, sino vapor o sombras, que estemos pasando por encima de la superficie de la realidad sin siquiera tocarla, sin conectarnos a eso, ese algo intangible, esa *profundidad* que hace posible todas las demás belleza.

Katherine se dio cuenta que estaba conteniendo la respiración y se forzó a exhalar.

Él siguió:

—Eso es lo que vi en los ojos de él esta tarde. No fue su miedo a la muerte, fue su búsqueda. El darse cuenta de que no era nada, sino una sombra sin sustancia, danzando a través de la superficie de la creación sin propósito, sin razón de ser.

Coleman volvió a mirar para fuera por la ventanilla.

—Creo que eso es lo que más me molesta. Captar toda ese dolor. Sentir todo el vacío... de ellos.

Katherine asintió y entonces citó quedamente,

—Varón de dolores, experimentado en aflicción.

—¿Perdóneme?

—Esa es una de las descripciones bíblicas de Jesús. —Coleman se volvió a ella que asentía—: Sí, señor, pienso que, decididamente, tenemos que conseguirle una Biblia.

❄ ❄ ❄

El cuerpo de Steiner clamaba por dormir, pero él no escuchaba. Miraba fijamente la pantalla de la computadora mientras se metía otros cuantos analgésicos en la boca y los tragaba con una bebida dietética. Había perdido el sentido del tiempo. Podía ser de día o de noche, no le importaba. Solo sabía que estaba cerca. Muy cerca. Tocó el ratón y trajo a pantalla los nombres y las direcciones de los dueños de aviones que había solicitado a la Asociación Federal de Aviación.

Los últimos días recién pasados no habían sido fáciles. Luego de entrevistar al ordenanza del San Juan, había buscado al taxista que había recogido a la "víctima de quemaduras". El chófer era un rebelde poco cooperador. Todo lo que recordaba era haber llevado a dos hombres al aeropuerto en la mañana del 30 de enero.

—¿No hay nada más que se acuerde? —había inquirido Steiner.

—No.

—¿Alguna conversación?

—No.

—¿Puede describir la voz del hombre vendado?

—Ah-ah.

—¿Dijeron adónde iban a volar?

—No.

La conversación se iba agotando rápidamente.

—¿Usted no recuerda nada?

—No. Solo que me dieron poca propina.

—¿Se acuerda de eso?

—Si un tipo tiene su propio avión, y es demasiado barato para darle propina, uno se acuerda de eso.

—¿Ellos tenían su propio avión? ¿Cómo lo sabe?

—No los dejé en la terminal de vuelos comerciales. Los dejé en la zona de aviación general.

—¿Por qué no me lo dijo?

—Usted no preguntó.

Luego había venido el lento y laborioso proceso de eliminación. Steiner sabía que esto era siempre la parte más tediosa de cualquier investigación. Pero también sabía que si uno tenía tiempo y tenacidad, era la más provechosa. Steiner tenía ambos.

Primero se había contactado con el Centro de Control de Tráfico Aéreo de Omaha, pidiendo todos los planes de vuelos no comerciales presentados el 30 de enero en el Aeropuerto Municipal de Lincoln. Estos datos eran confidenciales y no fue fácil conseguirlos, pero unas cuantas mentiras bien dirigidas sobre su trabajo para la oficina del fiscal del condado Johnson, hicieron maravillas.

Tenía treinta y cinco opciones, treinta y cinco vuelos no comerciales que habían despegado de Lincoln el 30 de enero, pero había rebajado rápidamente esa cifra a la mitad, eliminando todos los vuelos que tenían un destino a ochocientos kilómetros o menos. Si las sospechas de Steiner eran correctas, lo que se arriesgaba y la necesidad de secreto eran elevados; dudaba que ellos se arriesgaran a ser vistos en cualquier aeropuerto, si podían hacer el viaje por tierra en un día.

Ahora el número de opciones se había reducido a dieciocho.

En seguida, Steiner había hecho una lista con los números de identidad de los dieciocho aviones y recurrido a mover influencias en la Administración Federal de Aviación, para conseguir los nombres y las direcciones de cada uno de los dueños registrados.

Esta era la lista que ahora contemplaba en la pantalla. Como Lincoln es la capital del estado, poco menos de la mitad de los aviones eran del gobierno, alquilados por el gobierno o afiliados al gobierno. Esto podía ser, naturalmente, una operación del gobierno, pero él tenía sus dudas.

Eso reducía el nombre a once. Seis eran privados, siete de empresas. Tenía que ser uno de esta lista, pero ¿quién? Steiner se frotó la frente. Su dolor de cabeza era implacable pero también lo era su determinación. Había algo aquí, tenía que ser así. Y él no iba a parar hasta averiguarlo.

Revisó nuevamente la columna de dueños privados:

N9745B David Buchanan	Lincoln, Nebraska
N340E Richard Kaufman	Salt Lakes City, Utah
N6980 Willa Nixon	Rockford, Illinois
N889DG Thomas Piffer	Lincoln, Nebraska
N7724B Susan Smoke	Kalispell, Montana

Hizo una comprobación cruzada con los amigos de Coleman, con testigos de la ejecución, grupos en contra de la pena de muerte, ligas de defensa...

Nada.

Abrió otra bebida dietética, tragó varios sorbos, y escrutó la siguiente lista; los aviones de empresas:

N395AG American Containers	Lincoln, Nebraska
N737BA Genodyne Inc.	Arlington, Washington
N349E Agrícola Johnson	Chicago, Illinois
N74797B Kellermen Dye Casting	Omaha, Nebraska
N983C Moore Hardwoods and Lumber	Hershey, Pennsylvania
N5487G Van Owen Seed Company	Des Moines, Iowa.

Contempló la lista, esperando forzar un patrón, ver algo, cualquier cosa. No vio nada. Bueno, casi nada. Ese segundo nombre, Genodyne, le sonaba familiar. Él había leído algo de esa empresa no hacía tanto tiempo. *Time* o *Newsweek*, él no se podía acordar. ¿No era una especie de empresa genética?

Estudió la dirección. Arlington, Washington. ¿Qué estaban haciendo allá tan lejos? ¿Cruce de ganado? ¿Maíz híbrido?

Tocó un par de veces el ratón, y activó su directorio de teléfonos. Revisando encontró el número de la casa de Leonard Paterson, jefe de seguridad de la penitenciaría de Lincoln, y uno de los pocos hombres de la cárcel que Steiner no había olvidado por completo. Tocó de nuevo el ratón, dejó que marcara y, entonces, alargó la mano para tomar su teléfono.

Sonó cinco veces antes que alguien tomara el receptor y una voz soñolienta masculló:

—¿Aló?

—Hola, Leonard. Steiner.

—¿Harry? ¿Qué hora es?

—No sé. Escucha. ¿Te acuerdas de esos científicos que andaban por allá antes de la ejecución de Coleman?

—Harry, son las 4:30 de la mañana.

—Sí. ¿Alguna vez oíste en qué área de la ciencia estaban trabajando?

—Harry...

—Solo esto, ¿oíste un nombre de empresa o localidad o algo?

—No, Harry.

—¿Por qué estaban tan interesados? Quiero decir, ¿qué estaban estudiando?

—Ellos tomaron unas muestras de sangre y cuestiones así, no sé...

Steiner esperó dejando que Leonard pensara.

—Dijeron que querían examinar sus genes o algo así, sí, eran un par de tipos interesados en cómo eran los genes de un asesino.

Los ojos de Steiner saltaron a la pantalla:

Genodyne, Inc., Arlington, Washington.

Blanco. Su cabeza seguía latiendo fuerte pero ya no se daba cuenta.

❄ ❄ ❄

—Sarah y Julie, ¿cómo están? ¿Puedes ponerlas al teléfono?

—En este momento están en la piscina —contestó Beth. Otra ola de estática se descargó sobre el teléfono, ahogando la frase, pero aclarándose a tiempo para las palabras—: y Sarah se está convirtiendo en una diosa bronceada. Oh Philip, estamos pasándolo muy bien. Cuánto deseo que pudieras venir a estar con nosotras.

—Pronto, querida, espero que muy pronto.

—Algo pasó, ¿verdad?

—¿Qué te hace pensar...?

—Philip, no me mientas. Puedo oírlo en tu voz. Es algo grande, ¿verdad?

—Beth...

—No me dirás cuando puedes venir, eres vago tocante a los motivos. Ni siquiera me hablarás por el teléfono de la oficina. ¿Murkoski, de nuevo? ¿Es el proyecto?

O'Brien no respondió.

—Pensé eso... —Hubo otro alud de estática que terminó justo a tiempo para oír las palabras—: ...más importante, nuestra relación, trabajar con un científico en quien ni siquiera confías.

O'Brien suspiró pesadamente.

—Beth, esto es más que solo...

—Philip, no estoy enojada, pero quizá debiéramos empezar seriamente a...

—Beth...

—...volver a evaluar nuestras prioridades. Quizá debiéramos preguntarnos, qué esperamos realmente de esta rela...

—Wolff murió.

—¿Qué?

—Wolff murió. Falla congestiva del corazón. —Hubo silencio al otro lado de la línea y otra ola de estática—. Beth, ¿estás ahí?

—¿Cómo? —llegó la respuesta estremecida—. Él apenas tenía treinta años. Era tan joven, tan atlético. —Hubo una pausa breve—. Crees... él no se drogaba, ¿verdad?

Otra pausa, esta vez del lado de Philip.

—¿Philip?

—Él era diabético. La insulina que guardaba en el refrigerador, en el trabajo, alguien cambió el contenido de las ampollas.

Beth se sofocó.

—¿Estás seguro?

—Uno de sus colegas pensó que se veían sospechosas. Hicimos unas pruebas. Sin saberlo, Wolff se estuvo inyectando una nueva versión de interleukina.

—¿De qué?

—Es un gen experimental usado para el tratamiento del cáncer.

—¿Y eso causa fallo cardíaco?

—Parece que ese tipo de gen se come los vasos sanguíneos, haciendo que empiecen a gotear.

—¿Gotear?

—Como un colador. La autopsia indicó que su corazón estaba débil y gastado como el de un sexagenario que ha tenido múltiples ataques al corazón. Y sus pulmones estaban llenos de líquido, lo que indica que los vasos sanguíneos pulmonares también se abrieron, llenando los pulmones de sangre.

—¿Wolff tenía cáncer? ¿Pudiera haber estado experimentando con él mismo?

—No.

—Llamaron a la policía.

—Todavía no.

—Philip, ¿qué está... (el resto de su frase se perdió por la estática).

—Deténgalo —interrumpió Murkoski—. Rebobinen esa última parte. —Se inclinó hacia delante, sobre su escritorio, con el oído pegado a su receptor mientras oía el ruido y el zumbido de voces pasadas al revés. Hubo un clic al otro lado y se repitió la conversación.

—...pulmones estaban llenos de líquido lo que indica que los vasos sanguíneos de ellos también se abrieron, llenando los pulmones de sangre.

—¿Wolff tenía cáncer? ¿Pudiera haber estado experimentando con él mismo?

—No.

—Acudieron a la policía.

—Todavía no.

—Muy bien —ordenó Murkoski. La conversación grabada se detuvo. Eran las 4:50 de la madrugada. El joven se volvió a la ventana de su oficina e instintivamente examinó las líneas de su traje. Estaban bien, las que apreciaba habitualmente, pero esta mañana le gustaron poco.

—¿A qué hora lo llamó ella?

—Poco después de las siete de la última noche. (La voz tenía un marcado acento. Murkoski nunca había podido saber cuál era la nacionalidad, aunque sabía que era asiática.) Señor Murkoski, estoy seguro de que usted aprecia nuestra preocupación, ¿verdad?

Murkoski se pasó la mano por el pelo.

—Sí, no, quiero decir, que entiendo.

—Si el señor O'Brien fuera a relacionar la imprevista muerte de su técnico con nuestro proyecto, me temo que pudiera arriesgar gravemente nuestra fecha de entrega.

—Estoy de acuerdo.

—La situación no se está escapando de su mano, ¿verdad, doctor Murkoski? Usted podrá cumplir con el plazo, ¿no es cierto?

—Por supuesto —dijo Murkoski, volviendo a su escritorio, tratando de esconder su irritación.

—Bueno. Se difunde la noticia. La competencia está haciendo unas preguntas muy delicadas. Usted aprecia nuestra necesidad de prisa.

—Me dedicaré al problema de inmediato.

—Estábamos seguros de que usted lo haría. Buenos días, doctor Murkoski.

Antes de que pudiera responder, se desconectó el teléfono. Murkoski se inclinó lentamente hacia delante y puso en su lugar el receptor. Entonces, con mayor lentitud aún, se dio vuelta para mirar por su ventana hacia la oscuridad.

❄ ❄ ❄

La droga (crack) arde en su garganta y quema sus pulmones. Él la retiene hasta que debe exhalar y aceza para respirar. El impulso es inmediato, excitante, corre por su pecho, sus brazos a las puntas de sus dedos.

Él es eso.

Imparable.

Toma la escopeta del asiento delantero y sale del automóvil. Ve todo. La máquina de hielo al frente. La exhibición de carbón para asados. El cartel de la cerveza con luces de neón en sus etapas finales de extinguirse parpadeando.

Abre la puerta de una patada. Gran entrada que surte el efecto deseado. El empleado, un chico de pelo largo y aro en la oreja, enmudece. No intentará nada. Sabe que Coleman hace lo que se propone.

Coleman se dirige al mostrador, amartillando su arma de fuego. La radio del muchacho toca a todo volumen la antigua "Hotel California". Los rasguidos de la guitarra intoxican, haciendo que Coleman zarpe. La droga aúlla por todo su cuerpo. Él es todopoderoso.

Omnipotente.

El muchacho se mueve incierto, lanza una mirada a la cámara de seguridad. Con una mano Coleman levanta la escopeta y vuela el ojo intruso despedazándolo. No hay sonido. Solamente un relámpago de luz, vidrio y plástico que vuelan. Una cámara sigue llena. Él lo sabe. El empleado lo sabe.

—¡Vamos! ¡Vamos, vamos!

El chico golpea la caja registradora que se abre por completo. Los billetes son tomados, metidos en una bolsa de supermercado. Coleman toma una barra de dulce, luego varias más. Sabe que tendrá hambre.

—¡Ahora, la caja fuerte!

El muchacho da excusas. Una mentira.

Coleman apunta al suelo. Él sabe donde está escondida la caja fuerte.

El chico protesta.

Coleman nivela su arma.

El chico le grita como si el volumen probara su sinceridad. El dedo de Coleman se enrolla en torno al gatillo. Está sonriendo.

El muchacho le grita. Con los ojos muy abiertos. Aterrados por entero.

La sonrisa de Coleman se amplía.

El chico se da vuelta, Coleman piensa que hacia la caja fuerte, pero no. Se está dando vuelta otra vez. Hay algo en su mano. Es una pistola, una 22. El chico es un idiota, demasiadas películas de Rambo. No hay nada que Coleman pueda hacer ahora. Oprime el gatillo.

Otra silenciosa explosión de luz.

Una campana suena, sigue sonando. De alguna manera el chico golpeó la alarma. Coleman toma la bolsa del mostrador, entonces escucha respirar. Viene de atrás. Sibilando, tosiendo. Se da vuelta bruscamente, pero no hay nadie. Los pasillos están vacíos.

El ruido aumenta, apabulla.

Coleman abre el arma y con manos temblorosas arranca los casquillos de las balas usadas.

La respiración es más ruidosa, ruge en su cabeza.

Coleman retrocede, mete sus manos en su camiseta, buscando dos balas más.

Ahora huele el aliento. Alcohol. Es el de su padre. Está por todas partes. Viene de todos los lados.

Se da vuelta, va tambaleándose hacia la puerta, pero está con llave. La aporrea, desesperado por salir.

"¡Michael!", es la voz de su padre que grita, dice obscenidades. "¡Michael!"

Sigue aporreando la puerta, pero ya no es de vidrio es de madera y ya no es más la voz de su padre, sino la de un niño. "¿Señor Michaels? ¿Señor Michaels, está bien?" Los fuertes golpes en la puerta continúan.

Coleman se despertó sobresaltado, temblando, preparándose para los golpes, pero no hubo ninguno. Su padre no estaba allí. La respiración había desaparecido. El sueño se había disipado. Solamente quedaban los golpes en la puerta —y la voz de Eric: "¿Señor Michaels? ¿Señor Michaels?"

❄ ❄ ❄

La comida campestre había sido idea de Katherine. Otra semana había pasado y era hora de recorrer la senda de vuelta a Arlington. Como le pagaban bien por tomarse el día libre, y Eric nunca había estado realmente en las montañas, ella pensó en por qué no aprovechar la situación y salir un poco.

Le echó una mirada a Coleman mientras manejaba. Él iba en el asiento del pasajero, leyendo la Biblia que ella le había dado. Él había cumplido su palabra en los días siguientes a su último viaje: No la había observado. No había preguntado nada más sobre el pasado de ella. Por eso se sentía complacida y desilusionada. Una semana atrás le había costado tan poco pasar las barreras de ella y tocarla. Y ahora, al pasar el tiempo, como veía su bondad y su confianza se afirmaba, ella sabía que le costaría aún menos llegar a ella y conmoverla aún más profundamente. Pero él la respetaba; no iba a abusar de su poder. Y era esta mezcla de poder frenado y ternura lo que la hacía empezar a buscar disculpas para pasar tiempo con él.

Sus muros estaban desplomándose. Ella lo sabía por la manera en que estaba de pie delante del armario, tratando de decidir qué ropa ponerse, por la conmoción interior cuando lo oía llegar a la tienda. Podía decirlo por la manera en que empezaba a ablandarse su cuerpo cuando conversaban, curvándose en vez de estar rígidamente derecho.

Entonces, estaba el trago. Ella no lo había dejado, pero cuando llegaba la sobriedad, ya no venía con el filo perforante que tenía antes. Estaba empezando a experimentar una euforia diferente.

Dio una mirada al espejo retrovisor. Eric iba leyendo. Otro milagro. Ningún juego electrónico en sus manos, nada de computadora portátil. Solo un libro, un libro de verdad.

—Te gustará —había dicho Coleman cuando se lo había entregado—. Lo saqué de la biblioteca que hay calle abajo. Se llama *El último de los mohicanos* y se trata de unos indios norteamericanos y la supervivencia en la selva y cosas así.

Eric no había dejado de leerlo desde que lo abrió por primera vez.

Llevaban cuarenta y cinco minutos de viaje en dirección a la carretera Getchel, hacia las Cascadas. Ella volvió a mirar a Coleman, pero esta vez vio que su rostro estaba humedecido con lágrimas.

—¿Qué le pasa? —preguntó, preocupada—. ¿Se siente bien?

Él alzó los ojos, un poco avergonzado. Cuando habló, tenía la voz ronca de sentimiento.

—Nunca supe que —buscó la palabra— sabiduría...

Katherine sonrió. Una de las otras cosas que disfrutaba de este hombre era su maravilla infantil, su sentido de sobrecogimiento, a veces, por las cosas más sencillas. Ella no entendía siempre por qué pasaba eso, pero esta vez comprendió.

—Este dolor que tengo —estaba diciendo—, este vacío. Es como que él entiende, como si, de alguna manera, fuera capaz de satisfacer esa hambre y...

—¿Ayuda a aliviarlo? —preguntó ella.

Él asintió y alzó los ojos a ella con callado asombro.

—Supongo que por eso él mismo decía que era el "Pan de Vida".

—¿Él mismo decía eso?

—Oh, sí.

Coleman quedó estupefacto.

—¿Y la gente... la gente sabe esto?

Ella no pudo dejar de reírse por su asombro.

Unos pocos.

Coleman volvió a mirar la página, luego alzó la vista de nuevo.

—¿Y usted?

La pregunta la agarró desprevenida.

—¿Yo?

—¿Lo cree?

Katherine respiró larga y lentamente.

—No sé. Cuando era niña eso era todo lo que oía. Luego, de adulta, me pasé una larga temporada con Alcohólicos Anónimos. Cuando falló todo lo demás, mi fe fue lo único que me mantuvo sobria, que me sacó de eso. Pero, ahora —ella volvió a inhalar hondo y exhalar— no sé. Supongo que no lo veo más.

—Y ver es creer.

—Para mí, sí —dijo ella suspirando agotada.

Katherine podía sentir que él la miró largo rato antes de volver a su Biblia. Ella agradeció haber salido de ese apuro.

Agradecida y turbada. Este hombre estaba revolviendo otras cosas dentro de ella; cosas más profundas largamente olvidadas.

Una media hora más tarde estaban en Las Cascadas de Granito, una enorme formación rocosa metida en los contrafuertes de las montañas, con acantilados prominentes y un río llamado Stillaguamish que tenía una caída vertical de más de treinta metros, atronando y rompiendo sobre peñascos gigantescos antes de golpearse, arremolinarse y estrellarse en una docena más.

—¡Guau! —gritó Eric por encima del estruendo—. ¡Esto es muy lindo!

—No te acerques mucho —gritó Katherine, haciendo lo mejor que podía para no parecer mamá y falló miserablemente. Pero ni el niño ni el hombre parecieron notarlo. Ella observó como Coleman apoyaba sus manos, instintivamente, sobre el hombro de su hijo. El inconsciente acto de bondad le apretó la garganta. Ella se dio vuelta, luchando contra la humedad que brotaba en sus ojos, fingiendo que miraba algo río abajo. Eric se había perdido tantas cosas en su corta vida. En la tienda, día tras día, solamente con las computadoras y la gente de la Internet como compañeros de juego. ¿Qué clase de vida era esa? Ninguna relación con los demás. Sin modelos masculinos. ¿Cómo podía ella haber sido tan insensible, tan egoísta, para no notar esto?

Bajaron unos cuatrocientos metros por la orilla del río para comer. Las bromas y los chistes se daban fácilmente entre Coleman y Eric, y Katherine estaba agradecida al ver que la amistad de ellos crecía. Ella lo veía en la tienda, estas cosas de la camaradería masculina, pero habían estado siempre en el terreno de Eric. Ahora Coleman era capaz de encargarse de eso, mostrando a su hijo cómo esquivar las rocas, cómo pasar por entremedio de los matorrales espesos, tan silenciosamente que ni los cuervos lo oían para dar la alarma.

Después miró como ambos estudiaban las huellas de un animal en el barro al lado del río.

—Parece un ciervo.
—¿Cómo lo sabes?
—Mira, aquí, esta V.
—Oh, sí. Qué bien.
—Mira el tamaño. Es un macho. Probablemente, uno grande.

Luego vinieron los cuentos de indios que hacía Coleman. Como sobrevivían, qué comían en la selva, como peleaban. Algunos de los detalles eran un tanto horripilantes para el gusto de Katherine, pero los hechos parecían entusiasmar a su hijo.

—¿Por qué sabes tanto de los indios? —preguntó Eric.
—Uno no crece en Tecumseh sin conocer a los indios.
—¿Tecumseh? ¿Dónde está?
—Es un pueblito de Nebraska. Lleva el nombre de Tecumseh, un indio chochón. Su nombre significaba "pantera del cielo". Él fue el indio más grande que haya habido.
—¿Oh, sí? ¿y el gran jefe Seattle?
—Él fue bueno... para ser uno del noroeste, pero los indios de verdad, como los chochones, ellos eran del Oeste Medio.
—¿Quién dice eso?
—La sabiduría popular.
—¿Oh, sí?
—Sí.
—¿Sí?
—Sí.

Y así seguía el intercambio, junto con los desafíos de macho, las carreras y los saltos de roca en roca (con más de un resbalón y caída en el agua). Pero la ropa mojada y los cuerpos magullados, fueron solamente los preliminares del final de su paseo. Al volver al automóvil divisaron un sendero cubierto de plantas, un atajo que, evidentemente, era sólo para los bravos.

Inmediatamente empezaron a acicatearse mutuamente para tomarlo. Y, por supuesto, ambos respondieron al reto. Justo antes de internarse por el intrincado sendero, Eric se volvió a su mamá preguntando:

—¿Tú no vienes?

Katherine atisbó el espeso matorral:

—No, creo que seguiré por este camino.

—Ven, mamá.

—No, es demasiado para mí. Vayan ustedes, muchachos.

Ella observó cuando ellos empezaron a abrirse camino entre las matas, a veces echando carreras, gritando, incitando siempre al otro para que siguiera, pero, en menos de un minuto, la perspectiva de ellos había cambiado.

—¡Ay!

—¡Uf!

—¡Ay! ¡Ay!

—¿Qué pasa? —gritó ella.

—Matas espinosas —contestó Coleman

—Deben tener más de seis metros de alto —aulló Eric.

—Quizá es mejor que regresen y salgan de ahí —sugirió Katherine.

—¡De ninguna manera! —gritó Eric—. No tengo miedo a unas pocas zarzas ¿y tú? —le dijo a Coleman.

—Yo tampoco —contestó Coleman.

—Ni yo. ¡Aay! Mamá, no nos pasará nada. No te preocupes por nosotros.

—Ni en sueños —contestó ella gritando.

Veinte minutos después llegó ella al automóvil pero ellos no estaban ahí. Les llevó media hora más, para salir por fin de las matas, con los brazos, las manos y hasta las caras rasguñadas y sangrando.

—¡Chicos, se ven mal! —gritó ella— ¿Qué pasó?

—Unas cuantas zarzas más de las esperadas —dijo Coleman.

—No es tan terrible —insistió Eric—, solo unos cuantos arañazos.

—¿Unos cuantos? —Coleman tuvo que reírse. Levantó el brazo sangrante de Eric—. Tienes rasguños encima de rasguños.

—Oh, sí —replicó Eric, tomando la otra mano de Coleman y levantándosela—, ¿y tú? Tienes rasguños encima de rasguños, encima de rasguños.

—Chicos —protestó Katherine—, mírense, se están ensangrentando uno al otro por todas partes.

Ellos se miraron las manos. Era cierto. Ambos se habían ensangrentado recíprocamente con su propia sangre.

—Qué bueno —dijo Eric mirando la palma de su mano.

Coleman dijo:

—Tú sabes que algunos indios creían que el alma del hombre estaba en su sangre. Por eso mezclaban su sangre para convertirse en hermanos de sangre.

—Eso puede ser verdad —dijo Katherine, acercando a su hijo a ella para tratar de enjugarle con un pañuelito de papel algo de la sangre de su cara.

—Mamá...

—Pero en esta época del SIDA y de toda otra enfermedad de la sangre que uno se pueda imaginar, creo que podemos vivir muy bien sin ese rito.

—Demasiado tarde —dijo Eric volviendo a examinar la palma de su mano.

Katherine lanzó una ojeada a Coleman que estaba mirando su propia mano.

—Katherine, me temo que él tiene razón. Con toda sinceridad, parece que nos convertimos oficialmente en hermanos de sangre.

Eric alzó los ojos radiante, pero Katherine apenas se fijó. El sonido de su nombre fue lo que la agarró desprevenida, lo que le hizo sentir temblores en sus piernas, y sus manos menos seguras. Esta era la primera vez que él había dicho su nombre en voz alta y, literalmente, ella tuvo que contener el aliento. Los muros volvían a derrumbarse. Si Coleman la hubiera mirado a los ojos en ese momento, hubiera sabido todo lo que ella era, hubiera entendido todo lo que ella estaba sintiendo.

Pero otra cosa le había captado su atención.

—¡Miren eso!

Katherine se dio vuelta para ver que él apuntaba a un cedro gigantesco.

—¿Qué? —preguntó Eric.

—Eso.

—Solamente un árbol.

—No, más allá. Mira.

Una enorme luna pálida estaba surgiendo por detrás.

—Solo la luna.

—No lo ves. Mírala.

—¿Qué? —repitió Eric.

—¡Mira!

Katherine siguió mirando fijamente junto con ellos y, mientras miraba, comenzó a sentir otra cosa. La manera en que el cedro se estiraba hacia el cielo, sus ramas graciosas e inclinadas con todo el orbe refulgente subiendo por detrás. Ahí había un esplendor silencioso. Una fuerza serena.

—No seas tonto —dijo Eric. Abrió la puerta trasera del automóvil y subió—. Solo es la luna. La ves varias veces al día.

Katherine se dio vuelta lentamente para observar a Coleman que seguía contemplando, hipnotizado. Entonces ella volvió a mirar al árbol. No pudo hallar las palabras, pero empezaba a entender. Había algo en este momento, este detallito de la vida que parecía más grande y más poderoso que todos los planes y logros grandiosos de su propia vida ruidosa y apresurada. Durante el más breve segundo, ella se sintió como una sombra danzando por la superficie de algo mucho más profundo, mucho más eterno de lo que ella pudiera ser. Trató de tragar y halló que tenía la garganta atorada. No tenía nada que ver con el dolor y todo que ver con el gozo. Katherine Lyon estaba feliz. Más feliz de lo que había estado en mucho, pero mucho tiempo.

❄ ❄ ❄

El descenso de la montaña estuvo lleno de más cuentos de indios, chanzas y risas. Les llevó casi una hora llegar a Genodyne, pero pareció minutos. El temblor interior de Katherine iba y venía, pero nunca desapareció. El gozo se empezó a desvanecer cuando entraron al vestíbulo de Genodyne. Primeramente surgió el problema de llevar a Eric a aquel lugar.

—Lo lamento —explicó la recepcionista— no se permiten niños en la zona del laboratorio.

—Pero él es mi amigo —insistió Coleman.

—Lo siento, las reglas son específicas. Él puede ir a las oficinas o a nuestra cafetería, pero no será admitido en los laboratorios. Ningún niño lo es.

—Llame al doctor Murkoski, déjeme hablar con él.

—El doctor Murkoski no está disponible, pero si usted quiere sentarse, estoy segura...

Súbitamente Katherine vio que la expresión de Coleman cambiaba. Era más que preocupación. Era miedo. Ella siguió su mirada a la puerta principal, donde un hombre acababa de entrar al vestíbulo y se acercaba al escritorio. Era bajo, como de cincuenta años, con anteojos de marco metálico y pelo oscuro en proceso de calvicie.

Cuando levantó los ojos, el hombre pareció igualmente sorprendido por la expresión de Coleman.

—Perdóneme, pero ¿nos han presentado?

Coleman hizo lo mejor que pudo para recobrarse.

—No, no lo creo.

Pero el interés del hombre había sido acicateado.

—¿Está seguro?

Coleman movió la cabeza.

El hombre alargó la mano.

—Me llamo Steiner, Harold Steiner.

Coleman le dio la mano.

—William Michaels.

Notando los rasguños del brazo de Coleman y luego los de Eric, Steiner dijo:

—Parece que ustedes dos tuvieron una buena pelea.

—Sí —sonrió Eric—, y las zarzas ganaron.

Las sonrisas duraron una fracción de tiempo más larga de lo necesario antes que Steiner volviera a preguntar:

—¿Está seguro de que no nos presentaron antes?

Coleman meneó la cabeza:

—Estoy seguro. —Entonces, apoyando la mano en el hombro de Eric, puso fin al encuentro rápidamente—. Bueno, si nos disculpa.

—Por cierto.

Coleman asintió y dirigió a Eric hacia la puerta.

—Espera un minuto —protestó Eric—, pensé que íbamos...

—Los planes cambiaron.

—Pero...

—Vamos.

—Pero...

—Los planes cambiaron. —La severidad de la voz de Coleman sorprendió a Eric y permitió que lo dirigieran a la salida.

—Disculpe, señor Michaels —era la recepcionista—. ¿No quiere esperar y ver a...?

—Regresaremos más tarde —dijo Coleman por encima del hombro—. Dígale que se presentó algo, y que volveremos un poco más tarde...

Katherine no se había perdido nada y tuvo el sentido común de hacer el juego. Luego de una inclinación de cabeza de despedida, dirigida a Steiner, ella se dio vuelta y acompañó a Coleman y Eric a la puerta. Pero cuando salía, supo que Steiner seguía observando.

CAPÍTULO 10

O'Brien no había procesado un gel electroforético desde la escuela de postgrado. El proceso seguía siendo esencialmente el mismo, aunque había habido cambios en las sustancias químicas y el instrumental empleado. También era el mismo proceso que Wolff había efectuado setenta y dos horas antes. El mismo por el que había llamado a O'Brien, y el que ahora sospechaba le condujo a su muerte.

Acababan de pasar las diez de la noche, cuando se deslizó calladamente en el laboratorio del tercer piso. Si Wolff había hallado un problema mientras procesaba un gel, eso podía significar que obtuvo diferentes bandas de identificación del ADN, cosa que solamente tenía tres explicaciones posibles. La primera era que Wolff había cometido un error, opción improbable dada la meticulosidad de su atención al detalle. Esto dejaba solamente las otras dos posibilidades. O el gen DIOS había mutado espontáneamente, o alguien lo había modificado intencionalmente.

Había solamente una manera de saber. Verificar por partida doble la huella digital del gen. Hacer otro gel.

El procedimiento era bastante sencillo. Primero, O'Brien sacó del congelador una muestra del gen DIOS. De esa muestra tendría que cortar el segmento específico en que se habían estado enfocando, pero, en lugar de cortarlo con tijeras o cuchillos mecánicos, usaban unos químicos llamados enzimas de restricción. Había cientos de estas enzimas para elegir, pero, en este caso, habían estado empleando *Eco*RI, una prima lejana de la mortal bacteria Escherichia coli que, tiempo atrás, se había encariñado con las cadenas de restaurantes de comida rápida.

Mezclando el ADN con las tijeras químicas y luego incubándolo por una hora en agua a 37 grados centígrados, en un tubo Eppendorf, O'Brien pudo abrir la molécula del ADN y sacar y disecar el segmento preciso del gen DIOS que él quería.

Enseguida derritió una sustancia clara, como jalea, de color azul en el horno a microondas. Vertió este líquido caliente en la caja de 12,7 x 27,9 centímetros del gel electroforético. Insertó cuidadosamente en un extremo del líquido un trozo dentado de plexiglas, muy parecido a un peine de dientes gruesos. Esperó con paciencia mientras el gel se endurecía, luego, sacó el peine, dejando varios hoyitos o pocitos, donde habían estado los dientes.

Era un trabajo tedioso, pero a O'Brien le gustaba mucho. Estar de vuelta en una mesa de laboratorio, trabajando en la línea de fuego, era algo muy lejano del papeleo y la política a que estaba sometido diariamente. Y aunque apreciaba el dinero y el prestigio, una gran parte suya añoraba los buenos tiempos pasados cuando él y Beth estaban recién empezando. Cuando ella pensaba que él era un héroe. Cuando él abría nuevos caminos. El trabajo había sido fuerte, pero por lo menos conllevaba una sensación de logro. En los últimos meses no había tenido la seguridad de *qué* era lo que estaba logrando.

Dio una ojeada al reloj: las 11:15. Hasta ahora no había habido interrupciones, nada de gente insomne a esas horas avanzadas de la noche que pasaban para ver cómo estaba apareándose su grupo particular de bacterias enlazadas por el ADN. Y lo que era más importante, nada de jefe de la división de terapia genética que se apareciera deseando saber en qué pasos andaba él.

Nuevamente O'Brien se reprendió por darle tanto poder a Murkoski. Por supuesto que tenía sus disculpas: tratar de mantener el rumbo de una empresa multimillonaria de biotecnología es algo que crea unas cuantas distracciones. Además, todos le decían que un líder de verdad delega, delega, delega. Bueno, muy bien, él había delegado, y ahora algo estaba mal. Murkoski no solo se había negado a devolver las llamadas o venir a la oficina, sino que también estaban extrañamente inaccesibles los contactos del gobierno que él sabía estaban metidos en el proyecto. Sí, indudablemente, algo estaba muy mal.

Mientras O'Brien seguía trabajando, permitiendo que sus pensamientos se fueran a la deriva, el silencio del laboratorio empezó a hacerle jugarretas. Cada vez que se encendía el aire acondicionado o que los refrigeradores se activaban, él se sentía seguro de que alguien había entrado al laboratorio. No era que no disfrutara volver a sus raíces en el laboratorio, sino que, sencillamente, lo hubiera disfrutado más si no hubiera sospechado que su vida peligraba.

¿Se estaba poniendo paranoico? Probablemente, pero se había desconectado tanto del proyecto y Murkoski tenía un ego tan furibundo, quién sabe *en qué cosa* andaba metido el muchacho.

Su mente derivó a sus hijas y a Beth. Cuánto las echaba de menos, pero, hasta que este lío se aclarara, no les vendría mal quedarse en México. Al menos, allá estarían a salvo.

Fue hasta el pequeño transformador de corriente directa y adosó los cables a la caja de gel. El cable negro a la terminal negra de la izquierda, el cable rojo a la terminal roja de la derecha. Hacer un gel era un procedimiento bastante simple. Como cada gen tiene un tamaño diferente, y se mueve a través del gel a su propia velocidad, él pondría el ADN en los pocitos que había hecho y pasaría 100 voltios de corriente directa por ellos de una punta a la otra de la caja del gel. Entonces, después de un tiempo prescrito, podría ver cuán lejos había llegado cada segmento de gen a lo largo de la corriente mientras se abría paso por el gel. Donde los segmentos se detuvieran y se congregaran, se crearía una banda. Y era el patrón de esas bandas lo que daba el largo y la identificación precisas del gen que estaban examinando. Él sabría si hubiera la menor discrepancia de las bandas de la partida que ahora procesaba, con las marcas que habían fijado en su identificación y exámenes anteriores del gen DIOS.

Tomó una pequeña probeta de tampón electroforético y la vertió sobre el gel endurecido. Esto era para asegurar el contacto eléctrico de las dos terminales de cada punta de la caja. Mientras lo vertía no pudo dejar de notar que la probeta temblaba en sus manos.

Luego mezcló una tintura fluorescente llamada bromuro de etidio con el ADN. Esto le permitiría ver claramente el patrón de las bandas cuando se miraran a la luz ultravioleta.

Ahora venía lo difícil. Tomó una pipeta electrónica, un aparato para medir del tamaño de un pequeño tubo para medir. Lo ajustó a diez microlitros y, con mano temblorosa, succionó algo del ADN y lo puso en los pocitos que había hecho. Daba vergüenza ver cuánto temblaba su mano, pero le servía de claro recordatorio de lo nervioso que realmente estaba. Necesitó toda su concentración y fuerza de voluntad para poner solo gotas del ADN en los diminutos pozos.

Entonces lo oyó. El zumbido del ascensor. Estaba solo a dos puertas del ascensor y la puerta del laboratorio estaba abierta de par en par. Se heló y escuchó.

El ascensor se paró. Alguien lo había hecho bajar al vestíbulo.

Un momento después empezó a subir de nuevo. Trató de imaginarse el movimiento del eje del ascensor, adivinando el tiempo que le tomaría pasar cada piso. Había pasado el segundo y se dirigía hacia el tercero. Con suerte seguiría de largo al cuarto o hasta el...

El ascensor se detuvo. Estaba en el tercer piso. Su piso. No pudo oír que las puertas se abrían, pero supo que alguien salía. Miró la puerta del laboratorio, enojado consigo mismo por dejarla abierta. Rápidamente miró la zona de bancos frente a él. Sería imposible disimular lo que estaba haciendo. Cualquiera que mirara sabría que él estaba procesando un gel. Se puso tenso, tratando de oír los pasos pero el aire acondicionado hacía imposible oír.

Se fue a la derecha, detrás del armario, justo fuera de la vista. Habiendo ocho laboratorios más en el piso, era improbable que quien hubiera subido en el ascensor estuviera dirigiéndose a este.

A menos, naturalmente, que vinieran en su busca.

Vio el breve destello de una sombra en el suelo embaldosado, cuando una forma pasó la puerta y siguió por el pasillo. Cerró los ojos y dejó escapar un suspiro quedo. Entonces escuchó:

—¿Hola? ¿Hay alguien aquí?

Aliviado de que fuera la voz de una mujer y no la de Murkoski, O'Brien se puso a la vista.

Ella era bella. A la mitad de los veinte años, largo pelo oscuro, ojos verdes como el jade. Tenían una figura delgada, pero sensual y no parecía tímida para mostrarlo con la ayuda de una corta blusa tejida y una falda corta. Le recordaba de alguna manera a la Beth de sus años más mozos. Antes de las niñas. Cuando estaban enamorados sin remedio. Cuando ella todavía lo admiraba.

—Oh, doctor O'Brien. Vi la puerta abierta y me preguntaba... —se detuvo al ver la caja del gel y las probetas frente a él.

Él le lanzó una sonrisa infantil de incomodidad.

—Sólo cepillando mi técnica de laboratorio —mintió—. Realmente echo de menos enrollarme las mangas y ponerme manos a la obra.

—Entiendo —sonrió ella.

¿Era su imaginación o ella estaba coqueteando? El pensamiento lo emocionó a la vez que activó unas diminutas alarmas.

Se aclaró la garganta:

—Lo siento, no recuerdo su nombre. ¿Usted es nueva?

Ella se acercó a él, extendiendo la mano, sin quitarle los ojos de encima.

—Sí, me llamo Youngren. Tisha Youngren. Se dieron la mano. La de ella era tibia y firme.

—Philip O'Brien.

—Lo sé.

Él sonrió.

—Sí, supongo que sí.

Ella se quedó inmóvil un momento. Parecía captar el efecto que tenía en él y, claramente, lo disfrutaba.

—Bueno, ah... —hizo gestos al mostrador, indicando su trabajo.

—Por supuesto —dijo ella—. Yo tengo mucho que hacer. Doctor O'Brien, fue un placer conocerlo por fin.

—Gracias. Para mí también.

Ahí estaba de nuevo esa sonrisa. Ella se dio vuelta y fue hacia la puerta. O'Brien no pudo dejar de mirar fijamente. Cuando ella llegó a la puerta, se dio vuelta por última vez.

—Oh, doctor O'Brien, ¿la próxima vez que usted procese un gel?

—¿Sí?

—Realmente debiera ponerse guantes.

—¿Por qué?

—El bromuro de etidio que está usando ahí —ella apuntó una probeta sobre el mostrador— es un carcinógeno.

—Oh, correcto —O'Brien se miró las manos esperando no haber derramado nada—. Ha pasado un poco...

Ella sonrió por última vez.

—Se nota. —Entonces, sin una palabra, se dio vuelta y desapareció por la puerta.

O'Brien se relajó volviendo a pensar cuánto se parecía la mujer a la Beth de años mozos. Tan atractiva. Tan joven y viva. Con el pensamiento llegó la culpa. ¿Qué se creía que hacía? Él no tenía por qué coquetear con nadie, mucho menos con una empleada por más hermosa que fuera.

Aún así, no estando Beth...

Enojado sacó el pensamiento de su mente y fue a la caja del gel. Pasaría otra hora para que las bandas migraran y establecieran sus patrones.

❄ ❄ ❄

—¿Seguro que no lo convenzo de tomarse un trago de vino? —preguntó Katherine mientras iba a la mesa de la cocina y se servía otra copa.

—Gracias, pero no —dijo Coleman.

—Vamos —bromeo ella—, se rumorea que hasta su antepasado genético empinó el codo un poco.

Coleman sonrió y meneó la cabeza.

Al llevarse a los labios la tercera copa, ella pudo ver la preocupación en los ojos de él, pero al mismo tiempo supo que él no la juzgaba. Él nunca la juzgaba.

El día había sido demasiado perfecto para terminar y le había preguntado si él quería comer con ella y Eric. Nada especial, solamente unas sobras de pollo recalentadas en el microondas, un poco de ensalada y cualquier cosa más que ella pudiera sacar del armario. Cocinar nunca había sido su especialidad.

Coleman había aceptado agradecido y la cena había sido tan agradable como el día. Ahora era tarde, pero Katherine aún no quería terminarlo. Mientras más tiempo pasaba con este hombre, más tiempo quería, y más fuerte se volvía el temblor dentro de ella. Este hombre parecía hacer que todo dentro de ella volviera a vivir, ya fuera de su hijo, su vida y hasta de su olvidada fe, de lo que hablaran. Y ahora todo lo que ella deseaba era hacer lo mismo. Tocar una parte de él, donde nadie más hubiera estado, una parte profunda, una parte que ella pudiera decir que le pertenecía.

Había mandado a acostarse a Eric (lo que, probablemente, significaba luces apagadas, pero computadora encendida) y se había pasado la última hora y media en una profunda conversación con Coleman. Habían hablado de las cosas que les gustaban, de las que no les gustaban, de las que más los enfadaban, de sus miedos, sus lados flacos. Quizás era el vino, quizás era Coleman, quizás era todo, pero había pasado tanto tiempo desde que ella había podido hablar con tanta franqueza y tanta profundidad.

Aún quedaban los secretos. La mayoría de él.

—No hay forma que usted me diga quién era ese hombre, ¿verdad? —dijo ella, acercándose al sofá y sentándose al lado de él.

Coleman meneó la cabeza.

—Alguien de otra vida.

—Más como un fantasma por la expresión de su cara.

Coleman asintió y se sobó la parte de arriba del hombro.

—¿Se siente bien?

—Sí. Solo que es el pequeño recordatorio de Murkoski, que me dice que debiera haber entrado para mi control periódico.

—¿Esa cosa de la correa química?

Coleman trató de sonreír.

—Tener diez veces la gripe, creo que así lo dijo. Cuando me devuelva la llamada, tengo que fijar otro lugar para los controles.

—¿Por qué?

—Ese hombre que vimos hoy. Él pudiera resultar una amenaza real para el experimento.

—Pero usted no me dice por qué.

—Katherine, es el pasado.

Ahí estaba de nuevo, su nombre. Y cada vez que lo oía, le costaba un poquito más recuperarse.

—¿Y no hay forma en que usted me cuente su pasado?

Él meneó la cabeza.

—Esa parte mía está muerta, ese hombre ya no vive.

Nuevamente Katherine sintió una mezcla de calor, debilidad y como estar flotando en el aire.

—Usted es una persona con muchos misterios, William Michaels o cual sea su nombre.

Él sonrió y, entonces, amablemente, le tiró la pelota a la cancha de ella:

—¿Y usted? Me parece que usted tiene su cuota de misterios.

—Pero se supone que las mujeres seamos misteriosas. Nos hace más seductoras. La frase le salió con más sexo de lo que ella había pretendió, pero eso estaba bien.

Él miró la alfombra, casi avergonzado, cosa que lo hacía aún más atractivo. Ella cambió de tema.

—¿Qué hay de su niñez? —preguntó—. Usted dijo que creció en Nebraska.

—Tecumseh.

—Así llamado por un jefe indio.

—Correcto. Población: 1.702. No hay mucho que decir en realidad. Éramos terriblemente pobres, vivíamos en un pequeño remolque —se encogió de hombros—. Pero nos arreglábamos.

—¿Su familia? ¿Hermanos, hermanas?

—Tuve un padre que me pegaba, un hermano que se drogaba con sobredosis de heroína y una madre que se mataba tratando de mantenernos íntegros a todos.

El corazón de Katherine se hinchó con simpatía.

—Lo siento.

Él asintió.

—Por eso es que... —ella buscó la frase—, quiero decir, por eso estuvo en la cárcel un tiempo, ¿correcto?

—Ese hombre está muerto. Era muy malo, muy violento, y ahora se fue totalmente.

—Y usted es una criatura nueva absolutamente, recién nacida.

Coleman se encogió de hombros, luego asintió:

—Supongo que así es.

Por cierta razón, otro versículo bíblico se le vino a la mente. Katherine lo había oído docenas de veces cuando era niña, pero se le había olvidado hacía mucho tiempo. Hasta ahora. ¿Qué tenía este hombre que revolvía tantas cosas dentro de ella?

Él vio su expresión y preguntó:

—¿Qué?

Ella movió la cabeza.

—No, dígame.

Ella lo miró, luego respiró y citó:

—"De modo que si alguno está en Cristo, nueva criatura es; las cosas viejas pasaron; he aquí, son hechas nuevas".

Coleman miró sorprendido.

—¿Eso es de...? —hizo gestos a la mesa de café donde estaba la Biblia que ella le había dado.

—Sí, está ahí. Aunque supongo que tiene que ver con la fe de la persona, más que con su estructura del ADN, ¿no le parece?

Coleman asintió, aunque era evidente que aún estaba rumiando el concepto. Ambos se quedaron callados pensando. Finalmente él se volvió a ella:

—Sé que prometí no preguntar pero...

Ella lo miró.

—¿Y usted? —él sostuvo la mirada de ella, mirando tan profundamente que ella tuvo que luchar contra un estremecimiento—. Me da la sensación de que usted ha sufrido mucho.

Una debilidad se desparramó por todo el cuerpo de ella, más aun así, no quiso desviar la vista. Trató de tragar, pero tenía la boca seca. Tomó otro sorbo de vino. Él esperó en silencio con sus ojos llenos de compasión.

Finalmente ella empezó. Primero el relato salió como cosa sin mayor importancia. Su infancia protegida, su papá predicador, su mamá esposa de predicador, el Instituto Bíblico. Conocer al hombre de sus sueños, la boda cuando terminaron los estudios. La pareja perfecta, que al año adoraba a su perfecto recién nacido.

Y entonces las tragedias. Angustia y penas que nadie de veintitrés años debiera verse jamás forzado a sufrir.

Gary baleado. Su fuerza simulada. Los días de oraciones incesantes y la evidente inutilidad de ellas. El sofocante amor y las fórmulas espirituales de los familiares y la iglesia. Su descubrimiento del alcohol y la capacidad de este para adormecer el dolor. Los excesos. La fama de mala mujer. El amor persistente de su padre a pesar de las malas lenguas.

Pero Katherine no pudo seguir. En alguna parte, muy por dentro, empezaron los estremecimientos. Sollozos profundos desde dentro que le hicieron imposible hablar. Trató de detenerlos, pero no pudo. No había llorado así desde la muerte de su padre. Un momento después sintió los brazos de él rodeándole los hombros. Un abrazo amable, un intento de consolar. Ella se dio vuelta y enterró su cara en su pecho. Y para asombro de ella, sintió que el cuerpo de él se estremecía. Él también lloraba, compartiendo su dolor. Y si él compartía con ella cosas tan profundas, ¿era posible que pudiera compartir asimismo otros sentimientos?

Durante días ella había buscado una señal, casi inconscientemente, pero él siempre era tan atento, tan tierno que era imposible saber cómo sentía tocante a ella. Ella alzó los ojos entre sus lágrimas. La humedad rodaba por las mejillas de él. Era tan conmovedor, tan emocionante que, antes de darse cuenta, ella había levantado su cabeza hacia la boca de él. Él bajó la suya. Los labios de ambos se encontraron. El beso fue delicado, tierno, con la sal de las lágrimas del varón mezcladas con las de ella. La pasión aumentó. Ella pudo sentir que él temblaba y luchaba por dominarse. Y fue en ese momento que ella supo que él era confiable, que ella podía darse plenamente a él sin reservas y sin temor a ser herida. Él había tocado lo más interior de su ser, su alma y ella había tocado la de él.

El abrazo de ellos aumentó, pero cuando el beso llegó a su cumbre de pasión, ella lo sintió vacilar. Ella lo besó con más fuerza, animándolo, pero en lugar de obedecer, él empezó a alejarse.

—Está bien —murmuró ella, presionando—, está bien...

—No —susurró él.

Ella abrió los ojos. Él se soltó suavemente y la miró, escrutando:

—Lo siento —susurró roncamente—, es que no está bien.

Ella se acercó de nuevo, cerrando los ojos, buscando la boca de él. —Por supuesto que lo es.

—Katherine.

Ella lo volvió a mirar. La hondura de su mirada era enervante.

—Esto no es correcto. No ahora. No para ti.

Ella frunció el ceño. ¿Quién era él para decirle lo que era bueno y malo?

—Lo siento —él meneó su cabeza.

Ella se retiró, tratando de entender. El dolor y el rechazo la inundaron.

—Sí, claro —dijo tratando de recuperar su dignidad—, por supuesto —pero la rabia y la humillación siguieron vertiéndose en ella. Ya podía sentir que se cerraba, que se aislaba—. No sé lo que estaba pensando —retrocedió y se sentó en el sofá, arreglándose la ropa.

—Katherine...

—Después de todo, ahora usted es, en parte, Dios, ¿cierto? Quiero decir, qué pasaría si...

—No es eso —él buscaba las palabras.

Ella tomó su copa de la mesita de café y se paró tambaleándose.

—No, tiene razón. Además, es tarde y ambos tenemos que trabajar en la mañana.

—Katherine —él se levantó yendo hacia ella.

Ella levantó una mano haciéndolo detenerse.

—Dije que usted tiene toda la razón, esto no es lo que yo quiero. No sé que estaba pensando.

—Yo no quise...

—Escuche, quizá usted debiera irse, ¿de acuerdo?

Él la miró por un largo momento. Ella sostuvo su mirada, rehusando rendirse. No le importaba lo que ahora él viera dentro. Si era su rabia, estupendo. Su humillación, ¿y qué?

Finalmente él asintió. Se dio vuelta y cruzó la sala para ponerse el abrigo.

—No quise...

—No es su culpa —dijo ella—. Yo no sé que me pasó —quiso decir algo más, pero el enojo y la vergüenza le impidieron continuar.

—Katherine, gracias por la cena. Pasé un día estupendo.

—Claro, estupendo.

—¿Le dirá a Eric...

—Dígaselo usted mismo —interrumpió ella—. Él está levantado todavía, trabajando en su computadora.

—¿Está bien con usted?

—Acabo de decirlo, ¿no? —ella se dio vuelta a él—. Él merece por lo menos eso, ¿no le parece: que al menos le diga buenas noches. Por lo menos él merece eso —no estaba segura de lo que quería decir, pero sospechaba que él lo sabía de alguna manera.

Por último, él asintió y pasó por el lado de ella hacia el pasillo.

Katherine se paró, aún sintiendo un dolor punzante. Entonces, viendo los platos de la cena apilados para ser limpiados, fue hasta ahí, agradecida de encontrar algo que hacer.

❄ ❄ ❄

Un O'Brien agotado salió del edificio de los laboratorios de investigación de Genodyne Inc., hacia el estacionamiento. El aire nocturno le ayudó un poco a aclararse la cabeza pero no lo suficiente. Se sentía aliviado a la vez que perplejo. Las bandas del gel habían resultado ser exactamente las mismas del gen DIOS. No había mutado, no había sido cambiado. Era el patrón idéntico que Murkoski, Wolff y el equipo llevaban meses usando. Entonces, ¿cuál era el problema? ¿Por qué Wolff lo había llamado a la casa? Más importante era ¿por qué había muerto?

Y estaba el otro pensamiento: los ratones. ¿Qué había pasado con aquel ratón, luego a toda la comunidad de seis? Y ¿por qué solamente a ellos y no a los otros? ¿Y qué relación tendría eso con los gel y el destino de Wolff?

O'Brien estaba tan absorto en sus pensamientos que apenas se dio cuenta que había llegado a su BMW. Prácticamente estaba dentro del automóvil antes de oír los gritos de la joven.

—¡Discúlpeme! ¡Discúlpeme! ¿Doctor O'Brien?

Él se dio vuelta para ver que se acercaba Tisha Youngren. Ella se veía tan bien bajo el resplandor de los vapores de mercurio, como en el laboratorio.

—Señorita Youngren ¿todo bien?

—Sí —dijo ella llegando casi sin aliento—. Dejé mis llaves dentro del automóvil.

—Ah...

—Vaya, me siento tan tonta —ella se sonrió como una niña indefensa.

—Eso sucede en las mejores familias.

—Supongo que sí.

Él sacó su celular.

—Déjeme llamar a Seguridad. Ellos tienen una de esas cosas metálicas planas para abrir cerraduras.

—Oh, no los moleste.

O'Brien alzó la vista.

Ella metió las manos en los bolsillos de su abrigo y sostuvo atrevidamente la mirada de él.

—Tengo un juego extra en mi casa. Vivo justo a kilómetro y medio de aquí, en Punta Ahumada. Como le queda de paso, pensé que quizá usted pudiera llevarme hasta ahí.

Él la miró:

—En realidad, probablemente sea mejor llamar a Seguridad. Quiero decir, ellos tienen esa cosa de metal y todo.

—¿Mejor para quién? —ahí estaba esa sonrisa de nuevo.

Él la miró fijamente, sintiendo que su cara se ruborizaba levemente.

Ella inclinó la cabeza esperando la respuesta de él.

Él olvidó la pregunta por el segundo más breve. Ella era tan joven, tan amorosa, y se estaba haciendo muy evidente lo que ella tenía en mente.

—Escuche, señorita... Youngren.

—Tisha —dijo ella, con su sonrisa que se volvía más pícara.

—Sí, claro, Tisha...

—Solo serían unos pocos minutos —ella dio un paso tentativo hacia él. Ahora estaban a menos de un metro de distancia, por sobre sus cabezas subían plumillas blancas de sus alientos—. Y si usted quiere, yo puedo prepararle algo para comer lo que necesite. Quiero decir, como usted está solo y todo eso y como es tan tarde.

Más colores se le subieron a la cara a O'Brien. Una corriente indefinible de excitación se desparramó en su pecho. Había pasado mucho tiempo desde que una mujer tan hermosa había demostrado tanto interés. Oh, sí, hubo coqueteos esporádicos, pero nada como esto. Esta niña parecía verdaderamente impresionada con él. Esta chica parecía tan receptiva, al contrario de Beth que se ponía más criticona con el pasar del tiempo. Nada de desprecios, nada de recordar los pies de barro. Justamente una niña linda, la mitad de su edad, que parecía admirarlo realmente.

Se preguntó cómo supo que él estaba solo y luego se dio cuenta de que ella era miembro de otra generación, una generación inteligente, que sabía cómo obtener lo que querían. Él se sentía halagado a la vez que cauteloso, pero, ¿por qué la cautela? Otros ejecutivos hacían esto todo el tiempo, ¿no? ¿No era esto uno de los beneficios del poder? La tensión, la preocupación, la ansiedad. ¿Esas cosas no requerían ventajas especiales? ¿Esto no correspondía al territorio ganado? Nadie apreciaba la presión a la que estaban sometidos los hombres como él, por cierto no sus esposas. Y esta niña parecía tan dispuesta. Cuántas veces él había sido fiel en los hoteles, las convenciones, las reuniones internacionales, con nadie allí que le palmeara la espalda por su integridad. Y él estaba tan tenso, y ella era tan amorosa y en casa no había nadie esperando.

Él dio un paso hacia ella. Las plumillas de sus alientos se mezclaron. Ella se acercó y le tocó la solapa de su abrigo.

—No se decepcionará.

Él se alegró de oír que la voz de ella tenía una huella de nerviosismo. Esto no era algo que ella hiciera todos los días. Ella estaba jugándose el todo por el todo, arriesgándose, y todo por él. Nuevamente le impactaron los ojos profundamente verdes como jade. Tan invitadores. Y él estaba tan solo. Él levantó sus manos y las puso encima de las de ella. Ella se acercó más. Nadie sabría. Y ella era tan joven y tan bonita y lo admiraba y en casa no había nadie esperando.

Ella se puso de puntillas y se besaron. La pasión se intensificó, llena de hambre, un saboreo de lo que pudiera tener la noche. Él la acercó atrayéndola más a él. Ella se rindió y, al mismo tiempo, lo empujó como si tratara de hacerlo girar. Él estaba demasiado absorto en el momento para darse cuenta. Ella lo empujó con más fuerza hasta que él tropezó, moviendo sus pies, y se dio vuelta un poco. Entonces fue que abrió los ojos y la vio.

A la distancia directamente adelante. Una furgoneta.

Tisha tiró del abrigo del él, apretándose contra él. O'Brien cerró los ojos, tratando de volver a perderse, pero la imagen de la furgoneta no se esfumaba. Volvió a abrir los ojos. Esta vez vio movimientos dentro de la furgoneta, perfilados por una de las luces del estacionamiento. Alguien estaba detrás del volante, vigilando.

Percibiendo su distracción los besos de Tisha se hicieron más exigentes. Él trató de apartarla, pero ella se aferró a él. Por último, prevaleció la insistencia de él y ellos se separaron.

—¿Qué pasa? —preguntó ella, casi sin aliento.

Él le hizo gestos hacia detrás de ella, y se dio vuelta para mirar.

Súbitamente el motor de la furgoneta arrancó y las luces restallaron. Tisha se tapó los ojos por el resplandor.

—Qué...

Las ruedas de la furgoneta giraron, disparando grava mientras se lanzaba hacia delante. Estaba dirigiéndose rectamente a ellos.

Con los recuerdos de Wolff frescos en su mente, O'Brien sospechó lo peor. Quizá Murkoski estaba pensando en otra forma de silenciar sus preguntas.

Miró alrededor. Podían correr hacia el edificio, pero estaba demasiado lejos y la furgoneta cobraba velocidad.

—Métase detrás del automóvil —ordenó.

—¿Qué?

—¡El automóvil! ¡Métase detrás del automóvil!

Ella empezó a retroceder alejándose de él.

—¡Tisha!

La furgoneta rugía más cerca.

—¡Métase detrás del automóvil!

Ella se dio vuelta y se echó a correr.

—¡Tisha!

La furgoneta aceleró. Estaba a menos de cuarenta metros de distancia, cuando viró a la dereha y O'Brien se dio cuenta de la asquerosa verdad: no venía hacia él; ¡se dirigía hacia ella!

—¡No, Tisha! —empezó a correr hacia ella.

La furgoneta se acercaba. Quince metros de la chica. Diez.

Mantenía a Tisha en el centro de sus luces delanteras.

O'Brien estaba corriendo ahora, moviendo sus piernas todo lo más que podía.

—¡Tisha!

Ella lanzó una mirada asustada por encima del hombro. El vehículo estaba encima.

Tres metros.

—¡Tisha

La adrenalina corrió por su cuerpo. Él volaba, pero estaba demasiado atrasado. La furgoneta la golpearía mucho antes que él llegara.

Tres metros. Metro y medio.

Entonces, justo cuando iba a golpear, súbitamente la furgoneta giró a la izquierda. La puerta del pasajero se abrió de par en par y la furgoneta desaceleró para emparejar su velocidad con la de la mujer. Ahora ella iba corriendo paralela al vehículo, directamente al lado. Para asombro de O'Brien, ella se dio vuelta y saltó dentro, rodando en la oscuridad del vehículo abierto.

La furgoneta aceleró y rugió en pos de la salida.

O'Brien disminuyó su carrera hasta detenerse y miró como pasaba el vehículo por la reja de seguridad, estrellándose contra ella, daba una vuelta brusca patinando y se iba a toda velocidad por el camino de circunvalación. Se dobló y puso sus manos en las rodillas, jadeando para respirar, con las plumillas del vapor blanco que se elevaban por encima de él.

Y ahí, solo, acuclillado en el estacionamiento, Philip O'Brien se dio cuenta de que Murkoski no tenía que recurrir al asesinato. Sabía hallar otras maneras de asegurarse la cooperación de la gente.

❄ ❄ ❄

Coleman fue por el pasillo al cuarto de Eric. Se sentía terrible. Había humillado y traicionado a Katherine. Y él no tenía idea de cómo arreglar esto. Quizá no podría. Ese pensamiento le apesadumbró más aún el corazón, mientras golpeaba en la puerta de Eric.

—¿Quién es? —preguntó Eric—. Estoy dormido.

—Soy yo, ¿puedo entrar?

—Sí.

Coleman abrió la puerta y vio al chico de ocho años de edad sentado en su escritorio, en la oscuridad, con su cara bañada por el resplandor azul verdoso de la pantalla de la computadora.

—Hola, Eric.

El niño no alzó los ojos, sino que continuó trabajando con el teclado y el ratón.

—¿No vas a dormir con ella? —preguntó.

Coleman se le acercó.

—¿Cómo sabe alguien de tu edad de esas cosas?

El niño se encogió de hombros:

—Tenemos cable.

—¿Qué estás haciendo?

—¿Ese tipo de hoy, en el laboratorio?

—Sí.

—¿Dijo que su nombre era Steiner?

—Algo como eso.

Eric hizo dos clics con el ratón de la computadora y una fotografía empezó a formarse lentamente desde la parte de arriba del monitor hacia abajo.

—Va a tardar un poquito puesto que mi equipo es como de la Edad Media... Pero ahí está este tipo de la Internet, un verdadero tarado. A mamá no le gusta que yo lea nada de lo que él escribe.

—Entonces, por supuesto, tú lees.

—Todo el tiempo. He estado guardando sus cosas para siempre en mi archivo general.

Las líneas en formación ya revelaban un pelo oscuro cortado muy corto y una frente. Ahora estaban definiendo el puente ligeramente torcido de una nariz.

—Su nombre también es Steiner. De todos modos siempre está escribiendo estas cartas raras y mandando estas fotografías diciéndonos que no olvidemos al hombre que asesinó a su hija.

La voz de Eric se fue debilitando, al mirar Coleman el monitor. Un nudo se retorcía en su estómago, mientras contemplaba la aparición de los ojos.

—Y Steiner —se oyó a Coleman preguntar—, ¿manda esto a todos los de la red?

Se estaba formando el resto de la nariz.

—No, solamente a unos cuantos.

—¿Eric, por qué a ti? —Ahora su voz era débil e inestable—. ¿Por qué te manda todo eso a ti?

La boca apareció lentamente, seguida por la barbilla. Luego, dos palabras en letra de imprenta empezaron a formarse en la parte de abajo de la pantalla.

—Eso es sencillo —respondió Eric, proveniendo su voz de otro mundo.

—¿Por qué, Eric?

—Porque el hombre que mató a su hija, mató a mi papá.

La fotografía de Michael Coleman, el asesino ejecutado, estaba ahora completa. Y directamente debajo, había dos palabras con grandes letras de imprenta:

NUNCA OLVIDE

CAPÍTULO 11

Coleman cerró la puerta de Eric y, de alguna manera, logró salir al vestíbulo. Las paredes se borraban pues miraba fijamente la gastada alfombra que pasaba bajo sus pies. Él era el único responsable de las luchas y el dolor de ellos. Él era el responsable.

Pasó por la cocina y oyó que Katherine limpiaba los platos de la comida. Estaba a menos de tres metros de distancia, pero él no miró ni habló. Tenía que salir de allí.

Llegó a la puerta principal y la abrió. La manilla estaba manchada, suelta y, como todo lo demás de este departamento empobrecido, lista para desarmarse. Y él era la razón de que ellos estuvieran allí.

Todo hubiera sido diferente. Katherine estaría de vuelta en Council Bluffs, en una casa de verdad. Sería una persona diferente, llena de la ternura e inocencia que él había podido captar en su interior. Estaría en su cocina cargando el lavaplatos automático, preparándose para sentarse en el sofá junto a su marido para mirar la televisión o, quizá, para hablar de sus sueños, sus hijos, cómo pagar la nueva minifurgoneta.

Pero, gracias a él, ella no tenía futuro. Gracias a él, no tenía vida.

Cerró la puerta, se encaminó por el pasillo y tomó el ascensor a la entrada.

Había salido y se dirigía a la puerta principal cuando, a menos de medio metro de su cabeza oyó el clic claro del gatillo de un revólver que era amartillado. Se heló. Si hubiera estado más alerta, hubiera visto la sombra que se le había acercado por atrás.

—Buenas noches, señor Coleman.

No tuvo que volverse para saber que era Steiner el que sostenía el revólver. La voz tembló, tratando de controlar su miedo y su furor. Por primera vez en meses, Coleman sintió un poco de rabia. ¿No sabía ese tonto con cuánta facilidad le podía quitar el revólver de las manos, cómo podía quebrarle los dedos o, con la misma facilidad, romperle el cuello? La idea sobresaltó a Coleman casi tanto como la presencia de Steiner.

—No sé que pasó o que está sucediendo —decía la voz— pero creo que es hora que nosotros dos tengamos una larga conversación.

Coleman asintió, con su enojo convirtiéndose en empatía por el miedo y la confusión del hombre.

—Tiene razón, hay mucho sobre lo que tenemos que hablar.

Pudo percibir que Steiner dudaba un momento, inseguro de qué hacer. Aprovechó la oportunidad para darse vuelta lentamente y enfrentarlo. Steiner pestañeaba con rapidez mientras el revólver, que temblaba ligeramente en sus manos, seguía apuntado a la cara de Coleman.

Coleman mantuvo la vista fija en los ojos del hombre y habló suave y tranquilamente.

—Sería mejor para ambos si usted retrocediera un par de pasos y aflojara un poco su dedo en el gatillo.

Steiner apretó más, afirmándose y negándose a ceder.

—De esa manera no se le disparará accidentalmente en su mano, pero si yo tratara de tirarme encima de usted, aún tendría tiempo para disparar.

Steiner siguió inmóvil.

Coleman entendió. El hombre estaba tan asustado y emocionado que apenas podía oír lo que él decía, mucho menos hacer algo al respecto.

—¿Quiere que yo vaya con usted a alguna parte? —preguntó Coleman—. ¿Es eso lo que tiene en mente?

Steiner pareció perdido por un segundo. Luego, reuniendo toda su concentración, contestó:

—Sí, eso es exactamente lo que quiero.

Coleman seguía mirándole fijámente. El hombre estaba completamente fuera de su ambiente, funcionando por puro miedo y odio. Eso era todo lo que le impulsaba, empujándolo a hacer cosas que no querría o no podría hacer normalmente. Pero esa mezcla era una combinación peligrosa y Coleman tenía que intentar mantenerlo tranquilo.

—¿Dónde le gustaría ir?

—Afuera —Steiner le acercó más a la cara el revólver. Coleman asintió, luego se dio vuelta y se movió por el desierto vestíbulo. Steiner lo seguía directamente detrás y a la derecha, sin dejar que el revólver se desviara más que unos pocos centímetros de la nuca de Coleman.

Pasaron por los buzones de la pared y llegaron a la puerta de vidrio. Coleman empezó a abrirla cuando Steiner mandó repentinamente:

—¡Alto!

Coleman obedeció.

Steiner hizo gestos hacia el otro lado de la calle, a dos hombres que estaban sentados en un automóvil Audi, color gris, tomando café. Steiner dijo groserías.

—Me han estado siguiendo desde que salí de Genodyne.

Tomó a Coleman por el saco y tiró de él fuera de la vista de ambos, antes que los divisaran.

—Parece que nos quedaremos un rato aquí —dijo—. Vamos a visitar a esa señora amiga suya.

Las palabras sonaban ásperas, pero Coleman sabía que el hombre estaba aterrorizado. Se dio vuelta diciendo:

—Escuche, no creo...

Steiner lo empujó hacia delante y él retrocedió varios pasos:

—¡Muévase!

Coleman no podía desarmarlo ahora aunque quisiera. Él estaba demasiado lejos. El hombre aprendía rápidamente.

Reacio, Coleman obedeció.

❄ ❄ ❄

—¿Aló?

—Hola, Connie, soy el doctor O'Brien.

—¿Doctor O'Brien? —la voz se oyó más clara.

—Lamento llamar tan tarde.

—No, está bien. Yo, este... —Hubo una pausa. O'Brien podía imaginarse que ella prendía la luz, tratando de sacar la somnolencia de su mente—. En realidad, no pude dormir mucho.

—Entiendo. Wolff era un buen hombre. Todos lo echaremos de menos.

Era el turno de O'Brien para hacer una pausa. Tocó el borde de goma de lo que había sido el escritorio de Wolff. Miró el mural de corcho vacío, los estantes vaciados. Después del incidente en el estacionamiento, él sabía que no iba a dormir, así que había vuelto. Ahora estaba en la oficina de Wolff.

—Escuche —se aclaró la garganta—. Las cosas personales de Wolff, sus apuntes y cosas por el estilo...

—Sí, todas están aquí. No pudieron encontrar a ningún pariente, así que pensaron que yo soy como el más cercano.

O'Brien había supuesto eso. Desde el paseo campestre de la empresa del año pasado, había quedado claro que él y Connie estaban teniendo relaciones, aunque Wolff pretendía ser un tipo libre. La política de la compañía fruncía el ceño a esas relaciones, pero ¿qué se le iba a hacer? Era amor. Además ella estaba en contabilidad, justamente en el otro extremo.

—¿Le entregaron su libreta del laboratorio? —preguntó.

—Sí, está aquí, sobre el tocador.

—Connie, yo sé que soy muy inoportuno, pero no llamaría si no fuera importante.

—¿Hay algo que usted quiera de todo esto?

O'Brien suspiró con alivio. Ella le facilitaba las cosas más de lo que había esperado.

—Sí. Sus últimas notas.

Él oyó que ella se movía, que se levantaba.

—Espere. Aquí tiene —las páginas pasaban—. Esto es raro.

—¿Qué es lo raro?

—La última página. Él arrancó la última página.

—¿Está segura?

—Sí. Parece que estaba apurado.

—¿Cómo sabe?

—No es su estilo acostumbrado de orden. Fue arrancada a la antigua. En efecto... Oh, eso lo explica.

—¿Explica qué?

—Aquí está.

—¿Aquí está qué? Connie, ¿qué está haciendo?

—Encontraron un papel metido en el bolsillo de sus pantalones.

—¿Y?

—Bueno, lo tengo aquí mismo, y parece que es la hoja que arrancó de la libreta. ¿Por qué haría eso?

El corazón de O'brien empezó a galopar.

—Connie, ¿qué dice? ¿qué escribió ahí?

—Nada. Está completamente en blanco. No hay nada, bueno, salvo aquí arriba.

—Connie, ¿qué dice?

—Sólo un nombre seguido por un número romano.

—¿Un nombre?

—Sí. *Hind. HindIII.*

O'Brien dejó de respirar. *Hind*III era otra enzima de restricción, otra sustancia química empleada para cortar e identificar genes. Lo que fuera que Wolff había descubierto, lo había hallado procesando el gel con la enzima *Hind*III en vez de la *Eco*RI que ellos habían estado usando desde el descubrimiento del gen DIOS.

Dio una mirada al reloj; eran las 2:18 de la madrugada. Parecía que era hora de procesar unos cuantos gel más.

—Usted no me dice nada nuevo —gruñó Katherine, enfurecida y con todo derecho. Irrumpir en su departamento teniendo a Coleman, y a ella, a punta de pistola no era la manera de ganarse su cooperación—. Yo sé que él tiene un pasado —continuó—, sé que estuvo preso, pero la gente cambia. ¿No puede entender eso? Él no es el mismo hombre que...

—¡Los hombres como él no cambian! —dijo Steiner blandiendo su arma hacia Coleman al cual había mandado a sentarse en el sofá. Eric había venido antes por el pasillo para ver qué era ese escándalo y lo habían mandado inmediatamente de vuelta a su cuarto, con órdenes de no salir. Eso había sido hacía quince minutos. Ahora, Katherine y Steiner se concentraban en Coleman que permanecía extrañamente quieto. A ella le parecía raro que, desde que habían entrado al departamento, él no la hubiera mirado. Ni una sola vez.

—*Por supuesto* que pueden cambiar —insistió ella—. "Las cosas viejas pasaron, he aquí todo es hecho nuevo" —era evidente que Steiner no entendía la cita bíblica, así que ella siguió—: Este hombre es la persona más bondadosa, más sensible que yo haya...

—¡Usted no sabe lo que hizo él!

—¡*No me importa* lo que haya hecho! —le replicó ella gritando. Entonces, recuperando el control, probó de nuevo—: Mire, no sé cómo lo habrá herido a usted o cuánto daño le habrá hecho, pero usted tiene que entender que él está cambiado. Él no es el mismo. ¿Dónde está su sentido de la misericordia, su compasión?

—¿Misericordia?

—Sí.

—¿Compasión? ¿Usted pide compasión? ¡Este hombre es un asesino!

Katherine parpadeó. No mostró otra emoción, sino que, por dentro, se sintió como si alguien le hubiera pegado con un bate de béisbol en los intestinos. Retrocedió un paso y encontró un sillón donde apoyarse. Sus ojos saltaban de Coleman a Steiner y, luego, de vuelta a Coleman.

—Eso no es cierto.

Ninguno de los hombres respondió.

Ella repitió su frase, pero esta vez era una exigencia:

—¡Eso no es cierto!

Coleman contemplaba sus manos.

Ella esperaba, por siempre.

Entonces, aunque muy lentamente, él empezó a asentir:

—Sí —su voz era un susurro ronco—: Yo... —tosió y luego con un claro esfuerzo soltó las palabras—: Yo maté a su hija.

Katherine cerró los ojos. Se sentó en el sillón.

—¿Y a quién más? —la voz de Steiner temblaba de rabia y triunfo—. ¡Dile a quién más mataste!

Coleman seguía mirando para abajo. Respiró hondo, luego meneó la cabeza.

—No sé.

—¿De verdad? Veamos si te puedo ayudar. La prostituta de Des Moines...

Coleman seguía con la cabeza gacha.

—El empleado de la tienda de Council Bluffs.

Katherine se puso tiesa.

—¿Council Bluffs? ¿Mató a alguien en Council Bluffs?

Steiner respondió por él.

—Por supuesto, ninguno de esos asesinatos pudo probarse.

Coleman miraba al suelo sin moverse.

—Luego, el policía.

—¿Mató a un policía? —súbitamente la cabeza de Katherine se le alivianó mucho, como si tratara de flotar fuera de su cuerpo—. ¿Cuándo? ¿Cuándo baleó a un policía?

Coleman no contestó.

Ahora ella estaba de pie, con sospechas inexpresables que surgían.

—¿Era un patrullero? ¿Le disparó a un patrullero?

Coleman alzó los ojos por fin. Sus mejillas estaba mojadas de lágrimas.

—Sí —dijo muy ronco—, creo que... sí.

—¿Cómo se llama usted? —la sangre corría impetuosa por todo su cuerpo. Ella flotaba muy alto, por encima de la escena, en otra parte—. ¿Quién es usted?

Coleman sostuvo su mirada, confrontando la fulminación.

—Me llamo Coleman. Michael Coleman.

La cabeza de Katherine explotó. Apenas pudo oír el resto.

—Yo asesiné a la hija del señor Steiner. Puede que haya matado a su esposo también. Yo —sus ojos titubearon— ...no me acuerdo.

—¿No se acuerda?

Él no respondió.

Ella se acercó a él.

—¡No se acuerda!

Él meneó la cabeza y miró para abajo. Entonces ella lo atacó. Saltó sobre él, con los brazos volando, golpeándolo con toda la fuerza que tenía, ventilando su furia, aporreando el pecho, los hombros, los brazos de él.

—Usted destruye mi vida y ¿ni siquiera tiene la decencia de *recordar*?

Coleman no hizo movimiento alguno para protegerse, mientras ella le pegaba e insultaba, diciéndole todas las groserías que se le ocurrían, golpeándolo tan fuerte que sus manos se magullaban.

Fue Steiner el que finalmente la alejó.

—Deténgase. Eso basta. Por ahora eso basta. ¡Deténgase!

Ella se las arregló para darle unos cuantos golpes más, antes que su ira se acabara por agotamiento y Steiner pudo arrastrarla de nuevo al sillón. Ahora lloraba con sollozos que partían el alma. Pero aún entonces, por encima de su llanto, pudo oír las palabras regodeantes de Steiner:

—Eso por misericordia y compasión.

❄ ❄ ❄

O'Brien puso el nuevo gel bajo la luz ultravioleta de modo que pudiera estudiar sus bandas. Lo había procesado varias veces creyendo que había cometido un error. Después de todo, había pasado mucho tiempo desde que él había trabajado así en el laboratorio. Hasta cortó el gen con enzimas diferente de la sugerida *Hind*III de Wolff.

Pero el error no acababa nunca. Algo más estaba mal. Las bandas eran diferentes por completo y, no obstante, al estudiarlas, al comparar sus longitudes y sumarlas, hallaba que eran exactamente el mismo gen.

Lo que tenía ante él era el gen DIOS y, sin embargo, no era de alguna manera. Un terror frío se instaló en alguna parte profunda de su pecho.

Fotografió cada gel con la cámara Polaroid blanco y negro, luego juntó las fotos y se dirigió de vuelta a las oficinas.

El terror aumentó más cuando estudió los patrones conflictivos, y se acordaba de los ratones...

Pudo entender los efectos del experimento que se partía y se agotaba. Con todas las incógnitas que tenía que tratar era posible —de hecho, era muy común— que surgiera un elemento imprevisto, haciendo que fallaran las pruebas y permitiendo que los ratones volvieran a sus conductas anteriores. Pero esos ratones no habían regresado, sino que se habían atacado y asesinado mutuamente. Eso no era la conducta anterior. Eso era totalmente nuevo. Los ratones de laboratorio no se atacan ni se destruyen mutuamente, no así como esos.

No solo eso era conducta nueva sino —y esto era lo que más le aterraba— era exactamente la conducta opuesta de la que producía el gen DIOS. En lugar de una comunidad compasiva trabajando unos por otros, esos animales se habían aniquilado unos a otros por completo.

Una sospecha inexpresable había surgido ahora a la superficie de la mente de O'Brien.

Había tratado de desecharla, pero ahora sabía que debía investigarla.

Llegó al exterior de la oficina de Murkoski. La puerta cerrada con llave, estaba hecha de roble de buena calidad. Felizmente la calidad de la ventana vertical que estaba al lado de la puerta, no era tan buena. De todos modos, tuvo que probar tres veces con la silla de la recepcionista, antes de poder romper el vidrio. Entonces, era cosa de meter la mano por el agujero y llegar a la manija de la puerta. Lo logró, pero no sin hacerse un tremendo tajo en el antebrazo izquierdo, con uno de los fragmentos de vidrio.

Decidió no prender las luces; en cambio, usó el brillo del gran acuario de agua salada que estaba contra la pared, para ayudarse a ubicar la computadora. Se deslizó detrás de la pantalla, lo encendió y rogó en silenciosa oración que la arrogancia e impaciencia de Murkoski le hubieran hecho pasar por alto el uso de una contraseña.

Su oración fue contestada.

Ahora seguía el doloroso proceso de revisar archivo tras archivo. Era la única manera. Si Murkoski estaba trabajando un patrón diferente, tendría que haberlo registrado en alguna parte.

Pero O'Brien tuvo suerte. Los archivos estaban por orden alfabético y solo tuvo que llegar hasta la "D" para encontrarlo. Estaba como "Diablo.gen".

Cuando trajo a pantalla ese archivo y estudió los patrones, solo pudo cerrar los ojos y hundirse en la silla. Ahora no quedaba duda. Los peores temores de O'Brien se habían vuelto realidad.

❊ ❊ ❊

—Esto es demasiado extraño —dijo Steiner. Estaba paseándose frente al sofá donde estaba sentado Coleman. Katherine seguía en el sillón. Habían pasado varios minutos desde que ella había atacado a Coleman, pero ninguno se había recobrado por completo.

Steiner continuaba pensando en voz alta.

—De toda la gente que hay para juntar, ¿por qué ustedes dos? ¿Por qué juntar a un asesino convicto con la esposa de su víctima? No tiene sentido. Seguramente sabían que llegaría el momento en que ustedes dos lo averiguarían.

—A menos... —Katherine habló lentamente, con su voz sorda y sin vida—: a menos que fuera eso lo que querían.

—¿Qué ustedes lo supieran?

Ella asintió.

—Pero, ¿por qué?

Ninguno tuvo una respuesta.

—Y este doctor Murkoski —se volvió hacia Coleman—, ¿usted dijo que él se ufanaba de todas sus conexiones en altos puestos del gobierno?

Coleman asintió.

—Las usaba como una credencial.

Steiner movió la cabeza.

—Si esto fuera el gobierno federal, no se meterían con una prisión de un estado como Nebraska. Irían directamente a una penitenciaría federal. Una como Leavenworth. Menos gente, menos posibilidades de filtraciones. No digo que los funcionarios no participaran, pero aquí hay más poder esgrimido que el del gobierno. Han matado a dos personas, quizá a más.

Coleman alzó los ojos:

—¿Más gente ha sido asesinada?

Steiner le lanzó una ojeada, entonces casi pareció que se deleitaba en brindar la información.

—Mataron a la forense del condado y un médico de la prisión. Ambos para protegerte.

Un aturdimiento penetró a través de Coleman.

—No hay forma de hacer cortocircuito con la justicia. Siempre alguien tiene que pagar. En este caso, fueron dos vidas por una.

El aturdimiento se desparramó por la mente de Coleman. ¿Por cuánto más dolor era él responsable? ¿Cuánta más destrucción?

—¿Usted dijo que aquí hay envuelto más poder que el del gobierno? —preguntó Katherine.

Steiner asintió.

—¿Qué pudiera ser más poderoso que el gobierno federal?

Steiner la miró.

—La ambición, por supuesto. Señora Lyon, aquí hay dinero metido. Mucho dinero.

—¿Pero de quién? ¿Y qué clase de sadista nos juntaría a los dos?

El súbito golpe en la puerta de entrada los sobresaltó.

Katherine fue la primera que habló:

—¿Serán los tipos que estaban al frente? —dijo en voz baja.

Ninguno de los hombres respondió.

Más golpes. Más fuertes.

Steiner le hizo señas con el revólver que se parara. Ella obedeció. Coleman empezó también a ponerse de pie, pero Steiner le mandó:

—Tú te quedas quieto.

Reacio, Coleman obedeció y miró como ellos iban a la puerta.

—Averigüe quien es —susurró Steiner—. Dígales que se vayan.

Más golpes.

—Está bien, está bien —dijo Katherine—, son las cuatro de la madrugada, ¿quién es?

—Señora, siento molestarla —la voz del otro lado sonaba joven—. FBI, tenemos un asunto urgente que conversar con usted.

Los tres intercambiaron miradas. Steiner susurró:

—Pídale que le muestren sus credenciales.

Katherine asintió, acercando su cara al orificio de seguridad de la puerta.

—¿Tienen credenciales?

A pesar de las órdenes de Steiner, Coleman se puso de pie y se acercó con cautela. Steiner estaba volviendo a ponerse nervioso con el revólver y Coleman no quería que hiciera nada estúpido estando Katherine tan cerca.

—¿Qué ve? —susurró Steiner.

—A mí me parecen legítimas —respondió Katherine.

Él se volvió, escudriñando ansiosamente la habitación:

—¿Tiene una puerta trasera, otra salida?

—Solo las ventanas del dormitorio.

Steiner miró por el pasillo, nervioso, luego apuntó el revólver a Coleman:

—Tú me acompañas.

Coleman meneó la cabeza.

—Estamos en el tercer piso.

Gotas de transpiración brotaron en la frente de Steiner.

Coleman estaba de pie, callado, mirando. Estaba empezando a sentir el familiar aguzamiento de sus sentidos, el enfoque de su vista.

Más golpes:

—¿Señora Lyon?

Steiner tenía pánico.

—¿Qué hacemos? ¿Qué...

—Abra —ordenó Coleman mientras se acercaba.

—¿Qué?

Katherine lo miró.

—Está bien —dijo él—. No hay donde podamos ir. Abra.

Katherine se volvió a Steiner que se enjugaba el sudor de la frente. Él los miró a los dos, luego dio un paso situándose detrás de la puerta. Amartilló su revólver y asintió. Katherine corrió el cerrojo, teniendo a Coleman a su lado, y abrió la puerta de par en par.

Dos hombres estaban de pie frente a ellos. Uno bien parecido, de unos veinte años y más, a la izquierda; un hombre en sus cuarenta, más fornido, a la derecha.

—¿Señora Lyon? —preguntó el de veinte.

—Sí.

—Yo soy el agente especial Briner, este es el agente Irving —sin darle tiempo para contestar, miró a Coleman—.

Y usted debe ser William Michaels o —casi sonrió—, ¿debiera decir Michael Coleman?

Coleman no contestó. Estaba ocupado mirando los ojos del muchacho, evaluando su ropa, la postura de su cuerpo, y todo ese tiempo, sus sentidos seguían enfocándose y tensándose.

—¿Podemos entrar?

—¿De qué se trata esto? —preguntó Katherine.

—Pienso que sería mejor si entráramos.

—¿De qué se trata esto? —repitió ella, manteniéndose firme.

Finalmente habló el fornido:

—Tenemos razones para pensar que un tal Harold Steiner, está en la zona y que pudiera estar planeando arriesgar el...

Coleman se abalanzó primero sobre el más joven, tirando el grueso de su hombro izquierdo contra el pecho del muchacho, mientras que con su mano derecha quebraba la nariz del fornido de un puñetazo. El muchacho se tambaleó y cayó debajo del peso de Coleman, y su compañero estaba demasiado ocupado en sostenerse la nariz para prestarle ayuda.

Coleman había tomado la cabeza del veinteañero en sus manos y solamente el grito de Katherine le impidió quebrar el cuello del chico. Se contentó con golpearlo directamente en la cara, dejándolo inconsciente.

Ahora el fornido estaba buscando su revólver. Coleman saltó como un resorte y le dio un solo puñetazo en el estómago y otro en la mandíbula, tirándolo al suelo al lado de su compañero.

El chubasco había terminado tan rápido como empezó. Salvo la pesada respiración de Coleman, el silencio llenaba el pasillo. Él estaba de pie sobre su obra, apenas fuera de la puerta del departamento, estupefacto, tratando de entender que había pasado. La antigua excitación, la emoción habían emergido momentáneamente, pero apareciendo y desapareciendo en segundos, aunque dejaron a Coleman profundamente conmovido.

—¿Para qué hizo eso? —preguntó imperiosamente Katherine.

Coleman alzó los ojos tratando de orientarse.

Steiner salió desde atrás de la puerta y boqueó:

—¿Qué hizo?

—No son del FBI —dijo Coleman.

—¿Cómo puede estar seguro? —preguntó Katherine.

—Mire sus ropa. Los federales no pueden darse el lujo de esa calidad de ropa.

Katherine y Steiner continuaban mirando fijo.

Coleman se arrodilló al lado del hombre de más edad y tiró a un lado el saco del traje para revelar un Smith & Wesson calibre 40 que brillaba de nueva en su funda. Sacó el arma, quitó el cargador y tiró la pieza dentro del departamento.

—¿Por qué? —preguntó Steiner con su voz inestable—. ¿Qué andaban buscando?

Katherine movió la cabeza:

—No creo que, *que* sea la pregunta correcta.

Steiner empezó a temblar más notoriamente.

—Pero, ¿por qué? ¿Qué hice?

Coleman abrió el saco del veinteañero. La misma funda, pero un Colt Mustang de calibre 38.

—¿Usted dijo que ya mataron a dos personas?

Steiner asintió mientras Coleman sacaba el revólver y le quitaba el cargador. Exploró el otro bolsillo y sacó un silenciador pequeño y redondo.

—Parece que querían llegar a tres.

Steiner se apoyó contra el marco de la puerta para equilibrarse.

—¿Se encuentra bien? —preguntó Katherine.

Él asintió, pero evidentemente era una mentira.

Coleman siguió de pie sobre los dos cuerpos, aún acosado por sus acciones. Finalmente se volvió a Katherine diciendo:

—¿Tiene un antiséptico? ¿Unos trapos y agua helada?

Ella lo miró sin oír completamente.

—¿Katherine?

Recuperándose ella asintió.

—Sí, por cierto —dijo y entró de nuevo al departamento.

Coleman se arrodilló para examinar al fornido, mientras le hablaba a Steiner.

—Ayúdeme con este par. Entrémoslos al departamento, donde podemos...

Oyó el clic del revólver y levantó la vista para ver que Steiner le apuntaba con el revólver.

—¿Qué hace? —preguntó Coleman, más irritado que preocupado.

—Pienso que dejaremos que la policía se encargue de esto en adelante.

—No habla en serio.

—Señora Lyon —llamó Steiner a Katherine que estaba dentro del departamento, en el lavaplatos de la cocina—. Por favor, llame a la policía. Dígales que tenemos a dos heridos aquí y un convicto fugado.

—*¿Qué?*

—Me escuchó.

Al levantarse Coleman, Steiner retrocedió varios pasos, para mantener una distancia segura.

—Este hombre le acaba de salvar la vida —dijo Katherine.

—Y por eso estoy agradecido, pero sigue siendo un asesino convicto y creo que es hora de que nosotros...

—Steiner, sea razonable —dijo Coleman.

—Señor Coleman, soy muy razonable.

—¿Sinceramente piensa que la policía va a detener a tipos como este? Estos fulanos se ganan la vida...

—Por favor, tire ese revólver aquí dentro, con el otro, y entre. Señora Lyon, ¿quiere hacer esa llamada, por favor?

—Vamos, Steiner —protestó ella.

Coleman miró el cargador que tenía en las manos. Sintió su peso, sus ángulos suaves y duros. Pasó el pulgar por el cartucho de arriba, el próximo que iba a entrar a la cámara del disparador. Su cubierta de níquel estaba fría al tacto, la capa de cobre sobre la bala era suave y resbalosa. Solamente la nariz tenía textura. Era una bala de punta hueca, con el extremo cortado como estrella de seis puntas, diseñada para aplastarse al impactar, destruyendo tanto músculo y hueso como fuera posible. Tanto poder aquí. Tanto potencial. A su manera, su capacidad destructora era tan sobrecogedoramente bella como cualquier neblina matutina o sol crepuscular.

Coleman sabía que era arriesgado, pero él podía meter el cargador en el revólver y dispararle una o dos rondas a Steiner. Por supuesto que él podía recibir un par de balas, pero considerando el temor de Steiner y su inexperiencia con las armas de fuego, la suerte le favorecía a Coleman.

—Tire el revólver señor Coleman —dijo con voz aguda y temblorosa.

Coleman alzó los ojos y se sorprendió al ver algo que nunca había visto antes. En los ojos del hombre había algo más que el miedo y las preguntas habituales. Había algo más duro, más frío. Algo que estaba consumiéndolo, controlándolo. Ahí había un hombre perdido y vacío, pero, al mismo tiempo, supremamente consumido. La indefensión tocó a Coleman. Quería alcanzarlo, consolar de alguna manera al hombre. Volvió a mirar su arma. Una ronda disparada a toda prisa al cuerpo de Steiner, no mataría lo que lo consumía ni llenaría su vacío.

—No se lo repetiré. Tire el arma.

Coleman bajó lentamente el arma y la tiró dentro de la sala.

—Ahora, entre. Señora Lyon, si usted no hace esa llamada telefónica, yo lo haré.

Coleman entró al departamento mientras Katherine empezaba a marcar. —No puedo creer que usted haga esto —dijo ella con enojo.

—Créame, señora Lyon. La ley es la ley. Y al final, la justicia prevalecerá.

—Y la justicia ¿es todo lo que importa? —preguntó Coleman.

—La justicia es todo lo que tenemos.

—Oh, oh.

Los hombres se dieron vuelta para ver que Katherine, con el receptor del teléfono en su mano, miraba por la ventana de la sala.

—¿Cuál es el problema? —preguntó Steiner.

Katherine hizo gestos hacia la calle.

—Parece que tenemos más compañía.

CAPÍTULO 12

Fue Lisa, la vecina del piso de abajo, quien ayudó a escapar a Coleman y Steiner. Luego de unas explicaciones apresuradas de Katherine —más el motivo extra del revólver ondulante de Steiner—, ella escoltó a los dos varones a la ventana del dormitorio trasero, por la que salieron dejándose caer los tres metros que había hasta el pavimento.

No era necesario que Katherine fuera también. Nadie la perseguía, pero, por seguridad, tomó a Eric, le hizo ponerse su gruesa camisa multiuso de color púrpura y oro de la Universidad de Washington, dejó en el pasillo unos trapos fríos para los hombres y le preguntó a Lisa si ella y su hijo podían quedarse en su casa por el resto de la noche. No había manera de saber que harían esos hombres cuando recuperaran la conciencia, o que tenían pensado los recién llegados que Katherine había visto esperando afuera.

—No hay problema —había contestado una Lisa de ojos muy abiertos—. Pero si así es cómo tú te adaptas al escenario de las citas, tenemos que hablar muy en serio.

Eran las 4:15 de la madrugada. Afuera caía una llovizna espesa cuando Coleman y Steiner cruzaron rápidamente la calle detrás del edificio. Coleman al frente, Steiner detrás, con el revólver.

Cuando llegaron al Taurus blanco, un automóvil alquilado por Steiner, este le pasó las llaves a Coleman y dijo:

—Tú manejas.

—No creo que sea una buena idea. Ha pasado mucho tiempo.

Steiner blandió su revólver:

—Yo no puedo manejar y sostener esto también.

—Entonces, déjeme tomarlo. Usted maneja y yo llevo el revólver.

Steiner lo fulminó con la mirada.

—Sube.

Coleman apenas había girado el encendido cuando el primer balazo rompió la ventana trasera de la derecha. Ambos hombres se agacharon. Cuando se levantaron y se dieron vuelta, vieron a un hombre alto que acababa de rodear el edificio y venía corriendo hacia ellos. Su pelo era largo y rubio. Tenía puesto un abrigo largo y estaba apuntando de nuevo su arma.

—¡Sálganos de aquí! —gritó Steiner.

Coleman pisó a fondo el acelerador. Desdichadamente lo había puesto en el cambio equivocado. Salieron lanzados para atrás, estrellándose en forma devastadora contra la delantera del Blazer nuevo de alguien con muchos chirridos de vidrios quebrados.

Otro disparo. El pistolero era bueno. Le dio a la ventanilla de Steiner, errando su cabeza por pocos centímetros.

—¡Vamos! ¡Vamos!

Coleman metió el cambio, apretó el acelerador y salieron girando velozmente, mientras una tercera ronda de balazos golpeaba en alguna parte atrás de la puerta del lado de Steiner.

Coleman lanzó una ojeada al retrovisor. Unos focos delanteros surgieron de la vuelta de la esquina, bajando la velocidad momentáneamente, para que el rubio se subiera al vehículo.

—¿Adónde? —gritó Coleman.

—A la policía.

Coleman le lanzó una mirada.

—Usted no se rinde nunca, ¿verdad? —Las luces del espejo cobraban velocidad y Coleman aceleró—. La policía no puede ofrecer la protección que usted necesita, no de estos tipos.

—¿Y a usted qué le importa? —dijo Steiner mirando para atrás—. Ellos me quieren a mí, no a usted.

Súbitamente el parabrisas trasero se rompió en un millón de fragmentos.

—No creo que estén demasiado ocupados estableciendo diferencias en este preciso momento —aulló Coleman. Se volvió a Steiner, cuyos ojos se dilataron repentinamente de miedo.

—¡Mira lo que haces!

Coleman miró para atrás, justo a tiempo para ver una máquina barredora de calles que le llenaba su campo visual. Viró el volante a la izquierda con toda fuerza, luego lo enderezó, pero la inercia y la calle resbalosa los hicieron patinar.

—¡Qué haces! —gritó Steiner

—Se lo dije, ¡estoy un poco desentrenado!

Se las compuso para salir de la patinada, cuando otra bala sacó chispas del parachoques izquierdo. Coleman miró por el retrovisor. A través del vidrio quebrado pudo ver que los focos delanteros se acercaban.

—¡Ahí! —apuntó Steiner.

—¿Qué?

—La entrada a la autopista. ¡Justo ahí!

Cuando Coleman vio la rampa de acceso a la autopista estaban casi pasados de ella. Viró el volante a la derecha. De nuevo el automóvil patinó, esta vez llevándose por delante una señal de tránsito antes de rebotar y, finalmente, meterse en la rampa. Steiner seguía gritando mientras Coleman aceleraba y se dirigía a la autopista.

❄ ❄ ❄

Katherine se había desplomado en el sofá de Lisa. Estaba más allá del agotamiento. Tantas emociones rugían en ella: odio, amor, traición, preocupación, temor. Quería gritar, aullar, golpear la pared, pero estaba demasiado entumecida hasta para llorar.

Temía por la vida de Coleman, pero lo odiaba con tal furor y tal sensación de traición que su cabeza latía de rabia. Ese era el hombre que había matado a su Gary, que había destruido todo. No había perdón para tal clase de monstruo.

Pero ese monstruo había muerto meses atrás. *Las cosas viejas pasaron.* El monstruo había desaparecido y, en su lugar, había un hombre que le había llegado hondo tocando su corazón, un hombre tan bondadoso, dulce y preocupado, que había rehusado tener relaciones sexuales con ella, porque no era lo correcto... para ella. Temblaba de debilidad a la vez que de furia. Nunca había visto una sensibilidad tal, una inocencia.

¡NO!

Él no es inocente. ¡Es un asesino! El asesino de mi marido.

Todo es hecho nuevo.

¡NO! ¡Es un asesino! ¡El asesino de todo lo que yo tenía, de todo lo que yo era!

Los pensamientos batallaron dentro de su cabeza, yendo y viniendo, hasta que, por fin, con la poca fuerza que le quedaba, se aferró de la puerta que él había abierto dentro de ella y la forzó a cerrarse con el mayor esfuerzo. Se golpeó con tanta fuerza, que pudo sentir la reverberación muy dentro de su alma. Ella había cometido un error. Había empezado a sentir. Había dejado que alguien entrara en ella. No permitiría eso de nuevo. Nunca. Ahora todo volvería a su lugar, tal como había sido, justo como debía ser. Todo salvo las lágrimas que finalmente empezaron y que no podía parar.

—¿Mamá?

Ella abrió los ojos para ver la cara preocupada de Eric sobre ella. Lisa había tratado de acostarlo, pero estaba levantado y arrodillado al lado de ella.

—Mamá, está bien —ella sintió los brazos del niño alrededor de sus hombros que torpemente la acariciaba, tratando de consolarla—. Encontraremos una manera de ayudarle.

Las lágrimas aumentaron su velocidad. No solo el monstruo la había abierto y tocado en su corazón, sino que, asimismo, había llegado a su hijo.

—Está bien —repetía el niño—. Honestamente. Lo traeremos de vuelta, te lo prometo.

Ella estiró sus brazos y lo atrajo hacia sí misma, pero en lugar de protestar como era su costumbre, Eric permitió dejarse llevar por el abrazo.

Súbitamente la puerta se abrió.

Katherine gritó y saltó poniéndose de pie justo, cuando el veinteañero y el fornido entraban en la habitación.

❄ ❄ ❄

Ellos habían salido de la carretera Mukilteo, dirigiéndose al norte por la autopista 5.

—¿A qué velocidad vamos?

Coleman miró el velocímetro:

—A casi 150.

Steiner escrutó el camino.

—¿Dónde hay un buen policía cuando uno lo necesita?

Coleman miró por el retrovisor. Los perseguidores habían pasado la rampa de acceso al comienzo, cosa que los había retrasado unos treinta segundos, pero, a la distancia, podía ver sus luces acercándose lentamente. Coleman tenía el acelerador pegado al piso, pero, minuto a minuto, el otro vehículo iba acortando la distancia.

—Quizá haya otra manera de vencer a estos tipos —sugirió.

—A ti te gustaría eso, ¿no? —dijo Steiner—. Tomar la ley en tus manos. Quizá matar a unas pocas personas más en el proceso.

Coleman luchó contra la irritación.

—La gente cambia.

—La ley no.

—Usted sigue diciendo eso pero, ¿qué pasa con la misericordia? ¿Qué pasa con el perdón?

—Aberraciones. Invento humano.

Coleman casi se echó a reír.

—¿No habla en serio?

—¿No? Pregúntese, ¿que sostiene al universo?

—Dígamelo usted.

—Leyes. Las leyes de la física, la ley de la gravedad, de la termodinámica, todas estas leyes son lo que mantiene en su lugar a las estrellas, los planetas, aun a los átomos. Sin estas leyes todo se rompería convirtiéndose en caos.

—Pero nosotros no somos planetas, somos seres humanos.

—¿Y eso nos exime?

Coleman no tenía respuesta.

—La civilización debe tener reglas. Si usted transgrede una ley en cualquier parte del universo, usted paga las consecuencias. Usted salta desde un edificio, usted cae. Usted divide un átomo, usted se evapora.

—Usted mata a un hombre, usted muere.

—Exactamente. Causa y efecto. La ecuación ha sido la misma desde el comienzo del tiempo. Si usted rompe esta ecuación y no busca la justicia, una parte de nuestra civilización se deshace, exactamente como lo haría el universo.

—Pero *la gente cambia*. Tiene que haber perdón. Tiene que haber compasión.

—La ley es la ley.

Coleman ojeó el retrovisor. El automóvil estaba a unos doscientos metros de distancia.

—No quiero ponerme quisquilloso aquí, pero ¿no acabo de salvarle el pellejo en el departamento? ¿Eso no cuenta algo en su "ecuación cósmica"?

—No soy yo el que decide eso. Por eso tenemos autoridades.

—Escuche, tenemos que hacer algo. Estarán aquí en cualquier momento.

Steiner miró por encima del hombro, luego se dio vuelta para adelante escrutando la carretera. Una señal de carretera que se acercaba decía: "BROADWAY 800 metros".

—Por ahí —apuntó—. Métase por ahí.

Pero Coleman tenía otros planes. A unos noventa metros por delante, divisó una vieja furgoneta de plomería que iba cambiándose desde la mediana a la tercera pista. En lugar de irse a la derecha y dirigirse a la salida, Coleman cruzó a la pista más a la izquierda.

—¿Qué haces?

Coleman no contestó, sino empezó a perder velocidad.

—¿Qué hace? —preguntó Steiner.

Un segundo después el automóvil estaba detrás de ellos.

—¡Coleman! —gritó Steiner—. ¡Vire a la derecha! ¡Tome la salida! ¡Tome la salida!

Antes de que Coleman pudiera reaccionar, el otro automóvil se pasó a la derecha de ellos y se puso al lado. Coleman ojeó el velocímetro. Iban a ciento veinte. Miró al automóvil. El chofer le hacía señas que frenaran y se estacionaran a un costado. En el lado del pasajero iba el rubio, reafirmando la idea con su arma apuntada.

La furgoneta de plomería iba a unos veinte metros delante de ellos y dos pistas más allá.

—¡Salgamos de aquí! —exigió Steiner—. ¡Ahora!

—Sujétese —advirtió Coleman.

Steiner apenas tuvo tiempo de afirmarse antes que Coleman virara con toda fuerza a la derecha, chocando contra el otro vehículo.

El sobresaltado chofer se tiró a la pista inmediata.

—¿Qué haces? —gritó Steiner.

No hubo tiempo para responder pues Coleman metió los frenos a fondo y ellos se abalanzaron hacia delante. El chofer del otro automóvil, y el rubio echaron sus cabezas para atrás mirando con incredulidad al automóvil de Coleman cuando lo pasaron a toda velocidad. Pero esa era solamente la mitad de su sorpresa. La segunda parte llegó un instante después, cuando se estrellaron contra la parte de atrás de la furgoneta de plomería.

Coleman viró en ángulo agudo, yéndose directamente por la salida. Había ganado algo de tiempo, pero no mucho. Aceleraron por la rampa hacia Broadway, pasaron unas cuantas calles y entonces giraron a la derecha. Era un cruce de calles importantes, pero completamente desierto a esta hora de la madrugada. Dejaron atrás a toda velocidad centros comerciales y tiendas, los cuales estaban levemente ensombrecidos por una neblina que aumentaba al aproximarse al río.

Cuando subían una pequeña colina, Coleman y Steiner vieron las luces destellantes al mismo tiempo.

—¿Qué es?

—Un puente levadizo.

Steiner soltó unas palabrotas, luego divisó una calle lateral, a la izquierda.

—¡Allá! ¡Toma por esa!

Coleman viró el volante, pero esta vez su suerte no le acompañó. Patinaron por el cruce hasta que las ruedas rozaron de lado la divisoria del tráfico, de la otra punta, y el automóvil se volcó. Coleman cayó con fuerza sobre Steiner y la puerta del lado del pasajero, luego se golpeó contra el techo. El ruido de metal chirriante que se retorcía llenó sus oído, mientras el vidrio reventaba, pinchándolo desde todas partes. El vuelco del automóvil tiró a Coleman contra el volante y el panel, luego de vuelta contra el techo. No hubo dolor, el dolor vendría después, solamente un enloquecido rodar descontrolado entre vidrio astillado que volaba y acero que se aplastaba.

Y entonces todo paró, tan súbitamente como había empezado.

Todo estaba mortalmente silencioso. Solamente el campanilleo del puente levadizo, a dieciocho metros cortaba el silencio.

Coleman abrió los ojos. Él yacía sobre el techo. El automóvil estaba al revés. Nada de incendio, nada de explosiones. Solamente la campana del puente levadizo y sus luces rojas que destellaban.

Trató de moverse. El dolor se le disparó por el brazo izquierdo. Oyó un quejido sordo al otro lado del automóvil y se torció para mirar. A los destellos de la luz pudo ver a Steiner, con su cara ensangrentada y su pierna aplastada por un gran trozo de metal.

—¿Steiner? ¿Steiner?

Los ojos del hombre se abrieron.

—Tenemos que salir de aquí.

Steiner trató de contestar, pero salió un gorgoteo. Tosió, luego escupió una bocanada de sangre.

Coleman empujó la puerta del lado del chofer. Con un poco de fuerza, se abrió. Se estiró a través del automóvil para llegar hasta Steiner y lo tomó rodeándole el pecho. Cuando empezó a tironear, Steiner gritó de dolor. El metal aplastado tenía pinchada su pierna. Coleman trató de nuevo, con más fuerza, pero no pudo soltar a Steiner.

Steiner tosió, escupiendo sangre.

—Es inútil.

Coleman levantó sus pies contra la puerta del lado de Steiner y comenzó a patear el metal.

—Déjalo —gorgoteó Steiner—. Es lo que tú... —tosió violentamente—. Es lo que tú quieres. —Se las compuso para lanzar una mirada fulminante en dirección a Coleman—. Adelante, déjame.

La acusación enojó a Coleman y usó la emoción para patear con más fuerza la puerta, cinco, seis, siete veces hasta que, por fin, el metal empezó a curvarse. Después de otra media docena de patadas, había bastante lugar para soltar a Steiner. Coleman lo agarró por las costillas de nuevo y lo tiró a través de la parte interior del techo hasta que llegaron a la puerta abierta. Entonces, con un empujón final, ambos cayeron rodando al pavimento.

Coleman se quedó un segundo tirado en el suelo, recobrando el aliento. La campana seguía sonando. La luz seguía destellando. Se incorporó hasta sentarse y miró más allá de ellos, en busca del vehículo que los perseguía.

Nada todavía.

Oyó ruidos de piedras y se dio vuelta para ver que Steiner trataba de volver al automóvil. Por un momento se quedó confundido hasta que vio el motivo. El revólver. Estaba tirado dentro, sobre el techo.

Coleman se tambaleó al pararse, pero cortó a Steiner con toda facilidad. Llegó al automóvil y tomó el arma. Se sorprendió por el agrado que producía sentir su peso en las manos. Era bueno sentir de nuevo ese tipo de poder. Y con el poder vino la rabia. Hirvió burbujeando desde alguna parte muy interna. Cómo se atrevía a amenazarlo este retorcido hombrecillo. Cómo osaba volver y arruinar su nueva vida.

Coleman se dio vuelta hacia él. La mirada de temor que vio en los ojos de Steiner decía que el hombre sabía exactamente lo que estaba pensando Coleman. La expresión hizo sonreír a Coleman.

—¿Qué pasa? —preguntó—. ¿Asustado por un poco de justicia?

Steiner trató de contestar, pero no pudo hallar voz. Eso le pareció bien a Coleman. Había oído bastante los sermones de Steiner, había soportado bastante su abuso. Ahora era hora de pagar. Su corazón latió con fuerza; la excitación se desparramó por todo su cuerpo. Era como en los viejos tiempos y se sentía muy bien. Muy pero muy bien. Levantó el revólver hasta que lo apuntó directamente a la frente de Steiner.

Pero en lugar de horror la expresión de Steiner cambió a una de desprecio.

—¡Adelante! —tosió—. Ambos sabemos que es... —más tos—. ...esto es quien eres. Adelante, ¡Adelante!

Contento de obedecer Coleman amartilló el arma. Sus sentidos se aguzaron. Ya no pudo oír más el campanilleo del puente levadizo ni ver los destellos de su luz. Ahora era solamente Steiner y su respiración entrecortada.

El hombre cayó en otro espasmo de tos y Coleman esperó con paciencia. Quería asegurarse de que tenía captada toda la atención del hombre antes de hacerlo volar.

Steiner terminó de toser, entonces lo volvió a fulminar con la mirada.

—¡Adelante! —tosió—. ¿Qué estás esperando?

Coleman no estaba seguro. Su rabia interior estaba empezando a fluctuar. Estaba perdiendo su fuerza, sin brindarle más su poder. Y mientras más miraba en los ojos de Steiner, más se debilitaba.

—¡Adelante! —hostigó Steiner. ¡Es lo que quieres! ¡Adelante!

La mano de Coleman empezó a temblar, no de miedo, sino de indecisión. Era como si la compasión estuviera luchando por dominar de alguna manera, luchando por volver a salir a la superficie.

—¡Dispárame! —exigió Steiner—. ¡Dispárame!

Coleman volvía a ver en el corazón del hombre. A comprender la terrible soledad exploradora. La rabia dominante que lo consumía. Pero había algo más. Como la luna que se levantaba entre los cedros, la nieve que brillaba en el patio de la cárcel, o el gemido distante del tren de carga, había algo de belleza en este hombre, algo de valor. A pesar de su fealdad también él llevaba la huella de la creación. Algo de eternidad habitaba en él, algo de eternidad en busca de lo eterno.

—¡Mátame! ¡Mátame!

Coleman bajó lentamente el arma.

Steiner dijo con menosprecio:

—Eres un cobarde. ¡Un cobarde!

Coleman soltó el martillo del arma, desactivándola. Se estremeció involuntariamente por lo que casi había sucedido, entonces arrojó el arma a las matas, tan lejos como pudo. Se agachó y tiró del estupefacto Steiner poniéndolo de pie.

—Vamos —ordenó—. Salgamos de aquí.

❄ ❄ ❄

—¿Dónde está él? —gritó el veinteañero.

—No lo sé.

—¡MAMA!

Katherine se lanzó a tomar a Eric, pero el fornido ya se lo llevaba.

—¡Suéltelo! —gritó ella saltando hacia él—. ¡Suéltelo!

El fornido la agarró tirándola de vuelta al sofá con tanta fuerza que le cortó la respiración.

Lisa salió corriendo de su dormitorio, pareciendo tan enojada como asustada. —¿Quiénes son? ¿Qué...

El veinteañero la tiró al suelo con un brutal puñetazo en la sien.

—¡Lisa!

—¿Dónde están? —exigió el fornido.

—¡No sé!

—¡Mamá!

Él tiró a Eric al veinteañero y se dio vuelta hacia Katherine:

—¿Adónde se fueron?

—¡No sé! ¡No lo dijeron!

Él agarró un mechón a cada lado de la cabeza y tiró de ellos poniéndola de pie. Ella quería sacarle los ojos con sus uñas, quebrarle la rodilla con su pie, pero él sabía los movimientos antes que ella los hiciera.

—¡Mamá!

—¡Cállate! —gritó el veinteañero.

Ahora el fornido sostenía la cara de ella directamente al frente de la suya, con la saliva que volaba.

—¡Le pregunto por última vez!

—¡No sé! —gritó ella— ¡No sé, no...

Otra vez salió volando por la habitación. Esta vez contra la pared. Su cabeza se golpeó muy fuerte. Ella se desplomó en el suelo, tratando de aferrarse a la conciencia.

—Mamá... —la voz de Eric se debilitaba—. Mamá... Ella pensó que él pudiera ir hacia ella, pero no podía. Tenía la esperanza de que él entendiera por qué ella no podía ir.

Los hombres hablaban, pero lejos, en otro planeta.

—...Mamá...

Ella trató de moverse pero su cuerpo no le obedecía.

Ahora era una cara que le hablaba. El fornido.

—...si usted coopera. Quédese callada y le devolveremos el chico en veinticuatro horas... ¿Entendió? Nada de policías y volverá a ver a su hijito. ¿Entendió?

Ella trató de asentir y debe haberlo logrado, pues la cara desapareció.

—Mamá... *¡Mamá!* —la voz de Eric se desvaneció. Concentrando la fuerza, Katherine pudo levantar la cabeza, pero los hombres y el niño ya se habían ido.

❄ ❄ ❄

El puente seguía desierto mientras Coleman ayudó a Steiner a pasar por debajo de la barrera de madera para el tráfico, luego le sostuvo mientras se dirigían hacia el centro. Al contrario de los puentes levadizos característicos de los libros de cuentos, este puente no funcionaba por inclinación, sino que toda la sección media, unos dieciocho metros de asfalto y metal, trabajaba con un sistema de contrapesos que la levantaba rectamente en el aire, como si fuera un ascensor.

Ahora estaba volviendo a bajar a su lugar, lenta y silenciosamente.

Doce metros más abajo, entre remolinos de neblina, una barcaza roja y blanca, sumamente cargada con lascas de cedro, era remolcada río abajo por el Snohomish, hacia Puget Sound.

Coleman se volvió buscando al automóvil que los perseguía. No vio nada. Esperaba haberlos perdido. En todo caso, sería mucho mejor mientras más pronto cruzaran este puente, saliendo de la ciudad y desaparecieran en los kilómetros de pantano neblinoso del otro lado.

Desdichadamente Steiner no ayudaba mucho.

—¿Por qué pelea conmigo? —gritó Coleman mientras llevaba a medias y arrastraba a medias al individuo.

—Yo no le pedí que me ayude.

—Entonces, quizá, debiera dejarlo aquí para que ellos lo encuentren.

Steiner trató de contestar, pero prorrumpió en otro ataque de tos. Llegaron al final del camino y Coleman lo apoyó contra la baranda para peatones. Miró al alto pedazo de hierro y pavimento, el centro del puente. Estaba a más de siete metros y medio por encima de ellos, continuando su acercamiento mientras lo iban bajando a su lugar. Pronto la punta del puente con sus dientes de acero iba a meterse perfectamente en la lengüeta y canal de la calzada.

Poder y precisión.

Coleman fue hasta el borde, a unos pocos centímetros de donde estaba Steiner, y miró abajo, al río, a través de la neblina. La estela del remolcador y la barcaza que iban pasando lamía silenciosamente los pilares.

Steiner volvió a toser solo que esta vez se dobló ahogándose y escupiendo sangre.

Coleman volvió a él:

—Venga aquí y siéntese —Steiner trató de empujarlo para alejarlo, pero Coleman no cesó—. Tómese de mi brazo y siéntese.

—¡No! —El grito era en parte de una animal herido, en parte de furia humana y, junto con él, vino la fuerza para empujar a Coleman tan fuerte que retrocedió tambaleándose, casi perdiendo el equilibrio sobre el borde del puente.

Steiner se incorporó a medias y gritó, rociando más sangre y saliva:

—Tú... —pero volvió a toser más.

Coleman se acercó nuevamente para ayudar.

Pero Steiner no iba a aceptar nada. Muy enojado se lanzó contra Coleman. El impacto desequilibró a Coleman, pero pudo recuperarse. Steiner no tenía tanta suerte. Su inercia lo llevó al borde del puente. Durante un breve momento, osciló con los ojos muy abiertos al darse cuenta.

Entonces, cayó.

Coleman se lanzó hacia adelante, arreglándoselas para agarrar un brazo, pero la fuerza del cuerpo de Steiner que caía, lo tiró para abajo, golpeándolo fuertemente contra el borde. Ahora Steiner colgaba del puente, aferrado a Coleman, su peso tiraba el brazo de Coleman hacia los dientes de la lengüeta de acero de la calzada.

—¡Aguante! —gritaba Coleman—. ¡Aguante!

Miró a la sección del puente que bajaba. Estaba a cinco metros por encima de él acercándose con rapidez.

Steiner gritaba tratando de izarse, pero cada tirón y contorsión hundía más los dientes de la lengüeta de acero en el brazo de Coleman. Él no podía sostener a Steiner, no con una sola mano. Se acercó más al borde y estiró la otra mano:

—¡Agárrese de mi mano!

Steiner miró para arriba, aterrorizado. Volvió a toser y la fuerza de la tos debilitó la prensión de las manos de ellos.

—¡Agárrese de mi mano! —gritó Coleman—. ¡Tómela!

Por fin Steiner empezó a alcanzarlo. Coleman se estiró para abajo, raspando los duros dientes de la lengüeta de acero. Hicieron varias arremetidas para alcanzarse, pero cada vez el movimiento debilitaba la prensión. Por fin, se tocaron, primero los dedos, luego las palmas hasta que pudieron tomarse de las muñecas del uno y el otro.

Steiner miró más allá de Coleman al puente que se acercaba.

Coleman movió la cabeza para ver.

Estaba a tres metros.

Se dio vuelta. Los dientes de la lengüeta de acero seguían rompiendo su pecho y sus brazos.

—Dese impulso —gritó—, dese impulso.

Pero Steiner no se daba impulso. Se había detenido.

—¿Qué hace?

Steiner no contestó, no se movió.

—¡Usted tiene que ayudarme! —dijo Coleman dándose vuelta para mirar hacia arriba.

El puente estaba a dos metros.

Se volvió a Steiner y súbitamente entendió.

—¡No! —gritó— ¡Yo no voy a soltarlo! ¿Me oye? ¡Yo no voy a soltarlo! ¡Suba! *¡Suba!*

Pero Steiner sencillamente colgaba como peso muerto. El puente estaba casi encima de ellos. Coleman podía sentir que se acercaba cerrándose, oía la diferencia del sonido, sentía la presión del aire.

—No lo voy a soltar —gritó Coleman—. ¿Me oye? ¡No lo voy a soltar!

Miró a Steiner directo a los ojos, y vio el desdén, el desprecio. Steiner no iba a dejar que Coleman ganara. Había vivido toda la vida para probar la perfección de la ley. Coleman estaba equivocado. Sus ideas no deben predominar. No había lugar para la misericordia. La ley era suprema. Absoluta. No la misericordia de Coleman. No su compasión. ¡La ley!

Una sonrisa fantasmal aleteó por la cara de Steiner.

—¡No! —lloró Coleman a gritos.

Él no iba a permitir que Coleman ganara.

—¡No... no!

Y entonces, resuelto, Steiner aflojó su prensión. Las manos de ellos se deslizaron apartándose. Y él cayó silenciosamente, victoriosamente, a la neblina y al agua.

Coleman se quitó rodando del camino, sintiendo que el acero rozaba su mejilla al cerrarse el puente, encajándose con silenciosa precisión los dientes de la lengüeta y del canal.

❄ ❄ ❄

Era de madrugada cuando O'Brien entró a B-11 para ver a Freddy. El babuino se mostró levemente curioso cuando él entró, pero muy poco más, nada de acogida entusiasta. Nada de apoyarse con fuerza contra él para que lo acariciara o sobara. Simplemente se acercó para ver si O'Brien tenía algo de comer; cuando vio que no, se dirigió nuevamente al gimnasio para jugar.

La conducta de Freddy entristeció a O'Brien mientras se sentaba, lentamente, en el banco del parque para observar. Algo había pasado. La personalidad del babuino había cambiado. Ya no era más el Freddy amoroso y afectuoso en que se había convertido desde el trasplante.

O'Brien se sentó, aturdido, apenas pensando hasta que oyó que la puerta de B-11 zumbaba y se abría.

—Bueno, miren quien está aquí.

No le sorprendió oír la voz de Murkoski. La había estado esperando.

—Se dice que usted ha estado trabajando mucho —dijo Murkoski mientras caminaba hacia O'Brien.

O'Brien le contestó sin mirar:
—¿Cuánto te pagan Kenny?
—Dicen que anduvo desempolvando su técnica de laboratorio.
—¿Cuánto? —repitió O'Brien.
—Más de lo que usted y yo hemos visto jamás.
O'Brien asintió. La respuesta era justa. Así fue la siguiente pregunta:
—¿Es el Ministerio de Defensa?
—No el nuestro.
Por primera vez se volvió para mirar a Murkoski.
El muchacho tiró al suelo la cartera que traía y sonrió.
—Un cartel asiático. Usted nunca ha sabido de ellos.
O'Brien frunció el ceño sin entender.
Murkoski se burló de la ignorancia del hombre y se acostó en el césped delante de él.
—Philip, los imperios ya no se definen más por las fronteras geográficas. Usted sabe eso —tomó una brizna de césped y empezó a masticarla—. En esta época, las corporaciones son los reinos. Las grandes corporaciones multinacionales —entonces, poniéndose más serio preguntó—: ¿Cuánto sabe?
—Sé que eres un embustero, un engañador, y probablemente un homicida.
Murkoski se encogió de hombros:
—Quizá. Pero me refiero acerca del proyecto, Philip. ¿Cuánto sabes?
—Sé que creíamos estar trabajando en un lado de la molécula del AND, el lado del sentido, cuando, en realidad, tú la diste vuelta y nos tenías trabajando en el contrasentido.
—Esa es la belleza de la hélice espiral, ¿no? Mientras un lado de la escalera está diseñando para codificar un gen, el otro lado está diseñado exactamente al revés, neutralizando por completo los efectos de ese gen mientras codifica para otro.
»Y como ambos lados son del mismo largo, los gel no pudieron detectar al nuevo gen hasta que Wolff empezó a cortar con otra enzima fuera de la región de codificación.

—Muy bien.

—Así que, mientras tú nos tenías pensando que estábamos diseñando un gen de la compasión, el de la no agresión. Yo había creado el opuesto. Un gen que elimina todas las inhibiciones de la agresión.

O'Brien cerró los ojos. Había sabido la respuesta durante la última hora, pero oírla hablada era algo que producía un impacto para el cual él aún no estaba preparado. Finalmente, preguntó lo inevitable:

—¿Por qué?

Murkoski escupió el césped que estaba masticando.

—¿Se puede imaginar lo que pagaría el mercado de armamentos por algo como eso?

—¿De qué estás hablando?

—Vamos, Philip, piense. En el mundo actual de las tecnoguerras, tenemos la capacidad de matar a miles, a millones si así lo queremos, ¿no es cierto?

O'Brien no contestó.

—Así que, ¿qué nos falta? ¿Qué no tenemos? —No esperó respuesta—. La voluntad, Philip. Nos faltan hombres y mujeres de voluntad. Tenemos los botones, pero no tenemos la gente dispuesta a apretarlos. Nuestra tecnología es capaz, pero *nosotros no*. Hasta ahora..

O'Brien empezó a entender.

—Así que, en lugar de individuos compasivos, afectuosos, tú estás creando máquinas asesinas sin conciencia.

Murkoski sonrió.

—Los ejércitos seleccionan a personal específico. Les inyectan el gen, los dejan devastar lo que sea necesario y, cuando se les acaba el tiempo, los sacan. A menos, por supuesto, que haya unos pocos generales o diseñadores de armamentos que opten por vivir con ellos.

—Dios nos ampare.

—Philip, demasiado tarde para eso. Él ya fue reemplazado.

—Pero los ratones. No entiendo. Eran solamente seis o siete, que se volvieron asesinos.

—Yo no puedo andar por todos lados convirtiendo a todos en máquinas de matar, ¿no? A menos que deseara suscitar muchas preguntas indeseables y arriesgarme a que cierren el proyecto. Y, ¿por qué molestarme? Es el mismo gen, solo que al revés. Los efectos biológicos serán los mismos, así que, ¿por qué no estudiarlos en individuos pasivos, fáciles de controlar, en lugar de asesinos?

O'Brien señaló al babuino que se balanceaba en el juego para gimnasia.

—¿Qué pasa con Freddy? Su conducta está cambiando.

—Lo mejor que me puedo imaginar, es que está pasando por una especie de regresión.

O'Brien lo miró.

Murkoski se encogió de hombros.

—Sospecho que eso se relaciona con el AND de chatarra que le inyectamos. Está volviendo paulatinamente a su estado original.

O'Brien, con tristeza, le dio la espalda al babuino.

—¿Y Coleman?

—Él también está en esa regresión. Por supuesto que eso no se detendrá ahí.

—¿Qué quieres decir?

—Wolff fue el primero en fijarse. Hay algo en el trauma emocional que detiene al proceso. En cuanto son expuestos a un estrés emocional exagerado, comienza rápidamente la degeneración. A medida que avanza, va neutralizando toda química normal contra la agresión que pudieran tener.

—Eso significa...

—Freddy y Coleman van, ambos, camino a volverse mucho más agresivos de lo que jamás hayan sido.

O'Brien solo pudo mirar fijamente.

—*¿Estrés emocional?*

—Probablemente una especie de mecanismo de defensa del cuerpo. Supongo que si le rompen los dientes, llega la hora de dejar de abrazar y empezar a pelear. Yo vi que eso se venía encima. En efecto, por eso junté a Coleman con la esposa de una de sus víctimas. Para ver cuánto podemos presionarlo.

—¿Tú hiciste *qué*?

—Claro. Fue un regalo encontrarla a ella, pero usted me conoce, siempre el oportunista. Una vez que esa bombita explote, debiera bastar para empujarlo al borde del abismo. La verdad es que mis fuentes dicen que él ya ha empezado la regresión.

—¿Así que volvimos a soltar a la sociedad a un asesino múltiple que se pondrá peor de lo que era?

—Tranquilo, Philip. Se están encargando de él, precisamente en este momento en que nosotros conversamos.

O'Brien miró al chico, temeroso de preguntar que quería decir con exactitud.

—¿Y Freddy? ¿Qué le hizo entrar en regresión? ¿Cuál fue su trauma?

—Por supuesto que la muerte de Wolff. Estoy seguro que no fue fácil que la pobre criatura viera a su mejor amigo morirse delante de sus propios ojos.

O'Brien había oído suficiente. Buscó su celular en el bolsillo.

Murkoski no se movió para impedírselo.

—Y ahora, ¡tú vas a parar todo eso llamando a las autoridades!, ¿es así?

—Exacto.

—Philip, no lo creo —Murkoski abrió la cartera—. Quiero decir, considerando que eres hombre de familia y todo eso.

Los ojos de O'Brien se entrecerraron, con su voz súbitamente endurecida.

—Si le has hecho algo a mi familia, si tan siquiera les has tocado.

—Oh Philip, yo no, yo no —sacó de la cartera un montón de fotos en blanco y negro y las arrojó a los pies de O'Brien—. Yo no he lesionado a tu pequeña familia, pero si no eres cuidadoso, tú pudieras dañarla.

O'Brien miró fijamente las fotos. Eran de Tisha y él en el estacionamiento, al lado de su automóvil abierto, hablando, abrazándose con pasión, besándose con hambre. Súbitamente se sintió muy débil. La ira y la indefensión lo bañaron, mezcladas y arremolinándose juntas. Apenas notó que Murkoski volvía a buscar algo en su bolsón.

—Estuve conversando con el directorio. Riordan, Macgovern, todos los demás.

O'Brien alzó la vista finalmente.

El muchacho tenía una sola hoja de papel en la mano.

—Parece que ellos piensan que te corresponde renunciar.

—Tú... tú no puedes hacer eso.

—Me temo que ya está hecho —le pasó bruscamente el papel—. No te preocupes. Además de una generosa compensación por la renuncia, me aseguran que podrás mantener todas tus acciones. No es un trato malo cuando se considera cuánto subirá nuestro valor accionario cuando esta nueva droga llegue al mercado público. Todo eso más —y aquí viene lo mejor— el Cartel te ofrece cincuenta millones en efectivo. Una especie de regalo de gratitud, para ni hablar de asegurarse de tu discreción.

La cabeza de O'Brien flotó.

—¿Y si no firmo esto?

—Oh, no hay *si*, Philip. Puedes renunciar ahora o esperar hasta más tarde. En ese caso, imagino que la oferta será mucho menos generosa.

O'Brien lo miraba fijamente atontado.

Murkoski forzó una sonrisa y sacó un bolígrafo de su saco deportivo.

—Philip, no pierdes. Todos ganamos...

El chico le pasó el bolígrafo, pero O'Brien no pudo tomarlo.

—Tú sabes, Philip, por lo que he oído, Beth no está ahora tan entusiasmada con el matrimonio de ustedes. Algo como eso pudiera destruirlo o ser la oportunidad perfecta para componerlo nuevamente. Todo ese dinero. Todo ese tiempo con la familia.

O'Brien sintió que se debilitaba.

—Entonces, en tres, cinco años más, ¿quién sabe?, quizá pudieras empezar otra empresa.

O'Brien miró de nuevo la carta.

—Philip, no dispongo de todo el día. Aquí tenemos una fecha tope que se nos viene encima.

—¿Qué clase de fecha tope.

—Digamos que ya es demasiado tarde, aunque quisieras parar las cosas.

O'Brien sostuvo su mirada por un momento, luego miró de nuevo las fotos tiradas en el suelo.

—Tienes todo listo. Toda una vida de rico. De dicha familiar. Y ¿a cambio de qué? Sólo por volver la cabeza y no hacer absolutamente nada. Murkoski le acercó más el bolígrafo.

O'Brien levantó la vista de las fotos y miró fijamente el bolígrafo. Era una marca japonesa muy cara. De cerámica. No tan diferente de la que Beth le había regalado para su último aniversario de matrimonio.

TERCERA PARTE

CAPÍTULO 13

El resplandor de las luces altas le irritan. Ajusta el espejo retrovisor. No sabe quién viene detrás; no le importa. Nadie puede tocarlo. La droga lo ha hecho invencible.

Destellos detrás de él; una sirena que aúlla. Policía. Le da una ojeada al velocímetro: 105 kilómetros por hora. Sonríe. Un poco rápido para ir por el centro del pueblo de Council Bluffs. Piensa que lo dejará atrás. Omaha está justo al otro lado del río. Pero él ha tenido cuidado, no tiene nada que ocultar. Él atribuye la paranoia a la cocaína.

Se obliga a calmarse. Maneja el Nova al lado del camino. La grava cruje y salta bajo los neumáticos, cuando él se detiene.

Baja el vidrio de la ventanilla, espera impaciente, tamborileando sobre el volante con los dedos. Ansioso. Deseando terminar con eso.

Por el retrovisor ve que se acercan los policías. Se separan, uno a cada lado. La luz de una linterna le ciega los ojos. Las amabilidades del Poli Uno son falsas, nada sinceras: "Señor" esto, "Don" aquello.

—¿Por favor, puedo ver su licencia de conductor?

Por el otro lado el Poli Dos hace pasar la luz de su linterna por la ventanilla del pasajero, explorando. Coleman sonríe. Él es un profesional. No encontrarán nada.

Le pasa su licencia al Poli Uno. Es falsa, pero demasiado buena para que lo noten.

—Por favor, ¿puedo ver el registro del automóvil también?

Coleman busca en la guantera mientras el Poli Dos dirige la luz al asiento trasero. Oye que se hablan por encima del techo, pero no entiende las palabras. La linterna del Poli Uno se dispara a los asientos traseros. Es la escopeta. Se asoma desde abajo de la frazada. Coleman iba a tirarla en el maletero, pero la alarma de la tienda al paso lo puso nervioso y torpe.

—Señor, salga del vehículo.

Los sentidos de Coleman se enfocan aguzados como navaja de afeitar. Oye que abren la manija de la puerta de su lado, las bisagras crujen, zumba un automóvil que pasa.

—¿Señor?

Su mano sigue en la guantera. En la superficie hay bolsas arrugadas de papitas fritas con sus hileras impresas de arcos anaranjados, dorados y marrones. Abajo hay docenas de boletos de lotería, letras rojas sobre fondo gris y, por supuesto, los envoltorios de dulce. El corazón le late en los oídos. Busca bajo la basura y saca una Browning de 9 milímetros semiautomática.

El Poli Uno va a sacar su arma, pero Coleman es demasiado rápido. La Browning recula. El policia cae herido. Coleman va a disparar de nuevo, pero se distrae por la quebrazón del vidrio de la ventanilla del pasajero. El Poli Dos trata de ser el héroe.

El Poli Uno está abatido. Dando alaridos. Una ronda más de balas lo silenciaría, pero el Poli Dos se acerca desde el otro lado.

Coleman se da vuelta. Ve el miedo en los ojos. Dispara a bocajarro, siente la bala aplastándose en el pecho del Poli Dos que grita. Coleman vuelve a disparar. Siente el segundo impacto, desgarrador, quemante. El Poli Dos abre la boca, pero Coleman es el que grita. Dispara la tercera ronda, volviendo a sentir la explosión. Pero no se detiene. Dispara la cuarta, la quinta, aullando de agonía mientras trata de matar su propio dolor.

Ahora hay alguien en el techo del automóvil. Aporreándolo: "¡Michael! ¡Michael!" Es la voz de su padre. Borracho. Enojado. Matará a Coleman.

Coleman rueda sobre su espalda. Dispara una y otra vez al techo, como loco. Hay un gemido patético de una sombra que pasa por la ventana cayendo al suelo. Coleman lo oye arrastrarse y sabe que está vivo. Salta del automóvil para rematarlo. Corre al otro lado levantando el arma; pero no es su padre el que repta por el suelo.

Es él mismo.

El herido Coleman lo alcanza. "Michael". Es la voz de su padre que está en el cuerpo de Coleman. Siempre ha sido su cuerpo. Desde el comienzo ha sido Coleman que persigue a Coleman.

Dispara al sangrante Coleman, sintiendo cada bala que revienta en su pecho, su vientre, pero el herido Coleman no se rinde. Se estira y agarra el tobillo de Coleman que le dispara a bocajarro. El cuerpo agujereado se convulsiona con cada impacto, pero no suelta su mano.

El Coleman herido, agarra las rodillas de Coleman, levantándose. "¡Michael!"

Coleman se tambalea bajo su peso.

"Eres mío".

"¡No!" Coleman trata de soltarse, pero la garra es demasiado fuerte.

"¡Suéltame!"

"¡Tú eres yo...!"

"¡No!" Está perdiendo el equilibrio.

"Eres mío..."

Se cae. "¡Nooo..."

Coleman se sentó sobresaltado. A medida que la realidad se iba imponiendo de vuelta y se aclaraba su vista, vio que estaba rodeado por el matorral de las orillas del agua. Metros y metros de matorral. Se puso de rodillas, tieso. El puente levadizo distaba casi trescientos metros. Las primeras señales de la hora de tráfico intenso ya empezaban a aparecer ahí.

Su ropa estaba empapada de neblina. En sus labios tenía sabor a sal, pero apenas se daba cuenta. Todavía seguía pensando en su sueño. Ahora lo entendía y le aterrorizaba.

Estaba perdiendo terreno.

Lo había sentido en el pasillo, con Steiner, con los dos matones en la puerta y, después, en el automóvil volcado. El hombre viejo estaba regresando. La rabia, la furia incontrolable, peleaban por volver, por dominar.

Eres mío.

Y con cada ataque resultaba más difícil resistir.

Eres mío.

El monstruo no se detendría hasta que hubiera recuperado todo el control.

La mente de Coleman corría vertiginosa. Los pensamientos giraban, se arremolinaban. Los recuerdos de asesinatos, la risa con Katherine, la violencia inexpresable de la cárcel, los juegos amables con Eric, todos ellos caían, atronaban y gritaban en su cabeza, junto con las acosadoras palabras de Katherine: "Las cosas viejas pasaron, he aquí todo es hecho nuevo".

Se puso de pie. Las montañas resplandecían con matices rosados y anaranjados al ir esparciéndose el alba por encima de sus cumbres. Recordó la prístina belleza de la nieve en el patio de ejercicios, el gemido solitario del tren de carga. La excitación de quebrar huesos, aplastar cartílagos.

Las cosas viejas pasaron.

Vio los ojos de Katherine; la vulnerabilidad, el amor.

He aquí, son hechas nuevas.

Recordó la Biblia, sus conversaciones sobre ella.

—Este dolor dentro de mí, como que Él entendiera.

—Supongo que por eso Él dice que es el Pan de Vida.

Él es una criatura nueva.

—Mi fe fue lo único que me mantuvo sobria.

Las cosas viejas pasaron.

—De alguna manera Él puede satisfacer mi hambre...

He aquí, son hechas nuevas.

Eres mío.

—Sospecho que tiene más que ver con la fe de la persona...

De modo que si alguno está en Cristo, nueva criatura es...

Eres mío.

Las cosas viejas pasaron.

Eres mío.

Una criatura nueva...

Eres mío.

Las cosas viejas pasaron.

Eres...

Todas las cosas son hechas...

Eres....

—*¡Noooo!*

El grito de Coleman sobresaltó a una grulla solitaria haciendo que levantara el vuelo desde el pantano. Sus alas batieron el aire mientras se elevaba ruidosamente en el cielo.

Dio un paso. —Por favor... —Luego, otro. Levantó su cabeza al cielo y gritó: —¿Me escuchas? *¿Me escuchas?*

Solamente silencio.

Empezó a correr, pero el suelo estaba blando y disparejo. Se cayó. Se tambaleó al volver a levantarse, pero solo por unos pocos pasos más antes de volver a caer. Se levantó y siguió adelante tambaleándose, aún tratando de correr. No estaba seguro para dónde. No sabía por cuánto tiempo más.

—Ayúdame —dijo respirando, y volvió a caer. Se levantó otra vez. Su visión se nublaba con las lágrimas calientes. Tres, cuatro, una media docena más de pasos antes de que se cayera otra vez. Se levantó por última vez, pero su energía se le había agotado, la lucha se había acabado. Lentamente se volvió a hundir al ponerse de rodillas.

—No puedo... —luchó para respirar—. Necesito... —las lágrimas rodaban a raudales por sus mejillas—. Por favor, no quiero esto. Por favor... ayúdame... Quienquiera que seas, lo que quieras, yo soy tuyo... tómame... hazme tuyo...

❄ ❄ ❄

Katherine activó la computadora de Eric. Golpeó unas cuantas teclas y esperó que el módem se conectara. Se dio cuenta de que sus manos temblaban. Cuando terminó, tuvo que tomarse otro vaso de vino. Al otro lado de la habitación el radio reloj despertador fulguraba las 6:39 de la mañana.

Al otro extremo de la habitación sonó el teléfono dos veces antes de que el módem se conectara con tres sonidos irritantes seguidos por el zumbido de una moledora de café. Había pasado un tiempo desde sus días de pirateo cibernético. Instalar un disco duro o escuchar las quejas por la configuración del último programa no era lo mismo que en la época cuando ella y los chicos de la sección de Defensa del Atlántico Norte, se pasaban el tiempo tonteando en la Internet. Eso había sido años atrás, antes que los civiles intervinieran apoderándose de la Red. Esperaba que no la hubieran echado a perder demasiado. Ella tenía que meterse ahí y hacer una seria investigación.

El menú saltó a la pantalla, seguido por una cajita roja ubicada en un ángulo de la pantalla, la cual indicaba que Eric había recibido correo electrónico. Katherine empezó a saltéarsela, pues lo último que deseaba era leer cháchara de uno de los corresponsales electrónicos de Eric. Pero, estaba ahí, solo tomaría un instante y quien sabe.

Ella abrió el mensaje y soltó un grito ahogado.

MAMÁ
NO TE PREOCUPES. ESTOY BIEN. ELLOS SACARON EL TELÉFONO DEL CUARTO, PERO DEJARON LA COMPUTADORA. QUE ESTÚPIDOS, ¿VERDAD? ESTOY LEYENDO ARCHIVOS. MONTONES DE BASURA QUE ASUSTA JÚNTATE CONMIGO A LAS 9 EN EL SITIO DEL FORO COMPUTACIONAL. TENDRÉ MÁS COSAS ENTONCES. NO TE PREOCUPES.

BESOS, ERIC.

Katherine respiró largo y profundo. Él estaba vivo. Sus ojos saltaron a la hora de transmisión del mensaje. Las 6:14 de la mañana. Él estaba vivo y dondequiera que lo tuvieran, se había demorado menos de una hora en entrar.

Volvió a leer el mensaje dos veces más. Eric tenía acceso a una computadora y estaba leyendo los archivos de alguien. Tenía que juntarse con él a las 9:00 en una zona de la Internet llamada Foro Computacional. Ella tocó inmediatamente la orden de contestar y empezó a escribir una respuesta.

ERIC
¿DÓNDE ESTÁS? ¿PUEDES MIRAR POR UNA VENTANA? ¿HAY SEÑALES QUE PUEDAS IDENTI...

Pero súbitamente el módem hizo clic y ella quedó desconectada de la Internet. Una llamada telefónica estaba entrando. Eric se había quejado durante meses del inconveniente de tener una sola línea telefónica y que el sistema de llamada en espera lo desconectaba siempre. Ahora ella entendía. Tocó AltX para salir y tomó el receptor telefónico.

—¿Aló?

—¿Katherine?

Era Coleman. Su voz la llenó con una mezcla de rabia, preocupación, excitación, culpa.

—¿Dónde estás? —preguntó imperiosa.

—Justo al norte de Everet.

—Se llevaron a Eric.

No hubo respuesta.

—¿Oíste lo que dije? Secuestraron a Eric.

—Sí —pausa—. Tenemos que... tenemos que vernos. Tenemos que averiguar cosas.

Lo último que ella deseaba era verse con el monstruo que había matado a su marido, que había destruido su vida y, sin embargo...

—¿Katherine?

—Dijeron que si me quedaba tranquila por veinticuatro horas no iba a pasar nada. Dijeron que lo devolverían si yo...

—¿Y creíste eso?

—Yo... yo no sé. No, por supuesto que no. No sé.

Otra pausa.

—Katherine, se está agotando.

—¿Qué?

—El experimento. Se...

Ella pudo oír que él se tragaba el pánico.

—¿Katherine, me estoy volviendo de nuevo a lo que era.

Un miedo frío se apoderó de ella.

—¿Katherine?

Por último, ella encontró voz para hablar.

—Pero puedes combatirlo, ¿verdad?

—No sé.

Katherine quería a su hijo de vuelta. Y, le gustara o no, ella necesitaba la ayuda de Coleman.

—Tú *puedes* combatirlo —ordenó—. *Tienes* que combatirlo.

La voz respondió. Débil y enronquecida.

—Estoy tratando... Yo... yo hasta estuve orando pero...

La cabeza de Katherine daba vueltas vertiginosamente. Cerró los ojos tratando de orientarse.

—Está bien, escucha...

—No creo que pueda...

—¡Escúchame! —Él se quedó callado y ella siguió—. Tienes razón, tenemos que juntarnos, pero no aquí.

Ella tamborileó sobre el escritorio, pensando. No podía ser un sitio público. Tenía que ser en alguna parte donde alguien, con una computadora y acceso a la Internet, la dejara...

Y entonces lo vio. El informe de notas de Eric. Y arriba, el nombre de su profesor: Señor Thaddeus Paris.

❄ ❄ ❄

El abigarrado yate Avanti del señor Paris, con menos de doce metros de eslora, parecía, y se sentía, como el apartamento de cualquier soltero, incluyendo, sin limitarse, el aroma de calcetines viejos, grasa vieja y loción para después de afeitarse. Katherine sabía que él había ordenado un poco el lugar, desde que ella había llamado y se mantuvo con ojo avizor a los armarios a punto de reventar, no fuera que se abrieran y la sepultaran en ropa sucia o cajas vacías de pizza.

Ella había llegado con una bolsa de libros sobre la Internet. Luego de soportar los convencionalismos amables de rigor y de soslayar las preguntas curiosas, pudo, por fin, instalarse a trabajar con la computadora que estaba en la mesa de la cocina. Él ofreció ayuda varias veces, y las mismas veces ella aclaró que su ayuda no era necesaria ni apreciada. Finalmente él se dio cuenta y arreglo su portafolio para irse a trabajar.

—¿Segura que no necesita nada? —preguntó por última vez antes de salir del yate.

El teclado sonaba bajo los dedos de Katherine y ella contestó sin alzar los ojos:

—Estaré bien.

Él se detuvo en la entrada, moviéndose . Ella supo que este escenario era por entero ajeno para él. Una linda mujer totalmente sola en su casa flotante, mientras él la dejaba para irse a trabajar. ¿Qué era lo malo de esta película?

—Bueno —dijo él, carraspeando—, si necesita algo o si solo quiere conversar, mi número está al lado del teléfono.

Ella asintió.

—Oh, y cuando se vaya, asegúrese de cerrar bien la puerta principal que da al muelle. A veces, se queda abierta.

—Entendido.

Otra pausa.

—Bien, entonces.

Sin respuesta.

—Espero que todo salga bien.

Lo mismo.

Encogiéndose de hombros, él se dio vuelta y empezó a irse.

Entonces, casi por reflejo, Katherine dijo:

—Gracias nuevamente.

Él se dio vuelta, evidentemente agradecido por el contacto.

Dándose cuenta de que tendría que decir algo más, ella siguió:

—Prometo explicarle todo esto pronto. Honestamente.

—Oh —dijo él con una sonrisa idiota—, no es necesario.

Ella le devolvió la sonrisa.

—Bueno, adiós.

—Adiós.

Él se quedó ahí, de pie.

Katherine se obligó a sonreír por última vez antes de volver a la pantalla. Él se dio cuenta y se fue.

Eran las 7:30. Ella tenía noventa minutos antes de reconectarse con Eric. Noventa minutos para explorar la Internet, para buscar bases de datos y, quizá, sacar alguna información prioritaria de viejos amigos.

Los primeros diez minutos se fueron en buscar la dirección de la calle asignada al propietario de la cuenta del correo electrónico desde donde escribió Eric. Le pertenecía a una tal Tisha Youngren de Baltimore, Maryland. Unos cuantos clics más del ratón revelaron que Youngren era una graduada de bioquímica que acababa de mudarse al oeste. Katherine no pudo encontrar la nueva dirección para remitir la correspondencia.

Probó otra ruta. Cualquier dato de Genodyne. Ella había estado haciendo eso por un buen rato cuando el bote roló y ella levantó los ojos viendo a Coleman a bordo.

Dentro de ella hubo un aleteo breve que suprimió rápidamente, reprochándose por sentir. Una ridícula parte de ella todavía quería correr hacia él, abrazarlo, pero estaba la otra parte, la que deseaba sacarle los ojos, pegarle, partirlo en cuatro.

—Hola —dijo él tratando de sonreír.

Ella supo que no podía confiar en su voz y se quedó callada.

—¿Encontraste algo? —preguntó él.

Ella meneó la cabeza.

—Nada. Callejones sin salida. Quien sea el que dirige esto, es sumamente cuidadoso.

Él asintió, entonces con cierto esfuerzo fue a sentarse al otro lado de la mesa. Ella se dio cuenta que estaba con dolor, probablemente por la correa vital, pero se obligó a seguir portándose convencionalmente.

—Tengo todos los datos sin importancia. Todo lo que uno quisiera saber de Genodyne: inversiones iniciales, cifras de pérdidas y ganancias, solicitudes a la Administración de Drogas y Alimentos, los trabajos, hasta los cumpleaños y direcciones particulares de los miembros del directorio, pero...

—¿Tienes un O'Brien ahí? —interrumpió.

Ella le dio una ojeada, un poco sorprendida por su brusquedad. Volvió a mirar la pantalla y asintió:

—¿El doctor Philip O'brien, el gerente general?

—Sí —Coleman se frotaba el cuello—. Lo conocí en noviembre. Un hombre muy decente. Quizá podamos dirigirnos directamente a la cima y llamar...

Ella lo interrumpió:

—Me parece difícil que llamar al gerente general de ellos vaya a...

—Si tienes otro plan, escucho, pero no estoy para quedarme sentado aquí sin hacer nada.

—¿*Tú no estás para...*? —La voz de ella subió de volumen—. Mi hijo acaba de ser secuestrado, ¿y *tú no estás* de ánimo?

—Bueno, bueno —dijo él, moderando la conversación—. Tienes razón —cerró los ojos y luego los abrió—. Ellos dijeron que lo devolverían en veinticuatro horas, ¿correcto?

—Correcto.

—¿Por qué? ¿Por qué dijeron eso?

—No sé, dijeron que si me quedaba callada por veinticuatro horas, si no acudía a la policía, él estaría a salvo y lo traerían...

—Imposible que creas eso.

—¡No sé! Pero veinticuatro horas no es tanto...

—¡Yo *no tengo* veinticuatro horas!

Ella lo miró.

Él se puso de pie y empezó a pasearse.

—¿No te das cuenta? Si tienen un antídoto o algo así, yo lo necesito ahora. ¡Ahora! No dentro de veinticuatro horas. *¡Ahora!*

—¿Y Eric?

—No hablo de Eric, ¡hablo de mí!

—Pero dijeron que él estaría...

—¡Lo necesito ahora!

Golpeó con su puño los paneles de la pared. Todo el bote se remeció. Katherine miró fijamente. Coleman miraba su mano como si fuera aun objeto extraño. Él se dio vuelta sin animarse a mirarla otra vez.

Cuando ella habló por fin, fue sin enojo:

—¿Realmente está sucediendo, no?

Sin darse vuelta, él le contestó con suavidad:

—Sí —después de un momento él volvió a la mesa y se sentó, aún con el cuidado de no mirarla directamente a los ojos. Se dio cuenta de su saco desparramado a medias y lo miró—. ¿Qué es esto?

—¿Qué?

Él metió la mano y sacó la Biblia que ella le había dado. La miró dudoso.

Ella se encogió de hombros.

—Tú dijiste que estabas orando. No que te sirva para algo.

Coleman la miró.

—Si realmente se está agotando —dijo ella—, dudo que haya algo que puedas hacer para detenerlo. Como dijo Murkoski, todo está en los genes.

—Katherine, yo soy algo más que el juego de química de un muchacho. Tengo que ser.

—Eso es correcto, también eres el asesino de mi marido.

Era para herirlo y lo logró. Pero él sostuvo su mirada. Y cuando habló, su voz era queda e intencional.

—Quizá, o quizá las cosas viejas realmente pasaron.

Llevó un momento para que la frase fuera entendida. Cuando lo hizo, Katherine sintió una oleada de asco:

—Por favor —se levantó y fue al lavaplatos a buscar agua.

Él insistió:

—Tú misma lo dijiste. "Si alguno está en Cristo, es una nueva criatura". Tú me enseñaste eso.

—Yo soy hija de un predicador, ¿qué pudieras esperar?

—Quizá la gente *puede* cambiar, quizá yo pueda en realidad...

—Ahórratelo, Yo conozco la rutina —ella llenó un vaso y bebió el agua. Amarga y levemente salada.

Pero Coleman no soltaba.

—Dijiste que a ti te sirvió. Cuando estabas en Alcohólicos Anónimos, dijiste que tu fe fue lo que te impidió seguir bebiendo. ¿No es eso lo que dijiste?

—Eso fue hace mucho tiempo.

—Pero te sirvió, ¿no?

—Supongo que sí. Cuando yo lo permití.

—Te cambió —su voz se volvía insistente—. ¿No dijiste que te cambió?

Ella asintió.

—No fue fácil en absoluto, pero, sí, rompió mi dependencia.

—Entonces, ¿por qué no puede hacer lo mismo por mí? Le pedí su ayuda. Le di mi vida. Si no puedo conseguir un antídoto, ¿por qué esa misma fe no pudiera ayudarme?

Ella se dio vuelta y lo miró. Su cara estaba llena de todo, menos de fe. Desesperación, sí. Miedo, decididamente sí, pero no vio fe.

—Katherine, yo no soy pura química. Tiene que haber una manera de vencer esto.

Eran las 9:57. Katherine había permanecido en el vestíbulo del Foro Computacional, mirando fijamente la pantalla a la espera de que su hijo entrara. Pero hasta ahora Eric no había llegado.

Coleman estaba sentado al otro lado de la mesa, de ella, con una de las chaquetas de Paris puesta para detener escalofríos, el comienzo evidente de la fiebre, cortesía de la correa viral. Pero, a pesar de su dolor, Katherine captaba una paz que se instalaba en él, una paz que aumentaba a medida que él seguía mirando fijamente la Biblia y volviendo sus páginas en silencio.

La paz era lo que menos le cruzara por la mente de ella, sentada al frente de esta bestia que había destruido su vida, y el santo que había empezado a revivirla. Quizá él tenía razón; quizá ellos eran realmente dos criaturas separadas. Quizá ese hombre viejo, el hombre que apretó el gatillo que se llevó a Gary, estaba muerto en realidad. Y quizá él tuviera razón en otra cosa. Quizá, con la suficiente fe, ese hombre viejo nunca regresaría.

Katherine volvió a mirar la pantalla. Fe. Había pasado mucho tiempo desde que ella había pensado en la palabra. Pero ahora, con la vida de su hijo en juego, estaba dispuesta a probar cualquier cosa. Ella tenía sus dudas, pero no era tonta. Para cubrir todas las posibilidades Katherine se halló orando en silencio, por si acaso allá afuera había un Dios, por si acaso le importaba en realidad.

Lentamente una chispa diminuta de algo empezó a brillar en ella. Quizá era fe, quizá esperanza, quizá solamente expresión de deseos. Fuera lo que fuera, le dio la fuerza para salir del vestíbulo y cambiarse rápidamente al correo electrónico por si acaso Eric hubiera escrito otro mensaje.

Nada.

Ella volvió a entrar al vestíbulo y siguió esperando. Durante la hora y media siguiente esperó, rechazando el bocadillo que había preparado Coleman, la bebida dietética que le había hallado, rechazando hasta especular sobre otro plan. No fue sino hasta las 11:36 que Katherine Lyon se paró, y con cualquier chispazo de fe retornada ahora extinguido, apagó la computadora.

Ella pudo sentir que Coleman la miraba con fijeza. Era evidente que él percibía su desesperanza y quería ayudar, pero cuando se puso de pie y empezó a dar vuelta la mesa hacia ella, ella levantó la mano. —No —fue todo lo que dijo. Por más que lo quisiera a él y lo necesitara, ahora sabía, más que nunca, que algunas cosas nunca pueden ser cambiadas.

CAPITULO 14

El doctor Philip O'Brien estaba metido en otro dilema al hacer las maletas. Esta vez se relacionaba con calcetines. No tenía ninguno; bueno, ningún par limpio. Desde que Beth se había ido a Mazatlán, sus habilidades domésticas habían ido rodando cuesta abajo continuamente, incluyendo el lavado, aunque sin limitarse a este.

Dio una ojeada al reloj del VCR del dormitorio. En solo pocas horas más, estaría en el vuelo a Mazatlán. Dudaba que hubiera tiempo suficiente para lavar y secar calcetines. Por supuesto, podía escarbar en la ropa sucia y sacar unos cuantos de los pares menos sucios, pero había estado realizando ese ritual en los últimos días y sospechaba que, de alguna manera, los calcetines que estaban en la lavadora, no iban a sobrevivir una tercera o cuarta ronda de uso.

Todo lo demás estaba listo. Las mascotas estaban en el hotel para animales, el periódico había sido cancelado, la gente de seguridad de la casa había sido alertada. Si quería, podía quedarse allá durante meses con la familia. O podía dirigirse a Asia o hacer un safari fotográfico por África o comprarse una villa en Europa. Las posibilidades eran casi ilimitadas tocante a tiempo y dinero.

El teléfono sonó y, sin darse cuenta, lo tomó para contestar.

—¿Aló?

—¿El doctor Philip O'brien?

La voz le parecía extrañamente familiar, pero no podía ubicarla con precisión.

—Sí.

—¿El jefe de Genodyne?

—Por favor, ¿quién llama?

—Un amigo de Nebraska.

O'Brien se quedó helado.

—¿Dónde está? ¿Por qué me llama a mí?

—¿Usted sabe dónde está el niño?

—¿Qué niño?

—Necesitamos su ayuda.

La mente de O'Brien galopaba vertiginosamente. Entre los preparativos para el viaje y desprenderse de Genodyne, casi había logrado sacar a Coleman de su mente. Casi.

—Usted tiene que entender. Yo ya no trabajo para Genodyne. Me... jubilé.

La pausa al otro lado de la línea pareció interminable. Finalmente la voz contestó:

—Necesitamos hablar con usted.

O'Brien cambió su peso de pie.

—No hay nada que yo pueda hacer. Si tiene un problema tendrá que tratarlo con el doctor Murkoski. Él es el encargado del programa y estoy seguro que él está más que dispuesto...

—Murkoski anda matando gente. Yo pudiera ser el siguiente.

O'Brien sintió que su cara se le encendía.

—Mire, yo ya no participo más en esto. Si usted tiene un problema, le sugiero que lo trate con...

—Tengo que hablar con usted. Necesito algunas respuestas.

La desesperación de la voz del hombre tocaba el corazón de O'Brien, pero este se negaba a ceder. Tenía que tomar un avión. Empezar una nueva vida.

—Lo lamento.

—¿Hay una manera de parar este proceso? ¿Puedo volver a ser como era?

—Aunque lo supiera no hay nada que yo pueda hacer. Genodyne es el único lugar donde usted puede ir a pedir ayuda. Le recomiendo que se dirija de inmediato para allá —sus palmas estaban húmedas; se la enjugó en el pantalón—. Y si le preocupa su seguridad, tiene que saber que hay una buena probabilidad de que esta llamada esté controlada.

—¡Necesito su ayuda! —La voz reventó repentinamente—. ¿No entiende? Usted me metió en esto, usted tiene que...

—Buenas tarde, señor Coleman.

—¡Escúcheme! Escuche, usted...

O'Brien apretó el botón para cortar y puso lentamente el teléfono en su lugar. Se quedó de pie un buen rato, antes de volver a las maletas que tenía encima de la cama. Sabía que esta no sería la última vez en que tendría que hacer oídos sordos. Los próximos meses, quizá años, no serían fáciles. Pero esta era la senda que había escogido y tendría que seguirla.

Volviendo a mirar el canasto de ropa se dio cuenta de que los calcetines ya no eran problema. No tenía que lavarlos. Los botaría a la basura y se compraría nuevos. Pensándolo bien, él y Beth podían tirar toda su ropa ahora y comprarse ropa nueva diariamente, si así lo querían. Sonrió sombríamente ante esa perspectiva y volvió a las maletas.

❄ ❄ ❄

Coleman bajó el receptor. La mezcla de rabia e indefensión lo dejaron temblando. Podía sentir que Katherine lo miraba fijamente y luchó por recuperar el control antes de volverse hacia ella.

—Entonces, ¿qué sigue? —preguntó ella—, ¿Genodyne?

Coleman pensó un momento, luego movió la cabeza.

—¿Qué otra opción hay?

—¿Tienes la dirección personal de O'Brien en la computadora?

—Sí, aquí está, pero no pareció exactamente como que estaba ansioso por...

—Había algo en su voz.

—¿Había qué?

—En su voz —Coleman miró para arriba tratando de explicar—: Yo oí algo... en su voz.

❄ ❄ ❄

—¿Qué le pasa a ese perro? —se quejó Murkoski abriendo la puerta de su oficina y saliendo furioso al pasillo.

—Tisha Youngren levantó los ojos de su trabajo.

—Ha estado ladrando así toda la mañana.

Murkoski vio a Eric sentado rígido en una silla cercana y lo señaló con gestos.

—¿Le diste el almuerzo?

—Traté. No come.

Murkoski giró bruscamente y cruzó la sala hacia Eric. Metió su cara directamente en la del niño:

—Escucha, mocoso, ¿oyes a ese perro?

Eric asintió, con los ojos muy abiertos.

—Bueno, tiene el tamaño de un oso y ladra porque tiene hambre. Al revés de ti, el perro no ha comido nada. Pero si tú no terminas ese bocadillo, podemos cambiar todo. Sé que, efectivamente, al perro le gustan mucho los niñitos tiernos. ¿Hijo, entiendes lo que quiero decir?

Eric asintió.

—Bueno —Murkoski se sonrió—. Mañana a esta hora ya tendremos todo despachado y tú estarás de vuelta en tu casa sano y salvo con tu mamita —sin esperar respuesta se irguió y se fue por el pasillo.

Tisha le gritó:

—¿Terminaste con la computadora?

Él se volvió:

—Por ahora sí, ¿por qué?

—A él le gusta jugar con los juegos.

Murkoski miró un momento al niño, luego se encogió de hombros.

—Si eso lo mantiene ocupado. (Se volvió y desapareció por el pasillo.)

—¿Oíste eso? —preguntó Tisha, poniendo mucha fuerza para parecer contenta, En cuanto termines el emparedado puedes volver y jugar más. ¿No quieres pasarlo bien?

Eric sabía que esta mujer subestimaba su edad y su inteligencia. Eso le parecía muy bien; quizá pudiera sacarle provecho. Pretendió asentir con ansias, luego rompió el envoltorio de celofán de su sándwich de pavo.

❄ ❄ ❄

—¿Qué cree que hace? Usted no puede entrar en la casa...

—Siéntese.

O'Brien vaciló.

—¡Siéntese! —Coleman se dirigió hacia O'Brien, mostrando claramente que hablaba muy en serio. Él entendió e inmediatamente se hundió en la silla de cuero más próxima, como todas las demás de esta sala de estar de la familia, cara y con alta tecnología, ubicada en la parte trasera de su casa.

Coleman empezó a pasearse, un conflicto de compasión, rabia y terror. La batalla dentro de su cabeza rugía incansable. Aun así, había podido controlar la mayor parte de su furia, sujetándola como a un perro de ataque que se controla con una cadena. Aún tenía control, aún sujetaba la cadena, pero con cada tirón y salto, su mano se debilitaba. En cosa de minutos, la bestia se soltaría quedando libre, y Coleman sabía que cuando eso pasara, nunca se dejaría encadenar otra vez.

Katherine estaba instalada frente a la computadora que estaba en un gran escritorio de roble, cerca de las puertas francesas que daban a la piscina.

—¿Esta computadora tiene módem? —preguntó.

O'Brien asintió.

—¿Qué hay en las maletas? —preguntó Coleman haciendo gestos a las tres valijas que estaban al pie de la escalera—: ¿Va a alguna parte?

—Sí —dijo O'brien. Su voz estaba ronca de miedo y tosió—. Como le dije por teléfono, me jubilé. Voy a México a juntarme con mi familia, de vacaciones.

Coleman seguía paseándose, frotándose los hombros, la nuca. El dolor era peor y estaba mojado en transpiración por la fiebre.

—¿Qué sabe del secuestro? ¿Dónde lo tienen?

—¿Secuestro? —O'Brien parecía auténticamente confundido.

—Mi hijo —dijo Katherine mientras sacaba la funda de la computadora y la encendía—. Sus amigos secuestraron a mi hijo.

—¿Ellos, qué? ¿Qué amigos?

La incredulidad de la voz de O'Brien parecía auténtica, pero Coleman no estaba seguro. Aumentó la presión.

—Dijeron que solamente iban a retenerlo por veinticuatro horas, no sabemos para qué. Pero ya han matado dos, tres veces, así que usted puede ver por qué dudamos un poco de la credibilidad de ellos.

O'Brien se puso pálido:

—¿Qué? ¿A quién mataron... cuántas veces?

Los instintos de Coleman habían acertado. El hombre estaba honestamente preocupado. Y, en general, O'Brien era decente. Asustado, pero decente. Era evidente que no sabía nada de Eric, así que Coleman siguió con el próximo tema.

—¿Qué hay de un antídoto?

O'Brien alzó los ojos. No había equivocación posible con la pena que llenaba su cara.

Coleman volvía a tener la respuesta, pero no la aceptaba.

—Estoy regresando. ¿Qué puedo hacer, cómo puedo parar esto?

—Lo siento —O'Brien movió la cabeza y siguió—: Según Murkoski en cuanto el proceso empieza a revertirse, no hay forma de pararlo.

La sentencia impactó con fuerza a Coleman.

Pero O'Brien no había terminado.

—Me temo... —volvió a carraspear para aclararse la garganta—. Me temo que seguirá en reversa hasta que lo deje peor de como estaba cuando recién comenzó el tratamiento.

Katherine dejó lentamente de escribir.

Coleman tragó saliva, encontrando apenas voz:

—¿Qué?

O'Brien ya no podía seguir mirándolo.

—Es altamente probable que eso elimine todas las inhibiciones de la violencia que usted pudiera haber tenido.

—¿Quiere decir que seré peor?

O'Brien no contestó. El veredicto colgaba pesadamente en la sala. Coleman no tenía idea de cuánto duró el silencio antes que el hombre continuara:

—Quizá dentro de unos meses, quizá en un año, puedan hallar...

Coleman explotó:

—¡Yo no tengo un año! ¡Yo lo necesito ahora!

Hubo otro momento de silencio, mientras Coleman respiraba profundamente, luchando por controlarse.

O'Brien esperó, luego repitió con suavidad:

—Lo lamento.

Coleman parecía perdido, inseguro de qué hacer. Finalmente, cruzó la sala hacia el sofá cerca de O'Brien y se hundió en los almohadones.

O'Brien se movió incómodo. Lanzó una ojeada a Coleman, luego aventuró quedamente:

—De todos modos, yo no me rendiría. Aún no.

Coleman lo miró.

—Quiero decir, usted aún tiene voluntad.

Coleman seguía mirando fijo, esperando más.

—Es cierto que todos tenemos una tendencia hacia ciertas conductas; todos heredamos programación de parte de nuestros padres, pero no somos computadoras. Aún tenemos voluntad. Y en muchos aspectos, esa voluntad ha resultado más fuerte que cualquiera de nuestros condicionamientos genéticos.

Coleman frunció el ceño.

—¿Qué pasa con la investigación que hace Murkoski? ¿Qué hay de todos esos estudios de los que se jacta?

—Hay muchas pruebas que lo respaldan ciertamente, pero hay otras investigaciones que indican que la manera en que somos criados, puede influir tanto como nuestra herencia genética.

—¿Cómo somos criados?

O'Brien asintió.

—No somos moldeados únicamente por la naturaleza de nuestra química, sino también por lo que nos brindan nuestros padres.

Coleman se desinfló levemente y murmuró:

—Segundo golpe.

—Pero existe un tercer elemento —Coleman lo miró. O'Brien continuó—: Nuestra filosofía personal, lo que creemos, interiormente.

—¿Eso constituye una diferencia?

O'Brien asintió:

—Absolutamente. Fíjese en los primates machos. Por naturaleza tienden a ser promiscuos en sus relaciones sexuales, pero en el curso de la historia, nosotros, los humanos, hemos aprendido el valor de la fidelidad, los valores emocionales, los valores sociales, así que nuestra creencia ha modificado nuestra conducta natural.

Coleman asintió, entendiendo lentamente.

O'Brien continuó:

—Lo mismo puede decirse del crimen, la violencia o el comportamiento de adicción. Hemos aprendido que las consecuencias de largo plazo sobrepasan la ventaja momentánea, así que modificamos nuestra conducta.

—¿Qué pasa con el drogadicto que no puede dejar las drogas, el alcohólico que no puede dejar de beber, el asesino que no puede dejar de asesinar?

Coleman sostenía la mirada de O'Brien, esperando una respuesta, pero él se quedó callado. Parecía una pregunta bastante simple, si *había* respuesta.

Coleman probó otra ruta:

—Usted dijo "creencia". ¿Qué pasa con la fe?

—¿Fe?

—Si no podemos hacerlo por nuestra cuenta, ¿qué pasa si acudimos a alguien que creemos puede ayudarnos?

O'Brien hizo una pausa para considerar la idea.

—Ciertamente merece consideración. Todos conocemos gente que ha sido cambiada por una experiencia religiosa —miró a Coleman—: ¿Piensa que eso es una posibilidad?

—No sé.

O'Brien arrugó el ceño, pensándolo más.

—Ciertamente no soy teólogo, pero pareciera...

—¡Lo tengo! —gritó Katherine desde el otro lado de la sala.

Coleman se paró inmediatamente, yendo al escritorio. O'Brien iba tras él, preguntando:

—¿Quién? ¿A quién tiene?

—Su hijo.

Cuando llegaron ahí, las manos de Katherine volaban sobre el teclado.

MI AMOR, ¿ESTÁS BIEN? ¿TE HICIERON ALGÚN DAÑO?

La respuesta demoró en llegar como una tortura lenta.

ESTOY BIEN. NO PUEDO HABLAR MUCHO. ARCHIVOS INTERESANTES.

Katherine contestó de inmediato:

¿DÓNDE ESTÁS? ¿VES ALGUNAS SEÑALES EN EL TERRENO? ¿OYES ALGUNOS RUIDOS?

NO TE PREOCUPES. MAÑANA ME VOY A CASA. LO PROMETIERON. JUSTO DESPUÉS DEL EMBARQUE.

¿CUÁL EMBARQUE?

AHÍ VIENEN, TENGO QUE IRME
ERIC,

¡NO TE VAYAS ERIC!

Pero no hubo respuesta. Ella probó de nuevo:

¡ERIC!

Nada. Los tres miraban fijamente la pantalla.

Coleman fue el primero en hablar.

—¿De qué embarque habla?

O'Brien no contestó, pero se volvió lentamente dirigiéndose al sofá y los sillones. Coleman y Katherine intercambiaron miradas, luego lo siguieron.

—Eso explica por qué retienen a su hijo —dijo O'Brien casi para sí mismo—. Ellos no se pueden permitir más demoras antes de enviar la droga, así que retienen a su hijo, para impedir que usted recurra a la policía.

—¿Qué droga? —preguntó Coleman—. ¿De qué habla?

O'Brien se sentó lentamente, luego se miró las manos por un largo instante. Finalmente, empezó.

—Pensamos al comienzo... pensamos que hacíamos tanto bien. Íbamos a cambiar al mundo, cambiar a la humanidad.

Cuidadosamente, con detalles dolorosos, habló de la muerte de los ratones, de la regresión de Freddy, del asesinato de Wolff. Explicó cómo en lugar de crear una humanidad compasiva, Murkoski se había encargado de todo y había desarrollado el gen contrario, para crear máquinas de matar sin conciencia. Un gen que, según la reciente información dada por Eric, estaba por ser embarcado mañana por la mañana.

Con el paso de los minutos y volverse más horrible la explicación de O'Brien, Coleman iba hallando cada vez más difícil contenerse. Cuando no pudo aguantar más, le hizo señas a O'Brien que se callara.

—Entonces, ¿qué hace usted para parar esto? —preguntó exigiendo.

O'Brien lo miró con tristeza, luego movió la cabeza.

—No había nada que yo pudiera hacer. No hay nada que alguien pueda hacer.

Coleman estaba de pie otra vez, paseándose con rabia.

—¿Qué dice? ¿No hay nada que podamos hacer? No creo eso. ¡No lo creo!

—Coleman... —advirtió Katherine.

—¿Cómo puede decir eso después de todo lo que usted ha hecho?

—Lo lamento —dijo O'Brien.

—Lo lamenta —repitió Coleman con incredulidad—. ¿*Usted lo lamenta*?

Katherine se paró y se acercó.

—Coleman, si él dice que no hay nada que podamos hacer, entonces...

—Crea una droga que nos puede volver asesinos y ¿dice que no hay nada que pueda hacer?

—Yo...

—¿Qué va a hacer cuando eso caiga en malas manos? ¿Cómo "lo lamento" va a intervenir cuando algún terrorista la obtenga? O ¿algún loco dictador?

—¿No cree que yo he pensado en eso? —respondió O'Brien—. ¿Usted no cree que haya pasado una hora sin que eso se me cruce por la mente?

—¿Y usted no hace nada?

O'Brien vaciló luego lanzó una ojeada a sus maletas.

—Por supuesto, usted hace algo —dijo Coleman—. Usted huye.

O'Brien se paró tambaleándose, tratando de defenderse.

—Él me eliminó de la compañía. Lleva planeando esto durante meses. No hay nada que yo pueda...

—¿Qué pasa con el camión o lo que sea, que usen para el despacho? ¿No pudiéramos hacerlo volar?

—Eso causaría una demora solamente. Él solo cultivaría y cosecharía más.

—¿De qué? —preguntó Katherine.

—El material genético del laboratorio.

—¿Y si eso se destruyera? —preguntó Coleman.

—Él tiene miles y miles de muestras; además el código genético está en todas las computadoras del laboratorio.

—¿Y qué hay de laboratorios externos?

O'Brien meneó la cabeza.

—No, nunca hacemos eso. Hay un potencial demasiado grande para un filtrado de seguridad. Por eso él está tan apurado por sacarlo, antes de que haya filtraciones —él se volvió a Katherine—. Por eso retiene a su hijo. Al impedir que usted recurra a las autoridades, él asegura que ningún tipo de investigación retrase ese embarque.

—No entiendo —dijo Katherine—, ¿por qué tanta prisa?

—Cada día que él retiene esta droga se multiplican las posibilidades de que sea robada o haya filtraciones a terceros. Hoy vale miles de millones, pero en cuanto sea pirateada y copiada, no vale nada. Así, pues, ven el riesgo. Si Murkoski se ve obligado a esperar unos cuantos meses con esto, puede perder todo el valor.

—¿Y las patentes? —preguntó Katherine.

O'Brien negó con la cabeza.

—Nadie honrará patentes cuando se trata de esto. Genodyne tiene una ventaja de meses, quizá un año, para hacer fortuna antes que personas y gobiernos comiencen a piratearla.

—Usted dice que Pedro, Juan o Diego, ¿cualquiera podrá copiar esa cosa? —exigió Coleman.

O'Brien asintió.

Coleman se apretó con ambas manos su dolorida cabeza.

—Y ¿usted no cree que valga la pena parar esto?

—No dije eso. Dije que no hay forma de pararlo. Fuera de destruir cada muestra...

—¿Cómo pudiéramos hacer eso? —interrumpió Coleman.

—¿Qué?

—Destruir las muestras. ¿Cómo se destruye el ADN?

—Supongo que con calor. Es como todo organismo vivo, pero no se puede entrar ahí y quemar unos cuantos tubos de ensayo.

—¿Por qué no?

—Como dije, son miles. Todo el tercer piso está dedicado a este estudio. Eso representa ocho laboratorios individuales.

Usted tendría que entrar, literalmente, a cada laboratorio, sacar todas las muestras y destruirlas.

—¿Eso es todo? —preguntó Coleman.

—Y los animales de laboratorio. Los ratones, el babuino, habría que destruirlos a todos.

—¿Y eso bastaría para arreglar esto?

O'Brien se volvió a Katherine:

—¡No puede estar hablando en serio!

Katherine mantuvo sus ojos fijos en Coleman.

—¿Es posible? ¿Hay algo que puedas hacer?

—No se puede quemar por completo el lugar —alegó O'Brien—. Tendría que cerciorarse de que cada muestra individual sea destruida, que nada se pase por alto. Tendría que hacer mucho fuego, dentro de una zona limitada. No podría pasarse por alto ni una sola muestra.

—Eso no es problema —dijo Coleman.

O'Brien miró fijamente con incredulidad.

—Hay mucho que se puede aprender en la cárcel, doctor, si uno se toma el tiempo para hacer las preguntas apropiadas, a las personas apropiadas.

Katherine se volvió a O'Brien.

—¿Qué pasa con las computadoras? ¿Dijo usted que el mapa del gen está en las computadoras?

—Sí.

—¿Pero que no hay nada fuera de Genodyne?

—Exacto, eso sería demasiado arriesgado.

Coleman se volvió a Katherine.

—¿Es eso algo de que pudieras encargarte, las computadoras?

—Quizás —ella parecía menos segura que Coleman—. Si yo metiera el virus apropiado, pudiera borrar todo el sistema.

—Tenemos respaldos en la bóveda de seguridad —dijo O'Brien.

—¿Usted tiene la combinación?

—Una antigua. Murkoski la cambia esporádicamente.

—¿Es una bóveda de acero? —preguntó Katherine.

—Sí.
—¿Hay cerca un enchufe de 220 voltios?
—¿Un enchufe de 220 voltios?
—Como para una cocina o algo así.
—Hay una sala para comer justo por el pasillo.
—¿Eso te serviría para entrar a la bóveda? —preguntó Coleman.
Katherine se encogió de hombros.
—En cierta forma, sí.
O'Brien meneó la cabeza.
—No puedo creer lo que dicen ustedes dos.
Coleman se volvió a él.
—Díganos todo lo que necesitaríamos saber.
—Es imposible.
—Si tiene otras sugerencias, le escucho.
O'Brien lanzó una ojeada a su reloj.
—Tienen dieciocho horas antes del amanecer, antes que él despache su embarque. Ustedes no conocen la planta del edificio, no conocen los dispositivos de seguridad, asaltar un lugar como Genodyne, no es exactamente como asaltar la estación de servicio del barrio. Esto es una conversación de locos.
Súbitamente Coleman saltó como resorte hacia O'Brien, agarrándolo por la garganta y empujándolo contra la pared. Katherine gritó, pero él apenas oía. Estaba pegado a la cara de O'Brien, escupiendo las palabras.
—¿Estoy loco? ¿*Soy yo* el loco? Usted habla de convertir a la gente en máquinas asesinas y ¡*Yo soy* el loco!
Su prensión aumentó mientras levantaba a O'Brien del suelo, unos buenos doce centímetros.
O'Brien tosió y se atoró, pero Coleman lo ignoraba, con sus sentidos aguzándose, consciente solamente de su propia respiración y de los fuertes latidos de su corazón en sus oídos.
—¡Coleman! —gritó Katherine, pero él no oyó nada.
O'Brien pataleaba y luchaba por soltarse, pero la garra de Coleman era de hierro.

Entonces, de alguna parte muy lejana, empezó a escuchar la voz de Katherine:

—¡Coleman! ¡Coleman, lo estás matando!

Sintió que alguien le golpeaba fuerte la espalda, aporreando sus hombros.

—¡Lo estás matando! ¡Detente!

Irritado por la distracción miró para atrás, sin soltar a O'Brien, y fijó su furia en ella.

Fue entonces que vio el terror en los ojos de Katherine. Terror de él. La mirada lo impactó fuertemente. Los sonidos volvieron. Pudo oír que O'Brien tosía. Dándose vuelta de nuevo, vio el púrpura oscuro de la cara del hombre.

La voz de Katherine cobró volumen:

—¡Lo estás matando, lo estás matando!

Coleman aflojó su mano y O'Brien se deslizó por la pared, tosiendo y esforzándose para respirar. Coleman miró al suelo, asustado y respirando fuerte también. Las cosas empeoraban, no cabía duda, pero, de alguna manera, sospechaba que se había dado a entender.

❄ ❄ ❄

A las 5:34 de esa tarde, O'Brien, alzó por fin, los ojos de los planos de Genodyne que estaban desplegados sobre la mesa del comedor.

—Esto es todo —suspiró, quitándose los anteojos y frotándose los ojos—. Esto es todo lo que se me ocurre.

Coleman miró primero al diagrama y luego al borrador donde había escrito detalladamente los procedimientos. Todo estaba ahí: policía de seguridad y de rutina, las ubicaciones de los laboratorios, todas las zonas de almacenaje, la ubicación de la bóveda, el sistema de extinguidores de incendio colocados en los techos, la ubicación de los animales de laboratorio, más todos los lugares posibles donde pudieran tener a Eric, si es que estaba detenido ahí. Había sido una tarde extenuante, pero Coleman se sentía seguro de que habían cubierto todos los ángulos. Aún había muchas cosas que pudieran salir mal, pero, por lo menos, tenían un plan.

—¿A qué hora es su vuelo? —preguntó Coleman.

O'Brien miró su reloj:

—Todavía puedo alcanzarlo si me apuro.

Coleman asintió.

—Váyase.

O'Brien vaciló, luego revisó el borrador de apuntes por última vez.

—Eso es todo. Estoy seguro —alzó la vista—. Pero si necesita que me quede aquí...

Coleman negó con la cabeza.

—No, es mejor que se vaya.

O'Brien asintió, entonces se puso de pie y se dirigió a las escaleras.

Coleman cerró los ojos, tratando de sacarse por pura fuerza de voluntad, el dolor implacable de sus articulaciones y el latido de su cabeza. Decididamente la correa viral hacía su trabajo. Cuando los volvió a abrir, Katherine lo estaba contemplado desde el otro lado de la mesa.

—¿Por qué vas a hacer todo esto? —preguntó ella.

—¿Qué quieres decir?

—Si yo estuviera en tu lugar, terminaría con mis pérdidas y me las enfilaría a las montañas y desaparecería para siempre.

Coleman se encogió de hombros, tratando de entenderse.

—Supongo... no sé. Toda mi vida es como que solamente he tomado. Y ahora, por una vez, solamente quiero... —su voz se desvaneció al darse cuenta de cuán inexacta era esta explicación. Meneó su cabeza diciendo—: No estoy seguro...

Katherine casi sonrió.

—Parece que una parte de ese gen aún trabaja.

—¿Y qué hay de ti? No tienes que hacer esto. Solo muéstrame como destruir esas computadoras y los discos...

—Lo haría si pudiera tenerte confianza —esa ligera huella de sonrisa había desaparecido—. Pero ellos tienen a mi hijo y no voy a confiar más en ti ni en nadie. Si él está en ese edificio, yo misma voy a buscarlo.

Coleman asintió, sintiendo el retorno de la sensación de tristeza. Las cosas nunca volverían a ser como habían sido. El muro entre ellos nunca se volvería a desplomar.

O'Brien se dirigió escaleras abajo, poniéndose una chaqueta. Tiró sobre la mesa una tarjetita magnética.

—Esta es mi credencial de identidad —dijo—. Tengo otra si la necesita.

Coleman meneó la cabeza y O'Brien continuó.

—Con eso y el número secreto de identidad que anotó, va a poder entrar en cualquier sala del edificio.

—Si Murkoski no ha cambiado el código —dijo Katherine.

—Dudo que haya tenido tiempo. Además, él sabe que yo me voy —se volvió a Coleman y preguntó por última vez—: ¿Está seguro de que no hay nada más que necesite de mí? ¿Cubrimos todo?

—Por lo que yo sé, sí.

—Yo pudiera quedarme un día más, si cree que puedo ayudar.

Coleman meneó la cabeza.

—No, váyase donde su familia. Haga todo tal como lo tiene planeado. Siempre existe la posibilidad de que Murkoski aún lo esté vigilando.

—Si me está vigilando, sabe que usted está aquí.

—Nuestro automóvil está a cuatro cuadras de aquí.

O'Brien asintió y, entonces, se volvió y se dirigió a buscar su equipaje. Tomó las tres valijas y se encaminó a la puerta. Coleman lo siguió.

—Con toda sinceridad —preguntó mientras seguía a O'Brien al vestíbulo de entrada con piso de mosaicos—, ¿cuáles cree que sean nuestras posibilidades?

—¿Sinceramente? —preguntó O'Brien. Se detuvo un momento a sopesar la pregunta—. Sinceramente espero que tenga la razón sobre esto de la fe porque me parece que usted va a necesitar toda la ayuda que pueda conseguir.

CAPÍTULO 15

Coleman y Katherine empezaron su expedición de compras a comienzos de la noche. La mayoría de las tiendas de la zona de Arlington estaban cerradas, pero Coleman estaba acostumbrado a comprar a toda hora con o sin el permiso de los demás.

Por otro lado, Katherine insistía en llevar el registro de cada ventana y cerradura que rompían, junto con el precio al público calculado de cada artículo que robaban. Quizá era porque ella misma era un comerciante minorista siempre apremiado o porque había estado casada con un policía. Cualquiera que fuera la razón, ella se había prometido que iban a pagar todo lo que rompieran o robaran cuando llegara el momento oportuno después que todo hubiera terminado.

El primer asalto fue al Consultorio Dental para Familias del doctor Tolle. No iba a faltarles nada de valor real. Ningún equipo dental, ninguna computadora, nada de dinero, nada sino un tanque de óxido nitroso tamaño E y un poco de tubería quirúrgica.

Luego vinieron los casi setenta metros de cable eléctrico para uso doméstico, calibre diez; el tambor de gasolina de veinte litros; el hacha; el rollo de cinta adhesiva para cañerías; la extensión eléctrica de 220 voltios; el marcador de tiempo y el rollo de cordel de algodón blanco trenzado número 6 para colgar ropa, todo ello cortesía de la Ferretería y Aserradero de Burnet. Eso dejaba faltante solo a la gran caja de copos de jabón Ivory y los veinte litros de combustible que Katherine quiso comprar en forma más ortodoxa.

Eran las 9:42 de la noche cuando los focos delanteros del automóvil rozaron la reja que rodeaba al complejo de Genodyne. El edificio de seis pisos estaba iluminado, pero medio oculto detrás de la espesa niebla que había en el estacionamiento. Ellos viraron por el asfalto humedecido que seguía a la reja y manejaron hasta pasar la entrada principal y la caseta de seguridad adyacente: una construcción pequeña de un solo piso.

Katherine siguió por el camino hasta que pasaron una larga hilera de cipreses que les bloqueó momentáneamente de ser vistos desde el edificio. Ella se metió al pasto mojado lo más cerca de la zanja que se atrevió.

Coleman salió del vehículo y fue al maletero. De nuevo tenía escalofríos. La fiebre era muy alta. Abrió el maletero, que crujió por oxidado. Se encogió esperando que la niebla hubiera absorbido el ruido. Metió las manos dentro y sacó el tanque de óxido nitroso, como también la cinta adhesiva para cañerías y la soga para tender ropa.

O'Brien había explicado que Genodyne no era una zona de muy alta seguridad. No había cámaras de video que filmaran todo, nada de aparatos de última palabra en vigilancia. Solo una reja en todo el perímetro, guardias que patrullaban el terreno una vez por hora, y detectores de movimientos cerca de todas las puertas y ventanas de la planta baja. La fuente principal de seguridad interna eran las tarjetas magnéticas de identidad y los números personales de identidad de seis cifras. O'Brien había hecho un chiste diciendo: "No es como si fuéramos una instalación de pruebas nucleares".

Quizá no, pensó Coleman, pero lo que ahora estaba adentro de ahí podía ser aún más peligroso.

Al acercarse al edificio de seguridad oyó el ruido sordo de un televisor. Una serie o película de policías con balazos y griterío. Se apretó más contra la pared de concreto humedecido y fue sigilosamente hasta la ventana más cercana.

Se detuvo ahí para escuchar ruido de conversación. Solo pudo distinguir las voces de dos varones. Se suponía que fueran tres. El tercero debía estar fuera todavía, haciendo la ronda.

Coleman miró la hora en su reloj: las 9:52. O'Brien había dicho que los guardias comenzaban cada hora a hacer la ronda, que les llevaba de treinta y cinco a cuarenta y cinco minutos. Coleman había esperado agarrarlos a los tres juntos llegando tarde. No tuvo esa suerte. El tercer guardia estaba demorándose más de la cuenta. Si Coleman esperaba, otro guardia podría salir a su ronda. Si empezaba, el tercer guardia podía llegar y descubrirlo.

Pero el tercer guardia podía estar dormitando o leyendo la última revista deportiva ilustrada en el baño.

La rabia comenzó a hervir dentro de Coleman. ¿No era siempre así, los mejores planes torcidos por el detalle más ínfimo? Por un momento, pensó cuánto más fácil hubiera sido entrar a lo bruto, eliminar a los dos primeros y luego eliminar al tercero cuando llegara.

Por supuesto que él conocía cuál era la fuente de ese pensamiento y, de inmediato, lo desechó aunque se resistió más de lo que él esperaba, y eso lo enervó. No era la presencia de esos pensamientos lo que le ponía nervioso; sabía que estaban presentes y fortaleciéndose más con cada hora que pasaba. Él se enervaba porque ahora se daba cuenta que tendría que dudar de cada acción suya. Un plan como este era ya suficientemente difícil con todas sus facultades al ciento por ciento, pero si no podía confiar en sus propios instintos, si tenía que pensar dos veces cada movimiento, podría haber problemas graves con toda facilidad.

La reja de seguridad que rodeaba las instalaciones estaba conectada a la caseta de seguridad. Un diseño simple que ahorraba dinero y lucía estilizado, pero que, evidentemente, era creación de un arquitecto y no de un experto en asaltos y ataques. En cosa de segundos, Coleman había usado la misma reja para subirse al techo. Un momento después, había metido el tubo quirúrgico por una cañería de aire de un lavabo, sellando la cañería con la cinta adhesiva para cañerías, y echado a andar el óxido nitroso.

A los cinco minutos, ambos guardias dormían profundamente.

Coleman se dejó caer al suelo y entró al edificio por la puerta, reteniendo la respiración mientras abría las ventanas para ventilar.

Tenía dos minutos antes que empezaran a desaparecer los efectos del gas. Se movía con rapidez y pericia. Cuando se despertaran los dos guardias, se hallarían encerrados en el baño, atados juntos con sus bocas selladas con cinta y toda seguridad.

ERIC: VAMOS A GENODYNE. SI ESTÁS AHÍ DINOS DÓNDE. NO DEJES QUE TE AGARREN LEYENDO SUS ARCHIVOS. CORRES PELIGRO. NO CONFÍES EN NADIE. TE QUIERO. MAMÁ

Eric leyó dos veces la carta electrónica antes de activar la RESPUESTA. Estaba por escribir su respuesta cuando oyó que la puerta detrás de él crujía débilmente. Alguien acababa de salir por la puerta principal de la gran cabaña y la diferencia de la presión de aire había remecido su puerta.

Eric se paró y caminó rápido a la ventana del segundo piso donde estaba. Abajo de él, vio a Tisha corriendo por la entrada de automóviles hacia el Mercedes que Murkoski acababa de poner en marcha. Eric la había oído contestar el teléfono uno o dos instantes atrás. Ahora, a juzgar por su apuro mientras le daba el mensaje a Murkoski y la respuesta enojada de este, Eric adivinó que la noticia no era tan buena.

No tenía idea de dónde estaba. Alguna casa lujosa de veraneo en las montañas. Solamente Murkoski, Tisha, él y los dos hombres que lo habían traído. El secuestrador de más edad estaba tirado en una cama que estaba en el pasillo, cuidando su nariz rota. El tipo más joven estaba abajo, mirando televisión.

Vigilar a Eric había sido tarea de Tisha, pero ahora ella estaba fuera.

Él volvió a mirar la pantalla:

CORRES PELIGRO. NO CONFÍES EN NADIE.

Tenía que escoger. Esperar hasta mañana con la esperanza de que lo soltaran tal como había prometido, o creer lo que decía mamá y huir mientras las cosas estaban bien.

Fue hasta la puerta y la abrió con todo cuidado. Nadie a la vista. Salió al pasillo, se movió más allá del baño y pasada la puerta cerrada donde el hombre mayor roncaba como un vendaval. Llegó al rellano superior de la escalera. Abajo, podía ver al más joven en el sofá, con su espalda hacia Eric, absorto en una película de karate.

Sería difícil, pero era posible que Eric pudiera bajar la escalera y llegar a la puerta que daba afuera sin que lo detectaran. Después de eso... bueno. De todos modos, entre la advertencia de mamá y su propia inquietud, pensaba que era mejor hacer algo que nada.

Bajó los escalones, de a uno por vez. No era probable que lo escucharan. El zumbante ventilador colgante del techo catedral y el atronador televisor así lo aseguraban. Pero él se tenía que cerciorar de que su reflejo no fuera captado en la pantalla del televisor.

Le quedaban dos gradas más cuando se abrió la puerta principal. Por una milésima de segundo se congeló, luego saltó los dos últimos escalones y se zambulló detrás del sofá, justo cuando Tisha entraba seguida por el furibundo Murkoski:

—¡Incompetente! ¿Por qué todos los que contratamos son tan incompetentes?

Mientras Murkoski iba a la cocina furioso, Eric dio la vuelta por la punta más distante del sofá. Ahora la escalera quedaba a su espalda, el televisor justo al frente y la cocina al otro lado del sofá.

Oyó que Murkoski tomaba bruscamente el receptor del teléfono de la cocina y preguntaba exigente:

—Sí, ¿qué pasa? —entonces, hubo una pausa—. ¿A qué hora?

Tisha se dirigió a la escalera. Eric se acurrucó más bajo aún, sabiendo que si ella miraba hacia él, lo divisaría.

—¿Pasa algo malo? —preguntó el hombre que estaba en el sofá, con su voz a muy poco más de un metro de la cabeza de Eric.

—Alguien entró al laboratorio —contestó ella.

Eric se puso tenso, esperando oír que lo llamaban, su fuga arruinada. Pero no pasó nada. Solo el simple golpeteo de pies que suben la escalera. Ella nunca miró hacia el sofá.

—No, ¡no den cuenta! —ordenó Murkoski por teléfono—. No todavía.

El hombre del sofá apagó el televisor con el control remoto y se puso de pie. Bostezó estirándose un poco. Estaba tan cerca que Eric hubiera podido tocarle la pierna, pero se quedó agachado, asustado hasta de respirar.

—No, *ustedes* lo investigan! —aulló Murkoski—. ¡Ustedes son de Seguridad, para eso les pagamos! Entren ahí y...

—¡Kenneth! —gritó Tisha desde arriba—. ¡Kenneth, el chico se fue!

—¿Qué? —preguntó Murkoski a gritos.

El hombre del sofá soltó unas palabrotas, se fue a la escalera y la subió de a dos escalones por vez para investigar. Murkoski colgó el teléfono con un fuerte golpe y lo siguió:

—¿Qué quieres decir con que se fue?

Un momento después, la sala quedaba vacía. Era ahora o nunca.

Eric se paró de un salto y corrió a la puerta. La abrió y se abalanzó a la niebla y la oscuridad. El sendero de grava saltaba y crujía bajo sus pies, haciendo que el perro que estaba en el caminito de la vuelta de la casa, se pusiera a ladrar frenéticamente.

El bosque distaba menos de diez metros. Llegó a la primera arboleda justo cuando la luz de la puerta principal se derramaba en la entrada de vehículos.

—¡Chico! ¡Oye, niño! —era Murkoski—. ¿Estás ahí afuera?

Eric se quedó helado. Podía ver al hombre, pero había suficiente sombra para mantenerlo oculto a él, siempre y cuando no se moviera bruscamente.

—¡Oye, niño, te estoy hablando!

Tisha apareció en el vano de la puerta, seguida por el hombre más joven, con una linterna en la mano.

—No puede haberse alejado mucho —dijo Tisha.

La luz llegó hasta los árboles rozándolos, con el rayo claramente delineado por la neblina nocturna. Por un momento la luz tocó el borde del suéter de Eric, pero no se detuvo.

—¿Eric? —gritó Tisha—, Eric, ¿dónde estás?

Eric avanzó lentamente hacia el árbol más cercano, un cedro enorme, para esconderse mejor. Ahí no había grava, solamente un suelo de agujas y plantas blandas. Sin embargo, había muchas ramitas y una se quebró cuando él la pisó.

El rayo de la linterna saltó hacia su dirección, y él se agazapó quitándose de la vista.

—¿Eric? —gritó Tisha. Evidentemente ella tenía la linterna ahora. Eric oyó el crujido de la grava al caminar ella por el sendero hacia él.

El perro seguía ladrando.

—¿Eric? Eric, no tienes que estar solito aquí fuera, Vamos, ven ahora.

Su voz sonaba amable y dulce, pero había algo malo en ella. Estaba mintiendo. Por debajo de toda esa amabilidad él sintió crueldad, una ambición lista y dispuesta para hacer lo que fuera necesario a fin de salirse con la suya.

Era raro. Él había estado teniendo esas sensaciones durante la mayor parte del día: saber por el tono de voz de la gente lo que estaban diciendo en realidad, viendo en sus ojos lo que estaban pensando en realidad. Él no había reparado mucho en eso, hasta ahora. Él necesitaba ahora toda la ayuda que pudiera conseguir.

—Vamos, niño —gritó Murkoski—. Vuelve y todo estará bien.

El rayo de la linterna danzaba por las ramas y arbustos alrededor de él. En cosa de segundos lo iban a divisar. No tenía opción. Debía moverse.

Recordando lo que había aprendido de los cuentos de indios de Coleman, lentamente y esta vez sin hacer ruido, fue avanzando entre las plantas del suelo, cuidando cada paso, dando un paso por vez, manteniendo al menos un árbol entre él y el rayo explorador.

—¿Eric?

También Tisha había entrado a esas plantas ahora. Ella hacía el suficiente ruido para tapar cualquier ruido que él pudiera hacer, así que apretó el paso, dirigiéndose lentamente a la izquierda, agazapándose o inmovilizándose cada vez que el rayo de la linterna venía en su dirección.

—Vamos, sal ahora —gritó Tisha—. Da mucho miedo estar aquí afuera, totalmente solito.

Ella tenía razón en eso, pero daría mucho más miedo confiar en ella. No era solamente lo que mamá había dicho por la Internet. También era lo que él sabía ahora, lo que captaba de alguna manera en esa forma tan rara en que había estado sintiendo cosas todo el día.

Hubo un ruido clamoroso, una cadena de hierro contra la reja de metal. El perro ladró aún más fuerte, con más frenesí.

—¿Qué estás haciendo? —preguntó Tisha gritando hacia la casa.

La voz de Murkoski contestó:

—Dejaremos que el perro lo busque.

❄ ❄ ❄

Trozos de estuco volaban en todas las direcciones mientras Coleman rompía la pared verde bosque de la oficina de ejecutivos. Con cada golpe demoledor del hacha, su cabeza y su cuerpo reventaban de dolor, pero aun así él seguía. Trató de abrir la caja fuerte de casi tres metros de ancho con la combinación que le había dado O'Brien, pero no funcionó. Dado el corto tiempo que tenían, sería imposible taladrar, quemar o volar los ochocientos dieciséis kilos de acero inoxidable altamente templado. Había solamente una manera de destruir los discos de respaldo que estaban adentro, y Katherine era la única que sabía cómo.

Habían metido todos los artículos robados en una vieja bolsa deportiva que Katherine había hallado en el maletero de su automóvil, un remanente de los días en que realmente le importaba cómo lucía. Sabiendo que el tercer guardia aún andaba suelto, cruzaron la puerta de seguridad, caminando con todo cuidado para luego lanzarse a toda velocidad por el estacionamiento hacia la entrada del edificio. La tarjeta magnética de O'Brien y su NPI habían abierto la puerta. Dejaron el ascensor y subieron por la escalera. El guardia hubiera podido parar el ascensor con toda facilidad atrapándolos entre pisos si hubiera estado alerta. Llegaron a las oficinas de ejecutivos y hallaron la oficina donde estaba la caja fuerte, exactamente como lo había descrito O'Brien.

Ahora, mientras Coleman blandía el hacha, rompiendo la pared que rodeaba a la caja, Katherine se sentó en el escritorio del ejecutivo para explorar el sistema de computadoras.

—Todo lo que necesito son unos cuarenta y cinco centímetros alrededor de eso —dijo Katherine—. Háblame en cuanto tengas eso listo.

Coleman asintió y siguió balanceando el hacha, deteniéndose solamente para sacar los escombros y trozos del muro que caían alrededor de la caja.

Katherine no pudo resistir la tentación de revisar el correo electrónico por última vez para ver si Eric había dejado algún mensaje. Se pasó al módem, marcó el número de teléfono, entró su santo y seña y esperó. Un momento después tenía la respuesta:

NO HAY CORREO NUEVO

El corazón de Katherine se abatió. ¿Dónde estaba su hijo? ¿Por qué no contestaba sus cartas electrónicas. Se pasó al vestíbulo del Foro Computacional donde se habían encontrado al comienzo, por si acaso.

Nada ahí.

Katherine combatió una depresión que se desarrollaba y volvió a su tarea. No solamente habría que destruir los discos de respaldo que estaban dentro de la caja fuerte, sino también la información guardada en el sistema computacional.

Volvió a entrar a la computadora principal. En poco más de veinte minutos había metido un virus que esperaba fuera lo bastante destructor como para comerse toda la información que hubiera dentro del sistema, como asimismo la de cualquier computadora que se enlazara con ese sistema. Naturalmente, las computadoras de Genodyne estaban muy bien equipadas con detectores y bloqueadores de virus, pero la experiencia que ella tenía de su trabajo para el gobierno, aún le brindaba unos cuantos trucos de los cuales los civiles todavía no tenían conciencia.

En una época Katherine había sido buena, la mejor de su ramo. Quizá todavía lo era. Después de todo, en los veinte minutos que acababan de pasar, un pirata con menos experiencia hubiera podido meter un virus equivalente a un resfrío fuerte, quizá uno similar a una gripe. Katherine había infectado el sistema con algo que esperaba se aproximara al virus Ébola.

Se detuvo un momento para volver a verificar su trabajo. Luego, reteniendo la respiración, golpeó ENTER.

Contempló la pantalla, observando. Lentamente se desparramó una sonrisa por su rostro al empezar a trabajar el virus. A los cinco minutos no habría cómo pararlo. El virus seguiría infectando y destruyendo toda la información vital que hubiera en la computadora principal, abarcando hasta los mapas e información sobre el gen DIOS.

—¿Ahora qué? —gritó Coleman.

Katherine levantó los ojos y vio un hoyo de sesenta centímetros abierto en torno a la caja fuera y que llegaba hasta el fondo de la misma.

Coleman respiraba fragorosamente.

—¿Ahora qué más? —repitió él, con impaciencia.

Katherine se paró y fue hasta la bolsa deportiva, de la cual sacó un rollo de grueso cable Romex, el mismo cable para trabajo pesado que se usaba dentro de las paredes de la mayoría de las casas. Buscó una de las puntas del cable y comenzó a retorcer, juntos, los tres alambres conductores.

Coleman se acercó, sudando por la fiebre y evidentemente, luchando con el dolor.

—Así, pues, ¿me vas a decir que sigue ahora —exigió— o convertimos esto en un juego de adivinanzas?

Ella vio tal hostilidad en sus ojos que un escalofrío le recorrió todo el cuerpo. Se volvió al cable, obligando a su voz a permanecer tranquila y uniforme.

—Empieza a envolver este cable alrededor de la caja. Veinticinco vueltas.

Él arrastró el pesado cable haciéndolo pasar por el hoyo de la pared. Eso lo colocó a menos de cuatro metros de distancia de ella, pero ella agradecía cada centímetro de esa distancia. Katherine había pasado por muchas situaciones difíciles y se necesitaba mucho para ponerla nerviosa, pero esa última mirada lo había conseguido. Ella sabía que él estaba luchando con algo más que el solo dolor. Coleman estaba cambiando. Clara e irrefutablemente.

—¿Qué se supone que esto haga? —preguntó él exigiendo, mientras luchaba con el tieso cable para que se doblara rodeando la caja.

—Calculé la reactancia inductiva que proviene de un alambre de 76 centímetros de diámetros enrollado alrededor de un núcleo de acero de 816 kilos.

—¿Qué significa eso?

Ella empezó a pelar una punta de la extensión eléctrica de 220 voltios para conectarla al cable.

—Eso quiere decir que estoy convirtiendo toda la caja fuerte en un electroimán gigantesco.

Coleman asintió.

—No podemos llegar a los discos dentro de la caja así que convertimos toda la caja en un imán gigantesco y, de esa manera, los borramos.

—Exactamente.

Coleman no dijo nada. Ella podía sentir sus ojos encima de ella. Quizá era aprobación, quizá era otra cosa. Lo que fuera eso la inquietaba e incomodaba. Este no era el hombre que ella había conocido pocas horas atrás.

Ella se paró en cuanto conectó el cable de la extensión eléctrica al cable, y empezó a tirar el cordón eléctrico hacia el pasillo y hacia el comedor de ejecutivos donde habría un enchufe de 220 voltios según había dicho O'Brien.

Pero apenas había pisado el pasillo cuando oyó:

—Muy bien, señora, me parece que será mejor que deje eso en el suelo y se de vuelta para mirarme.

El corazón de Katherine latió fuerte; dejó caer el cordón al suelo y se dio vuelta.

Era el tercer guardia, un chico universitario que lucía muy atildado en su almidonada camisa blanca y el uniforme azul de guardia de seguridad. Él la hizo acordarse de Gary, allá cuando recién se casaron, allá cuando había vestido su uniforme por primera vez. El joven estaba a seis metros de distancia, pero a pesar de esa distancia podía verlo sudar, mientras mantenía apuntada el arma a ella.

—Así, pues, ¿dónde están sus amigos? —dijo gesticulando hacia la oficina entre ellos—. ¿Ahí dentro?

Katherine no dijo nada mientras él se acercaba, pero con cada paso que daba, ella se ponía cada vez más aprensiva.

Llegó al umbral de la puerta. Manteniendo su atención dividida entre Katherine y la oficina, gritó hacia dentro:

—Bueno, todo se acaba ahora.

No hubo respuesta.

Le asustaba evidentemente entrar.

—Es Seguridad. Estoy armado y tengo permiso para usar el arma, así que salgan ahora antes que alguien quede herido.

Nada de movimientos ni de sonidos.

Él volvió a mirar a Katherine. Entonces, tentativamente, con renuencia, dio un paso al umbral.

—¿Hola? Dondequiera que esté, es mejor que...

Coleman se abalanzó sobre él como un alud, tirándolo de vuelta al pasillo. El joven cayó al suelo y Coleman estaba encima de él antes de que el muchacho supiera que era lo que pasaba. Coleman golpeó la cara del chico una vez, dos veces, sin piedad. Cuando Katherine llegó a ellos, la nariz del chico ya estaba quebrada.

—¡Basta! —gritó ella.

Pero Coleman siguió golpeándolo. La sangre cubría la cara del joven y manchaba la camisa de Coleman.

—¡Coleman!

Y él seguía pegándole. La furia había reventado dentro de él como un volcán, y dirigía todo su furor a este niño.

—¡Deténte! —Katherine trataba de sacarlo a tirones—. ¡Deténte!

Ruidos salieron de la garganta de Coleman, no supo si eran, quizá gruñidos o sollozos. Ella se puso de rodillas, empujándolo con todo su peso, gritando: —¡Detente! ¡Deja de pegarle! —hasta que, por fin, atrajo la atención de Coleman.

Sus ojos se fijaron en los de ella. Por un momento, su furia fue dirigida hacia ella.

El color se fue de la cara de ella. Sintió que se adormecía. Nunca había experimentado esa rabia, nunca había visto tanto odio al desnudo. Y los ojos, casi satánicos, llenos de malevolencia y furia, pero también vio algo más, más profundo. Por debajo, un parpadeo, apenas un destello, muy hondo, muy por dentro. El Coleman que ella conocía aún estaba ahí, luchando por volver a salir y tomar el mando.

Su mirada fulminante se ablandó y luego desapareció. Él parpadeó una vez, y de nuevo. Volvió su mirada hacia el muchacho, a la sangre, al músculo pulverizado, a la nariz rota.

—¡Basta! —repitió ella con firmeza.

Sus ojos saltaron de nuevo a ella.

—Es suficiente.

Coleman se enjugó el sudor de su rostro y se puso de pie tambaleante. Parecía perdido, mirando fijamente primero al muchacho, luego a Katherine y luego otra vez al muchacho.

Ella se inclinó y examinó al guardia. Todavía respiraba. Probablemente había perdido un ojo y, decididamente, iba a necesitar cirugía plástica.

Coleman tosió.

—Tenemos...

Ella alzó los ojos. Él se apoyaba contra la pared, todavía mirando fijo, todavía luciendo confundido y asustado.

—Tenemos que conseguirle ayuda.

Ella asintió.

—¿Cuánto tiempo se necesita para destruir todos los tubos de ensayo?

—No —dijo él, meneando la cabeza—. Se acabó.

—¿De qué hablas?

Coleman miró la sangre en sus manos.

—Yo no puedo...

Ella se puso de pie lentamente.

—Sí, tú puedes.

—Casi lo maté.

—Lo sé, pero...

—*Yo estaba* matándolo.

—Pero no lo mataste. Fuiste capaz de parar.

Él cerró los ojos. Ella sabía que la guerra dentro de su cabeza era terrible.

—Tú puedes controlar esa tendencia —insistió ella—, yo sé que puedes.

—No.

—Sí, tú puedes. Yo lo vi precisamente ahora.

—No, yo estaba...

—¡Tú *tienes* que controlarlo! —exigió ella—. No solo se trata de ti. Se trata de todos nosotros, tú, yo, Eric, ¡todos! ¡Tú tienes que controlarlo!

Su estallido pareció confundirlo. Quizá ella estaba entendiendo. Ella no sabía.

—Ahora, quédate aquí, con este joven. Todo lo que tengo que hacer es enchufar ese cordón de la extensión y aquellos discos pasan a la historia. Eso solamente dejas las muestras y los animales de los laboratorios. Entonces, nos vamos de aquí. ¿De acuerdo?

Coleman se limitó a mirarla. Él empezaba a estremecerse de nuevo, con su rostro humedecido por la transpiración.

—¿De acuerdo? —repitió ella.

Él no contestó aún, pero ninguna respuesta era mejor que una negativa. Ella tomó el cordón y se fue en pos del enchufe de la cocina del comedor.

❄ ❄ ❄

El perro se tiró al bosquecillo a todo correr, con ramalazos de negro y oro en la noche. Se dirigió a Tisha, pero Eric sabía que cambiaría de rumbo tan pronto como lo divisara a él.

Miró al árbol más cercano, un ciprés enorme con ramas bastante bajas para trepar, pero, ¿entonces qué? ¿Que lo trataran como a un animal? Tenía que haber otra manera.

Miró de nuevo a la entrada de automóviles. Él había estado dando vueltas en torno a ella, moviéndose en paralelo con la entrada al meterse Tisha más en el bosquecillo. Había tres automóviles estacionados ahí: una furgoneta, el automóvil en que lo habían secuestrado, y el Mercedes andando pero en neutro.

No había tiempo para pensar. El perro estaba casi al lado de Tisha.

Eric saltó como resorte para delante. Pasó por entre el matorral bajo a todo correr, quebrando palitos, ramitas y todo lo que hubiera a su paso. Ya no le preocupaba el ruido. Solamente tenía un objetivo, alcanzar ese Mercedes en marcha antes que el perro lo alcanzara a él.

El animal lo oyó e inmediatamente giró y se abalanzó a la persecución.

Voces que gritaban.

El automóvil estaba a seis metros por delante.

Las ramas azotaban la cara del niño, le pinchaban los ojos nublándolos con lágrimas pero él seguía corriendo. Miró por encima de su hombro. El perro pasaba a toda velocidad por entre el matorral en pos de él, un relámpago de oro, luego sombras, luego negro y oro, luego más sombras. Era enorme, más grande que Eric.

El automóvil estaba a cinco metros.

Ahora podía oír la respiración del perro. Rápidas boqueadas con gruñidos con cada tremendo paso.

Eric voló fuera del bosquecillo saliendo a la entrada de automóviles.

Tres metros más que correr.

Oyó las patas del perro hundiéndose en la tierra del camino.

Dos metros.

Se estiró para tomar la manija de la puerta, justo cuando su pie izquierdo cayó en un hoyo, tirando su pierna y lanzándolo cuan ancho era al suelo de grava suelta. Estiró las manos, resbalándose sobre ellas, y sobre los codos y las rodillas.

Miró por encima del hombro. El perro estaba a dos zancadas detrás, con los colmillos desnudos, los ojos en blanco y enloquecidos. No había tiempo para llegar y abrir la puerta. Antes que se frenara el resbalón, Eric se aplastó contra el suelo y se impulsó hacia delante, siguiendo con la inercia, hasta que se metió debajo del automóvil.

Lo hubiera logrado si el perro no le hubiera mordido la pierna izquierda, hundiéndole bien los colmillos en el tobillo. Eric gritó y tiró su pie. Sintió el desgarrón de tendones y músculos al tiempo que oía el sordo golpe de la cabeza del perro contra el lado del automóvil.

El impacto hizo que el perro soltara el mordisco, y Eric se arrastró sobre su estómago hacia el otro lado. El animal trató de seguirlo metiéndose debajo, pero solamente pudo meterse hasta el pecho. Sus ladridos atronaban y rugían debajo del automóvil. Tiraba mordiscones, con los colmillos a pocos centímetros del niño. Pero el perro era demasiado grande para llegar a él. El animal tironeó para salirse y corrió al otro lado.

Dándose cuenta de ese movimiento, Eric cambió de dirección y se deslizó sobre la grava de nuevo hacia el lado del pasajero. Reptó para fuera, se puso de rodillas como pudo y abrió la puerta.

El perro dio la vuelta y volvió a él.

Eric saltó dentro del automóvil. Pero al estirar la mano para tomar la manija y cerrar la puerta, el perro se tiró a morderle el brazo. Eric empujó la puerta con toda su fuerza.

Sintió la cálida respiración del animal contra su muñeca, justo cuando la puerta del auto estrellaba la cabeza del perro contra el automóvil. El animal aulló y Eric abrió la puerta justo lo suficiente para que escapara, luego la cerró de un portazo. Se dio vuelta y activó los seguros de las puertas, esforzándose para respirar, revisándose frenéticamente para ver si tenía mordidas. Súbitamente hubo tremendo aporreo en la ventana del lado del chofer.

—¡Eric! —era Tisha que golpeaba fuerte y gritaba—. ¡Eric, abre! Nadie te va a herir. Vamos, ahora, abre.

Era mentira. No solo lo sabía por la voz de ella, pero así mismo podía verlo en sus ojos. No se podía confiar en ella.

Eric miró el encendido. Sí, las llaves estaban ahí. Él estaba a salvo. Nadie podía llegar a él. Al menos por ahora.

❄ ❄ ❄

Murkoski se había quedado justamente fuera de la puerta principal de la cabaña, mirando. El otro joven, el secuestrador, se juntó con Tisha por el lado del pasajero del Mercedes, golpeando y rogando, pero Eric no cedía. Murkoski sabía que estaba demasiado asustado. Sencillamente el niño se quedaría dentro del automóvil hasta que ellos rompieran un vidrio y lo sacaran arrastrándolo.

Murkoski hizo una mueca. La idea de romper un vidrio de su Mercedes SL 600 le gustaba muy poco, pero ¿qué opción tenía? Después de todo, el chico tenía las llaves, así...

Lentamente Murkoski sonrió. Bueno, de todos modos, el chico tenía un juego de llaves.

Se dio vuelta hacia la cabina, tropezando con el otro secuestrador que acababa de salir.

—¿Qué pasa? —mascculló el hombre a través de su hinchada nariz.

—Quédate aquí —ordenó Murkoski.

Murkoski entró a la casa y subió la escalera de su oficina. Abrió el cajón superior de su escritorio y ahí estaba: el otro juego de llaves.

Las tomó y salió de la oficina pero, entonces, vaciló. Alguien había dejado la computadora funcionando. Se dio vuelta y miró a la pantalla brillante. Había un mensaje en ella. De la Internet. Se aproximó lentamente a la pantalla y leyó.

ERIC: VAMOS A GENODYNE. SI ESTÁS AHÍ DINOS DÓNDE. NO DEJES QUE TE AGARREN LEYENDO SUS ARCHIVOS. CORRES PELIGRO. NO CONFÍES EN NADIE. TE QUIERO. MAMÁ

Así que el chico había estado haciendo mucho más que jugar en la computadora. Murkoski asintió admirado, a pesar suyo, entonces volvió a leer el mensaje. Súbitamente entendió la llamada de Seguridad comunicando que alguien había entrado. No había sido una broma o un intruso desconocido. Había sido la mamá del niño y, probablemente, Coleman también.

Murkoski hizo una pausa, examinando los posibles cursos de acción. Si él no tenía cuidado, las cosas podrían escapársele rápidamente de su control. Paulatinamente, un plan fue adquiriendo forma. Él tendría que devolverles el golpe venciéndolos. Él tendría que ser el que llamara a la policía, haciéndose la víctima. Después de todo, Coleman y Katherine eran los que habían entrado a la fuerza. En cuanto al niño, los niños siempre están vagabundeando por todos lados. Era la palabra de ellos contra la suya. ¿Una alcohólica quebrada y un asesino convicto en contra de un doctor en filosofía de fama mundial? No era mucha la competencia en ese rubro.

Por supuesto, el niño tendría que ser eliminado, pero Kenneth Murkoski estaba mejorando todo el tiempo en esta clase de cosas.

CAPÍTULO 16

Más golpes en la ventanilla. Esta vez, del lado del pasajero. Eric se dio vuelta para ver al secuestrador joven golpeando con tanta fuerza el vidrio que pensó que se quebraría. Mientras tanto Tisha seguía rogando y golpeando del lado del chofer.

Los ojos de Eric saltaron de nuevo a la llave metida en el encendido. Sabía que el motor estaba funcionando, que el automóvil estaba listo para andar, pero también sabía que nunca antes había manejado. De todos modos, estaba la televisión y todas las películas y ¿no había visto un millón de veces antes como manejaba su mamá?

Se puso detrás del volante, cosa que no pareció poner muy contentos a Tisha y el secuestrador. El griterío y los golpes aumentaron de volumen. Eric estiró su pie lo más que pudo y apretó el pedal.

Nada.

Quizá era el pedal equivocado. Se estiró hasta que pudo tocar el otro pedal con la punta de los dedos de su pie.

El motor arrancó acelerando con un par de fuertes ruidos cortos, pero el automóvil seguía inmóvil. Se estiró y empujó el pedal con más fuerza. El automóvil rugió aún más fuerte, pero no se movió.

Súbitamente los golpes en la ventanilla del pasajero se convirtieron en crujidos fuertes y agudos. El hombre estaba golpeando el vidrio con la culata de su revólver.

Presa del pánico, Eric revisó el panel de instrumentos; luego, miró la palanca de cambios. Estaba en "P" (Parking). No estaba seguro de lo que eso significaba, pero recordó que su mamá siempre movía la palanca de cambios antes de partir. Apretando aún el acelerador con el dedo gordo, haciendo rugir el motor, Eric se esforzó para mirar por encima del panel. El secuestrador más viejo caminaba hacia él, meneando la cabeza, diciendo algo que Eric no entendió por el ruido del motor acelerado, los ladridos del perro y todos los golpes y aullidos.

El vidrio de la ventanilla del pasajero explotó. Eric gritó cuando recibió una lluvia de fragmentos de vidrio. El hombre más joven metió la mano buscando la cerradura. Eric apretó el acelerador lo más que pudo. Aún nada. Desesperado, agarró la palanca de cambio y la movió con fuerza.

El automóvil saltó para delante. El hombre que tenía la mano dentro tuvo que correr para mantenerse a la par.

—¡Para el automóvil! —aullaba—. ¡Páralo!

Eric lo observaba aterrorizado.

—¡Para el automóvil! —el hombre empezó a decir obscenidades—. ¡Para el automóvil!. ¡Para el... —de repente abrió mucho los ojos—, ¡Cuidado!

Eric miró hacia delante justo a tiempo para ver un enorme pino que se le venía encima. Tiró con brusquedad el volante hacia la izquierda y el automóvil se desvió esquivando apenas al árbol. El hombre no tuvo tanta suerte. La inercia le obligó a soltar su presión en el automóvil arrojándolo directamente hacia delante al árbol. Emitió un sonoro: *¡UFF!* y entonces se perdió de vista.

Eric pensó que se había matado. Se levantó, apoyándose sobre el acelerador y estiró su cuello por encima del asiento trasero para mirar por la ventana trasera. Vio que Tisha venía corriendo y que ayudaba al hombre a ponerse de pie.

No estaba muerto. Bueno.

Entonces, antes de que Eric pudiera darse vuelta, las luces delanteras del segundo automóvil se encendieron, cegándolo al brillar a través de la ventanilla trasera.

Giró veloz hacia delante y apretó fuerte el acelerador. El automóvil despedía pedregullo y se resbalaba, mientras él luchaba por mantenerlo en el camino.

❄ ❄ ❄

El guardia de seguridad había recuperado el conocimiento. Coleman y Katherine le ayudaron a ponerse de pie, con todo cuidado. Lo llevaron por el pasillo al ascensor. Habían podido detener la hemorragia, pero era probable que hubiera tenido una conmoción cerebral, quizá grave.

—Le conseguiremos ayuda —le aseguró Coleman—. Muy pronto. Solo aguante un poco.

Katherine podía ver que el joven miraba a Coleman con sospecha. Podía ser por lo que había ocurrido recién o porque Coleman tenía ahora el arma en su poder. En todo caso, ella entendía por qué el hombre podía estar un tanto escéptico tocante a la buena voluntad de Coleman.

El ascensor se detuvo en el piso principal. Salieron dirigiéndose por el pasillo hacia la división de los laboratorios.

—Escucha —preguntó Katherine, mientras ayudaba a caminar al guardia—, ¿ha visto a un niño por aquí?

—¿Cómo dice? —el habla del guardia era espesa por su lengua hinchada y dientes rotos.

—Un niño. ¿Ocho años, pelo rubio, con un suéter de la Universidad de Washington? ¿Viste que alguien trajera para acá a un niño?

El guardia movió la cabeza. Habló, pero era evidente que tenía mucho dolor.

—Las autoridades prohiben que los niños entren a un laboratorio.

—¿Qué de las oficinas? Él pudiera estar en...

El guardia meneó la cabeza.

—Todas las visitas se anotan.

—¿Y no hay nada en el registro de anotaciones de las últimas veinticuatro horas?

El guardia volvió a menear la cabeza.

El desencanto de Katherine fue grande. ¿Dónde estaba su hijo? ¿Estaba herido? ¿Estaba vivo siquiera?

Llegaron a una serie de puertas. Coleman tocó la caja negra con la tarjeta magnética de O'Brien e ingresó su NPI. Katherine se fijó en que sus manos estaban húmedas y temblorosas mientras apretaba los números. La puerta zumbó y él la abrió. Pasaron por el vestíbulo, caminaron a lo largo del arroyuelo cantarino y pasaron debajo de las grandes palmeras hasta que llegaron al otro ascensor. Entraron y Coleman apretó el botón del tercer piso.

O'Brien había dicho que el experimento estaba limitado al tercer piso. Tendrían que recorrer cada uno de los ocho laboratorios de ese piso eliminando todas las muestras del ADN. Sería una ardua tarea. Le dio una ojeada a Coleman, preguntándose que estaría pensando. ¿Estaría planeando llevar al guardia con ellos afuera? Podrían actuar con más rapidez sin el guardia, pero ella sabía que sería imposible persuadir a Coleman para que abandonara a este chico en su mal estado.

Era irritante. ¿Con cuál Coleman trataba ella, con el asesino o el santo? Y mientras la batalla rugía en su cabeza, él parecía cambiar de minuto a minuto. Solamente una cosa permanecía constante: su deterioro. Con cada minuto que pasaba, parecía que él iba perdiendo terreno.

La puerta del ascensor se abrió y, para sorpresa de ella, vio a media docena de técnicos que iban y venían de los laboratorios. Coleman se inclinó a ella y dijo:

—Debe ser el embarque. Murkoski los tiene trabajando horas extras para hacer el embarque de la mañana.

Katherine asentía cuando los técnicos se fijaron en el ascensor abierto y lentamente se detuvieron. Ella se imaginó que las expresiones de asombro de ellos se relacionaban con la cara ensangrentada del guardia o con la manera en que

Coleman sostenía el arma de fuego o con ambas cosas. Se quedó mirándolos, insegura del siguiente paso.

No así Coleman que actuó rápidamente. Blandiendo el arma con una mano y haciendo señas al bolso deportivo con la otra, gritó:

—Atención todos, ¡escuchen! —trabó la puerta abierta del ascensor y salió, empujando por delante al golpeado guardia.

Definitivamente había captado toda la atención de ellos.

—¡Tienen exactamente tres minutos y medio para abandonar el edificio!

Nadie se movió.

—Puse una bomba. Va a explotar exactamente en... —miró su reloj—, exactamente en tres minutos y veinticuatro segundos.

La gente seguía parada, atónitos. Muy boquiabiertos. Principalmente, Katherine.

—Si yo estuviera en su lugar —continuó él alzando la voz—, ¡dejaría de estar aquí y me iría para afuera! ¿Me oyen? —meció un poco más el arma—. ¡Salgan de aquí! ¡Ahora! ¡Muévanse! ¡Muévanse!

El pánico cundió por todo el pasillo. Algunos técnicos se fueron corriendo a los laboratorios para advertir a los colegas, otros se fueron hacia la escalera.

—¡Tres minutos y diez segundos! ¡Muévanse! ¡Vamos, vamos! ¡Tres minutos y cinco!

Katherine salió del ascensor, asombrada de su actuación. Coleman estaba haciendo una imitación muy convincente de un loco, aunque ella ya no estaba segura de cuánto era imitación.

—¡Tres minutos!

Coleman hizo señas con el arma hacia una pareja que corría a la escalera:

—¡Usted! —gritó—. ¡Y tú!

Se quedaron helados.

—Vayan a los otros pisos. Si hay otros trabajadores, sáquenlos. Revisen todo, las oficinas, los baños, todo.

Ellos vacilaron.

Él apuntó el arma.

—¡Vayan!

No esperaron a que se los dijera de nuevo.

—¡Aquí! —Tiró al guardia a otro técnico que pasaba—. Tómalo y sácalo de aquí.

El técnico obedeció.

—¿Y la mujer? —preguntó.

Coleman se estiró y tomó el brazo de Katherine. La tiró fuerte hacia él.

—Ella es mi rehén.

—Pero...

—¡Sal de aquí antes que decida tomar más rehenes!

El técnico se escurrió presuroso, apurando al guardia que llevaba por delante.

—¿Rehén? —dijo Katherine, enojada, soltando su brazo de la mano de él.

Pero él la volvió a tomar con la velocidad del rayo, esta vez torciéndoselo por la espalda. Ella empezó a luchar, pero él la tironeó con tanta fuerza que ella gritó. Él le susurró al oído:

—¿Quieres compartir la culpa de esto?

Nuevamente ella luchó y él la tironeó con tanta fuerza que las lágrimas brotaron en sus ojos.

—De esta manera ellos vendrán solamente por mí.

—Oye, hombre, vamos...

Katherine levantó los ojos para ver que un hombre pecoso protestaba.

—¿No se da cuenta que la está hiriendo?

Katherine oyó que una pistola era amartillada y se dio vuelta para ver a Coleman que la apuntaba directamente al hombre. Súbitamente temió que Coleman ya no estuviera interpretando el papel.

—Bueno, bueno —dijo el hombre mientras retrocedía—. Tómeselo con calma, con calma.

El pasillo quedó libre en poco más de un minuto, y Coleman soltó a Katherine dándole un empujón. Ella se tomó el brazo sobándolo, queriendo gritarle, insultarlo, pero cuando vio el odio que había vuelto a sus ojos, se obligó a seguir callada. Ahora estaban solamente los dos y ella no tenía idea de lo que él haría.

—Tú también te vas —le mandó él, enjugándose el sudor de los ojos—. Tu hijo no está aquí. Sal de aquí mientras puedas.

Ella exploró el rostro de él buscando señales del Coleman que había conocido y admirado.

—¿Y tú? —replicó—. Tú no tienes nada apostado en esto. ¿Por qué no te ocupas de ti y te vas de aquí también?

Él vaciló y ella lo vio por una fracción de segundo. Seguía ahí aún. El Coleman que ella conocía aún estaba ahí, en alguna parte interior, luchando todavía, tratando todavía de hacer el bien independientemente del costo.

Sosteniendo su mirada, ella movió la cabeza.

—No, esto es demasiado importante para dejar que lo hagas tú solo por tu cuenta. Me quedo mientras tú te quedes.

❄ ❄ ❄

Murkoski volvió a entrar a la cabaña justo a tiempo para ver que su Mercedes desaparecía de la entrada de automóviles. El hombre mayor había subido al otro automóvil, el Audi, para perseguirlo.

—¡No! —gritó Murkoski—. ¡Anda en la furgoneta!

El hombre bajó el vidrio de la ventanilla:

—¿Qué?

—Yo voy a ir en ese al laboratorio.

—¿Por qué no puede usted ir en la...

—La furgoneta tiene una cubierta de plástico en la parte de atrás. De esa manera no ensucias la alfombra del piso con sangre. Y llévate un par de palas para que puedas poner el cadáver en alguna parte donde no lo encuentren.

La orden había sido emitida y Murkoski sostuvo la mirada del hombre para cerciorarse de que no hubiera malos entendidos.

❄ ❄ ❄

Coleman y Katherine revisaron los laboratorios, vaciaron todos los refrigeradores de los tubos Eppendorf que tuvieran, examinaron todas las centrífugas, las incubadoras, los secuenciadores, todo lo que O'Brien había dicho que pudiera tener muestras del gen DIOS. Tenían que cerciorarse muy bien. Cada muestra del tercer piso tenía que ser quemada.

Katherine no estaba segura del motivo de Coleman para optar por tirar todos los tubos vacíos en el ascensor abierto. Estaba convirtiéndose en un montón de gran tamaño, casi de metro y medio de alto y todavía les faltaban dos laboratorios más. Ella quería preguntárselo, pero sabía que este era el momento de reducir al mínimo las discusiones. Él estaba desequilibrado, era como una bomba preparada para explotar y no había forma de saber qué lo haría reventar.

No, ella no objetaría sus métodos. Si tenía que haber confrontaciones se las iba a guardar para los puntos más críticos.

Ella volcó otro canasto lleno de tubos en el ascensor.

—Oye...

Ella se dio vuelta. Él estaba de pie a la entrada del último laboratorio, agotado y consumido, empapado de transpiración. Por amenazante y enervante que fuera para ella trabajar con él, ni siquiera podía imaginarse cómo tenía que ser para él, que clase de dolor le infligía la correa viral a su cuerpo y, lo más importante, que clase de monstruo combatía dentro de su mente.

—Hay una cosa —él tragó saliva—, pienso que debes ver esto.

Ella lo siguió al laboratorio.

Estaba sobre un banco del laboratorio al otro lado de la sala. Acababa de sacarlo de un congelador. Era un recipiente transparente, redondo, que se parecía mucho a un humificador de plástico de alta tecnología. Tenía treinta centímetros de alto con una base de doce centímetros de diámetro.

Adentro había una cosa que parecía una piedra transparente. De color café amarillento. Al acercarse más Katherine se dio cuenta de que no era una piedra en absoluto.

Era cera. Un trocito de antigua cera amarillenta.

Ella se detuvo para mirar más de cerca. Una punta de la cera había sido cortada y de esa punta sobresalía una diminuta ramita, pero ella sabía que no era una ramita. Dejó de respirar. No era una ramita sino los restos de una vid. Y aunque costaba darse cuenta a través de la opacidad de la cera, parecía haber allí el resto de una, quizá dos, espinas largas y filosas.

Ella contempló con admiración reverente y silenciosa. Por supuesto que no podía ver sangre a través de la cera, pero sabía que ahí estaba. Restos de sangre de dos mil años de antigüedad.

Mientras miraba fijamente no pudo dejar de pensar que esos restos de sangre en esa frágil rama eran los responsables del terror inimaginable que estaba por desencadenarse sobre la humanidad.

No, eso no era verdad. La sangre no era la causa. La sangre era santa, pura, buena. No era la sangre, era la manera en que el hombre había torcido y deformado esa bondad, la manera en que había vuelto a hallar cómo convertir la santidad en un horror.

Coleman se aclaró la garganta:

—Es mejor que... arrojemos esto en el ascensor junto con lo demás —dijo.

Katherine asintió, pero ninguno se movió para tocarlo. No todavía. Por supuesto que lo harían, pero por ahora querían mirarlo solamente un momento más. Y maravillarse en silencio.

❄ ❄ ❄

En cuanto el automóvil de Eric salió del camino de grava entrando a la carretera principal, el niño supo que había virado en la dirección equivocada. Iba subiendo la montaña cuando él quería ir bajando.

Además, tenía el problema del acelerador. Sin que importara cuánto apretara el acelerador, el motor solo gemía más fuerte, el automóvil no iba más rápido.

Felizmente su lento avance le facilitaba seguir en el camino, por lo menos en el camino que podía ver. Le hubiera ayudado mucho encontrar el interruptor de las luces, pero

Eric no se atrevía a sacar las manos del volante para empezar a explorar.

Un par de luces altas rebotaron en el camino por detrás de él. Se acercaban rápidamente, metiéndose por la ventana trasera en el automóvil, deslumbrando. Su acercamiento aterrorizó a Eric y apenas podía mantener el automóvil en el camino. Ahora el vehículo que venía atrás empezó a tocar la bocina, larga y ruidosamente, una y otra vez.

La ansiedad de Eric se disparó y su manera de conducir empeoró hasta que empezó a dar bandazos de un lado al otro del camino.

Las luces retrocedieron.

Le costó una eternidad volver a controlar el automóvil. Cuando lo logró, Eric se fijó en lo calientes y húmedas que estaban sus manos. Se las enjugó en los vaqueros, de a una por vez.

Nuevamente se acercaron las luces, destellando de altas a bajas y de nuevo altas a bajas, con la bocina a todo volumen.

—¡Páralo! —gritó Eric—. ¡Páralo!

El vehículo se puso directamente detrás de él, tan cerca que pudo ver que era la furgoneta que estaba en la entrada de automóviles y pudo ver las caras de ambos secuestradores.

—¡Basta! —aullaba Eric.

Ellos se colocaron a su izquierda. Las luces ya no inundaban el interior del automóvil, ahora iluminaban la carretera al lado de él. Sabía que estaban acercándose por el lado. Miró para atrás pero perdió sus marcaciones y empezó a dar bandazos otra vez.

De nuevo las luces quedaron atrás.

Entonces fue que Eric se fijó en una alarma roja que brillaba en el panel de instrumentos. Se imaginó que la luz estaba encendida por lo que él estaba haciendo mal, por lo que hacía que el motor del automóvil funcionara sin moverlo.

Miró el velocímetro. Cuarenta y ocho kilómetros por hora. Apretó el acelerador lo más que pudo. El motor gimió más fuerte.

Súbitamente, el automóvil se lanzó hacia delante con un ruidoso golpe.

Eric gritó.

Otro golpe, otro salto adelante.

Los perseguidores estaban chocándolo. Tenía que hacer algo. Miró la palanca de cambios. Estaba en "1". Cuando la había empujado por primera vez, lo hizo andar; quizá valía la pena hacer otra prueba. La movió a otra posición. Algo marcado con una "N".

La fuerza que tenía se desvaneció súbitamente y el motor rugió salvajemente como si fuera a reventar.

Ellos lo volvieron a chocar.

Eric gritó.

De nuevo.

Pero esta vez ellos no retrocedieron, sino que por el contrario, mantuvieron su parachoques apretado contra el suyo. Súbitamente, tuvo más fuerza de la que imprimía a su coche. Lo estaban empujando. Ellos cobraban velocidad. Cincuenta kilómetros por hora, cincuenta y cinco, sesenta y cinco...

—¡Ya basta! —gritaba Eric mientras tenía tomado el volante con toda su fuerza—. ¡Basta, basta!

Pero ellos no se detenían.

Setenta.

Eric perdía el control. Empezó a dar bandazos.

A su derecha se erguía un agudo desfiladero. A su izquierda el terreno caía en forma igualmente aguda. Él prefirió asegurarse y se tiró a la derecha. El automóvil se raspó, luego se golpeó fuertemente contra el cerro, raspando los peñascos sobresalientes. Era un recorrido que rompía los huesos. Eric se encogió con los golpes y los raspados del metal contra el granito. Sabía que estaba arañando y abollando mucho al vehículo y se imaginó que, probablemente, eso lo iba a meter en muchos problemas, pero también se imaginó que ser castigado en forma vitalicia era mejor que no tener vida.

Y, de todos modos, la furgoneta seguía empujando.

El camino viraba a la derecha. Desaparecieron las rocas y los peñascos contra los cuales había estado chocando y Eric se halló cruzando a la pista izquierda al otro lado del camino.

—¡Basta! —gritaba—, ¡basta!

Giró el volante a la derecha, pero demasiado tarde. El automóvil se estrelló contra la baranda protectora rompiéndola y, de pronto, se halló en el aire.

Eric aulló, sacando sus manos del volante para taparse la cara. El automóvil pasó rozando un árbol grande y entonces todo se puso vertiginosamente al revés, como un carrusel que se enloqueció. Eric voló al techo, luego a las puertas, luego al techo otra vez. Todo pasaba demasiado rápido para sentir dolor. Se imaginó que el dolor vendría después.

El parabrisas reventó, rociando con vidrio su cara, sus brazos, sus manos. Y entonces no sintió nada.

❄ ❄ ❄

Cuando Murkoski llegó a Genodyne, desaceleró el automóvil y pasó lento por la docena de empleados que cruzaban la puerta de seguridad a través de la neblina. Cuando se dio vuelta y trató de entrar por el portón, un hombre con un uniforme del Departamento de Policía de la ciudad de Arlington, salió de la caseta de seguridad y le hizo señas que se parara.

Murkoski bajó el vidrio de la ventanilla diciendo:

—Agente, está bien. Yo soy el doctor Murkoski, jefe de...

—Lo siento, señor, no se permite a nadie en el estacionamiento.

—Usted no entiende. Yo estoy a cargo de...

—Lo siento, señor, no se permite a nadie dentro de un perímetro de doscientos cincuenta metros del edificio.

—¿Un perímetro de doscientos cincuenta metros?

—Señor, esas son mis órdenes. Ahora, si hace el favor, retroceda y...

—Pero...

—Lo siento.

Murkoski detestó la cortesía del hombre. Debajo de todos esos buenos modales solamente había un desgraciado encantado de esgrimir su autoridad. Sin una palabra, puso la marcha atrás, escupiendo el pedregullo y la tierra suficientes para demostrar su desdén.

Encontró un lugar nivelado al otro lado del camino y estacionó justo cuando se acercaba una furgoneta de la empresa local de televisión. "Estupendo" —suspiró—, un suceso noticioso". Entonces, se encogió de hombros. No sería tan malo. Después de todo él se estaba especializando en contar cuentos y manipular la verdad.

Abrió la puerta, saludó con un gesto de cabeza a unos miembros del personal, que estaban juntos, y caminó al portón a través de la niebla. El primer policía que esperaba una confrontación evidentemente, ya le había hecho señas a su compañero, que era su superior.

Murkoski no se preocupó. Solamente había dos policías y, desde su elevada perspectiva, no eran más que paja molida.

—¿Señor Murkoski? —preguntó el policía de más edad.

—*Doctor* Murkoski, sí, correcto.

—Soy el agente Sealy del Departamento...

—¿Los encontraron?

—Me temo que no es tan sencillo. Evidentemente aquí tenemos una amenaza de bomba.

—¿Una amenaza de bomba? ¿Por qué dice eso?

—Varios empleados suyos fueron amenazados por un hombre que tenía un tambor de combustible y otras cosas más. Él decía haber puesto una bomba.

—¿Un tambor de gasolina? —no había forma de ocultar el tono despreciativo de la voz de Murkoski—. No se hace una bomba con un tambor de gasolina.

—Pudiera ser un truco, eso es cierto. El primer plazo que dio ya pasó, pero nosotros tenemos que estar muy seguros. Felizmente, salvo por un rehén, todos los demás salieron del edificio.

—¿Un rehén?

—Sí, una mujer.

La mente de Murkoski se disparó vertiginosamente. Él sabía que Coleman estaba ahí. Y con él, la madre del niño. Pero, ¿qué estaban haciendo? Por el mensaje del correo electrónico que había visto en la pantalla de la computadora, parecía que estaban buscando al chico, pero si habían vaciado el edificio entonces ya sabían que el niño no estaba ahí. Entonces, ¿por qué seguían ahí dentro? A menos...

Percibiendo un peligro significativo, los pensamientos de Murkoski saltaron a un foco más preciso. El mensaje electrónico también decía algo de que el niño había leído archivos computarizados. Si el niño podía abrir los archivos de Murkoski y navegar por la Internet, entonces también podía transmitir esos archivos. Y si había transmitido el archivo indebido a Coleman y a la mujer, y si ellos lo habían leído...

Murkoski se volvió al policía diciendo:

—Usted dijo que tenían otras cosas.

—Sí, un tambor de gasolina y un bolso deportivo lleno de artículos no identificados. Bueno, nosotros no somos expertos en este campo, pero...

El policía seguía hablando, pero Murkoski no escuchaba. ¿Por qué Coleman traería un tambor de combustible a la planta? Eso no basta para hacer una bomba. Basta para comenzar un incendio, seguro, pero...

¿Destruir todas las muestras? No, había demasiado material para que él tratara de destruirlo por su cuenta. Además, el nuevo Coleman que él había inventado no sería tan atrevido. Sin embargo, si el viejo Coleman había regresado, el que manejaba la Galería de la Muerte, no había manera de saber de que era capaz.

—Eso está un poco fuera de nuestro alcance —decía el policía—, así que nos quedaremos en alerta y esperaremos que venga gente de la División de Bombas del Comisario de Everett.

—¿Agente?

—Sí.

—Yo sé quién es el hombre.

—¿Sí? ¿Está seguro?

—Es uno de mis voluntarios, un paciente.

—Bueno, entonces, quizá usted pudiera hablar con él. Si podemos establecer comunicación...

El personal de la televisión por cable había llegado y, súbitamente, una luz estalló en los ojos de ellos, distrayendo momentáneamente al agente.

—Quizá pudiera hablarle por teléfono —quiero decir—, si establecemos la conexión.

—Sería mejor si le hablara en persona —Murkoski se retiró el pelo de los ojos y habló un poquito más alto para la cámara.

El policía pareció sorprendido.

—Doctor Murkoski, no creo que sea tan buena idea.

—Él no me hará nada. Me tiene confianza.

El agente se movió nervioso. Evidentemente, esta no era una decisión para la cual se sentía calificado, y hacerlo bajo la cegadora luz de la cámara era aun peor.

—Créame, agente...

—Sealy.

—¿Agentel Sealy del Departamento de Policía de Arlington?

—Sí.

—Agente Sealy, si usted entra ahí, lo va a asustar y, sin duda, puede matar a su rehén y hacer volar todo el edificio. Estoy seguro que eso no es lo que usted quiere.

—Claro, no, por supuesto que no.

—Y si esperamos, de todos modos, puede matarla y hacerlo volar. Usted dijo que un plazo ya había pasado.

—Cierto, pero...

—Si usted me deja entrar, si me deja razonar con él, estoy seguro de que escuchará.

—Pero arriesgar su vida...

—Ese es un riesgo que estoy dispuesto a correr.

Murkoski sabía que sonaba un poco melodramático, pero, después de todo, esto era televisión.

—Correré ese riesgo por la vida de él, por la vida de la rehén, por la empresa.

El policía frunció el ceño aún indeciso. Murkoski sabía que tenía que darle el último empujón. Tocó el brazo del hombre y sonrió con gratitud como si acabara de recibir el permiso. Entonces, sin decir palabra, se dio vuelta y empezó a cruzar el estacionamiento en pos del edificio.

—¿Doctor Murkoski? ¿Doctor Murkoski?

Murkoski fingió que no oía. Estaba seguro de que la cámara seguía rodando y eso era bueno. El agente estaba fuera de su jurisdicción. No había forma de que el tipo quisiera hacer, ahora, una escena en público, especialmente con alguien del nivel de Murkoski.

Murkoski sonrió tranquilamente. En cuanto pasara por todo esto, tendría que llamar a la estación de televisión y pedir una copia de la filmación. Siempre disfrutaba viéndose en la televisión.

❄ ❄ ❄

O'Brien estaba sentado en una pizzería al paso del aeropuerto de Seattle-Tacoma. Miraba fijamente al avión de Mexicana, vuelo 142 a Mazatlán. Una media docena del personal de tierra, daba vueltas alrededor del 757 tratando de parecer ocupados como lo habían estado haciendo en las últimas horas.

Suspiró pesadamente y abrió otra bolsita de edulcorante. Si tan solo alguien tomara la iniciativa de cancelar el vuelo, podría irse a casa o meterse en un cuarto de hotel por la noche, pero, por el contrario, más o menos cada media hora, anunciaban que el problema estaba casi solucionado y que estarían embarcando muy pronto.

Dejó caer lentamente un chorro de diminutos gránulos del edulcorante en su tercera taza de café descafeinado. Las noticias de última hora sonaban en una pantalla alta, pero él le prestaba poca atención, hasta que oyó el nombre de Genodyne. Súbitamente sus orejas se enderezaron:

—Un hombre con un rehén amenaza con una bomba. Tenemos personal en ruta a esta noticia de último minuto y esperamos tener un informe completo antes de terminar esta transmisión.

O'Brien contempló con incredulidad la pantalla. Se sintió adormecido, culpable y asqueado, todo al mismo tiempo. Habían descubierto a Coleman. El plan había fallado aun antes de empezar.

❄ ❄ ❄

Eric despertó con el ruido de voces, roncas, borrosas y lejanas, muy lejanas. Su cabeza le dolía y quería seguir con los ojos cerrados, pero había una luz que destellaba contra sus párpados, y supo que debía ver que era.

Las voces se hicieron más claras.

Abrió un poco los ojos, pero sus anteojos habían desaparecido. Sin ellos, era difícil distinguir bien los detalles, pero definitivamente, veía las llamas. Se sentó. Los fuertes latidos de su cabeza empeoraron. A unos cuarenta metros por debajo de él, al pie de la colina, había un automóvil incendiándose. No había explosiones, solamente llamas que lamían todo rugiendo.

—¡Eric! Eric, ¡hijo, dónde estás? —los hombres de la furgoneta estaban abajo, buscándolo—, ¡Eric!

Al otro lado de la quebrada, quizá a unos doscientos metros de distancia, vio una luz. Quizá fuera una casa de campo, quizá una cabaña, no podía saberlo, pero sí sabía que había gente ahí. Buena gente. No estaba seguro de cómo lo sabía, solamente lo sabía.

—¡Eric!

Reuniendo toda la fuerza que tenía, Eric se puso en cuclillas. Los latidos de su cabeza empeoraron más y quiso gritar pero no podía. En cambio, se levantó con lentitud y, silenciosamente, se abrió camino entre las matas hacia la luz.

CAPÍTULO 17

Katherine echó el último tubo en la pila del ascensor. Un puñado se resbaló repiqueteando y sonando mientras rodaban al pasillo. Ella se agachó, los recogió y los volvió a tirar al montón. Cuando se enderezó, vio a Coleman que la miraba fijamente. Pero era más que una mirada fija. Ella había visto esa mirada miles de veces en miles de hombres diferentes. La hacía sentirse incómoda, despreciada y enojada. Normalmente se lo hubiera hecho notar a él, pero como ya no sabía con quien trataba y como estaban tan apurados, hizo lo mejor que pudo para ignorarla. Ellos tenían otra cosa más que hacer después de esto. Destruir los animales de laboratorio. Ella no quería que su misión peligrara por una confrontación ahora.

Como recompensa por su control, él le lanzó una sonrisa lasciva.

—Bonito. Muy bonito.

Sabiendo que él no se refería a la pila de tubos Eppendorf, lo fulminó con la mirada. Su sonrisa solo se amplió. Ella se dio vuelta.

Él cambió de tema.

—Muy bien —dijo arrodillándose al lado del bolso deportivo y sacó la gran caja de jabón en escamas—, mueva ese lindo traserito suyo por el pasillo y empiece a cerrar las puertas de los laboratorios.

Su tono era exigente, condescendiente y suficiente para empujar a Katherine más allá de su sano juicio.

—¿Por qué? —preguntó desafiante.

De nuevo él sonrió de esa manera. Abrió la caja de jabón en escamas y empezó a espolvorearlo encima de la pila de tubos, empujando y pateando las capas superiores hacia los costados para que las escamas cayeran bien abajo.

—Estos laboratorios están equipados con extinguidores Halon automáticos de incendios.

—¿Qué?

—Fluorocarbono. Lo usan en vez del agua. Apaga el fuego reemplazando al oxígeno. El agua común y corriente mojaría y destruiría todo el costoso equipamiento del laboratorio. Si cierras esas puertas, tendremos suficiente oxígeno aquí para nuestro asadito. Si no las cierras, quién sabe.

—¿Y esos? —dijo ella apuntando a los rociadores que estaban arriba de ellos, en el techo del pasillo.

—Solamente agua. Por eso todo va en el ascensor. Ahí dentro no hay rociadores.

—¿Y el jabón? —Su rabia estaba cediendo lugar a la curiosidad.

—El napalm del pobre. Convierte al fuego en una jalea líquida que se pega a los tubos y no se acaba.

Ella lo observó tomar el tambor de gasolina y empezar a verterlo sobre la pila.

—Muévete —ordenó—, tenemos mucho que hacer.

Katherine se dio vuelta y se dirigió por el pasillo aún sin ganas de obedecer órdenes, pero sabiendo que era mejor. Aun entonces sentía los ojos de él que la observaban. Cerró cada una de las ocho puertas con rabia. Cuando volvió, él había terminado de verter la mayor parte de los veinte litros de combustible, pero no todo sobre el montón de tubos. Volvió a atornillar la tapa del tambor.

—¿Qué se hace con el resto? —preguntó ella.

Él sonrió.

—Guardamos el resto para quemar a los animales de laboratorio del piso de abajo.

Ella se estremeció con esa idea, y supo que él lo disfrutó.

Él buscó en el bolso deportivo, sacando una caja de fósforos y encendió uno. Sin dudarlo lo tiró a los tubos. El montón se encendió con un *fuuush*. El aire caliente azotó la cara de Katherine y ella retrocedió medio paso.

Coleman se volvió dirigiéndose a las escaleras.

—Vamos.

Pero Katherine se quedó mirando las llamas que derretían el jabón formando como un engrudo espeso que se pegaba a los tubos y goteaba más para abajo del montón, cocinando todo lo que tocaban. Que desperdicio. Que desperdicio tan inmenso. Las cosas hubieran podido ser tan diferentes. Se hubiera podido hacer tanto bien si esto hubiera caído en las manos apropiadas.

Entonces, de nuevo, con la clase de dinero de la que hablaban, ¿qué manos *serían* las apropiadas o podrían permanecer siéndolo?

Los rociadores del techo se activaron. El agua llovió empapando su blusa, corriendo para abajo por el cuello de ella. El frío la hizo estremecerse pero siguió de pie mirando.

Se sobresaltó cuando Coleman le tomó el brazo.

—¿Vamos! —gritó por encima del silbido de los rociadores—, ¡vámonos!

Ella tironeó con rabia, pero en lugar de soltarla él le tomó el otro hombro haciéndola girar. Abrió la boca para gritarle, pero se detuvo. Ahí estaba de nuevo esa mueca de sonrisa. Solo que ahora se había torcido en una evidente mirada lujuriosa.

—Suéltame —pidió ella.

La mano de él se apretó más y su mirada cayó desde los ojos de ella a su blusa mojada que se le ceñía al cuerpo.

Ella trató de alejarse, pero él la abrazaba con fuerza, mirando de nuevo a sus ojos. El agua corría a raudales por la cara de él mientras su mirada lujuriosa se acentuaba volviéndose más amenazadora.

Ella se obligó a parecer tranquila y fría.

—Dije, suéltame...

Él la tiró más hacia sí.

—¿Qué estás...

Ella sintió la mano de él en su nuca, empujando su boca a la suya. La resistencia de ella no era rival para la fuerza de él. La boca de él tapó la suya. Ella trató de darse vuelta, pero su mano apretó más, impidiéndoselo. Él empujó con más fuerza, su boca exigente y animalesca.

Con un vuelco brusco ella echó para atrás su cabeza por un momento y lo fulminó con el veneno de su mirada. Pero los ojos de él eran burlones y desdeñosos. El Coleman que ella había conocido, el que la había atraído tan profundamente, no estaba detrás de esos ojos. Este era otra persona: el antiguo Coleman.

Ella sintió la mano de él que la tocaba y tiraba de su empapada blusa. Trató de levantar sus manos para detenerlo pero no pudo. Las tenía sujetas.

—Vamos, nena —dijo él—. Tú sabes que lo deseas...

Ella lo escupió.

Él se detuvo y parpadeó, estupefacto. Por un momento ella pensó que el otro Coleman, su Coleman, estaba regresando, hasta que él echó hacia atrás su brazo con la clara intención de estrellar su mano contra la cara de ella.

Fue el piso mojado lo que la salvó. Él resbaló al pegarle, echando a perder su puntería. Ella se dio vuelta y casi se soltó, pero no del todo. Él la volvió a tomar desde atrás por el hombro.

Esta vez ella se acordó de su entrenamiento. Cubrió su puño derecho con su mano izquierda y lanzó su codo volando hacia atrás con toda la fuerza que pudo. Llegó a su marca, agarrándolo en el estómago. Él boqueó y soltó.

Ella empezó a correr, se resbaló y, entonces, él la volvió a agarrar. Trató de soltarse, pero súbitamente se sintió izada del suelo y apretada de cara contra la pared que no cedía.

Sus instintos le protegieron la nariz —ella giró la cabeza cuando vio que la pared se acercaba— pero se golpeó la mejilla fuertemente. Luchó por mantenerse consciente mientras Coleman la sujetaba enderezándola, con la punta de sus pies apenas rozando el suelo.

—Me gusta la mujer con genio —gruñó él, acercándose hasta que su aliento calentaba la cara de ella.

Las lágrimas rodaron caudalosas por su cara. Se odiaba por llorar pero no podía pararlas.

—Coleman, por favor...

Súbitamente ella escuchó otra voz que gritaba por encima del ruido de los rociadores:

—Bueno, bueno, bueno, ¿qué tenemos aquí?

Coleman giró sobre sus talones. Katherine se dio vuelta, con su vista lo bastante clara para divisar la forma de un hombre. Murkoski salió de la escalera.

—¿Una pelea doméstica?

Aprovechándose de la distracción de Coleman y usando la pared como sostén, Katherine se deslizó varios metros lejos de él. Ella alzó la mano y se tocó la humedad de su mejilla. Primero pensó que era agua, pero el agua no podía ser tan tibia. Entonces, miró sus dedos y vio la sangre.

Murkoski se aproximó a ella, los rociadores empapando su saco deportivo, su pelo, haciéndolo lucir como rata mojada. Con un burlón floreo, le pasó un pañuelo. Ella lo desechó. Murkoski se rió, se encogió de hombros y lo volvió a meter en su bolsillo.

—Usted tendrá que hacerse ver eso. Me temo que terminará con una cicatriz más bien desagradable.

—¿Qué quiere? —bufó Coleman.

Murkoski se quitó el pelo mojado de sus ojos.

—La cuestión es ¿qué quieres tú?

Como respuesta, Coleman prorrumpió a sonreírse con una seca mueca y dio un paso al lado para que Murkoski tuviera la vista total del fuego que ardía en el ascensor.

—Tuvimos una larga conversación con el doctor O'Brien.

—Ya veo. Y ¿piensan que eso es todo?

Coleman no dijo nada.

Murkoski meneó la cabeza.

—*Ustedes son* unos ignorantes, ¿no?

Katherine arrojó una mirada nerviosa a Coleman. Sabía que él se estaba obligando a no atacar.

—¿No se te ocurre que grabamos y registramos esa información genética? —preguntó Murkoski.

La voz de Coleman era baja y tranquila.

—Destruimos todos los archivos computacionales, borramos todos los respaldos de la caja fuerte.

Murkoski dejó entrever una huella de sorpresa, pero mantuvo su terreno:

—¿Qué hay de los secuenciadores de genes?

Coleman vaciló y miró a Katherine.

—Los vaciamos —dijo ella oyéndose apenas por encima de la lluvia de los rociadores.

—¿Y la memoria de ellos? —preguntó Murkoski, incapaz de contener su burla.

Ella se detuvo un momento. Una sorda sensación de asco empezó a esparcirse por su cuerpo. Había descuidado por completo a las computadoras independientes, las que leían los genes y almacenaban transitoriamente los datos.

—No me digas que ya te olvidaste de las características de nuestros onerosos secuenciadores de genes —dijo él fingiendo regañarla.

Coleman se volvió a Katherine:

—¿En qué laboratorios están?

Antes de que ella pudiera contestar, Murkoski hizo gestos grandiosos abarcando todo el edificio:

—Vaya, por toda el ala, naturalmente.

—¡Miente! —gritó Katherine por encima del ruido de los rociadores—. ¡O'Brien dijo que todo estaba limitado al tercer piso!

—Sí, bueno, el doctor O'Brien ha estado un poco fuera de contacto recientemente.

Coleman se volvió a Katherine:

—¿Puedes destruirlos?

Ella lo miró indefensa.

—Si son computadoras, ¿puedes destruirlas? —repitió él con impaciencia.

Ella abrió la boca para contestar, pero Murkoski la cortó.

—No seas estúpido. Ella no sabe cómo. Aunque lo supiera, no tendría tiempo. Le dije a la policía que entraran disparando si no salíamos en cinco minutos.

Coleman lo miró fijamente. Era evidente que trataba de decidir si Murkoski estaba mintiendo, pero cualquiera que fuera la habilidad para discernir que Coleman hubiera tenido, parecía desaparecida por el momento.

—Y si me preguntas —continuó Murkoski—, pienso que esos del estacionamiento disfrutarían de un poquito de acción, ¿no te parece?

Sin perder el ritmo, Coleman se volvió a Katherine.

—Revisa los secuenciadores. Yo bajaré y empezaré a matar a los animales de laboratorio.

Katherine asintió y ambos se dirigieron a la escalera.

—Matar, eso es lo que mejor haces, ¿no? —dijo Murkoski.

Coleman se paró.

Murkoski parecía gozar el momento. Parado ahí, con el agua que le chorreaba, provocando e incitando como un matón de escuela.

—Igual que en los viejos tiempos, ¿no, señor Coleman? Ese torrente de emociones de quitar una vida. Todo ese control. Es la emoción del poder definitivo, ¿no?

La respiración de Coleman se puso lenta mientras él se concentraba en Murkoski. Katherine ya había visto eso; sabía lo que seguía.

—Pero ¿qué podemos esperar entonces? Después de todo, eres solamente el producto de tu química, ¿no? Así es como estás programado. No tienes opción. Una vez monstruo, siempre un monstruo.

El cuerpo de Coleman se puso tenso. Katherine estiró una mano y le tocó el brazo. Él no reaccionó.

—Pero, mira, hay un animal de laboratorio que no podrás matar. Uno que no puedes matar.

La voz de Coleman se oyó apenas por encima de los rociadores.

—¿Cuál es?

—Tú.

Katherine contuvo la respiración.

Murkoski hizo una mueca sonriéndose por la sorpresa de él.

—¿No crees que haya restos de ese gen en tu sangre? ¿No crees que siempre habrá un resto que alguien pueda sacar de ti para empezar todo de nuevo?

La duda y la confusión cruzaron el semblante de Coleman.

—Está mintiendo —aventuró Katherine.

—¿Yo miento? Señor Coleman, todo fue pensado al detalle más mínimo. Verás, esa es la diferencia entre tú y yo. Yo estoy en la cumbre de la cadena evolutiva. Soy un pensador. Efectivamente, vengo de una larga línea de pensadores. Por otro lado, tú... —Sus labios se curvaron en una sonrisa helada—. Bueno, como decía, todos somos el producto de nuestros genes, sin que importe cuán primitivo sea nuestro ancestro.

Coleman se lanzó sobre él. Katherine gritó cuando agarró a Murkoski estrangulándolo, con los ojos enloquecidos, su cara llena de excitación.

—¡Coleman, no! —Ella tiró del brazo, pero su mano no se movía—. ¡Coleman!

Murkoski se esforzaba por respirar.

—Eso está bien —dijo tosiendo, con el agua chorreando por su cara—. Adelante, comprueba que es cierto mi argumento. Solamente eres... —Coleman apretó más su mano, sofocando las palabras.

—¡Coleman! —gritó Katherine—. ¡Lo estás matando! ¡Coleman! —Se inclinó sobre el rostro de él gritando—: ¡Eres más que esto!, ¡detente!

—Oíste lo que dijo —dijo Coleman con desdén—. No soy más que...

—¡No tienes que hacer esto!

Murkoski pateaba y luchaba con sus ojos saliéndosele en forma grotesca mientras Coleman apretaba más las manos.

—¡Escúchame! —gritaba ella—. ¡Óyeme! ¡Él está equivocado! ¡Tú eres más que un montón de genes!

Coleman meneó la cabeza:

—¡Demasiado tarde!

—¡Eres un hombre, no un juego de química, tienes una voluntad, tienes fe.

Esa última frase tocó algo, ella vio en sus ojos una chispa pasajera que desapareció tan rápido como había aparecido, pero la había visto y supo que había hallado la llave. Ella apremió.

—De modo que si alguno está en Cristo, nueva criatura es; ¿te acuerdas? Las cosas viejas pasaron. ¿Te acuerdas de eso? ¿Te acuerdas?

Él la miró. La chispa del fondo de sus ojos duró esta vez una fracción más de segundo. Hubo comprensión, un terreno común. Ella lo tenía.

—Suéltalo, Coleman, suéltalo.

Él meneó su cabeza.

—No puedo.

—¡Por supuesto que puedes! No tienes que hacer esto. "Las cosas viejas pasaron".

—Traté. Toda la noche he estado tratando.

—Entonces, quizá, debes dejar de tratar.

La sorpresa y la confusión llenaron sus ojos.

—No trates más. No trates más por tu cuenta.

Él hizo una mueca de sonrisa.

—Esas son tus propias palabras, ¿no te acuerdas? Deja de confiar en ti mismo. "De modo que si alguno está en *Cristo*, nueva criatura es".

Ahora Coleman estaba escuchando. Cuidadosamente.

—"Las cosas viejas pasaron; he aquí, son hechas nuevas". Eso es lo que dijiste, ¿te acuerdas? Deja de confiar en ti. Pon tu confianza en Él, Coleman. No en ti. ¡En Él, Coleman!

Coleman cerró los ojos. ¿Estaba orando? ¿Buscando fe? No importaba. A ella no le importaba. Ni siquiera sabía si ella misma lo creía. Solamente tenía la esperanza de que funcionara.

—No puedes hacer esto por tu cuenta. Tú trataste. ¡Entrégaselo!

Coleman vaciló.

—No tiene que ser por siempre. Solamente ahora. Solo un paso cada vez. Entrégaselo. Ahora, Coleman, ¡entrégaselo!.

Con infinita lentitud Coleman soltó a Murkoski. El muchacho se desplomó en el suelo, tosiendo, ahogándose, luchando para respirar.

Coleman se dio vuelta y se alejó; Katherine estaba justamente a su lado.

—Lo hiciste —lo animó—. ¡Lo hiciste!

Él meneó la cabeza susurrando:

—Yo no. Yo lo hubiera matado. —Mirándola a los ojos, repitió con tranquilo asombro—: No era... yo.

Katherine exploró su rostro, animándose a tener la esperanza de que él tuviera la razón de alguna manera.

—¿Eso es? —dijo Murkoski tosiendo y luchando por ponerse de pie en el agua que subía—. Lo vences una vez y ¿piensas que lo dominaste? ¿Piensas que cambiaste? Coleman, nunca cambiarás. Eres química. ¡Química!

Coleman se negó a darse vuelta. Katherine seguía a su lado, observándolo.

—¡Siempre serás así! No puedes seguir luchando contra esto, no por siempre. Siempre serás...

Un alarido nada terrenal hizo ecos por toda la sala. Los tres giraron sobre sus talones para ver a un babuino que volaba entre la lluvia directamente a Murkoski. Lo golpeó en el pecho, botándolo al suelo y rociando todo. El animal se fue derecho a la garganta de Murkoski, desgarrando, arañándola, aullando. Murkoski gritaba mientras peleaba y pataleaba, pero sus gritos se hicieron burbujas y se ahogaron en su propia sangre.

Coleman sacó rápidamente el revólver del guardia de sus pantalones y trató de apuntar, pero ellos rodaban y se golpeaban con demasiado salvajismo. En cuanto tenía apuntado al animal, se rodaban o torcían y, de repente, era Murkoski el que se interponía. Coleman se acercó buscando forma de disparar en claro, pero tan solo había una nubada de pelos y ropas mojadas, sangre y carne. Coleman dejó caer el revólver al agua y se arrodilló tratando de agarrar al animal, de sacarlo para salvar lo que quedara de Murkoski.

—¡Déjelo solo!

O'Brien entró por la escalera.

—¡Quédese atrás! —le gritaba a Coleman—. Es demasiado tarde, solo lo mataría a usted también.

Coleman miraba de O'Brien a Murkoski. El chico ya no peleaba más. Su cuerpo estaba tirado en el agua, moviéndose y retorciéndose, pero solo por los desgarrones y tirones que le daba el animal.

—¡Manténgase lejos de su camino! —advirtió O'Brien—. Ahora es como un asesino; querrá seguir matando.

Aún de rodilla, Coleman se acercó al babuino, el último intento. Freddy dio vuelta hacia él, feroz, aullando, desnudando las agujas de sus colmillos, su cara toda ensangrentada.

O'Brien se arrodilló lentamente en el umbral de la escalera y empezó a llamarlo:

—Freddy, Freddy, ven aquí, compañero.

Los aullidos se acallaron suavemente, mientras el animal miraba primero en una dirección, luego en la otra, hasta que sus ojos se enfocaron en O'Brien.

—¡Eh, chico!

Freddy ladeó la cabeza. Pareció reconocer la voz. Parecía que estaba tratando de acordarse de otra cosa más, algo de mucho tiempo atrás.

—Freddy, soy yo, ¿cómo estás, muchacho?

Freddy gimió débilmente.

—Amigo, soy yo, ¿te acuerdas? —O'Brien estiró sus manos en medio de la lluvia.

Pero cualquier recuerdo que hubiera tenido el animal desapareció rápidamente. Volvió a aullar mostrando los colmillos. Súbitamente volvió a saltar sobre el cuerpo sin vida de Murkoski, golpeándolo con ambos puños, una, dos, tres veces. Entonces, saltó al suelo, pasó corriendo veloz por el lado de O'Brien y desapareció escalera abajo, gritando mientras corría.

CAPÍTULO 18

Cállese —gruñó Coleman yendo de un lado a otro por el pasillo—. No diga eso.

—Pero es verdad —insistió O'Brien—. Se acabó. Tenemos allá afuera una división de explosivos entera esperando, cien animales de laboratorio que aún no se mataron y —echó una mirada a Katherine—. Quien sabe si podemos destruir esos secuenciadores de genes.

—Probablemente pudiera meterme en la memoria —especuló Katherine—, pero si están diseminados por todo el edificio llevará tiempo cerciorarse que los anulé todos.

—Y tiempo es lo que no tenemos —dijo O'Brien.

Coleman asintió mientras seguía paseándose y pensando. Estaba levemente encorvado ahora por el dolor debilitante de su cuerpo y de su cabeza.

Los tres estaban en la otra punta del pasillo, cerca de la ventana. O'Brien había logrado cerrar la válvula principal de los rociadores del cielorraso. Todavía sonaba el agua goteando y escurriéndose, pero el ensordecedor silbido había sido detenido por fin.

Katherine miró por la ventana, al estacionamiento. Zumbaba con la escuadra antibombas y la policía de Arlington. Detrás de ella, en la otra punta del pasillo estaba el ascensor con su montón incinerado en las etapas finales de la quemazón. Directamente frente a eso yacía el cuerpo de Murkoski en centímetro y medio de agua, tapado con la chaqueta de O'Brien.

—Yo puedo hablar con las autoridades —ofreció O'Brien—, explicar lo que ha ocurrido.

—¿Y eso lo parará? —preguntó Coleman—. ¿Impedirá eso que se fabrique el gen, que se venda? —Hizo señas pasillo abajo al cuerpo de Murkoski—. ¿Impedirá eso que algo así se desparrame por el mundo?

Katherine observaba mientras O'Brien callaba. Los tres sabían la respuesta. Cualesquiera fueran los poderes políticos, militares y financieros que habían capacitado a Murkoski para llegar tan lejos, no se detendrían hasta concretar su cometido.

Coleman volvió a pasearse, luego cambió de tema.

—¿Todo está contenido en este edificio? ¿Los animales, los secuenciadores?

O'Brien asintió.

—Todo, ¿por qué?

Antes que Coleman pudiera responder, una luz atravesó el vidrio, refulgiendo. El sonido del helicóptero que se acercaba había sido registrado en alguna parte de la mente de Katherine, pero hasta ahora ella le había prestado poca atención. El golpeteo se hizo intolerable a medida que el aparato se fue poniendo lentamente al alcance de la vista. Los tres se agacharon bajo la ventana, quitándose de la vista.

"Aquí la División de Explosivos. Tienen tres minutos para evacuar el edificio o nosotros entraremos a buscarlos".

O'Brien se dio vuelta a Coleman, que estaba arrodillado al lado de él.

—Se acabó —volvió a decir—. Déjeme salir y...

—No —dijo Coleman.

Le tocó el turno a Katherine para intentar razonar:

—Coleman...

—¡No! —insistió él—. Todavía no se acaba. No todavía.

Katherine y O'Brien intercambiaron miradas.

—La Sección de despacho y recepción de carga —preguntó— también está en este edificio, ¿correcto?

—Exacto —dijo O'Brien—. Primer piso, toda la sección de atrás.

—¿Hay algunos solventes?

—Perdón, ¿qué...

—Ustedes usan solventes, para los laboratorios, ¿no es cierto?

—Por supuesto.

—¿Qué clase tienen?

—Usamos varios.

—¿Tolueno?

—Por cierto, es uno de los más comunes.

—¿Tienen mucho?

—Me imagino que sí. Pero que...

Una segunda luz fulguró a través de la ventana, dando en el techo. Esta venía del nivel de tierra. Los que estaban fuera habían localizado evidentemente la posición de ellos. Instintivamente los tres se apretaron más contra el muro debajo de la ventana.

—Bueno —dijo Coleman—, esto es lo que haremos. Primero, ustedes dos tienen que salir de aquí.

Katherine protestó:

—Cole...

Él la cortó.

—Tienen que pararse. Dejar que ellos los vean de pie. Luego, caminan por el pasillo, bajan la escalera y salen del edificio.

—¿Y usted? —preguntó O'Brien.

—Ellos quieren una bomba, les daré una bomba.

—Coleman, no puedes...

Él le lanzó a Katherine una mirada dura y ella se calló. Entonces, viendo el miedo de ella, él siguió con más suavidad.

—No veo que haya otro camino. Los secuenciadores tienen que desaparecer, los animales tienen que ser destruidos...

—Deja que me quede contigo, yo puedo ayudar.

Él vaciló, luego, meneó la cabeza negando:

—No.

—Pero...

—Aún tienes que encontrar a Eric. Si algo sale mal, no quiero ser responsable por matar a sus dos progenitores.

Ella sostuvo su mirada un momento, luego preguntó quedamente:

—¿Y tú?

—Estaré bien.

Ella sabía que él mentía. Él intentó sonreír, pero con poco éxito. Estaba asustado y no podía ocultarlo. No a ella.

"Tienen dos minutos y treinta segundos".

O'Brien meneó la cabeza.

—No funcionará. En cuanto nosotros salgamos de aquí, en cuanto sus rehenes se vayan, ellos entrarán a buscarlo.

—No si usted les dice que tengo una bomba. No si les dices que la tengo armada para que detone cuando ellos entren.

—¿Por qué tendrían que creerme?

—Era su empresa.

"Tienen dos minutos y quince segundos".

Otra pausa.

—¿Está seguro de poder hacerlo? —preguntó O'Brien.

—Solamente no dejen que corten la electricidad.

O'Brien asintió.

—Coleman —la voz de Katherine estaba llena de emoción.

Él la miró. Supo que nuevamente él veía dentro de ella. Tal como lo había hecho tantas veces antes. Estaba viendo y entendiendo: su preocupación, su interés sentido. Y cuando habló, fue con la misma sensibilidad serena de antes.

—Hablamos acerca de fe.

—Sí, pero...

—No sé si puedo lograr esto, no sé si tengo la fuerza, la fe, pero si no lo intento, ¿quién lo hará?

—No tienes...

—Katherine, escúchame...

—No tienes que ser el que...

—Escucha.

Su intensidad amable la hizo callar.

—Hay muchas cosas que no entiendo. Tú eres la experta en este campo, no yo.

—Pero...

—Y si no piensas que funcionará, si no crees que tengo lo necesario, tienes que decírmelo.

—¿Y si no?

Él le exploró el rostro, buscando las palabras:

—Entonces... yo estoy perdido de verdad.

Mientras ella le miraba fijamente a los ojos, lentamente se fue dando cuenta. Él no estaba haciendo esto solamente para destruir el gen. Eso era importante por supuesto. Si el gen, si todos los registros del gen no eran destruidos completamente, sencillamente los poderes detrás de Murkoski lo recuperarían y seguirían otra vez. Pero Coleman no hacía esto solamente para detenerlos. También lo estaba haciendo por él mismo. Si él podía vencer su vieja naturaleza, si podía frenarla y destruir el proyecto, entonces él iba a ganar una batalla mucho más profunda e importante.

La humedad se juntó en los ojos de ella.

Él esperó, buscando la seguridad de ella, necesitando saber si ella pensaba que su propuesta era posible.

Finalmente con lentitud, ella empezó a asentir.

Él sonrió.

—Entonces, vete —susurró—. Deja que ellos te vean por la ventana y vete.

Antes que ella lo supiera, estaba acercándose y acariciándole la cara. Quería decir algo, darle ánimo, decirle lo bueno que él era. También quería hablarle de sus miedos y dudas abrumadoras, pero no le salían las palabras.

Él entendió y movió la mano de ella de su mejilla a sus labios. La besó suavemente. Él temblaba otra vez y el corazón de ella se llenó tanto que pensó que se le iba a romper.

—Vete —instó él.

Ella cerró los ojos y tragó fuerte.

"Un minuto".

—¡Vete!

Ella asintió. Inhaló una bocanada de aire para equilibrarse y, lentamente, se puso de pie. O'Brien hizo lo mismo. Se pararon frente a la ventana, con sus cuerpos brillando fantasmagóricamente por el fuerte rayo de luz del helicóptero que flotaba a unos diez metros frente a ellos.

"Pongan sus manos sobre la cabeza y salgan del edificio".

Ellos asintieron, levantaron sus manos por encima de la cabeza y se dieron vuelta para encaminarse por el pasillo.

El goteo de los rociadores casi había parado. Ahora, solamente era el chapoteo de los pies de ellos en el agua. La salida duró eternamente. Katherine lloraba fuerte ahora, pero eso estaba bien: Coleman no podía ver.

Pasaron por el cuerpo de Murkoski. Estaba tirado inmóvil. Más allá de eso, la pila quemada de tubos Eppendorf seguía ardiendo. En la puerta de la escalera, Katherine vaciló un momento y miró para atrás.

Coleman se veía pequeño e indefenso, agachado debajo de la ventana, a la sombra de la luz cegadora, pero pudo verlo sonriendo, aun a través de sus lágrimas, aun en el resplandor y las sombras. El nuevo Coleman seguía al mando. Esa idea la consoló, por lo menos lo bastante para hacerla pasar por la puerta y empezar a bajar la escalera.

❄ ❄ ❄

El tolueno, también llamado metilbenceno, C7H8, es una de las T del TNT (trinitrotolueno). Según Héctor García, chico de las bombas que Coleman había defendido en la Galería de la Muerte de Nebraska, el tolueno es sumamente inflamable en su estado líquido. Su poder explosivo es increíble en su estado gaseoso. Olvídense del fertilizante y del petróleo diesel. Según García, esta cuestión podía hacer un poco de daño si se la mezclaba con aire en la forma apropiada.

Coleman había escuchado los cuentos de García, allá en la Galería. Sabiendo que el conocimiento es poder y sin tener nada en las manos sino tiempo, él había hecho las preguntas correctas, había desafiado la exageración, y había archivado la información para referencia futura. Si la cárcel es algo, es una sala de clases para el hambriento de saber. Y Coleman siempre había estado hambriento. Ahora, era el momento de poner en práctica lo que había aprendido.

La rabia interior seguía hirviendo a borbotones y angustiándole, a la espera de la menor frustración, la menor fisura para desbordarse y controlarlo. Pero Coleman empezó a usarla en lugar de luchar contra ella. La enfocó en el logro de sus propósitos en vez de intentar destruirla, usándola para superar el sudor, el dolor y el agotamiento que le entorpecían la mente nublándole el pensamiento.

Aun así, él estaba en el filo de la navaja y lo sabía. Casi reventaba de impaciencia en el ascensor de carga, paseándose de rabia mientras la máquina bajaba lentamente a Despacho y Recepción de Carga.

Además, estaba la ansiedad de tratar de localizar el tolueno. ¿Por qué no había preguntado más detalles?. La Sección de Carga se agrandaba eternamente. El tolueno podía estar en cualquier parte. Sin embargo, con su propia disciplina mental tan ruda y con lo que fuera su concepto de fe, pudo enfocarse y volver a enfocarse hasta que sus esfuerzos tuvieron éxito.

Encontró seis tambores de doscientos litros del solvente. Solamente necesitaba dos.

Meter esos tambores en el ascensor de carga fue otra epopeya. Optó por usar la pequeña horquilla eléctrica que estaba afuera en el corredor de carga, pero era demasiado grande para que cupiera por la puerta. Tendría que subir uno de los grandes portones de carga. Eso no era problema, salvo que haría ruido llamando la atención de cualquier francotirador del comisario que pudiera estar destacado en ese lado del edificio.

Algo de la última idea lo enfureció. Ahí estaba él arriesgando su vida para ayudar a la misma gente que trataba de matarlo. ¿Por qué? Si tenían tantas ganas de matarlo, quizá él debiera salir corriendo y dejar que ellos le dispararan. Y en seis meses, un año, quizá dos, ellos empezarían a pelear contra terroristas sin conciencia, pistoleros sin sentimientos. Eso les serviría de lección.

La idea cobraba más y más atracción hasta que le fue casi imposible controlar el impulso de abrir de par en par las puertas, aullar su venganza al mundo e irse en un estallido de gloria.

No obstante, conteniendo apenas su rabia, se fue al corredor de carga. Esa parte del edificio tenía la forma de una L, entonces, la zona que quedaba al descubierto estaba oculta por una reja de más de tres metros de altura. Aun así, él se movió rápida y silenciosamente hacia la horquilla y la desconectó de su sitio en el corredor de carga. Subió a la máquina, retrocedió lo más que pudo hasta el borde del corredor, y entonces, finalmente, soltó su rabia. Pisó a fondo el acelerador con toda su fuerza. La horquilla se abalanzó a la puerta de metal estrellándose contra ella. El impacto le mandó un dolor tan terrible por todo el cuerpo que dejó escapar un grito ahogado. Pero al mirar, vio que solamente había roto una parte de la costura de la parte baja de la puerta; no había logrado cruzarla.

Metió la marcha atrás de la horquilla. Esperaba en cualquier minuto sentir las balas que reventaban a sus espaldas, pero no le importaba. Efectivamente, eso podía ser un alivio comparado con el dolor que ya estaba soportando. Movió los cambios, encontró la marcha adelante y se tiró contra la puerta otra vez. Esta vez la cruzó rompiéndola, destrozando el metal y mandando esquirlas en todas direcciones.

El impulso era excitante y llenaba a Coleman con tal sensación de poder que perdió el control por un momento. No se sintió seguro por un rato de si quería recuperarlo.

Pero la siguiente tarea exigía concentración y enfoque, y tuvo que luchar por salir a la superficie de nuevo y tomar el mando. Con todo cuidado maniobró la horquilla, deslizando el diente de metal debajo del primer tambor de doscientos litros. Luego, viró, se acercó al ascensor de carga y metió el tambor adentro, con toda suavidad. Repitió el proceso con el segundo tambor. Cuando estuvieron en su lugar, maniobró la horquilla para colocarla entre los tambores y saltó fuera. Tomó la cuerda de nylon y bajó la pesada puerta de acero que se cerró con estrépito y él apretó el botón del piso más alto.

Nuevamente le irritó la lenta y remolona velocidad del ascensor y nuevamente empezó a crecer su rabia, pero en esta ocasión no había donde dirigirla. Ni siquiera tenía espacio para pasearse. Golpeó su puño contra la palma. Una y otra vez. —Ayúdame —musitaba—. Ayúdame, ayúdame, ayúdame...

Todos los agentes del Departamento de Policía de Arlington habían llegado a escena. Habían instalado un perímetro en torno de la División de Explosivos del Comisario para contener a la creciente multitud. Tuvieron éxito con la muchedumbre, pero no tanto éxito con el experto personal de los canales de televisión que estaban llegando desde la capital.

—¡Perdón, perdón! —las luces de cámara empujaban y maniobraban con pericia hacia Katherine que estaba arrodillada detrás de la puerta abierta de un automóvil del comisario—. ¿Tuvo miedo, dónde lo conoció, él la amenazó, puede darnos una idea de sus motivos, mostraba él signos evidentes de inestabilidad mental, él le dijo...?

Katherine siguió agachada y fuera del alcance de las luces, ignorando al personal de los noticieros mientras daba al policía una descripción detallada de su hijo. Miraba al edificio de vez en cuando. Hasta ahora nadie entraba. O'Brien estaba cumpliendo su cometido. Ella no estaba segura por cuánto tiempo más.

—¿Señora Lyon? ¿Señora Lyon? —una mujer policía se iba abriendo camino a través de la multitud—. ¿Señora Lyon?

Katherine alzó los ojos, escudándoselos de las luces. La oficial le hacía señas para que mirara al otro lado del estacionamiento hacia la multitud que estaba en el portón.

Katherine se puso de pie, pero los periodistas le bloqueaban la vista. Se subió al estribo del automóvil y escrutó la multitud. A la distancia, hacia atrás, había un alboroto. La gente se estaba abriendo en dos, por orden de un oficial de policía que, lentamente, se abría paso entre el gentío. Una pareja de ancianos caminaba con él. Y por la manera en que se mantenían mirando para abajo y hablando, era evidente que al lado de ellos tenía que haber alguien mucho más pequeño que ellos.

Katherine contuvo la respiración, forzándose a mirar mejor. Creyó divisar un destello de pelo rubio entre la multitud.

Saltó al suelo y se precipitó a dar la vuelta al automóvil, haciendo tambalear a más de un periodista. Cruzó el estacionamiento a todo correr y empezó a abrirse pasó entre la gente:

—¡Eric! ¡Eric!

No hubo respuesta.

—¿Eric?

Divisó un vislumbre de camiseta color violeta, quizá su camiseta gruesa de la U de W, no se daba cuenta.

La gente iba cediendo el paso con más rapidez ahora.

—¿Eric?

Y ahí estaba el pelo de nuevo, luego la camiseta, luego el pelo. Y entonces vio la cara.

—¡Mamá!

El corazón le brincó en el pecho. Ella se tiró a cruzar la multitud, corriendo ahora, sin pensar en nadie ni nada salvo su hijo.

—¡Eric!

Por último se dejó caer y él se abalanzó con tanta fuerza que ella casi se cayó.

—¡Mamá!

Se abrazaron intensamente, enterrando sus rostros, la una en el otro, sin querer soltarse.

—Perdón, mamá, perdón.

Ella se retiró un poco para mirarlo. La cara del niño tenía unos cortes, pero fuera de eso estaba bien.

—¿Perdón de qué? —preguntó.

—Mis anteojos. Perdí mis lentes.

Ella se rió, y lo atrajo en otro abrazo.

—Querido mío, está bien. Podemos comprar lentes nuevos. —Cerró los ojos apretadamente y dejó que las olas de amor la inundaran.

—Él llegó a nuestra casa —decía el caballero de edad—, con la ropa desgarrada, con cortes y arañazos, como esos. Y vino directamente a la puerta, golpeando con tanta educación como uno quisiera.

Katherine miró al viejo y arrugado varón, pero antes que pudiera responder, alguien del gentío gritó fuerte.

—¡Él está en el tejado! Miren, ¡él está en el tejado!

Las cabezas giraron. Las manos apuntaron. Katherine se puso de pie lentamente y se dio vuelta para mirar.

❄ ❄ ❄

Con un gruñido, Coleman golpeó fuertemente con su hacha la base de la gran cañería de entrada que sobresalía unos cuatro metros del tejado. Era parte de la unidad de aire acondicionado de alto volumen que tenía el edificio. La hoja del hacha cortó fácilmente el metal galvanizado. Volvió a cortar tres veces más. Cuando estuvo seguro de que el hoyo era bastante grande, se volvió a los tambores de tolueno que estaban detrás de él y empezó a abrirlos.

Había costado un poco subir los tambores al tejado puesto que el ascensor solamente llegaba hasta el piso más alto. Tuvo que sacar la horquilla del ascensor, manejándola; tomar un tambor, colocarlo justo abajo de uno de los paneles esmerilados de las luces del cielorraso. Luego, tuvo que levantar la horquilla, en el aire, para que el tambor reventara el panel. Cuando dejaron de caer las esquirlas de vidrio, había colocado el tambor en el tejado; luego, repitió el mismo procedimiento con el segundo tambor.

Enseguida tuvo que echar a andar los gigantescos ventiladores dobles de la unidad del aire acondicionado. Habían empezado a batir el aire con sordos golpes ominosos, pero al ir cobrando velocidad las aspas, el golpeteo había subido rápidamente a ser un rugido ensordecedor.

Finalmente, usando la horquilla como escalera, había trepado por el roto panel de luces del cielorraso, saliendo al tejado y se había puesto a hachar la cañería.

Una vez que abrió los dos tambores de doscientos litros cada uno, empujó el primero volcándolo sobre un costado. Hizo ruido al caer y el líquido empezó a salir. Con un poco más de ajustes menores, pudo hacer que el tolueno cayera directamente en el hoyo abierto que él había hecho en la base de la cañería.

Los ventiladores gigantescos de abajo, inmediatamente empezaron a bombear los vapores explosivos por todo el edificio. Eran vapores fuertes, que le recordaron sus días de juventud en que olía pegamento. Sabiendo que tenía que conservar alertas sus cinco sentidos, dio vuelta la cabeza a un lado para respirar tanto aire fresco como pudiera.

Se acabó el vaciado del primer tambor y él lo pateó haciéndolo a un lado, rodando y repiqueteando por el tejado. Abrió el segundo tambor, justo cuando apareció el helicóptero por encima del edificio cegándolo con sus focos.

—Aquí el Departamento del Comisario del Condado. Salga del edificio inmediatamente.

Él fue tambaleando hacia la entrada de la ventilación. La luz cegadora, los rotores ruidosos y la interrupción de su trabajo, todo eso sirvió para volver a avivar su rabia, pero nuevamente pudo canalizarla. Aunque su postura detrás de la cañería era incómoda y le dificultaba los movimientos, alcanzó el tambor abierto y lo tiró hacia él. Lo balanceó una, dos, tres veces antes de dejarlo caer, derramando todo el contenido encima de él, sus piernas, su cintura, antes de desparramarse por todo el tejado. Le quemó la piel a la vez que se sentía frío, y los vapores le aguaron los ojos, pero peleó con el tambor vacío, hasta que pudo dirigir el resto de tolueno directamente cañería abajo.

A esas alturas, el helicóptero se había tirado a la derecha, obteniendo la vista completa de él, y volviéndolo a cegar con su luz.

—*Aquí el Departamento del Comisario del Condado. Cese su actividad y salga del edificio inmediatamente. Esta es la última advertencia.*

Él no dio señales de haber oído las órdenes y mucho menos de que tuviera la intención de obedecerlos, mientras el tambor seguía vaciándose. Ahora los vapores le quemaban la nariz. No podía evitar inhalarlos por más que tratara. Ya podía sentir que la cabeza se le iba poniendo liviana.

Entonces lo vio. Un puntito rojo, más chico que una moneda de diez centavos, primero reflejándose en la cañería a su izquierda, luego saltando rápidamente hacia él. Un francotirador del helicóptero estaba haciendo puntería.

Frenético, miró al despedazado panel de luces del cielorraso que yacía justo a cinco metros de él. Así era cómo había salido al tejado y ahora era su única vía de salida. Pero entre él y el panel había una poza grande de tolueno. Sabía que había habido suficiente tiempo para que los vapores se abrieran paso por todo el edificio. También sabía que, si cruzaba corriendo esa poza y el tirador no le daba, y daba en un trozo de la cañería, había muchas posibilidades de que una chispa terminara el espectáculo antes de que ni siquiera empezara.

Su única esperanza era esquivar el tolueno, llegar al panel de luces dando la vuelta a la poza. Eso sería mucho más peligroso y significaban como diez o más metros de exposición riesgosa pero tendría que hacerlo.

El tambor se vació por fin y él le dio un empujón hacia el otro lado del techo para que se juntara con el otro. Su ropa estaba saturada de tolueno, imposibilitándole evitar la inhalación del vapor. Los efectos del gas aumentaban. Él se agachó bien, se preparó, y entonces se tiró adelante, convirtiendo en velocidad cada migaja de su concentración, cada gramo de su fuerza.

El primer balazo no dio en el blanco y golpeó sordamente el espeso asfalto.

El helicóptero ajustó posiciones.

Coleman estaba casi ahí —tres metros, dos y medio, uno y medio— cuando el segundo tiro dio en el banco. Su pierna izquierda explotó de dolor, estrellándolo contra el tejado y haciéndolo resbalar por el vidrio destrozado.

Pero estaba ahí. El roto panel de luces estaba a su alcance. Agarró el marco reventado y se arrastró hacia él, las esquirlas del vidrio reforzado con alambre se enterraban en sus brazos, luego en su pecho, pero él seguía tirando. Súbitamente todo el marco cedió y él cayó los cuatro metros al piso de abajo, errándole al marco de acero de la horquilla por unos pocos centímetros.

Los vapores dentro del edificio y de su ropa empapada eran casi abrumadores. Él se quitó su camisa a tirones, encontró un trozo seco, la partió en dos, usando la mitad como torniquete para atar su pierna sangrante, la otra mitad como filtro para respirar. Sirvió muy poco. Su cabeza ya daba vueltas vertiginosas, su vista ya estaba borrosa.

Era demasiado pronto; los vapores no se habían esparcido completamente por todo el edificio. Pero no tenía alternativa. Tenía que hacerlo ahora mientras aún podía pensar. Buscó los fósforos en su bolsillo. Cuando los tocó, se heló. Los sacó. Estaban empapados, completamente saturados con tolueno líquido.

Su mente buscó a tientas. Sabía que había otra caja de fósforos abajo, en el bolso deportivo. Él había sido lo bastante hábil como para meter dos cajas. Pero la probabilidad de llegar abajo a través de estos vapores era escasa. No había manera en que él siguiera consciente, mucho menos coherente por el tiempo suficiente para volver al tercer piso.

De todos modos, ¿qué opción tenía?

Con porfiada determinación —y una oración— se armó de valor y medio cojeando arrastró al ascensor de carga su cuerpo, más allá de los rugientes ventiladores del aire acondicionado.

Los vapores cobraron su cuota. Su mente derivaba ahora, empezando a flotar. Entró al ascensor y apretó el tres. Las puertas se cerraron y el ascensor bajó.

Mikey, por favor... Hace mucho frío... por favor, no me dejes aquí.

Coleman giró sobre sus talones. Era la voz de su hermano. ¿Estaba alucinando? Sí, naturalmente. No, sonaba demasiado real.

Mikey...

Apretó sus ojos, forzando a la voz fuera de su cabeza.

Llevó una eternidad que las puertas del ascensor se abrieran finalmente.

Cuando salió, su vista estaba peor, los colores se torcían y se borroneaban unos con otros. Sin embargo, aún podía distinguir la forma del cuerpo de Murkoski tirado en el suelo, frente al quemado ascensor de pasajeros. No muy lejos estaba el bolso deportivo.

Siguió adelante tambaleándose. El tiempo se distorsionaba, se agrandaba como en un telescopio, moviéndose en una penosa cámara lenta.

Flotó al suelo arrodillándose al lado del bolso y sus manos anestesiadas empezaron a buscar los fósforos. Él estaba alejándose, alto y lejos, como en piloto automático. Pero sus manos seguían buscando.

Encontraron la segunda caja, justo cuando empezaron los pasos; las botas de trabajo contra las baldosas. Las botas de su padre.

Michael... Michael...

Podía oler la hediondez del whisky.

—Ayúdame —susurró—. Amado Dios... ayúdame...

Sacó la caja de fósforos. Se sentía húmeda. Los rociadores del cielorraso habían hecho su obra demasiado bien. Una alarma empezó a sonar. Sonaba como la del mercado al paso donde había matado al empleado. No sabía; estaba demasiado lejos. Los rasguidos de la guitarra del "Hotel California" atravesaron su cabeza. Tan real, tan claro, tan lindos.

Michael...

Sintió que sus dedos abrían la caja de fósforos, más por impulso que por voluntad. Los vio sacando el primer fósforo y frotándolo contra la parte áspera.

Nada.

Sus dedos estaban mojados. Habían mojado la cabeza del fósforo. Vio sus manos que se secaban en la parte seca de su camisa que había usado como torniquete. Probaron de nuevo, esta vez sacando cuatro fósforos.

Michael...

Tú eres mío.

Era hora de entregarse, de rendirse. Dejar que esa música preciosa se lo llevara lejos.

Tú eres mío.

La euforia lo acunaba, lo elevaba...

—¡No! ¡NO!

Su grito le aclaró la cabeza el tiempo suficiente para que se pusiera de pie, con mucha dificultad. Miró sus manos. Seguía sujetando los fósforos. Cuatro. Trató de frotarlos todos juntos de una vez.

Demasiado mojados. Los tiró.

Tú eres mío.

Michael...

Sacó los fósforos que quedaban, con sus manos que ahora temblaban tanto que apenas pudo sacarlos. Él está alejándose, a la deriva otra vez, flotando, flotando...

Sacó los fósforos.

Michael...

Somos uno.

Él se regresa un momento, lo suficiente para probar uno.

Nada.

Otro.

Nada.

Solamente hay una justicia. El sonido de la voz de Steiner lo sobresalta.

—¡NO! —grita Coleman. Su grito lo hace volver el tiempo suficiente para ver que está sosteniendo un fósforo, el último. Obliga a su mano a frotarlo contra la fosforera.

Michael...

Nada.

Él se fue, a otro mundo, no más aflicción, no más dolor.

Michael...

—Por favor —se oye mascullar.

Michael...

Su mano empieza a frotar el fósforo otra vez pero no puede. Está de rodilla, con su garganta anudada de emoción.

Tú eres mío.

Justicia...

Michael...

—Por favor —Las palabras apenas dichas—. Amado Dios, ayúdame.

De nuevo siente el fósforo. Sigue entre sus dedos. Pero ya no importa, es hora de...

Michael...

Algo se revuelve muy dentro de él.

Michael...

De nuevo siente el fósforo entre su pulgar y su índice. Trata por última vez. Está arrastrando la cabeza de sulfuro contra lo áspero. Chisporrotea, una llama cobra vida...

❄ ❄ ❄

Una onda compuesta por aire supercomprimido, CO2, y vapor de agua se forma en la cabeza del fósforo. Se expande velozmente hasta que llega a los muros del pasillo; en ese momento está viajando a una velocidad de detonación de 1.300 metros por segundo y tiene una densidad igual a la de la madera muy dura. Se azota contra las paredes, demoliéndolas y continúa moviéndose hacia afuera.

Pero eso es solamente el comienzo.

La estela del solvente evaporado que explota, ruge subiendo por las cañerías del aire acondicionado a casi cuatro veces la velocidad del sonido, rompiéndolos a medida que se mueve por ellos para abarcar todas las habitaciones del edificio. La onda de choque del gas en expansión aplasta baldosas y astilla la madera. Lo más importante, crea lo que Héctor García refería como "sobrepresión". En este caso, varios cientos de kilos de sobrepresión por centímetro cuadrado. Desintegra las paredes de concreto y retuerce las vigas y soportes de acero, hasta que quedan irreconocibles, hasta que las zonas del edificio, que no habían sido tocadas por el colapso explosivo, se derrumban bajo su propio peso.

El edificio de investigaciones de la Genodyne Inc. ya no existe más.

Michael... Michael...

Coleman mira para arriba. Primero es la voz de su padre, pero luego no. Al revés de otros tiempos, esta voz resuena con compasión y bondad. Coleman está sobrecogido.

No está seguro de donde está. Pero hay luz, por todas partes hay luz. De pie ante él hay una figura. Es su padre, pero no es. Inexplicablemente tierna, esculpida de una luz más brillante que la otra luz. Es la fuente de la luz, de toda luz. Pero la figura es más que luz; es amor, un amor consumidor que abarca todo. Llega hasta Coleman, tomando sus manos, ayudándole amablemente a ponerse de pie.

Incapaz de detenerse y sin querer hacerlo, Coleman cae en la luz, sintiendo que sus brazos lo envuelven, que su amor empapa su cuerpo.

*Oye tres palabras. Dichas, pero sin hablar. Poderosas, retumbantes como el trueno, tiernas como el hálito. Lo emocionan, pero él teme creer. Dicen que nunca más volverá a estar solo. Nunca más será una sombra que danza, que busca, que anhela pertenecer. Él pertenece. Completamente. Íntimamente. Eternamente. Son solamente tres palabras, pero le dicen todo eso y mucho, pero mu*cho más. *Simplemente dicen: "Bienvenido a casa, hijo".*

CAPÍTULO 19

Katherine descansaba en el asiento trasero de la camioneta del comisario, envuelta en una frazada y sorbiendo un poco de café muy malo. Eric estaba sentado adelante, revisando el estupendo equipo de radio. A unos noventa metros de distancia, al otro lado de la barrera policial, las luces de la prensa destellaban mientras los periodistas completaban sus relatos contra el fondo de los restos de Genodyne Inc.

Katherine sabía que su nombre había sido filtrado a la prensa y que era solamente cosa de tiempo antes que tuviera que vérselas con ellos, pero por ahora era maravillosamente bueno nada más que estar sentada y cerrar los ojos.

—¿Se siente bien?

Ella levantó la vista para ver a O'Brien de pie a su lado, tratando de beber el mismo café.

—Sí —dijo ella, corriéndose para dejarlo sentar. El movimiento hizo que el tajo de su mejilla derecha latiera ligeramente y ella levantó la mano para revisar con sus dedos la herida de unos cinco centímetros.

—Debe ir a que la examinen eso —dijo él—. Probablemente necesite sutura.

Ella no dijo nada. Había muchas cosas que debía hacer.

—Lo más seguro es que van a querer conversar con usted.

Ella asintió.

—¿Qué les dijo?

—No mucho. Yo ya no trabajo aquí, ¿se acuerda?

Ella le miró fíjamente. Él se encogió de hombros.

—No les di un nombre. Dije que él era un amigo de Murkoski. Muy enojado, muy confundido y con antecedentes de inestabilidad mental.

Katherine se dio vuelta, profundamente entristecida por el pensamiento. Coleman había dado todo lo que tenía, todo lo que era, y ni siquiera le permitirían tener un nombre. Peor que eso, desde ahora para siempre sería etiquetado de lunático.

—¿Qué dijo del secuestro? —preguntó ella.

—Eso es cosa suya. Yo sugerí que él tambié pudiera ser el responsable de eso.

—¿Y ellos se lo creyeron?

Por ahora. Mantenga todo sin complicaciones. Por supuesto que yo estaré en Mazatlán para cuando ellos se den cuenta de que las piezas no encajan por completo.

Katherine asintió, preguntándose dónde estaría ella, cómo su vida podría volver a ser como antes.

El silencio cayó sobre los dos sentados al aire húmedo, con el café malo, contemplando los restos del edificio con la mirada fija y vacía. Un puñado de investigadores ya estaba empezando a revisar y colar los escombros. En el horizonte se veía que el cielo empezaba a brillar con la promesa de otra aurora.

O'Brien aspiró una larga y profunda bocanada de aire dejándola salir con lentitud.

—Pobre hombre —murmuró—. Pobre, pobre hombre.

Katherine lo miró:

—¿Por qué dice eso?

—Él estuvo muy cerca de ganar.

—¿No cree que lo hizo? ¿No cree que ganó?

O'Brien la miró.

—Es cierto que destruyó el proyecto. Supongo que ganó en ese sentido, pero morir... —meneó la cabeza—. Eso no representa gran victoria para él.

—¿Cómo puede decir eso? —Katherine sintió que se ponía a la defensiva—. Todo lo que él quería era ser bondadoso, amoroso y dar. Todo lo que quería era derrotar al viejo Coleman con el nuevo y amoroso.

—¿Y usted cree que hizo eso? Al final, ¿cree que él venció al viejo Coleman?

—Él dio su vida por nosotros, ¿no? —Ella señaló a la multitud del otro lado del estacionamiento—. Por todos ellos. Usted no ama ni da más que eso.

O'Brien la miró.

—"Nadie tiene un amor mayor que este: que uno dé su vida por sus amigos" —citó ella suavemente.

O'Brien asintió.

—Yo he oído eso.

—Yo también. Toda mi vida, pero ahora.... —su voz se perdió.

—¿Pero ahora? —repitió O'Brien.

—Ahora pienso que finalmente empiezo a entender —hizo una pausa mirando arriba al cielo que empezaba a resplandecer—. Coleman ganó, doctor O'Brien. Quizá no como usted piensa, quizá no como yo pienso, pero él ganó.

O'Brien empezó a responder, pero se quedó callado. Tenía mucho en qué pensar.

—¡Mamá! Oye, mamá.

Katherine se dio vuelta. Eric estaba de pie justo afuera de la camioneta.

—Mamá, fíjate.

Ella se puso de pie cansadamente y fue hasta él que estaba apuntando a un alto pino.

—Mira eso —dijo el niño.

Primero ella no vio nada.

—¿Qué?

—¿Ahí?

—Yo no...

—Justo ahí.

Ella se arrodilló poniéndose a su nivel. Fue solo entonces que lo vio, cuando su cara estuvo al lado de la del niño. La luna estaba levantándose justo por encima de las ramas de más arriba.

—¿No es precioso?

Katherine miró fijamente, con su garganta haciéndose un nudo.

—¿No lo es? —repitió el niño.

Tenía razón; era precioso, muy precioso. Ella quiso decírselo, pero no confiaba en su voz. Envolvió a su hijo con sus brazos y lo apretó fuerte. Nuevamente sentía que sus ojos comenzaban a arder con lágrimas.

Eric se volvió a ella:

—¿Estás bien?

Ella asintió, mientras las lágrimas rodaban por sus mejillas. La humedad hizo arder la herida de su cara y se encogió un poco tocándosela.

—Mamá, todo está bien —dijo él, acariciándole la cara—, te pondrás bien.

La preocupación de sus ojitos y la tierna caricia de su mano fueron casi más de lo que ella podía soportar. Se levantó y acarició sus dedos. Estaban calientes, casi como de fuego mientras ella los besaba. El niño tenía razón, se pondría bien. Tenía su hijo, tenía su vida. Y tenía algo más. Un vislumbre, un sabor de lo eterno había empezado a regresar. Ella volvió a mirar la luna. En ese momento particular, era la cosa más bella que jamás hubiera visto.

—Maravilloso —repitió gozoso su hijo.

Pero cuando ella se volvió a él, vio que el niño no estaba mirando la luna. La estaba mirando a ella, prácticamente radiante mientras contemplaba fijamente su mejilla.

Fue entonces que se dio cuenta lo caliente que sentía la cara, casi tan caliente como los dedos del niño. Se fue a tocar la herida, pero no la encontró. Palpó su cara con los dedos, pero no pudo sentir el corte en ninguna parte. Solamente el calor.

La sonrisa de Eric se ensanchó.

—¿Qué? —ella se volvió a frotar la mejilla, buscando la herida—. ¿Qué hiciste?

Él se rió.

—Mamá, no estoy seguro, pero ya no está. No está ahí.

Ella lo miró con creciente asombro. Entonces, divisando el espejo lateral del furgón, fue a mirarse.

Pero no había nada. La herida había desaparecido.

—¿Cómo? —preguntó—. Eso no es posible —se volvió a él—. ¿Cómo hiciste...

Él se encogió de hombros y sonrió:

—Me agarraste.

Ella se volvió al espejo.

—Pero eso no es todo —dijo el niño, reflexivamente—. También hay algo más que es como raro.

Ella se volvió hacia él.

—Últimamente, cuando miro a la gente... bien profundo ¿y toda esa cosa? Bueno, es como si supiera lo que piensan.

Katherine solamente podía mirarlo con fijeza.

—¿No es raro? —decía él—. Así fue como supe que esos secuestradores estaban mintiendo. ¿Y esos ancianos que me trajeron acá? Supe que eran buenos y que me ayudarían solo con mirarlos.

Katherine se arrodilló al lado de su hijo y lo tomó por los hombros.

—¿Cuando... —tragó saliva tratando de permanecer tranquila—, cuándo empezó a pasar esto?

—Cuando el señor Michael y yo nos arañamos todo. ¿Te acuerdas, con todas aquellas ramas de zarzamora y otras plantas? ¿Te acuerdas cuando nos hicimos hermanos de sangre?

Katherine se acordaba. Se dio vuelta al espejo, volvió a examinar su cara, esperando encontrar algo. Apretó y estiró su piel, buscando. No había nada. Ni siquiera una cicatriz.

—Muy bonito, ¿eh? —dijo Eric.

Ella se dio vuelta hacia su hijo tratando de ocultar el pánico creciente que estaba sintiendo.

—¿Katherine? —llamó O'Brien desde el auto—. ¿Todo está bien?

Ella miró a Eric con temor y reverencia en aumento.

—Oigan, ustedes dos.

La furgoneta se meció ligeramente, cuando O'Brien se paró y empezó a caminar hacia ellos.

—Sí —contestó ella. Había un temblor en su voz, pero pudo ocultarlo—. Todo está bien.

Ella miró a su hijo por otro momento, luego lo atrajo a ella con un fuerte abrazo.

—Mamá —protestó el niño—. Mamá, no puedo respirar.

Pero ella no quería soltarlo; lo apretó más aún. Entonces, mirando hacia arriba, al pino y a la luna que subía por detrás, pestañeó rechazando las lágrimas y susurró una callada oración.